CHLOE LIESE

Two Wrongs make a right

Aus dem Englischen von
Katja Hald und Tina Shaw

Moon Notes

Deutsche Erstausgabe
1. Auflage
2024 Moon Notes im Verlag Friedrich Oetinger GmbH,
Max-Brauer-Allee 34, 22765 Hamburg
Alle Rechte für die deutschsprachige Ausgabe vorbehalten
© Originalausgabe: 2022 by Chloe Liese,
published in agreement with the author,
c/o BAROR INTERNATIONAL, INC.,
Armonk, New York, U.S.A.
Originaltitel: *Two Wrongs Make a Right*
© Übersetzung: Aus dem Englischen von Katja Hald und Tina Shaw
© Umschlaggestaltung: Rocket & Wink, Hamburg
Satz: Sabine Conrad, Bad Nauheim
Druck und Bindung: FINIDR, s.r.o.,
Lípová 1965, 737 01 Český Těšín, Tschechische Republik
Printed 2024
ISBN 978-3-96976-055-0

www.moon-notes.de

Für die innere Kraft,
die ich fand, als ich sie brauchte.
Und die unerschütterliche Hoffnung.

In welche meiner schlechten Eigenschaften

hast du dich zuerst verliebt?

William Shakespeare, Viel Lärm um Nichts

Liebe Leserin, lieber Leser,

diese Geschichte beinhaltet Figuren, deren menschliche Realitäten meiner Ansicht nach durch eine positive und authentische Darstellung in Liebesromanen mehr Beachtung verdienen. Als neurodivergenter Mensch mit (häufig) unsichtbaren chronischen Symptomen schreibe ich mit großer Leidenschaft romantische Komödien in der festen Überzeugung, dass jeder von uns, der es sich aus tiefstem Herzen wünscht, verdient, »glücklich zu sein bis ans Ende seiner Tage«.

Dieser Roman thematisiert die Probleme neurodivergenter Personen – von Menschen, die unter Ängsten oder Autismus leiden – sowie ihre Strategien, im Leben und in Beziehungen damit klarzukommen. Neurodivergenz ist für keine zwei Personen gleich, dennoch habe ich mich bemüht, basierend auf meinen persönlichen Erlebnissen sowie den Erfahrungen von Authentizitätslesern und -leserinnen, Figuren zu erschaffen, die den zahlreichen Nuancen von Neurodivergenz gerecht werden. Bitte nimm zur Kenntnis, dass es in dieser Geschichte auch um das Erkennen und Überwinden toxischer Beziehungen geht.

Sollte dies ein sensibles Thema für dich sein, kann ich dir versichern, dass in dieser Geschichte letztendlich nur gesunde und liebevolle Beziehungen – zu sich selbst und anderen – Bestand haben werden.

XO,
Chloe

Playlist

1

Bea

Hier ein guter Rat, den ich niemandem vorenthalten möchte: Lass dir niemals die Zukunft aus der Hand lesen, wenn du nicht bereit bist, danach zutiefst verstört nach Hause zu gehen.

Falsch ist richtig, und richtig ist falsch.
Ich sehe Krieg – Freud oder Leid, kurz oder lang?
Ein Gebirge aus Täuschungen ragt vor dir auf.
Überquere es und lerne daraus.

Ich habe zwar versucht, mich von dieser düsteren Prophezeiung nicht verunsichern zu lassen, aber dann hat mich am Morgen danach auch noch eine E-Mail mit einem unheilvollen Tageshoroskop erreicht. Die kosmische Warnung war laut und deutlich. Ich konnte sie nicht ignorieren.

In meinen Doc Martens zitternd beschloss ich, mich für die Party heute Abend zu entschuldigen. Da es sich um die Party meiner Zwillingsschwester handelte, allerdings ohne Erfolg. Denn ihr eine Absage zu erteilen, ist äußerst schwierig, um nicht zu sagen, unmöglich.

Und hier bin ich nun. Entgegen allen Warnungen des Universums, die in der Luft knistern wie Ozon vor einem Unwetter, habe ich mich in Schale geworfen, mir eine Maske aufgesetzt, eine Käseplatte vorbereitet, mich im Haus meiner Familie zum Dienst gemeldet – und verstecke mich seitdem in der Speisekammer neben der Küche, wie es sich für eine notorische Angsthäsin gehört.

Zumindest bis die Schwingtür aufgerissen wird und meine Schwester hereinstürmt. Ich bin aufgeflogen. Wie eine von den Cops erwischte Einbrecherin stehe ich in einem grellen Lichtkegel und verstecke schnell die Flasche Pfefferminzlikör hinter meinem Rücken, von wo ich sie unauffällig zurück ins Regal schiebe. Gerade noch rechtzeitig, um auf unschuldig plädieren zu können.

»Da bist du ja«, ruft Jules fröhlich.

Ich halte mir die Arme vors Gesicht. »Das Licht tut mir in den Augen weh!«

»Das Motto dieser Party ist *Im Reich der Tiere*. Vampire haben hier nichts zu suchen. Deine Krebsmaske ist Furcht einflößend genug. Los, komm jetzt.« Sie packt mich am Arm und zerrt mich ins Foyer, mitten hinein in die Urwaldmenagerie aus verkleideten Gästen. »Ich möchte dir jemanden vorstellen.«

»JuJu, bitte«, stöhne ich und schlurfe widerwillig hinter ihr her. Meine Schulter streift den Rüssel eines Elefanten, ich werde von den hungrigen Augen eines Tigers verschlungen, und zwei Hyänen brechen direkt neben mir in lautes Gelächter aus. »Ich will niemanden kennenlernen.«

»Schon klar. Was du willst, ist unbeobachtet in der Speisekammer saufen und die Hälfte der Käseplatte allein verputzen. Aber das ist nur, was du *willst*, nicht, was du *brauchst*.«

»Hat sich aber bewährt«, brumme ich.

Jules verdreht die Augen. »Du meinst, als perfekte Strategie, um als exzentrische alte Jungfer zu enden.«

»Ich weiß zwar nicht, was daran schlecht sein soll, aber eigentlich meinte ich, um mit meinen Ängsten klarzukommen.«

»Ich bin deine Zwillingsschwester, und kenne dich schon mein ganzes Leben«, sagt sie, »samt all deiner Ängste und deiner Scheu vor Menschen. Aber der Typ ist es wirklich wert. Vertrau mir.«

Normalerweise ist der Pfefferminzlikör und das Verstecken tatsächlich ein bewährtes Mittel gegen meine Sozialphobie. Ich bin neurodivergent. Für mein autistisches Gehirn ist es weder leicht noch entspannend, sich mit Fremden zu befassen. Aber nach ein paar heimlichen Schlucken Likör – beschwipst und ruhiger – überfordert mich die Situation nicht mehr ganz so schlimm, und ich wirke auf andere nicht nur einigermaßen umgänglich, sondern zudem auch noch minzig frisch. Zumindest meistens. Heute leider nicht. Heute schwebt eine düstere kosmische Prophezeiung über mir, und wohin auch immer meine Schwester mich gerade schleppt, begleitet mich ein sehr ungutes Gefühl.

»Juuuuules«, heule ich wie ein quengelndes Kleinkind im Supermarkt – fehlen nur der schokoladenverschmierte Mund und ein offener Schnürsenkel.

»BeeBee«, zwitschert sie zurück und sieht mich an, ohne jedoch verhehlen zu können, wie irritierend sie meine Krebsmaske aus Pappmaschee findet. Entschieden schiebt sie sie mir aus dem Gesicht und versteckt sie in meinen Haaren. Ich ziehe sie wieder herunter. Sie schiebt sie wieder hoch.

»Finger weg von meiner Maske.« Mit einem bösen Blick ziehe ich die Maske noch einmal über mein Gesicht.

»Ach, komm schon. Findest du nicht, dass es an der Zeit ist, deinen Panzer abzulegen?«

»Nein. Nicht einmal für diesen Dad-Joke.«

Sie seufzt resigniert. »Zumindest trägst du ein heißes Kleid – ups, warte mal.« Wir bleiben vor der untersten Treppenstufe stehen, und Jules zieht mich schnell hinter das Geländer.

»Was ist?«, frage ich. »Lässt du mich etwa gehen?«

»Das könnte dir so passen.« Sie hebt eine ordentlich gezupfte dunkle Augenbraue. »Kleiderpanne.«

Als ich an mir hinabsehe, entdecke ich den Spalt, der seitlich über den Rippen in meinem Kleid klafft. Danke, Schicksal! »Oh, ich glaube, es ist gerissen. Ich geh mal ins Bad und kümmere mich darum.«

»Vergiss es. Du willst dich nur aus dem Staub machen.« Sie zieht den Reißverschluss wieder hoch und erstickt damit mein letztes Fünkchen Hoffnung, dem Ganzen zu entkommen.

»Aber er könnte jeden Moment kaputtgehen. Ich will nichts riskieren. Ein Busenblitzer wäre eine Katastrophe!«

»O nein, meine Liebe.« Jules packt meine Hand und zieht mich weiter. Wie ein Meteorit rasen wir unaufhaltsam der Katastrophe entgegen. Als wir uns unserem Ziel nähern, bricht mir der Schweiß aus.

Da sind Jean-Claude, Jules Partner, und Christopher, Nachbar, Freund der Familie und Ersatzbruder. Den dritten Mann, der mit dem Rücken zu uns steht, kenne ich nicht. Er ist einen Kopf größer als die anderen, schlank mit dunkelblondem, gewelltem Haar und trägt einen gut geschnittenen dunkelgrauen Anzug. Als Jean-Claude etwas zu ihm sagt, dreht er sich ein Stück und enthüllt dabei ein Viertel seines Profils sowie die Tatsache, dass er eine Schildplatt-Brille trägt. Ein sehnsüchtiges Kribbeln breitet sich in mir aus und kriecht in meine Fingerspitzen.

Davon abgelenkt, verfange ich mich mit meinem Zeh im Teppich und lande nur deshalb nicht der Länge nach auf dem

Fußboden, weil Jules, die meine Tiefensensibilitätsstörungen kennt, mich fest genug am Ellbogen packt.

»Hab ich's dir nicht gesagt?«, flüstert sie selbstgefällig.

Vor mir steht ein Kunstwerk. Nein. Schlimmer noch. Vor mir steht ein Mann, den ich zum Kunstwerk machen will. Ich kralle meine Finger in den Stoff meines Kleids, während ich mich zum ersten Mal seit einer Ewigkeit nach meinen Öl-farben und dem kühlen, glatten Holz meines Lieblingspinsels sehne.

Mein Künstlerinnenblick labt sich an ihm. Seine maßge-schneiderte Kleidung unterstreicht die Breite seiner Schultern und die lange Linie seiner Beine. Dieser Mann hat den per-fekten Körper. Er ist der Athlet in deinen Träumen, der seine Kontaktlinsen vergessen hat und sich mit einer Brille behelfen muss – die er normalerweise nur im Bett trägt, zum Lesen.

Nackt.

Die Fantasie flutet meinen Verstand mit glühend heißen, nicht jugendfreien Bildern. Ich werde zu einer wandelnden erogenen Zone.

»Wer *ist* das?«, murmle ich.

Jules bleibt mit mir etwas außerhalb der Runde stehen und nutzt meine Sprachlosigkeit, um mir die Maske wieder aus dem Gesicht zu schieben. »Jean-Claudes Mitbewohner«, flüs-tert sie. »West.«

West.

O Scheiße. Dank meines kürzlichen Tauchgangs in die Ab-gründe erotischer historischer Romane habe ich an einen Kerl, der auch noch *West* heißt, nur umso höhere Erwartungen. Ich stelle mir einen attraktiven Herzog vor, die muskulösen Ober-schenkel in enge Wildlederhosen gezwängt, wie er von seinen zehrenden Pflichten gezeichnet und tief in Gedanken durch windgepeitschte Moore streift. Jules drängt sich mit mir unerbittlich zwischen das Trio, und obwohl ich auf herzogliche Erhabenheit vorbereitet bin, muss ich einen Anflug von Panik niederkämpfen, als *West* sich zu mir umdreht.

Er sieht mich an, wobei seine unglaublichen haselnussbraunen Augen sich weiten. Aber ich versinke nur kurz darin. Zu neugierig, zu fasziniert lasse ich den Blick an ihm hinabgleiten und sauge jedes Detail in mich auf. Die Schluckbewegung seines Kehlkopfs. Seine Hände, die mit rauen Knöcheln und roten rissigen Fingerspitzen ein Glas umklammern. Im Gegensatz zu Jean-Claude, dessen arrogante Haltung seine locker sitzende Krawatte an Nonchalance noch weit übertrifft, hat West überhaupt nichts Entspanntes oder Lockeres an sich. Kerzengerade Haltung, nicht ein Fältchen in der Kleidung, jede Haarsträhne sitzt.

Auch er mustert mich von oben bis unten. Und obwohl ich oft Schwierigkeiten habe, einen Gesichtsausdruck richtig zu deuten, bemerke ich es sofort, wenn er sich verändert. Auch dann, wenn es nur für den Bruchteil einer Sekunde ist, so wie jetzt, als sich seine Züge verhärten und das Blut, das gerade noch heiß durch meine Adern geschossen war, sofort zu Eis gefriert.

Er scannt meine Tattoos und bleibt an dem Hummeltanz hängen, der sich von meinem Hals über meine Brust bis unter mein Kleid zieht. Danach wandert sein Blick wieder nach oben zu meinen frisch gewaschenen Strähnen und dem unordentlichen Pony, bevor er schließlich auf den weißen Haaren landet, die an meinem schwarzen Kleid kleben. Ein besonders hartnäckiges Büschel befindet sich in meinem Schritt, wo Puck, unser Familienkater, es hinterlassen hat, bevor ich ihn von meinem Schoß werfen konnte. Mr Korrekt und Perfekt sieht mich mitleidig an, als schäme er sich für mich, weil ich meinen Fusselroller vergessen habe. Er verurteilt mich.

»Beatrice«, unterbricht Jules meine Gedanken.

»Was?« Ich blinzle sie an.

Nach neunundzwanzig Jahren schwesterlicher Koexistenz weiß ich, was dieses geduldige Lächeln in Kombination mit meinem vollen Namen bedeutet. Ich war mal wieder abwesend, und sie muss sich wiederholen. »Ich habe gesagt, das ist Jamie Westenberg. Den aber alle nur West nennen.«

»Jamie ist auch in Ordnung«, fügt er nach einem unangenehmen Moment des Schweigens hinzu. Seine tiefe, dabei aber leise Stimme schlägt gegen meine Knochen wie eine Stimmgabel. Das gefällt mir nicht. Kein bisschen.

Ich werde mir von diesem Mann, der mich immer noch missbilligend mustert, meine Liebesroman-*Wests* nicht ruinieren lassen. Ich werde ihn Jamie nennen. Judgy Jamie. Das passt viel besser zu ihm.

Er tut es schon wieder. Sein kritischer Blick gleitet die Tattoos entlang, meinen Hals hinunter bis zu meinem Schlüsselbein, als würde er mich röntgen. Mir steigt die Hitze in die Wangen. »Siehst du etwas, das dir gefällt?«, frage ich.

Jules stöhnt, schnappt sich Jean-Claudes Glas und trinkt es zur Hälfte aus.

Ruckartig sieht Jamie mir wieder in die Augen und räuspert sich. »Ich entschuldige mich. Du … kommst mir irgendwie bekannt vor.«

»Oh? Wie das?«

Er räuspert sich noch einmal und schiebt seine Brille nach oben. »All die Tätowierungen. Sie erinnern mich an … Ich dachte für einen Moment, du seist jemand anderes.«

»Genau das will jemand hören, der sich den Arsch aufreißt, um ganz individuelle Tattoos zu entwerfen – dass sie so gewöhnlich sind, dass man sie gern mal verwechselt.«

»Ich würde denken, du wärst daran gewöhnt, verwechselt zu

werden«, kontert Jamie mit einem Blick zu meiner Zwillingsschwester.

»Richtig. Und genau das ist der Grund für meine ganz *individuellen* Tattoos«, presse ich zwischen zusammengebissenen Zähnen hervor. »Ich will aussehen wie ich selbst, nicht wie jemand anders.«

Er sieht mich mit einem kritischen Stirnrunzeln an. »Nun, man kann dir zumindest nicht vorhalten, dass du dich nicht bemühen würdest.«

Christopher prustet in seinen Drink, woraufhin ich mir mit dem Mittelfinger die Nase reibe.

»Vielleicht kommen West deine Tattoos nur deshalb so bekannt vor, weil ihr euch schon einmal begegnet seid … irgendwo … irgendwann?«, meint Jules hoffnungsvoll.

»Das bezweifle ich«, erkläre ich ihr. »Du weißt, dass ich nicht oft ausgehe. Und wenn, dann sicher nicht in Clubs, die so spießig – ich meine, *seriös* – sind, dass man dort Typen wie ihn trifft.«

Jamies Augen verengen sich zu Schlitzen. »Also, wenn ich an den Schuppen denke, in den Jean-Claude mich letztes Jahr geschleppt hat, könnte es schon sein, dass wir bereits das Vergnügen hatten. Eine absolute Chaoshöhle. Vielleicht warst du die unangemessen aufdringliche Frau, die mir dort in einem Schwall auf die Schuhe gekotzt hat.«

Jean-Claude reibt sich den Nasenrücken und murmelt etwas auf Französisch.

Das Lächeln, das ich Jamie schenke, kommt mehr einem Zähneblecken gleich. »Chaoshöhlen sind nicht so mein Ding. Aber wer auch immer die arme Seele war, die sich übergeben musste. Ich könnte mir vorstellen, dass das Erbrechen eine unfreiwillige Reaktion auf den unglücklichen Umstand war, dir zu begegnen.«

Jules boxt mir den Ellbogen in die Seite. »Was ist in dich gefahren?«, zischt sie.

»Ich kann mich an den Abend erinnern«, erklärt Jean-Claude Jamie. »Es war definitiv nicht Beatrice.« Dann wendet er sich mir zu. »West hat beschlossen, als griesgrämiger alter Junggeselle zu sterben. Die Einsamkeit macht ihn ein wenig schrullig. Du musst seine etwas eingerosteten Umgangsformen entschuldigen.«

Jamies Wangen nehmen ein fleckiges Himbeerrot an, während er in sein halb leeres Whiskey-Glas starrt.

Ein überzeugter Junggeselle? Das heißt, ich bin hier nicht die Einzige, die einer Romanze aus dem Weg geht. Verdammt. Ich will keine Gemeinsamkeiten mit diesem brilletragenden Typen mit Stock-im-Arsch haben.

»Bea ist genauso«, fügt Jules hinzu, ganz die gedankenlesende, indiskrete Zwillingsschwester. »Als ich sie vorhin in ihrem Versteck ertappt habe, hat sie mich angefaucht.« Sie lächelt Jean-Claude an. »Aber ich bin zuversichtlich, eines Tages wird die alte Jungfer ihre Krallen einfahren und so glücklich werden, wie ich es bin.«

Die beiden Turteltauben sehen sich an und geben sich einen langen, schmachtenden Kuss, bei dem mir fast der Käse und die Kräcker wieder hochkommen. Der Kuss wird zu Küssen, während Christopher seine Uhr gerade rückt, Jamie sein Glas studiert, und ich mir Pucks Fell vom Kleid zupfe.

Schließlich sieht Christopher mich an und zieht herausfordernd die Augenbrauen nach oben. Ich zucke mit den Achseln. *Was?*

Seufzend wendet er sich an Jamie. »Dann kennt ihr euch also schon lange, du und Jean-Claude?«

»Unsere Mütter sind befreundet«, erklärt er. »Ich kenne Jean-Claude schon mein ganzes Leben.«

»Ach ja, richtig«, entgegnet Christopher. »Wart ihr auch auf demselben Internat?«

»Nein, aber unsere Mütter. Sie stammen beide aus Paris. Jean-Claudes Familie ist in die Staaten gezogen, als wir Teenager waren, aber unsere akademischen Wege haben sich erst an der Uni gekreuzt.«

Ich verdrehe die Augen. Natürlich gehört Jamie zu den Leuten, deren *französische* Mütter ein *Internat* besucht haben. Ich könnte wetten, er selbst war auch auf einem Internat. Die Privatschule steht ihm auf die Stirn geschrieben.

Während Christopher ihm eine weitere Frage stellt, trinkt Jamie den Rest seines Cocktails, der nach Bourbon und Orangen duftet. Als er schluckt, gleitet mein Blick unweigerlich von seinen Lippen hinunter zu seinem Hals.

Die beiden unterhalten sich, und ich starre Jamie an, wobei ich mir einrede, dass ich ihn als Person ja gar nicht mögen muss. Als Künstlerin steht es mir zu, fasziniert zu beobachten, wie das sanfte Licht in unserem Haus die lange Linie seiner Nase streift und über die Konturen seines Gesichts streichelt, die hohen Wangenknochen, den kantigen Kiefer und den schmallippigen Mund, der insgeheim vielleicht ganz weich ist, wenn er ihn mal nicht zusammenpresst. Einem spießigen Langweiler wie ihm sollte es verboten sein, so schön zu sein.

»Und du, Fräulein Krebs?« Christopher tippt auf meine Maske. »Hast du die selbst gemacht?«

»Aber natürlich.« Ich spüre Jamies Blick auf mir und hasse mich dafür, dass ich deswegen rot werde. »Dich brauche ich wohl gar nicht erst zu fragen, oder, Christopher? Dein Bärenkostüm ist eindeutig gekauft.«

»Tut mir leid, dich zu enttäuschen, aber manche von uns sind einfach zu eingespannt in ihrem Job, um eine Maske für Jean-Claudes Geburtstagsparty zu basteln.«

»Na ja, zumindest ist die Verkleidung farblich gut auf dich abgestimmt.« Christophers dunkle Haare und bernsteinfarbene Augen haben die gleichen Farben wie seine Maske. Ich fahre mit den Fingern durch seine perfekt gestylten Locken und verstrubble sie absichtlich.

Er schnippt mir mit dem Finger gegen das Ohr. »Schon mal was von Diskretion gehört? Ich bitte darum, Abstand zu halten. Du stinkst nach Pfefferminzlikör.«

Dem nächsten Schnippen kann ich ausweichen. »Besser, als nach Bourbon.«

Jamie beobachtet uns schweigend, mit hochgezogener Augenbraue, als hätte er noch nie zwei Menschen gesehen, die sich freundschaftlich necken.

Bevor ich ihn damit aufziehen kann, trennen sich die Turteltäubchen mit einem lauten Schmatzer, und meine Schwester sieht mich atemlos und mit geröteten Wangen an.

»Was Juliet sich immer ausdenkt«, sagt Jean-Claude mit einem Blick auf meinen Zwilling. »Eine Mottoparty, auf der ich sie mit so vielen Leuten teilen muss.« Er holt sie näher zu sich heran und zieht das Dekolleté ihres Wickelkleids wieder zurecht. »Dabei brauche ich nur dich.«

Jules lächelt und beißt sich auf die Lippe. »Ich wollte etwas Besonderes für dich organisieren. Du hast mich doch andauernd für dich allein.«

»Aber nicht oft genug«, grummelt er.

Etwas an der intensiven Nähe, die Jean-Claude zu meiner Schwester sucht, verursacht mir Gänsehaut. Die beiden sind nun seit etwas über drei Monaten zusammen, aber anstatt sich nach der ersten großen Verliebtheit ein wenig zu beruhigen, wie die Menschen, mit denen Jules davor zusammen war, scheint Jean-Claude mit jedem Tag noch verliebter. Das geht so weit, dass ich in unserer Wohnung nicht mehr im Bademantel herumlaufen kann, weil er *immer* da ist – auf dem Sofa, in unserer Küche, in ihrem Zimmer. Mein Bauchgefühl sagt mir, dass das zu viel ist.

Aber Jean-Claude arbeitet für Christophers Hedgefonds und wurde erst kürzlich befördert, was bedeutet, dass Christopher ihm vertraut. Und das heißt viel. Hinzu kommt, dass Jean-Claude Jules wirklich glücklich zu machen scheint. Ich verstehe es zwar nicht, kann es aber auch nicht leugnen, weshalb ich meine Bedenken für mich behalte, bisher.

Jules lächelt. »Als Gastgeber sollten wir uns ein wenig unter die Leute mischen, Jean-Claude«, sagt sie und boxt Christopher den Ellbogen in die Rippen. »Würde es dir etwas ausmachen, nachzusehen, ob noch genug Eis an der Bar ist?«

Christopher wirft ihr einen finsteren Blick zu, bevor sein Gesicht sich aufhellt. »Oh. Richtig. Die Bar. Dann geh ich mal.«

Zurück bleiben Jamie und ich. Allein.

Die Luft zwischen uns knistert.

Wenn ich jetzt vernünftig wäre, würde ich mich verkrümeln. Mich nützlich machen. Drinks servieren. Häppchen auffüllen. Aber ich bin nicht vernünftig. Meine kompetitive Ader gewinnt die Oberhand, und ich gebe dem perversen Bedürfnis, Jamie zu beweisen, dass er sich in mir täuscht, nach. Ich bin nicht wie die mit nichtssagenden Tattoos dekorierte Chaotin, die ihm vor ein paar Monaten in einer zwielichtigen Bar auf die Schuhe gekotzt hat.

Na ja, eine Chaotin bin ich schon irgendwie. Und ein wenig tollpatschig auch. Aber das ist nicht meine Schuld. Was alles andere angeht, schätzt er mich völlig falsch ein. Ich werde ihm beweisen, wie kultiviert ich bin. Das einzige Problem ist, dass dazu etwas nötig ist, in dem ich denkbar schlecht bin: Small Talk.

»Was … ähm … trinkst du da?«, will ich von ihm wissen. Blöde Frage, aber wie ich schon sagte, Small Talk ist nicht gerade meine Stärke.

Jamie sieht mich skeptisch an, als wüsste er nicht, worauf ich damit hinauswill. Womit wir schon zwei wären.

»Einen Old Fashioned«, antwortet er schließlich so knapp und präzise wie seine ganze Erscheinung. Dann sieht er auf meine leeren Hände. »Trinkst du nichts?«

»Oh, ich habe schon beim Pfefferminzlikör in der Küche zugeschlagen. Mein bevorzugtes soziales Gleitmittel. Du weißt, was ich meine.«

Seine Augen weiten sich, und ich wäre am liebsten im Boden versunken.

Gleitmittel? Warum habe ich *Gleitmittel* gesagt? So viel zu meiner Kultiviertheit.

»Verstehe.« Er rückt die Löwenmaske zurecht, die auf seinen makellosen dunkelblonden Locken sitzt.

Der Einschlag meiner Gleitmittel-Bombe hat das sanfte Geplätscher unserer Konversation in eine gefährliche Brandung verwandelt. Wir stehen kurz davor unterzugehen, aber Jamie hat mir mit seinem »Verstehe« eine Rettungsleine zugeworfen. Ich ergreife sie und werfe ihm ebenfalls eine zu. »Hübsche Maske«, sage ich.

»Danke«, entgegnet er und sieht sich meine genauer an. »Deine ist …«

»Gruselig?« Ich streichle zufrieden über eine der Pappmascheescheren. »Danke. Die habe ich selbst gebastelt.«

Er blinzelt mich an, als würde er intensiv darüber nachdenken, was er Nettes darüber sagen könnte. »Ich … bin beeindruckt. Sieht …«, er räuspert sich, »kompliziert aus.«

»Ach, das war gar nicht so schwierig. Außerdem bin ich Künstlerin. Ich liebe kreative Handarbeiten.« Und dann werde ich irgendwie kindisch und füge noch hinzu. »Wie meine Tattoos.«

Er schluckt und wird unglaublich rot, während sein Blick wieder den Hummeln folgt und meinen Hals hinunter zu meinen Brüsten wandert. Dabei hat er gar keinen Grund zu erröten. Es gibt dort nicht viel zu sehen. Mein Kleid lässt zwar tief blicken, aber im Gegensatz zu meiner Schwester bin ich im Brustbereich eher nicht gesegnet. Der Fluch des Zwillingsdaseins: ähnliche Gesichter, unterschiedliche Titten.

Nach diesem letzten Seitenhieb bleibt Jamie stumm. Ein hart erkämpfter Triumph. Nun bin ich diejenige, die höflich lächelt, während er das Gespräch langsam und grausam sterben lässt. Als ich gerade meinen Sieg erklären will, tritt Margo zwischen uns.

Sie trägt einen knallorangen Jogginganzug und eine Fuchsmaske, die ihre dichten, schwarzen Locken zurückhält. Winzig, wie sie ist, muss sie zu uns hochsehen. »Cocktail gefällig, ihr zwei Süßen?«, fragt sie lächelnd.

»Großer Gott, ja.« Ich nehme ihr das Glas ab und erfreue mich an der dunkelroten Farbe und dem verführerischen Aroma. Margo, die Barkeeperin ist, mischt die weltbesten Drinks. Ich würde alles trinken, was sie mir anbietet. Wie so ziemlich jeder hier auf der Party ist sie eine Freundin von Jules. Meine Schwester bildet den Kern unserer sozialen Zelle, während ich glücklich am Rand der semipermeablen Membran treibe.

Auch ich habe Freunde, aber die kenne ich alle nur über Jules. Das genügt mir. Über Jules habe ich Margo kennengelernt, die mit Sula verheiratet ist. Und dank Sula, für die ich derzeit arbeite, habe ich als Künstlerin einen Job, von dem ich tatsächlich leben kann. Dass meine Schwester ständig damit beschäftigt ist, an unserem sozialen Netz zu knüpfen, kann manchmal anstrengend sein, aber es hat mein Leben auch besser gemacht. Ohne Jules, die mich immer wieder in ihren Orbit zerrt und dazu anstößt, auf andere zuzugehen, wäre ich sehr viel einsamer und hätte keine so lukrative Anstellung, insbesondere seit bei mir vor fast zwei Jahren alles den Bach runterging.

Margo streckt Jamie die Hand hin, und an meinem Vorsatz festhaltend, ihm zu beweisen, dass ich keine Chaotin bin, mache ich die beiden höflich miteinander bekannt. »Jamie«, sage ich, »das ist Margo.«

»Eigentlich«, bemerkt er, während er ihr die Hand schüttelt und dann gleich wieder loslässt, »nennen mich die meisten Leute …«

»West!«, brüllt jemand hinter mir und erschreckt mich so heftig, dass ich vorwärtsstolpere und mein knallroter Drink direkt auf Jamies Brust landet.

Mit zuckendem Kiefer weicht er einen Schritt zurück, um die rote Flüssigkeit abzuschütteln, die von seiner Hand tropft. »Entschuldigt mich«, sagt er und zieht dabei missbilligend eine Augenbraue nach oben. *Siehst du*, ermahnt mich die Augenbraue, *du bist eben doch eine Chaotin.* Dann dreht er sich um und verschwindet im Dschungel der Gäste.

Ich bete zum Universum, es möge den Boden unter mir öffnen und mich verschlucken.

Aber nichts rührt sich. Also stehe ich einfach nur da, ein leise zischender Meteorit inmitten seines Einschlagkraters.

2

Jamie

Als ich die Treppe herunterkomme, sieht Jean-Claude mir irritiert entgegen. Ich war im Badezimmer im ersten Stock – in einem der Badezimmer, um genau zu sein –, um dort meine Garderobe zu wechseln. Das Haus erinnert mich an das Haus meiner Eltern, zumindest was die Größe anbelangt. Aber das war's dann auch schon mit den Gemeinsamkeiten, denn das hier scheint ein echtes Zuhause zu sein.

»Was ist passiert?«, fragt er.

Ich ziehe die Manschetten meiner Ärmel gerade, bis die Knöpfe mittig auf der Innenseite der Handgelenke sitzen. »Beatrice. Zum Glück hatte ich ein Ersatzhemd eingepackt.«

Seufzend klopft er mir auf den Rücken. »Damit war zu rechnen. Du bist stets auf alle Eventualitäten vorbereitet.«

»Ich bin Kinderarzt, Jean-Claude. Ich habe immer Ersatzkleidung dabei. Hast du eine Vorstellung davon, wie oft pro Woche mich ein Baby vollspuckt?«

»Ich hab's verstanden.« Er nippt an seinem Drink. »Ich hoffe, du schreibst sie nicht gleich ab«, sagt er leise und deutet auf den Schauplatz der verheerenden Cocktailattacke.

»Wen?«

Er sieht sich um und wechselt auf Französisch, das wir dank unserer ausgewanderten Mütter beide fließend sprechen. Das tut er normalerweise nur, wenn er in Gegenwart anderer lästern will. »Bea. Ich weiß, sie ist ein wenig … merkwürdig, aber wenn man sie besser kennt, ist sie sehr süß. Auf ihre Art.«

»Ich schreibe niemanden ab. Wozu auch? Unsere Wege werden sich hoffentlich nie wieder kreuzen.« Derzeit waren meine sozialen Ängste besonders stark, weshalb ich mich eben nicht gerade von meiner liebenswertesten Seite gezeigt habe. Beatrice hat mir das schmerzlich bewusst gemacht. Warum sollten wir nach diesem Desaster noch weiter miteinander zu tun haben wollen?

»Vielleicht ist heute nicht der richtige Abend«, räumt Jean-Claude ein. »Aber du wirst sie in Zukunft ohnehin häufiger sehen.«

Ich bleibe abrupt stehen. »Wie bitte?«

Mit einem wölfischen Grinsen klopft er auf seine Hosentasche. »Ich werde Juliet heute einen Heiratsantrag machen.«

»Einen Heiratsantrag? Es sind erst drei Monate.«

Jean-Claude wirkt verstört. »Das ist lange genug, um zu wissen, dass ich möchte, dass sie für immer zu mir gehört. Das Schneckentempo, das du in diesen Dingen an den Tag legst, ist nicht jedermanns Sache, West.«

Das saß. Aber wie immer lasse ich es an mir abprallen.

»Schon gut. Ich wollte dich nicht kritisieren. Ich war nur überrascht.«

Jean-Claudes Blick bleibt an Juliet hängen, die sich unter die Gäste gemischt hat. Nicht einmal die exotische Schwanenfedermaske kann ihr strahlendes Lächeln verbergen. »Du bist schon viel zu lange allein, West«, ermahnt er mich, die Augen immer noch auf Juliet gerichtet. »Du hast dich in diesen Junggesellenquatsch hineingesteigert, und jetzt bist du einsam und leidest darunter. Was spricht dagegen, das heute Abend zu ändern, hm?«

»Ich bin weder einsam noch leide ich«, erkläre ich ihm wieder auf Englisch, ein Zeichen, dass unsere private Unterhaltung hiermit beendet ist. »Ich bin beschäftigt.«

Wer in Arbeit ertrinkt, hat keine Zeit, sich nach einer Beziehung zu sehnen. Und ja, vielleicht arbeite ich nur deshalb so viel, weil ich es um jeden Preis vermeiden will, jemanden kennenzulernen. Aber jeder, dessen letzte Beziehung so geendet hat wie meine, würde sich für ein Singledasein entscheiden.

Im Zeitraffertempo spult mein inneres Auge alles noch einmal ab, von dem Moment, in dem ich Lauren bei einer Spendengala kennengelernt habe, bis zu dem Tag, an dem sie Schluss gemacht hat. Ich dachte, ich hätte jemanden gefunden, der perfekt zu mir und meinem Lebensstil passt, jemanden, der exakt dasselbe will wie ich – eine sinnstiftende medizinische Karriere, Routine, Ordnung. Doch dann stellte sich heraus, dass ich jemanden gefunden hatte, der eine Zeit lang von unserer Beziehung profitierte und dann keinerlei Probleme hatte, mich wie lästigen Ballast loszuwerden, als ich seinen Zwecken nicht länger dienlich war.

Im letzten Jahr habe ich die harte Trennung immer als Grund angeführt, um sozialen Events aus dem Weg zu gehen. Tatsächlich war ich zu ausgelaugt, um überhaupt nur daran zu denken, es noch einmal mit jemandem zu versuchen, dem ich dann wieder nicht genügen würde und der mir den Boden unter den Füßen wegzieht. Nein, was ich brauche, ist ein unaufgeregtes Junggesellendasein, und soziale Kontakte und Ereignisse, so gut es geht, zu meiden, ist der beste Weg dorthin. Unglücklicherweise scheint meine Ausrede mit der Trennung bei Jean-Claude, der die *Ich habe Geburtstag, du bist mein Mit-*

bewohner, und es ist unhöflich, nicht zu kommen Karte gezogen hat, nicht mehr zu funktionieren.

Er wusste, dass er mich damit kriegen würde. Und er hat recht behalten.

»Wenn du nicht leidest, warum jammerst du dann?«, will er wissen.

»Ich jammere nicht.«

»Doch, tust du.« Er schwenkt sein Glas, und seine blassblauen Augen mustern mich skeptisch. »Außerdem ist es höchste Zeit, dass du ein bisschen Spaß hast.«

»Spaß?«

»Ja. Spaß. So wie heute Abend. Das nennt sich Spaß.«

»Hmm.« Ich kratze mich unter der Maske am Wangenknochen. »Muss Spaß derart jucken? Das ist Polyester, habe ich recht?«

Jean-Claude verdreht hinter seiner eher abschreckenden Kobramaske die Augen. Dann betrachtet er sich im Flurspiegel und zupft an seinen verstrubbelten braunen Haaren herum, für die er jeden Morgen eine Unmenge an Zeit aufwendet, damit sie aussehen, als würde er überhaupt keine Zeit dafür aufwenden. »Keine Ahnung, woraus die Maske ist. Aber sie macht aus dir einen wilden Löwen. Nun müssen wir nur noch jemanden finden, der dich zum Brüllen bringt.«

»Raus mit dir! Los! Misch dich unter deine Gäste!«

Er klopft mir auf den Rücken. »Wir werden uns heute Abend amüsieren!«, verspricht er mir, während er sich grinsend davonmacht. »Liebe liegt in der Luft, und der Wein fließt in Strömen. Wer weiß, was noch passieren wird.«

Mir dreht sich der Magen um. Dieser Blick. Ich kenne diesen Blick. Er führt etwas im Schilde.

Ich brauche so viel Distanz wie möglich und bahne mir einen Weg durch die Menge auf der Suche nach einer einsamen Ecke, in die ich mich verkriechen kann, um zu lesen. Dem Himmel sei Dank für Smartphones, auf denen man heimlich ein E-Book lesen kann.

»West! Da bist du ja wieder.« Eine von Juliets Freundinnen hakt sich bei mir unter. Es ist die Frau mit den dunklen Locken und dem Fuchskostüm, die mir gerade erst vorgestellt wurde. Ich brauche einen Moment, um mich an ihren Namen zu erinnern.

»Hallo, Margo.«

Sie lächelt. »Suchst du etwas?«

»Nur eine ruhige Ecke, in die ich mich eine Weile setzen kann.«

»Da weiß ich den perfekten Ort für dich. Komm.« Sie führt mich in den hinteren Teil des Hauses zu einer gemütlichen Sitzecke, die etwas abgenutzt, aber sauber aussieht. Zwei identische senfgelbe Sessel, ein schmaler Beistelltisch und eine Tiffany-Lampe, deren buntes Glas wie ein Kaleidoskop glitzernde Lichtflecken streut.

»Vielen Dank.«

Sie lächelt wieder. »Freut mich, wenn ich helfen konnte.«

Ich lasse mich in einen der Sessel sinken, strecke die Beine aus und krame mein Handy aus der Tasche. Dann fange ich an zu lesen. Nur ein paar Minuten. Nur, bis ich das Kapitel, bei dem mich das eintreffende Taxi unterbrochen hat, zu Ende ist.

Es ist friedlich hier hinten, abseits des Partygetümmels. Ein Fenster steht einen Spalt breit offen, durch den ein Hauch Herbst ins Zimmer dringt. Es ist einer dieser absolut perfekten Momente.

Bis durch eine Schwingtür am anderen Ende des Raums, von deren Existenz ich nichts wusste, Bea den Raum betritt und mich zu Tode erschreckt.

Ruckartig richte ich mich in meinem Sessel auf und stoße um ein Haar die farbenfrohe Lampe um.

»Beatrice.«

Die Augen hinter der kunstvollen Pappmascheemaske weiten sich. »James.«

»Jamie«, korrigiere ich sie, wobei ich nicht weiß, warum zur Hölle ich dieser nervigen Frau gestatte, mich bei meinem richtigen Vornamen zu nennen, obwohl es in meinem Leben nur ein paar wenige Personen gibt, die sich diese Intimität verdient haben.

»Bea«, pariert sie. »Aber da du mich Beatrice nennst, nenne ich dich James. Was machst du hier?«

Ganze zehn Sekunden lang kommt mir kein Wort über die Lippen. Das war schon immer so. Sobald meine Ängste mich übermannen, werde ich sprachlos. Aber heute Abend – mit ihr – ist es besonders schlimm.

Ich starre sie an, ihre langen Beine, die feinen, schwarzen Tintenzeichnungen auf ihrer Haut und den quälend tiefen Ausschnitt, der kaum etwas entblößt. Ihr Haar ist dunkel, bis auf die hellblond gefärbten Spitzen auf den Schultern. Aber der eigentliche Grund, weshalb sich schon bei unserem ersten Aufeinandertreffen jedes Wort in meinem Kopf in Luft aufgelöst hat, sind ihre Augen – blaugrüne Iriden, umgeben von faszinierenden, wolkengrauen Ringen –, die an einen sich aufbäumenden Ozean unter einem stürmischen Himmel denken lassen.

»Margo hat mir den Platz gezeigt«, bringe ich schließlich heraus. Da ich sitzend so viel kleiner bin als sie, stehe ich auf. Aber nun überrage ich sie, was noch unangenehmer ist. »Und was machst du hier?«, frage ich zurück.

»Man hat mich gebeten nachzusehen, ob alle Gäste ein Glas Champagner haben, bevor Jules einen Toast auf das Geburtstagskind ausbringt.«

»Ah.« Ich räuspere mich.

Das alles erscheint mir merkwürdig, aber warum sollten Juliets – und wahrscheinlich auch Jean-Claudes – Freunde uns nach dem Desaster von vorhin vorsätzlich in dieselbe Ecke des Hauses schicken?

»Nimm dir ein Glas.« Bea hält mir ein Tablett mit perlendem Champagner hin, und ohne es zu wollen, weiche ich einen Schritt zurück.

»Das ist Schampus, James, kein Molotowcocktail.«

»In deinen Händen wird jedes Getränk zu einem Geschoss, Beatrice.«

»Wow«, sagt sie. »Du bist wirklich ein …«

Bevor Bea mir die Beleidigung an den Kopf werfen kann, schwingt hinter ihr die Tür auf, und sie kippt mir stattdessen sechs Gläser eisgekühlten Champagner direkt über die Hose.

Als ich nach einem weiteren Garderobenwechsel mit meiner nassen Hose in der Hand in die Küche biege, steht Beatrice an der Theke, in den Augen ein katzenhaftes Lauern. Instinktiv zucke ich zurück.

Ich ziehe mir die Löwenmaske über das Gesicht, stopfe die champagnergetränkte Hose in meine Umhängetasche und ziehe meine Manschetten gerade. »Heute Abend bin ja eigentlich ich der Spitzenprädator«, erkläre ich, »trotzdem werde ich das Gefühl nicht los, dass ich derjenige bin, der hier gejagt wird.«

»Ich hatte mir den Abend auch anders vorgestellt, das kannst du mir glauben.« Sie legt eine Scheibe weichen Brie zwischen zwei Kräcker und beißt hinein. »Wessen Idee war die Löwenmaske?«, fragt sie kauend.

»Ich habe sie mir im Foyer genommen. Deine Schwester hatte eine Auswahl für Gäste, die keine mitgebracht haben.«

Bea hört auf zu kauen. »Ich verstehe die Leute mit ihren seelenlosen, gekauften Kostümen nicht. Die selbst gebastelten Masken sind das einzig Schöne an diesem Abend.«

»Für dich mag das zutreffen, du bist Künstlerin. Aber ich habe seit den frühen Zweitausendern kein buntes Papier und keine Klebstofftube mehr in der Hand gehabt. Und das wird auch so bleiben.«

»Was für eine traurige Existenz, dabei ist, sich schmutzig zu machen eines der größten Vergnügen im Leben. Außerdem, wie hätte ich sonst zum Ausdruck bringen sollen, dass mein Sternzeichen Krebs ist?«, fragt sie und tippt an ihre Maske. »Niemand verkauft Krebsmasken.«

»Man fragt sich, warum.«

»Oh, herzlichen Dank. Zumindest trage ich mein richtiges Sternzeichen. Und warum verkleidet sich ein Bilderbuchsteinbock wie du als Löwe?«

Ich blinzle sie an und rücke meine Brille zurecht, die durch die Maske nach unten gerutscht war. »Woher weißt du, dass ich Steinbock bin?«

Nicht, dass ich viel auf Sternzeichen und all den Quatsch gebe, aber technisch gesehen macht mich mein Geburtstag auf der astrologischen Karte tatsächlich zu einem Steinbock.

Sie schnaubt. »James. Wenn du ein bisschen mehr Bock in dir hättest, würdest du jetzt Berge erklimmen, anstatt hier mit mir Small Talk zu halten.«

»Das ist nicht wirklich eine Antwort.«

»Doch, ist es«, sagt sie und knabbert an ihrem Kräcker. »Es ist nur nicht die, die du hören wolltest. Können wir jetzt?«

»Wenn du mir verrätst, warum du hier auf mich gewartet hast.«

»Jules wartet auf *dich*. Ich habe nur den Befehl, dich nach draußen zu bringen und ihr ein Zeichen zu geben, wenn sie ihren Toast ausbringen kann.« Sie mustert mich stirnrunzelnd.

»Hast du dich *umgezogen*?«

»Ja.«

»War ja klar, dass du auch noch eine faltenfreie Reservehose in petto hast.« Sie beißt in einen weiteren Kräcker. »Du bist Steinbock.«

»Und doch war mir nicht bewusst, wie weise es war, mich auf ein eventuelles Desaster vorzubereiten. Immerhin wurde ich von dir und diversen alkoholischen Getränken heute Abend schon zweimal erfolgreich attackiert.«

Sie gibt ein leises Knurren von sich, das in Kombination mit ihren Katzenaugen und der schrillen Krebsmaske erschreckend verführerisch klingt.

Es muss das unglaublich schmeichelhafte Kleid sein, das sie trägt. Und meine lange Abstinenz. Unter diesen Umständen ist jeder Mann in der Lage, eine gewisse Anziehungskraft zu spüren, obwohl er am liebsten davonlaufen würde.

Ich streiche meine Manschetten glatt und ziehe sie nach unten, zuerst an einem Handgelenk, dann am anderen. »Ich verzeihe dir übrigens.«

Sie bleckt die Zähne, was wohl ein Lächeln sein soll. »Wie großzügig von dir. Aber du solltest lieber Jean-Claude verzeihen, der wie eine Elefantenherde, ohne anzuklopfen, durch die Tür getrampelt ist.«

»Da er allein war, wohl eher wie ein Elefant.«

Sie wirft mir einen deutlich genervten Blick zu. »Gehen wir. Ich halte das nicht länger aus.«

»Hey, ihr zwei!«, begrüßt uns Margo herzlich, als ich mit Bea das Foyer betrete. »Was für ein entzückender Anblick.« Sie gibt Juliet ein Zeichen, die lächelnd ihr Champagnerglas erhebt. »Kommt. Juliet macht ihren Toast, und danach machen wir ein Spiel!«

»Ein Spiel?«, frage ich schwach.

Beatrice beugt sich zu mir herüber. »Manche Leute tun so etwas, James. Um diese Sache zu haben, die man Spaß nennt.«

Sie kann nicht wissen, wie sehr mich diese spitze Bemerkung verletzt. Wie ein Pfeil, der ins Schwarze trifft, schlägt dieses Wort mit einem grässlichen Geräusch in meine Brust ein.

Spaß.

Spaß zu haben, ist schwer, wenn man schon sein Leben lang unter Angststörungen leidet. Wenn es einem bei neuen Orten und Menschen die Kehle zuschnürt und einem die Brust eng wird. Wenn man, egal wo man hingeht, die Verantwortung für die Reputation einer großen Familie trägt und jeder kleine Fehltritt verheerende Folgen hat.

Mittlerweile habe ich meine Ängste besser im Griff als noch als Kind, aber Beatrice' unterschwellige Anschuldigung trifft eine empfindliche alte Wunde, die nie ganz verheilt ist.

Weder kann ich ihre Anspielung wegen meiner Steifheit witzig kontern, noch bin ich zu einem gleichermaßen bissigen verbalen Gegenangriff fähig. Beatrice' gerunzelte Stirn lässt vermuten, dass sie das wundert. Sehnsüchtig starre ich auf den Drink in Margos Hand. Großer Gott, will ich das wirklich riskieren, mit Beatrice neben mir? Ist der Drink das wert?

»West.« Die Entscheidung trifft Christopher für mich, der mir einen weiteren Old Fashioned hinhält. Seine Maske trägt er eingebettet in die dunklen Haare auf der Stirn, was ich als unausgesprochene Erlaubnis werte, mir meine ebenfalls aus dem Gesicht zu schieben.

Ich freue mich auf einen großen Schluck, besinne mich aber eines Besseren und bringe zuerst einen guten halben Meter

Abstand zwischen mich und Beatrice. »Danke«, sage ich zu Christopher.

Er nickt mir zu. »Ein Old Fashioned ist das Mindeste, was ich dir schulde, nachdem ich Bea vorhin so erschreckt habe, dass sie dich mit Margos Drink in ein Pollock-Gemälde verwandelt hat.«

»Hey, ich stehe neben dir, schon vergessen?«, faucht sie ihn an.

Liebevoll streicht er ihr die Locken aus der Stirn. »Wie könnte ich das vergessen?« Er hebt sein Glas und stößt mit mir an. »Entschuldigung noch mal.«

»Kein Problem«, entgegne ich. »Prost.«

Wir genehmigen uns beide einen ausgiebigen Schluck.

Beatrice starrt mich an. »Aha, Monsieur ist sich zu gut, um das Blubberwasser zu trinken, das ich ihm angeboten habe, und bevorzugt Christophers Männerdrink.«

»Das ist nichts Persönliches. Champagner schmeckt mir einfach nicht besonders. Und Bourbon als Männerdrink zu bezeichnen, ist ziemlich sexistisch.«

In ihren sturmgrauen Augen blitzt es.

Christopher lacht. »Komm schon, Bea. Das war witzig.«

»Leg dich nicht mit mir an, Balu.«

»Balu?«, hake ich nach.

Bea bedenkt Christopher mit einem liebevollen Blick und zieht ihm die Bärenmaske aufs Gesicht. »Er ist der große Bruder, den ich nie hatte.«

»Irgendjemand muss ja auf euch Wilmot-Mädchen aufpassen«, sagt er und schiebt sie sich wieder auf den Kopf.

»Christopher wohnt nebenan. Wir sind zusammen aufgewachsen«, erklärt Bea.

Christopher grinst. »Ich könnte dir viele peinliche Geschichten über Bea erzählen.«

Ihre Augen verengen sich zu Schlitzen. »Denk nicht mal daran.«

Bevor die Situation eskaliert, lenkt Juliet mit einem Pfiff die Aufmerksamkeit auf sich. »Alle mal herhören«, ruft sie. Sie steht auf einem Stuhl in der Nähe der Eingangstür. »Danke, dass ihr heute Abend gekommen seid! Ich bin so glücklich, dass ihr mit uns Jean-Claudes Geburtstag feiert. Aber bevor der Spaß richtig losgeht, möchte ich einen Toast ausbringen.« Sie hebt ihr Glas.

»Eigentlich«, unterbricht Jean-Claude sie, »wollte ich davor auch noch etwas sagen.« Er tritt vor sie, fällt auf die Knie und öffnet sein Schächtelchen mit dem Ring.

»Was zur Hölle …?«, zischt Bea.

Christopher stößt ihr den Ellbogen in die Seite. »Pssst!«

»Sie sind erst seit *drei* Monaten zusammen!«

»Bea!« Er wirft ihr einen strengen Blick zu.

Als ich mich wieder auf den Heiratsantrag konzentriere, hält Juliet sich bereits die Hände vor den Mund und nickt begeistert.

Unter lautem Applaus heben wir die Gläser und stoßen zuerst auf die Verlobung und dann auf den Geburtstag an. Als die Gäste das glückliche Paar mit Glückwünschen überhäufen, steht Bea wie betäubt daneben.

Ich weiß nicht, was ich sagen soll.

»Und jetzt wird gespielt!«, ruft eine Frau und steigt auf den Stuhl, auf dem vor einer Minute noch Juliet stand. Sie hat leuchtend blaue Haare, die perfekt zu ihrer Pfauenmaske passen. »Für diejenigen von euch, die mich nicht kennen, ich bin Sula, eine Freundin von Juliet.«

Margo pfeift anerkennend aus der Mitte der Menge, und Sula zwinkert ihr zu.

»Das erste Spiel des Abends soll den Frischverlobten ein

paar Minuten Zeit für sich geben. Jules und Jean-Claude, ihr fangt an mit Suchen. Aber erst, wenn alle anderen sich versteckt haben. Jedes Versteck ist erlaubt. Sobald jemand gefunden wurde, hilft er beim Suchen. Der Letzte, der gefunden wird, gewinnt den großen Preis! Los geht's!«

3

Bea

Ziel des Spiels ist es, als Letzte gefunden zu werden, und ich bin extrem ehrgeizig. Aber das ist nicht der Grund, weshalb ich mein ultimatives Versteck aufsuche. Tatsächlich möchte ich einfach nur so lange wie möglich allein sein, und es ist mir ausnahmsweise piepegal, ob ich gewinne oder nicht.

In der großen alten georgischen Villa meiner Eltern gibt es unendlich viele kleine Kammern. Und von dieser einen im Obergeschoss weiß selbst Jules nichts. Sie fürchtet sich vor dem Obergeschoss, seit unsere nervige kleine Schwester Kate – die sich momentan auf der anderen Seite der Erdkugel befindet und von dieser beängstigenden Entwicklung nichts mitbekommt, der Glückspilz – sich einmal eine Gespenstergeschichte ausgedacht hat, bei der sich meine Zwillingsschwester zu Tode geängstigt hat.

Wenn Jules also überhaupt hier hochkommt, dann nur in der allerletzten Verzweiflung und definitiv nicht allein.

Besagte Besenkammer befindet sich den halben Weg den Flur hinunter und ist hinter den Wandpaneelen versteckt. Den Spalt im Holz sieht man nur, wenn man – wie ich – einen Blick für Details hat. So habe ich sie vor zwanzig Jahren auch entdeckt.

Ich drücke sachte dagegen, bis die Tür nachgibt, und ziehe sie dann leise wieder hinter mir zu. Eine kleine Nachtlampe in der Steckdose taucht den Raum in ein schwaches Licht. Es riecht nach Zitronenpolitur und den Zitrusduftsäckchen, die Mom in jeder Ecke des Hauses platziert, damit es »frisch riecht«, wenn sie nicht da sind, was ziemlich häufig der Fall ist. Meine Eltern lieben es, zu reisen. Sie verbringen die meiste Zeit des Jahres damit, die etwas wärmeren Ecken der Welt zu erkunden, und diese Wanderlust haben sie auch Kate vererbt, die seit ihrem Uniabschluss nie länger als ein paar Wochen zu Hause war. Ich würde alles dafür geben, jetzt an ihrer Stelle zu sein – Tausende Kilometer weit weg von all dem Schwachsinn.

Ich meine, verlobt. Nach *drei* Monaten. Ich weiß, ich klinge wie eine spießige alte Schachtel. Aber Entschuldigung, drei Monate!

Ich nehme die Maske ab, lasse mich auf einen Stapel Toilettenpapier sinken und schließe die Augen. Dann schiebe ich mein Kleid nach oben, um mehr Beinfreiheit zu haben. Es ist still hier. Zu still. Ich liebe atmosphärische Stille – eine leichte Brise, das rhythmische Rauschen von Wellen. Diese Stille, in der nur mein viel zu schneller Herzschlag zu hören ist, erscheint mir leer und quälend.

Juliet ist *verlobt*. Ich reibe mir die schmerzende Brust, die sich anfühlt, als wäre darin etwas gerissen, das kein Kleber dieser Welt mehr kitten kann.

Gerade als sich in meinen Augen die ersten Tränen sammeln, sind auf dem Flur Schritte zu hören. Leise und gleichmäßig. Direkt vor der Tür bleiben sie stehen, und ich lausche dem Geräusch einer Hand, die über das Holz fährt. Ernsthaft jetzt? Das kann nicht wahr sein. Niemand sollte mich hier finden.

Die Tür springt auf und wird sofort wieder zugezogen, als die Kammer sich mit der großen, schlanken Gestalt des Menschen füllt, den ich hier am allerwenigsten erwartet hatte.

Jamie.

Er dreht sich um und greift sich mit der Hand an die Brust, als er mich sieht. »Großer Gott«, japst er und schließt die Augen. Im Zurückweichen knallt er mit einem lauten Rumms gegen die eingebauten Regale.

»Psst«, flüstere ich scharf. »Wenn du schon ungefragt in mein Versteck eindringst, dann sei wenigstens leise. Wie hast du es überhaupt gefunden?«

»Da sich fast jeder vor dem Obergeschoss fürchtet, ist es nur logisch hierherzukommen.« Er zieht seine Manschetten gerade, bis die Knöpfe exakt in der Mitte der Innenseite seiner Handgelenke sitzen. »Und Sula – ich glaube, so hieß sie? Blaue Haare? – hat mir auch das Obergeschoss als Tipp gegeben.«

Ich presse meine Zähne zusammen. Das sieht meinen Freunden ähnlich. Sie versuchen schon den ganzen Abend, uns zu verkuppeln – seit Jules mich ihm vorgestellt hat und sich dann mit Christopher und Jean-Claude sofort aus dem Staub gemacht hat, damit wir uns ungestört unterhalten konnten. Danach hat Margo mich mit dem Champagner ins Hinterzimmer geschickt, und Jules hat mir aufgetragen, mich vor ihrem Toast um Jamie zu kümmern. Und dann hat ihn auch noch Sula auf meine Spur gebracht, die gesehen haben muss, wie ich die Treppe hochgeschlichen bin. »Diese hinterhältigen, miesen kleinen Kuppler.«

»Wie bitte?«

»Ach, nichts. Ich verstecke mich woanders.« Ich stehe auf und greife an Jamie vorbei in die kleine Kerbe in der Tür, an der sie sich öffnen lässt. Doch als ich dagegendrücke, passiert nichts.

Ich versuche es noch einmal und fange an zu rütteln.

Plötzlich umfängt mich ein warmer Hauch und ein Geruch, der sehr viel angenehmer ist als Möbelpolitur und Citrus-Potpurri. Ich schließe meine Augen, nur für einen Moment. Verdammt. Warum muss Jamie riechen wie … wie ein Spaziergang durch einen dichten Wald an einem kühlen, nebligen Morgen? Nach Salbei und Zedernholz und regennasser Erde.

Ich schlucke und drehe mich kurz nach ihm um. Er steht dicht hinter mir und starrt auf die Tür.

»Was ist damit?«, fragt er leise. Sein Atem streift meinen Hals. Orangenschale und Bourbon, sein Drink.

Ich schlucke noch einmal. Der Raum wird mit jeder Sekunde kleiner. »Sie klemmt.«

»Sie klemmt?«

»Ja«, murmle ich verärgert. »Dank dir.«

»Wieso? Ich habe sie nur hinter mir geschlossen.«

Ich drehe mich um und sehe ihm direkt in die Augen, was ein Fehler ist. Wir stehen extrem dicht voreinander, ohne eine Möglichkeit auszuweichen. Jamie atmet tief ein, wobei sein Brustkorb sich weitet und meine Brüste streift. Eine unwillkommene Hitze rauscht durch meine Adern, und ich muss mich an der Wand abstützen.

»Wenn man sie zu fest zuschlägt«, erkläre ich ihm, ohne mir die Mühe zu machen, den anklagenden Unterton zu kaschieren, »verklemmt sie sich manchmal.« Verzweifelt versuche ich mein Herz, das immer schneller pocht, zu ignorieren.

»Woher sollte ich das wissen?«

»Du solltest es eben nicht wissen! Du solltest gar nicht hier sein!« Ich beiße die Zähne zusammen und versuche, meine Wutränen zu unterdrücken. Ich wollte einfach nur allein sein. Und nun bin ich mit diesem überheblichen, aufgeblasenen, verstörend attraktiven Typ in einer Besenkammer eingesperrt. Mit diesem stocksteifen Spießer, dem ich heute Abend peinlicherweise nicht nur einmal, sondern gleich zweimal einen Drink über die Klamotten geschüttet habe, während meine Zwillingsschwester sich einfach so verlobt hat, mit einem Kerl, von dem ich bis heute nicht weiß, ob ihm zu trauen ist.

Und nun fange ich auch noch an, vor ihm zu weinen.

»Ist alles okay mit dir?«, fragt Jamie vorsichtig.

Ich blinzle ihn an, ohne ein Wort herauszubringen. Ist er jetzt etwa auch noch … nett? Dieser nerdige Steinbock?

Er schaut zu mir herunter. »Hast du Platzangst? Wenn es sein muss, kann ich die Tür wahrscheinlich aufbrechen.«

Scheiße. Nun gibt es kein Halten mehr für meine Tränenflut. Ich war nicht darauf vorbereitet, sanft behandelt zu werden. Nicht von diesem mindestens ein Meter neunzig großen, zynischen Brillenträger. Nicht wenn ich leide und ein paar nette Worte dringend brauchte.

Mir rutscht ein Fiepen heraus. Dann noch eins. Und schließlich ein lautes Schluchzen, das ich gerade noch dämpfen kann, in dem ich mir die Hand vor den Mund presse.

»Bitte nicht«, flüstert er, als würde er mit sich selbst sprechen. Er zerrt die Maske aus seinen Haaren und wirft sie zur Seite. »Bitte … bitte nicht weinen.«

Das zurückgehaltene Schluchzen lässt meine Brust beben, und während ich weiter die Hand vor den Mund halte, fließen die Tränen in Strömen. Das bisschen Make-up, das ich trage, genügt, um mein Gesicht in Drip-Painting-Kunst zu verwandeln. Meine Nase läuft. Ich bin das wandelnde Porträt eines emotionalen Zusammenbruchs.

»Ich ka-kann nicht aufhören.«

»In Ordnung.« Er sieht mich so besorgt an, dass ich mich sofort noch schlechter fühle. Ich heule Rotz und Wasser. »Was …« Er schluckt. »Was würde helfen?«

Eine Umarmung. Druck. Aber das kann ich ihm nicht sagen. Ich kann ihn nicht bitten, mich in den Arm zu nehmen. Also schlinge ich die Arme um den Körper und ziehe das Kinn ein, damit er meine Tränen nicht sieht.

Plötzlich ist er so nah, dass seine Wärme über mich hinwegschwappt. »Kann ich dich umarmen? Ich meine, ist es das, was du brauchst? Dass man dich … festhält?«

Ich starre auf den Boden, fest entschlossen, das allein in den Griff zu bekommen. Aber das Verlangen nach diesem Druck, der mir Erleichterung verschafft, nach der heilsamen Ruhe, die eine feste Umarmung in mir auslöst, ist zu groß. Zögernd nicke ich.

Als verstünde er ganz genau, was ich brauche, schlingt Jamie die Arme um mich und drückt mich fest an seine Brust. Er streichelt mir nicht über den Rücken, hält mich einfach nur fest, und sofort beginnt das penetrante Kribbeln auf meiner Haut nachzulassen. An ihn gequetscht, in seinem eisernen Griff, mein Ohr an seinem pochenden Herzen, seinem stetigen Rhythmus lauschend, fällt mir das Atmen ein wenig leichter.

Er wirkt ruhig und gefasst, obwohl das donnernde *Bumm, bumm* seines Herzens mir verrät, dass er alles andere als ruhig ist. Ich frage mich, ob er zu jenen Menschen zählt, die wahre Meister darin sind, auszusehen, als ging es ihnen bestens, obwohl sie kurz vor dem Durchdrehen sind. Was er wohl sonst noch hinter seiner makellosen Fassade versteckt?

Nun ja, *ehemals* makellosen Fassade. Nun ist sie dank mir komplett ruiniert.

Langsam weiche ich ein kleines Stück zurück, wische mir Augen und Nase trocken und rubble vergeblich an seinem mit Mascara, Rotz und Tränen verschmierten Hemd. »Tut mir leid wegen der Flecken«, flüstere ich, wobei mir auffällt, dass er mich noch immer an sich drückt und unsere Körper sich ein bisschen zu gut aneinanderschmiegen.

Jamie scheint es auch zu bemerken. Seine Atmung hat sich verändert. Genau wie meine. Sie ist schneller. Flacher. »Was?«, fragt er leicht benommen.

»Dein Hemd«, sage ich und versuche, tief durchzuatmen, was ich sofort bereue, da sich meine Brust dabei gegen seine presst. »Tut mir leid, dass ich dein Hemd ruiniert habe. Dieses … und das davor … und deine Hose.«

Seine Mundwinkel wandern ein winziges Stück nach oben. »Ist schon in Ordnung. Ich bin auf alles vorbereitet.«

»Du könntest Pfadfinder sein.«

»Ich bin Pfadfinder.« Er klingt so ernst wie immer, aber in seinen Augen ist ein leichtes Blitzen, das neu ist. Eine Wärme, die dazu passt, wie nett er eben zu mir war.

Was wohl gewesen wäre, wenn wir diese Seiten von uns zuerst kennengelernt hätten? Wenn wir keinen so desaströsen Start hingelegt hätten? Ich sehe ihn an, und in mir regt sich die absurde Hoffnung, dass in einem Paralleluniversum, in dem das Timing nicht ganz so schlecht ist wie in diesem, eine andere Bea und ein anderer Jamie aus den richtigen Gründen zu zweit in einer winzigen Besenkammer feststecken.

Stille füllt den engen Raum, und als unsere Blicke sich für einen kurzen, intensiven Moment begegnen, scheint die Welt sich schneller zu drehen. Die tiefe Falte auf Jamies Stirn glättet sich, sein Gesicht wird weicher, und die harte Linie seiner Lippen entspannt sich zu einem schiefen Lächeln. Aber es sind diese haselnussbraunen Augen, von denen ich mich einfach nicht losreißen kann. Sie erinnern mich an einen September-abend – die Ränder, der Rauch eines Lagerfeuers, die Iriden goldene Flammen, die auf den letzten grünen Blättern des Sommers tanzen. Sie sind ungerecht bezaubernd.

Das alles ist so seltsam. Ich bin mit einem Typen, mit dem ich mich den ganzen Abend nur gezofft habe, in eine Besenkammer gepfercht, und er hält mich an sich gedrückt und hat mich getröstet.

Vielleicht bin ich ja schon gar nicht mehr ich. Vielleicht befinde ich mich bereits in diesem Paralleluniversum, und wir sind die andere Bea und der anderer Jamie. Ich schmiege mich an ihn, und meine Hand fährt über seine Brust, während er langsam ausatmet – ein konzentrierter, gleichmäßiger Atemzug, der um Kontrolle ringt. Mir wird warm, als sein Griff um meine Taille fester wird und er mich näher zu sich heranzieht.

Umnebelt von meinen lustvollen Gedanken kommt mir der leise Verdacht, dass sich bei Jamie hinter der harten Schale vielleicht ein weicher Kern verbirgt. Vielleicht ist es wie bei meinem Igel Cornelius, dem ich nur ein Schaumbad einlassen muss und schon rollt er sich auseinander und lässt sich knuddeln.

Scheiße. Bei dieser Vorstellung setzt mein Gehirn aus, und ich bekomme weiche Knie.

Jamies Nase streift mein Haar, und er atmet ein, als könnte er nicht genug von mir bekommen. Ich sehe zu ihm hoch, er zu mir herunter. Unsere Münder berühren sich fast. Werden wir uns küssen? Wir werden uns nicht küssen.

O Gott. Wir werden doch nicht …

Mein Blick klebt an seinen Lippen, während seine Hand meinen Rücken hinuntergleitet und unsere Hüften gegeneinanderpresst. Er stöhnt im selben Moment, in dem mir ein leises Wimmern herausrutscht.

Die Geräusche holen uns zurück in die Realität, reißen uns aus dem Moment, was auch immer das eben war. Wie zwei sich abstoßende Magnete stolpern wir auseinander. Jamie knallt mit dem Kopf an ein Regal, während ich dafür sorge, dass ein Stapel Handtücher auf uns herabrieselt.

»Es tut mir leid«, murmelt er und starrt mich mit weit aufgerissenen Augen an. »Ich weiß nicht … Ich weiß nicht, was ich mir dabei gedacht habe …«

»Ich auch nicht«, flüstere ich mit heißen Wangen.

Bevor er antworten kann, fliegt die Tür auf und vor uns steht mit einem triumphierenden Lächeln Jean-Claude, dahinter Jules und noch ein paar Leute. »Was geht denn hier ab?«

»Gar nichts«, sagt Jamie und schiebt sich, ohne mich auch nur einmal anzusehen, aus der Besenkammer, als könnte er nicht schnell genug wegkommen. »Entschuldigt mich.« Schnurstracks geht er zur Treppe und verschwindet.

Gar nichts? Auch wenn es eigentlich so sein sollte, verletzt es mich, dass er alles abstreitet.

Dabei dachte ich, eine noch größere Demütigung könnte mir heute Abend nicht widerfahren. Aber Jamie Westenberg hat mich erneut eines Besseren belehrt.

4

Jamie

Wieder zu Hause liege ich im Dunkeln im Bett und starre an die Decke. Ich kann nicht schlafen. Sobald ich die Augen schließe, sehe ich Beatrice in meinen Armen und ihre himmelblauen, grasgrün gesprenkelten Augen mit den wolkengrauen Wirbeln an den Rändern, die mich ansehen. Die zarten Tattoos, die sich über ihren Trapezius winden und im tiefen Ausschnitt ihres Kleids verschwinden. Das eng an ihre Taille geschmiegte Kleid, das ich abstreifen möchte, um jede einzelne Rippe fühlen zu können, die Wölbung ihrer Hüften, und sie dann näher zu mir zu ziehen und …

Miau.

Ich schlage die Augen auf und sehe meine Katzen am Fußende des Betts, zwei leuchtende Augenpaare in der Dunkelheit.

»Ihr habt recht«, sage ich. »Ich sollte so etwas gar nicht erst denken. Diese Frau ist ein tätowierter Taifun aus fliegenden Cocktails und unerwünschten astrologischen Kommentaren. Wir könnten nicht unterschiedlicher sein.«

Und ich hätte sie fast geküsst.

Großer Gott, was habe ich mir nur dabei gedacht?

»Ich habe überhaupt nichts gedacht«, erkläre ich den Katzen. »Das ist das Problem. Ein weiterer Grund, sie nie wiederzusehen.«

Die Katzen *miauen*.

»Ja, ich weiß. Nun, da Jean-Claude und Juliet verlobt sind, werde ich sie zwangsweise öfter sehen.« Seufzend reibe ich mir das Gesicht. »Ich muss einfach dafür sorgen, dass die Arbeit mir keine Zeit für irgendetwas anderes lässt.«

Darauf haben die Katzen keine Antwort. So wie ich keine Antwort auf mein Dilemma habe, oder darauf, was in dieser Besenkammer passiert ist. Bevor wir zusammen eingesperrt wurden, waren wir kaum in der Lage, eine vernünftige Unterhaltung zu führen. Und die wenigen Wortwechsel, die wir zustande gebracht haben, waren klassische Beispiele sozialen Scheiterns.

Warum wollte ich sie also küssen?

Und warum hatte ich das Gefühl, dass sie es auch wollte?

Stöhnend schließe ich die Augen und beginne, die Knochen des menschlichen Körpers durchzugehen. Normalerweise schlafe ich dabei sofort ein. Schäfchenzählen für Ärzte.

Aber selbst das funktioniert heute nicht, denn bei jedem Knochen stelle ich mir vor, er gehöre zu Beatrice.

Clavicula. Schatten, die ihre Schlüsselbeine küssen.

Mandibula. Ihre zusammengepressten Kiefer, ihre weichen Lippen gespitzt.

Phalanx, proximalis, medialis, distalis. Ihre geschickten Hände, die ein Champagnerglas halten und schneeweißen Käse auf knusprige Kräcker legen. Ein einzelner Finger in ihrem Mund, von dem sie mit einem erotischen *Pop* einen Rest reifen Brie lutscht.

»Okay«, murmle ich, dieses Mal nicht an meine Katzen gerichtet, deren missbilligende Blicke mich an ein anderes katzenhaftes, vor Verachtung glühendes Augenpaar erinnern.

Ich werfe die Decke zurück und stehe auf. »Zeit, kalt zu duschen und mein Latein ein wenig aufzufrischen.«

5

Bea

»Beatrice Adelaide.« Mit etwas Verspätung registriere ich das helle Gebimmel, welches das Öffnen der Ladentür ankündigt, und die Stimme, mit der gerade mein voller Name ausgesprochen wurde.

Mit gerunzelter Stirn blicke ich auf und sehe Jules hereinkommen. »Was hat dich schon so früh geweckt?«

»Mein Wecker. Außerdem gibt es da so ein Getränk, das sich Kaffee nennt«, sagt sie.

Unschuldig lächelnd schlendert sie durch den *Edgy Envelope*, Sulas Papierwarengeschäft, für das ich Karten entwerfe und in dem ich auch arbeite. Ich kenne meine Schwester besser als jeder andere und kann ihre unlauteren Absichten riechen, genau wie die Konditorei, die sie auf dem Weg hierher besucht hat. Sie führt irgendwas im Schilde. Ich weiß nicht, was es ist, bin nach einer Woche schlechtem Schlaf seit dieser grauenvollen Party aber zu müde, um es aus ihr herauszupressen. Also beuge ich mich wieder über den Ladentresen, eine antike Vitrine, die übersät ist mit meinen Skizzenblöcken und bunten Micro-Tip-Stiften.

Die Montagvormittage sind ruhig, weshalb ich sie meistens damit fülle, ein bisschen zu kritzeln und mir neue Motive einfallen zu lassen. Wenn Kunden kommen, schiebe ich die Zeichnungen einfach schnell beiseite, und niemand ahnt, dass dieselbe Bea, die hinter der Kasse sitzt, auch die gefragteste Künstlerin des Ladens ist.

»Er kommt mir irgendwie bekannt vor«, bemerkt Jules.

»Was?«

Sie reckt das Kinn in Richtung des Papiers unter meinem Stift. »Ich hab gesagt, der kommt mir irgendwie bekannt vor.«

Ich sehe auf meine Zeichnung und klatsche sofort die Hand darauf. Es ist das Profil einer Person, die überhaupt nicht für meinen unruhigen Schlaf verantwortlich ist und von der ich auch keine einzige Nacht geträumt habe, seit wir gemeinsam in einer winzigen Besenkammer eingesperrt waren. Dessen Hände auf meinen Hüften lagen, der mich an sich gedrückt hat und nun ständig durch mein schläfriges Gehirn geistert und mich zitternd vor Verlangen aus meinen Träumen holt.

Niemals würde ich von jemandem träumen, der mich wie Hundescheiße hat fühlen lassen, angefangen bei unserem konfliktgeladenen Kennenlernen bis hin zu seinem überhasteten Abgang, der mich wie eine Idiotin hat dastehen lassen.

Die Hand meiner Schwester kriecht in Richtung meines Skizzenblocks. »Finger weg von meinen Zeichnungen«, warne ich sie und ziehe sie näher zu mir heran.

Mit einem Grinsen im Gesicht dreht Jules sich um und geht in die Ecke des Ladens, in der meine Entwürfe zu finden sind – die Prurient Paper Collection. Sie nimmt eine Karte mit einem kunstvollen Blumenmuster aus dem Ständer und kneift die Augen zusammen. »Was ist das?«, will sie wissen.

»Hey, Butterfinger, leg die Karte weg.«

Sie dreht sie um. »Ich weiß nicht, wovon du redest.«

»Ich kann das Papier in deiner Tasche knistern hören. Außerdem riechst du nach Schokocroissant. Ich kauf mir 'nen Bügel-BH, wenn du auf dem Weg hierher nicht bei Nanette's warst und dir eines gegönnt hast.«

Lachend dreht sie die Karte wieder um und dann auf die Seite.

»JuJu«, warne ich sie. »Wenn du sie verschmierst, musst du sie kaufen.«

Seufzend nimmt sie sich einen Umschlag und bringt ihn mit der Karte zur Kasse. Nachdem sie beides auf die Vitrine geklatscht hat, stützt sie sich mit den Ellbogen aufs Glas und lässt die Finger durch ein paar feine Halsketten gleiten, die dort zum Verkauf stehen.

Ich klopfe ihr auf die Hand. »Musst du *alles* anfassen?«

»Sagt der taktilste Mensch, den ich kenne. Also …« Sie tippt mit einem perfekt manikürten Finger auf die Karte. »Was ist das?«

Ich muss mir die Karte nicht ansehen. Jedes Motiv, das ich entworfen habe, bleibt für immer in meinem Kopf. »Eine Vulva.«

»Niemals!« Sie dreht die Karte und versucht den Winkel zu erwischen, in dem sich das versteckte Motiv offenbart.

Ich kenne dieses Spiel. Es ist jetzt schon anderthalb Jahre her, dass ich meine Arbeit als erotische Künstlerin für private Auftraggeber um die Prurient Paper Collection, mit der ich mir meine Brötchen verdiene, erweitert habe. Es handelt sich dabei um eine größere Auswahl an Karten und anderen Papierwaren, deren Motive von üppigen Naturlandschaften bis zu abstrakten geometrischen Bildern reichen, in denen sich jeweils eine sinnliche Darstellung versteckt.

Angefangen hat das Ganze als alberner Spaß nach einem Kinoabend mit Jules, Sula und Margo. Ich war ziemlich betrunken, aber Sula, der der *Edgy Envelope* gehört, hat sich in die Idee einer Karten-Kollektion verliebt, die man sowohl seiner spießigen Verwandtschaft schicken konnte – die nie kapieren würden, was sie da bekommen hatte – als auch seiner großen Liebe, der man durch die Blume seine geheimsten Gedanken offenbaren wollte. Mittlerweile ist die Kollektion ein Bestseller.

»Du bist so gut«, murmelt Jules. »Glaubst du, du könntest meine Hochzeitseinladungen in der Art gestalten?«

Sie denkt bereits über ihre Einladungskarten zur Hochzeit nach? Sie hat sich erst vor *einer Woche* verlobt.

»Keine Chance. Mom würde das versteckte Motiv auf den ersten Blick entdecken.«

»Aber es würde sie nicht stören. Ich bin mir ziemlich sicher, sie hätte sogar ihre Freude daran, mit dir vor ihren Bridge-Freundinnen angeben zu können. Selbst Daddy gefallen deine Bilder.«

»Weil er ihr Geheimnis noch nicht entdeckt hat. Er ist hoffnungslos ignorant.«

Jules lächelte. »Genau. Und aus diesem Grund akzeptiere ich auch kein Nein. Meine Hochzeitseinladungen werden Originale von Beatrice Wilmot sein.«

Ich gebe den Preis ihrer Karte ins iPad ein, buche sie auf mich und stecke sie samt Umschlag in eine unserer schmalen Tüten aus recyceltem Papier mit dem *Edgy-Envelope*-Logo. Als ich aufsehe, schiebt Jules sich tatsächlich gerade heimlich ein Stück Schokocroissant aus ihrer Tasche in den Mund.

»Nun, da wir den Alibieinkauf erledigt haben«, sage ich, »wirst du mir vielleicht auch erklären, welchem ehrenwerten Umstand ich deinen frühen Besuch an einem Montagmorgen zu verdanken habe. Solltest du nicht eigentlich noch schlafen, nachdem du und Jean-Claude bis drei Uhr morgens herumgestöhnt habt wie läufige Pandabären?«

Jules lächelt verlegen und leckt sich einen klebrigen Schokoladenfleck vom Finger. »Tut mir leid. Das letzte Mal war schon eine Weile her. Unsere Terminpläne bei der Arbeit haben nicht gepasst, und wenn sich die Sehnsucht dann aufstaut, werde ich ein bisschen …«

»Laut? O ja. Du wirst sogar ziemlich laut. Aber dein Liebesleben mal beiseitegelassen, warum bist du hier?«

»Na ja, weil ich dich mit meinem Liebesleben wahrscheinlich nicht mehr lange belästigen werde. Jean-Claude und ich wollen uns etwas Eigenes suchen.«

Mir wird schlecht. »Jetzt schon?«

»Mach dir keine Sorgen«, sagt sie schnell und greift nach meiner Hand. »Bevor ich ausziehe, werden wir einen neuen Mitbewohner oder eine Mitbewohnerin für dich gefunden haben. Du weißt, wie wählerisch ich bin und wie schwer es ist, hier in der Gegend eine bezahlbare Wohnung zu finden. Es wird eine Weile dauern, bis wir etwas haben, das uns beiden gefällt.«

Ich hole einmal tief Luft, was sich anfühlt, als würde ich zu heißen Tee trinken. »Ja. Sicher.«

»Wir werden eine Lösung finden, okay?« Jules lächelt mich an.

Ich würde ihr gern sagen, wie schwer es mir fällt, zu glauben, dass es noch ein »Wir« geben wird, wenn ihr Freund – Entschuldigung, *Verlobter* – uns erst einmal auseinandergerissen hat. Aber vielleicht ist das auch wieder typisch Bea, und ich bin einfach nur zu zögerlich, Veränderungen zu akzeptieren, insbesondere da ich selbst noch Lichtjahre von Jules neuem Lebensentwurf – Heiraten, Kinderkriegen, in den Sonnenuntergang reiten – entfernt bin.

»Klar«, sage ich und zwinge mich zu einem Lächeln.

Jules lässt meine Hand los und räuspert sich. »Aber warum

ich eigentlich hier bin … Ich wollte dich fragen, weshalb du seit der Party so schlecht gelaunt bist. Hat das mit West zu tun?«

»*Jamie*. Und Schuld an meiner schlechten Laune habt allein ihr, du und unser unsensibler Haufen von Freunden. Ihr habt uns so krass versucht zu verkuppeln, dass ich am Ende mit ihm in einer Besenkammer festgesessen habe!«

Wo wir uns verdammt noch mal fast geküsst hätten.

Aber das behalte ich für mich. Auf gar keinen Fall werde ich zugeben, dass wir kurz davor waren, uns zu küssen, bevor er es sich anders überlegt und das Weite gesucht hat. Ich bin schon genug gedemütigt worden.

»Das war so nicht geplant!«, verteidigt sich Jules. »Warum warst du so wütend? Ist etwas passiert?«

»Ich habe dir bereits gesagt, dass nichts passiert ist.«

Sie hebt abwehrend die Hände. »Okay, okay. Du hast nur ziemlich durcheinander gewirkt. Und tust es noch.«

»Weil es ein ganz schrecklicher, grauenhafter, desaströser Abend war.«

Jules fährt mit den Sohlen ihrer hochhackigen Mary Janes nervös über die breiten Bodendielen des Ladens. »Ich glaube nicht, dass er wegen dir davongelaufen ist, als …«

»Als hätte er sich aus einem Käfig mit einer tollwütigen Bestie befreit?«, beende ich den Satz.

»Er wird schnell nervös. Jean-Claude sagt, er ist sehr hart mit sich selbst und hat in sozialen Kontexten oft mit Ängsten zu kämpfen.«

»Willkommen im Club. Ich habe auch soziale Angststörungen, trotzdem benehme ich mich nicht so.«

»Nein, du wirfst lieber mit Cocktails um dich.«

Ich sehe sie böse an.

Sie hebt die Augenbrauen. »Ich will dich nicht an den Pranger stellen. Ich will nur etwas klarstellen. Ihr beide hattet einen unglücklichen Start. Er konnte sich an diesem Abend nicht von seiner besten Seite zeigen. Genauso wenig wie du.«

Dagegen kann ich nichts einwenden. Sie hat recht. Auch wenn es hart ist.

»Lassen wir das«, sage ich. »Sag mir, warum du wirklich hergekommen bist.«

Jules wirft mir einen ihrer bohrenden Zwillingsschwesternblicke zu. »Ich … habe etwas für dich.«

Oh, ich liebe Geschenke. Hasse aber Überraschungen. »Was ist es?«

Sie streckt die Hand aus. »Gib mir dein Handy, dann erfährst du es.«

Instinktiv lege ich die Hand auf meine Rocktasche. »Auf gar keinen Fall! Das letzte Mal, als ich dir mein Handy gegeben habe, war auf meinem Sperrbildschirm plötzlich ein Foto von deinem einzigen Tattoo. Und wir wissen beide, wo sich das befindet.«

Jules klimpert mit den Wimpern. »Da war ich betrunken. Jetzt bin ich nüchterner als Mutter Teresa. Vertrau mir. Du wirst das wollen.«

»Sag mir, was du vorhast, JuJu.«

Meine Schwester dreht sich um und sieht sich die Sternzeichen-Parfüms an, die neben Kerzen und Räucherstäbchen an der Wand aufgereiht sind. Meine neue Leidenschaft für alles, was mit Astrologie zu tun hat, habe ich Sula zu verdanken.

»BeeBee, ich weiß, dass du es nicht magst, wenn ich dir sage, was du tun sollst. Aber es gibt Dinge, die man erst versteht, wenn man etwas älter und weiser ist. Und ich *bin* älter als du.«

»Lächerliche zwölf Minuten!«

»Den Erstgeborenen wird die Weisheit in die Wiege gelegt«, sagt Jules ernst. »Zwölf Jahre oder zwölf Minuten machen da keinen Unterschied.« Sie sprüht eine Duftwolke in die Luft und geht hindurch.

»Das ist nicht dein Sternzeichen«, knurre ich.

Sie ignoriert mich und drückt den Deckel wieder auf die Flasche. »Ich will einfach nur, dass du glücklich bist. Aber du bist nicht glücklich. Du hast keine Dates und bist seit einer Ewigkeit nicht mehr ausgegangen …«

»Doch, ich bin glücklich, und zwar gerade *weil* ich keine Dates habe und seit einer Ewigkeit nicht ausgegangen bin.«

Jules sieht mich skeptisch an. »Ach ja?«

»Ja!«

Na ja, zumindest fast. Ich bin dann glücklich, wenn man mir nicht das Herz bricht. Und solange ich es an niemanden verschenke, kann es mir auch niemand brechen. Der Sex fehlt mir, es dürfen dabei nur keine Gefühle ins Spiel kommen, denn die sind noch sensibler als mein Körper. Gelegentliche One-Night-Stands wären die ideale Lösung, aber jemanden zu finden, der dazu bereit ist, ist gar nicht so einfach. Was wohl daran liegt, dass ich es hasse, Leute außerhalb meines Freundeskreises zu treffen, und meine Freunde alle entweder in festen Händen oder wie Geschwister für mich sind.

Kurz, ich stecke in einem Teufelskreis: Sex funktioniert für mich nur in einer Beziehung; aber ich will keine Beziehung und bin auch nicht bereit, zu tun, was nötig ist, um Sex ohne Beziehung zu haben.

Jules inspiziert ihre perfekt manikürten Nägel. »Na gut«, sagt sie ganz locker. »Wenn du so glücklich bist, wann warst du dann das letzte Mal mit jemandem im Bett?«

Ich starre sie an. Sie kennt die Antwort auf ihre Frage. Wir sind Zwillinge. Wir erzählen einander so ziemlich alles. »Du weißt ganz genau, dass ich gerade eine längere abstinente Phase genieße.«

58

Mit einem Schnauben lässt Jules die Hand fallen. »*Genießt?* BeeBee, jetzt mal ehrlich.«

»Ist ja gut!« Ich sprühe die Glasplatte mit Sulas selbst gemachtem Putzmittel ein und wische sie wütend sauber. »Ich bin glücklich, abgesehen davon, dass ich seit Ewigkeiten keinen Sex mehr hatte.«

»Aha. Was bedeutet, dass du letztendlich doch nicht glücklich bist. Und deshalb brauche ich dein Handy, denn ich habe eine Lösung für dich.«

Eine grundlose Hoffnung macht sich in mir breit. »Du hast einen Sexpartner für mich gefunden, der nichts weiter als einen emotionslosen Matratzen-Merengue will und den ich jederzeit und ohne Skrupel zum Teufel schicken kann?«, frage ich und klammere mich an das auf etherischen Ölen basierende Putzmittel.

»Sex? Ja. Emotionslos? Eher nicht. Zumindest habe ich nicht den Eindruck, dass er zur lockeren Sorte zählt.«

Meine Hoffnungen zerplatzen wie ein vom Himmel geschossener Ballon. »Das heißt, du willst, dass ich mich mit dem Typ treffe. Ich habe mit Dates abgeschlossen, Juliet.«

»Dieses wirst du haben, und zwar diesen Samstag.« Sie zieht ihr Handy aus der Jeans und dreht sich so, dass ich nicht die geringste Chance habe, auf ihrem Display irgendetwas zu erkennen. »Nur ein Date«, sagt sie, bevor sie ihr Handy wieder in die Tasche steckt und die Hand ausstreckt. »Mehr will ich nicht von dir. Zehn Uhr auf der Parkbank gegenuber der Boulangerie.«

Ich starre sie ungläubig an. »Wie bitte?«

»Ich wusste, dass du so reagieren würdest. Okay, du hast eine schlimme Trennung hinter dir, aber das war vor *zwei Jahren.*«

»Achtzehn Monaten, um bei der Wahrheit zu bleiben.« Ich atme einmal tief durch die Nase. »Jules. Wir missverstehen einander. Ich will mich mit niemandem treffen, nicht am Samstag, nicht auf einer Bank, nicht …«

»Vor einer französischen Bäckerei?«, sagt sie zuckersüß und stupst mir den Finger auf die Nase. »Okay, aber du wirst es trotzdem tun. Du bist unglücklich, und das muss sich ändern.«

Ich mache die Schotten dicht. Lege meine Rüstung an. Ziehe mein finsterstes Gesicht.

»Du bist unausstehlich penetrant, weißt du das?«

»Natürlich bin ich das. Ich bin die Ältere von uns beiden.«

»Nicht das schon wieder«, schreie ich.

»BeeBee, gib mir dein Handy. Ich gebe dir seine Nummer. Deine hat er schon.«

»Wie bitte?«, rufe ich entsetzt. »Wie kommst du dazu, irgendeinem Fremden meine Nummer zu geben?«

»Er ist nicht wirklich ein Fremder.« Meine Schockstarre ausnutzend zieht sie mir blitzschnell das Handy aus der Rocktasche. »Er ist jemand, der zu dir passt. Ihr seid das perfekte Paar. Ich spüre das. Hast du eine Vorstellung davon, wie viele Liebesromane ich gelesen habe? Ich weiß, wovon ich rede.«

»Oh, den Anweisungen einer so hoch qualifizierten Expertin kann ich mich natürlich nicht entgegenstellen. Das alles ist völlig absurd. Ich werde ihn nicht treffen.«

Aber Jules hat mein Handy bereits in Arbeit. Ihr scheinheiliges Gesicht ist meinem so ähnlich, dass es auch für meine Face-ID funktioniert. Verdammt. Warum müssen wir auch eineiige Zwillinge sein. Ich wünschte, ich wäre kein so hoffnungsloser Fall, was Passwörter angeht. Jedes Mal, wenn ich denke, jetzt hab ich's mir gemerkt, sperre ich mich aus meinem Handy aus. Zahlen und Namen purzeln in meinem Gehirn wild durcheinander oder fallen gleich ganz heraus.

Ich stelle mich auf die Zehenspitzen und beobachte, was sie schreibt. »Ben?«

»Benedick«, erklärt sie. »Das ist sein Zweitname, aber nenn ihn Ben. Er wird dich auch mit deinem zweiten Namen ansprechen.«

»Ich *hasse* den Namen Adelaide.«

»Und deshalb wird er dich Addie nennen.«

Ich schließe die Augen und atme noch einmal tief durch. »Das ist lächerlich.«

»Nein, es ist brillant. Alle sind sich einig.«

Ich reiße die Augen auf. »Alle?«

»Na ja …« Jules streicht sich eine weiche, schokoladenbraune Locke hinters Ohr. »Alle sind mit mir einer Meinung, dass er großartig zu dir passen würde. Selbst Margo.«

»Margo?« Mir klappt die Kinnlade herunter. Margo ist bekanntlich nicht so leicht zufriedenzustellen.

»Wer redet hier über meinen Schatz?« Sula knallt die Hintertür zu und lässt ihre Fahrradtasche fallen. »Hatte ich schon erwähnt, dass ich diese Scheißautofahrer hasse?«

Ich sehe sie über die Schulter an. »Wer hat dich heute fast von der Straße geholt?«

»Irgend so ein Arschloch, das meinte, sich mit seinem fetten SUV behaupten zu müssen.«

Wir kommentieren das beide mit einem mitfühlenden Stöhnen. Sula nimmt ihre flauschige Mütze ab, fährt sich durch die verstrubbelten blauen Haare und zieht ihr Hosenbein herunter, das sie zum Fahrradfahren aufgerollt hatte.

»Aber ich werde darüber hinwegkommen.« Sula lächelt mich an. »Und? Was sagst du zu deinem Date?«

Jules räuspert sich sehr laut, und die beiden tauschen telepathisch irgendetwas aus.

Sula lächelt verlegen und tritt den Rückzug ins Büro an. »Ich ähm … Ich muss noch den Klempner anrufen. Er hat sich wegen dieser undichten Stelle immer noch nicht gemeldet, und

Wasserschäden sollte man in einem Schreibwarenladen nach Möglichkeit vermeiden.«

Nachdem sie im Flur verschwunden ist, wende ich mich wieder Jules zu. »Ich muss schon sagen, ihr geht wirklich äußerst subtil vor in dieser Sache.«

Jules zieht die Nase hoch und konzentriert sich auf mein Handy. »Okay. Hier ist der Plan, Operation Erstes Date mit Ben …«

Nur, dass es sich nicht wirklich um einen Ben handelt, sondern um irgendeinen Typen, von dem ich nur den Zweitnamen kenne und von dem meine Schwester und meine Freunde glauben, dass er perfekt zu mir passt. Und ihm soll ich eine Nachricht schicken? Wer ist der Kerl? Und warum scheint ihn jeder zu kennen außer mir?

Jules schubst das Handy über die Glasplatte zu mir herüber. »Schreib ihm. Heute noch. Bleib mit ihm in Kontakt. Die ganze Woche. Aber keine Details, falls nichts daraus wird. Nur du und er. Lernt euch kennen.«

Ich sehe von meinem Handy zu ihr. »Du meinst das wirklich ernst.«

»Sehr.« Sie nimmt meine Hand. »Hör zu. Ich weiß, dass romantische Liebesbeziehungen nicht jedermanns Ding sind. Aber ich habe dich schon glücklich verliebt gesehen, Bea.«

Die Erinnerung daran lässt mich zusammenzucken.

»Liebe *ist* dein Ding«, sagt sie sanft. »Und nur, weil man dir einmal das Herz gebrochen hat, heißt das noch lange nicht, dass du nicht einen Menschen finden kannst, der es wieder zusammenflickt, jemanden, der genau den richtigen Kleber hat.«

»Wow.«

»Okay. Ich habe die Metapher ein bisschen überstrapaziert. Aber du weißt, was ich meine. Du willst Liebe. Du verdienst Liebe. Und du bekommst Liebe.«

»Wie gut, dass du das sagst. Von nun an werde ich fest an die Liebe und ein Happy End glauben.«

Jules bleibt unbeeindruckt. »Rede mit ihm. Sei einfach du selbst.«

»Juliet …«

»Beatrice, mal ehrlich jetzt.« Sie stützt die Ellbogen auf die Vitrine und sieht mir tief in die Augen. »Du bist einer der besten, warmherzigsten, liebsten und schönsten Menschen, die ich kenne. Aber unglaublich stur. Du bist einsam. Du möchtest eine Beziehung. Aber du hast Angst davor, jemandem eine Chance zu geben. Ich möchte dir dabei helfen, dein Glück zu versuchen, ohne dass du dich dabei unsicher fühlst. Insbesondere da ich bald mit Jean-Claude zusammenziehen werde und du allein sein wirst, falls du niemanden findest. Ich hasse diese Vorstellung.«

Bei dem Gedanken an die Veränderungen, die mir bevorstehen, spüre ich einen dicken Kloß im Hals. »Ich komme schon klar.«

Sie sieht mich an mit diesen sanften, blau-grau-grünen Augen, die wir von unserer Mutter geerbt haben. »Das weiß ich«, sagt sie. »Aber das Leben ist zu kurz, um einfach nur *klarzukommen*.«

»Du bist eine hoffnungslose Romantikerin und dazu noch frisch verliebt«, erkläre ich ihr. »Natürlich glaubst du das.«

Hätte man dir das Herz gebrochen, wüsstest du, wie verdammt wichtig es ist, einfach nur »klarzukommen«, denke ich, sage es aber nicht, weil ich diesen Schmerz wirklich niemandem wünsche, am allerwenigsten Jules.

»Ich kenne dich, Bea. Tief in dir drin, unter all dem Schmerz, glaubst du auch daran.« Sie richtet sich auf und lässt meine Hand los. »Schick ihm eine Nachricht. Wenn du es nicht tust, wird er dir eine schicken.«

Ich schiele zu meinem Handy. Ich fasse es nicht. »Ich soll einem Fremden einfach so eine Nachricht schicken?«

»Er ist kein Fremder, schon vergessen? Es ist jemand, von dem ich glaube, dass er dir guttun wird.«

Seufzend drücke ich ihr die Tüte mit ihrer Prurient-Paper-Karte in die Hand. »Mach, dass du rauskommst.«

»Bin schon weg, Süße.« Mit einem schelmischen Blitzen in den Augen macht sie sich auf den Weg nach draußen. »Und nicht vergessen: Schreib ihm. Sei einfach du selbst. Damit du dich sicher fühlst, wenn es dann so weit ist, bei eurem Date am –«

»Samstag«, beende ich den Satz genervt.

»Genau. Und oh, du weißt, dass es in der Boulangerie Schachtische gibt?«

»Ich bitte dich, Schwesterherz. Ich kenne jeden Schachtisch der Stadt.«

Sie lächelt. »Angeblich spielt er auch gern Schach.«

»Hmmm.« Ich streiche mit dem Finger über mein Handy und lasse mir das durch den Kopf gehen. In diesem Fall ist er vielleicht gar nicht so übel.

»Versprich mir nur eines wegen Samstag«, sagt Jules.

»Und was?«

Sie öffnet die Tür und ist schon fast draußen. »Bleib offen für alles.«

6

Jamie

Das hier ist ernst. Obwohl ich seit einer Woche jeden Morgen bei meinem Lieblingswetter – herbstlich, nebelig, kalt – bis zur Erschöpfung laufe, geht mir die Sache mit Beatrice einfach nicht mehr aus dem Kopf.

Meine Hand liegt auf dem Mixer, der mein Frühstück gerade zu einem schmackhaften Smoothie verarbeitet, aber meine Gedanken sind in der Besenkammer im Obergeschoss der Wilmots – gefangen in dem Moment, als mir klar wurde, wie eng ich sie an mich drücke, und die Welt plötzlich nur noch aus ihrer im schwachen Licht leuchtenden Haut und den Kurven ihrer Schultern und Hüften bestand.

Ich hätte sich fast geküsst. Unglaublich.

Der Mixer wird lauter, und ich schließe die Augen, erinnere mich an ihren Geruch – den Hauch von Minze in ihrem Atem, den sinnlichen Duft ihrer Haare nach bittersüßer Feige und erdigem Sandelholz.

Als Jean-Claude die Wohnungstür hinter sich schließt, schrecke ich aus meinen Gedanken. Das laute Röhren des Mixers lässt ihn das Gesicht verziehen.

»Alles in Ordnung?«, frage ich.

Mit säuerlicher Miene sinkt er auf einen der Barhocker an unserem Frühstückstresen. »Zu viel Wein gestern Abend. Gibt's Kaffee?«

Ich schenke ihm eine Tasse ein und schiebe sie ihm rüber. »Trink aus.«

Mit einem kräftigen Schluck leert er sie zur Hälfte, setzt sie wieder ab und sieht mich prüfend an. »Wir hatten gestern Abend mit dir gerechnet«, sagt er, während er sein summendes Handy aus der Tasche zieht. Mit gerunzelter Stirn liest er die Nachricht und tippt eine Antwort. »Juliet hat darauf bestanden, dass wir uns mit Freunden treffen. Ein paar davon waren übrigens von der weiblichen und sehr attraktiven Sorte.«

»Ich hatte einen Notfall bei einem Patienten.« Das ist meine Standardausrede. Niemand stellt infrage, dass ein Arzt seiner Pflicht nachkommt.

»Blödsinn«, entgegnet er und nimmt einen weiteren Schluck Kaffee. »Du hattest gar keinen Bereitschaftsdienst. Du hast dich gedrückt.«

Ich schütte den Inhalt des Mixers in ein hohes Glas. »Und wennschon. Wenn man bedenkt, dass ich bei der letzten Party, zu der du mich gezwungen hast, am Ende in einer Besenkammer eingesperrt war, mit einer Frau, die mich zuvor in Alkohol ersäufen wollte, und das gleich *zweimal*, war das sicher eine weise Entscheidung. Wegen ihr musste ich mich komplett umziehen.«

Und du hättest sie fast geküsst, flüstert es in meinem Kopf. Einfach so, ohne zu analysieren, ohne Bedenken, ohne Selbstzweifel.

Aber das hat nichts zu bedeuten. Ich habe sie nur deshalb fast geküsst, weil … ich durcheinander war. Sie in den Armen zu halten, als sie in Tränen ausgebrochen ist, zu spüren, wie sie sich an mich lehnt, hat mich … verwirrt. Ich habe die Orientierung verloren. Es war ein Gefühl, wie nachts durch eine unbekannte Stadt zu fahren, falsch abzubiegen und in einer Einbahnstraße zu landen. Aber nur, weil es nicht unangenehm war, sie zu umarmen, heißt das noch lange nicht, dass es klug war oder wir in irgendeiner Weise zusammenpassen.

»West. Hörst du mir zu? Wenn du jedes Mal die Flucht ergreifst, wenn du in die Nähe einer attraktiven Frau kommst, wirst du nie über Lauren hinwegkommen.«

»Ich habe nicht die Flucht ergriffen. Vor wem auch?«

Er schiebt sein Handy in die Tasche. »Wenn das so ist, wird es höchste Zeit.«

»Für was?«

»Für ein Date.«

Ich stöhne. »Jean-Claude, bitte.«

»Doch, West. Was du brauchst, ist ein Date. Einen Neuanfang.«

»Und mit wem?«

»Mit jemandem, der zu dir passt. Los.« Er streckt die Hand aus. »Gib mir dein Handy.«

»Wozu?«, frage ich skeptisch.

Jean-Claude macht ein ungeduldiges Zeichen, dass ich es ihm aushändigen soll. »Ich gebe dir die Nummer der perfekten Frau. Juliet hat sie für dich gefunden.«

»Dafür habe ich gerade keine Zeit.«

»Niemand verlangt von dir, dass du heiratest und Kinder bekommst«, sagt er. »Es ist nur ein Date. Ein einziges Date. Juliet hat es schon arrangiert. Ihr beide seid am Samstag verabredet, auf der Parkbank gegenüber der Boulangerie, um exakt zehn Uhr.«

Ich starre ihn fassungslos an. »Du verabredest ein Date für mich? Ohne mich davor zu fragen?«

»Na ja, eigentlich war es Juliet.« Er entdeckt mein Handy am Ladekabel und schnappt es sich, bevor ich ihn daran hindern kann.

»Jean-Claude …«

»West.« Er hackt die Nummer in mein Handy und fügt sie zu meinen Kontakten hinzu. »So. Und jetzt schreibst du ihr bis Samstag ein paar Nachrichten. Aber nichts über andere Leute. Bleib so anonym wie möglich.«

»Warum?«

Er zuckt die Achseln. »Falls doch nichts daraus wird. Dann könnt ihr getrennte Wege gehen, ohne dass es unangenehm wird, wenn ihr euch zufällig irgendwo begegnet.«

»Kenne ich sie?«

Er nippt an seinem Kaffee und sieht mich geheimnisvoll an. »Wenn es so wäre, würde ich es dir nicht sagen.«

»Und was soll das für einen Sinn haben?«

»Es ist doch egal, ob du sie kennst oder nicht. Es ist in jedem Fall ein Neuanfang, aber wenn es nicht funktioniert, bleibt alles anonym. Erzähl nur von dir, lerne sie besser kennen. Textnachrichten sind dein Ding. Kein unangenehmes Schweigen oder diese Steifheit, die du an dir hast, wenn man sich mit dir unterhält.«

»Natürlich. Es ist tausendmal besser, wenn ich mir jeden Satz, den ich schreibe, davor zigmal durch den Kopf gehen lasse, als wenn ich das bei einem persönlichen Gespräch tue.«

Er seufzt. »Ich hatte ganz vergessen, dass man dich bei allem an die Hand nehmen muss.«

»Hey, wir sind nicht mehr an der Uni. Ich brauche dich nicht als Babysitter. Ich stelle hier nur die Fakten klar. Ich neige eben dazu, etwas …«

»Abweisend rüberzukommen? Streng? Penibel?«, bietet er an. »Das ist richtig. Aber sobald du jemanden besser kennst, bist du gar nicht mal so übel. Entspann dich einfach und sei du selbst.«

»Ich glaub's einfach nicht. Du gibst mir die Nummer einer fremden Frau. Und was noch schlimmer ist, sie hat meine, habe ich recht?«

»Sie ist dir nicht fremd. Na ja, zumindest nicht ganz fremd«, murmelt er.

»Oh, wie beruhigend.«

Er sieht mich an. »Juliet hat ihr deine Nummer weitergegeben und die Kurzform deines Zweitnamens. Sie wird dich mit Ben ansprechen. Belass es dabei, bis ihr euch trefft.«

Unter der Brille reibe ich mir die Augen und massiere meinen Nasenrücken. »Das bereitet mit jetzt schon Kopfschmerzen.«

Aber als Jean-Claude mir das Handy rüberschiebt, gewinnt meine Neugier doch die Oberhand. Ich starre auf die Nummer und den dazugehörigen Namen. *Addie.*

»Woher kennt Juliet diese *Addie*? Oder wer auch immer sich hinter diesem Pseudonym versteckt.«

Jean-Claude kratzt sich am Kinn und weicht meinem Blick aus. »Oh, sie kennen sich schon lange. Schon seit ihrer Kindheit. Juliet sagt, sie würde auf den Richtigen warten, und denkt, dass du das bist.«

»Juliet glaubt, dass diese Frau ausgerechnet mich will? Woher weiß sie, wer zu mir passt?«

Jean-Claude stößt einen nasalen, sehr französischen Laut aus, der tief aus seiner Kehle kommt. »Ich habe das Gefühl, du weißt selbst nicht, wer zu dir passt«, entgegnet er und trinkt noch einen Schluck Kaffee. »Und sag jetzt nicht ›Lauren‹. Sie war furchtbar.«

»Sie war genau richtig. Ich meine, nicht *sie*, aber ihr Typ. Strukturiert. Ausgeglichen. Auch Ärztin …«

»Ja, ja.« Er winkt ab. »Ich weiß, was für ein Langweiler du bist, was das anbelangt. Du denkst, du brauchst jemanden, der genauso ist wie du. Aber das stimmt nicht, West. Du brauchst jemanden, der dir den Boden unter den Füßen wegzieht.«

»Das hört sich furchtbar an.«

Seufzend erhebt er sich mit der Tasse in der Hand. »Seit ich dich kenne, bist du immer nur auf Nummer sicher gegangen. Versuch mal was Neues und lass dich überraschen, wohin es dich führt. Auch wenn es am Ende nur hilft, deinen Frust abzubauen.« Er grinst vielsagend. »Gib dir einen Ruck. Du entscheidest, wie viel oder wenig aus der Sache wird.«

Schon halb den Flur runter dreht er sich noch einmal um. »Oh, und sie spielt gern Schach. Das ist doch ein Anfang.«

Verdammt. Ein Date mit einer Frau, die Schach spielt, kann ich unmöglich rigoros ausschlagen. Seufzend starre ich auf die Nummer.

Und als ich dreißig Minuten später im Büro in der Praxis sitze und mich auf meinen Arbeitstag vorbereite, starre ich wieder auf die Nummer. Ich nippe an meinem grünen Tee, lese mir die ersten Patientenakten für heute durch und versuche, das Handy zu ignorieren.

Aber mein Blick wandert unweigerlich wieder zu meinem Smartphone. Ich ziehe in Erwägung, ihr zu schreiben.

Es ist nur eine Textnachricht. Keine große Sache.

Aber es fühlt sich nach so viel mehr an. Als würde ich aus meinem immer gleichen Alltag ausbrechen und mich auf etwas Neues einlassen. Bin ich wirklich bereit, das zu riskieren?

Seit fast einem Jahr ist mein Leben ein Einheitsbrei aus der ewig gleichen Routine. Aber so grauenhaft, wie Jean-Claude meint, ist das gar nicht. Nicht für mich. Ich liebe Kontinuität und Routinen. Dennoch hat er vielleicht nicht ganz unrecht. Vielleicht gehe ich wirklich ein bisschen *zu sehr* auf Nummer sicher. In letzter Zeit hatte ich häufig das Gefühl, dass die Berechenbarkeit meiner Tage sich abnutzt. Das Leben erscheint mir leerer, irgendwie verwaschen.

Vielleicht bin ich ja tatsächlich ein wenig einsam.

Obwohl ich keine Ahnung habe, wohin es führen wird, wenn ich dieser Addie schreibe, spüre ich, dass ich es herausfinden will.

Versuch mal was Neues, hat Jean-Claude gesagt. Lass dich überraschen, wohin es dich führt.

Ich hole einmal tief Luft und fange an zu tippen.

7

Bea

Nachdem ich den halben, sehr ruhigen Montagvormittag bereits hinter mich gebracht habe, brummt mein Handy.

Ich sehe von meinem Skizzenblock auf und lese die eingegangene Nachricht.

> **NWB**: Warum nutzen Schachspieler Dating-Apps?

Die Nachricht ist von NWB – Nicht-Wirklich-Ben. Unter diesem Namen habe ich seine Nummer gespeichert. Ich antworte nicht sofort. Vielleicht sind seine Nachrichten ja durcheinandergeraten. Aber es folgt nichts – keine Kennenlernfloskeln, kein formelles *Guten Morgen*. Er kommt direkt zur Sache, so wie ich Gespräche liebe. Erleichtert atme ich auf. Ich muss mich nicht verstellen oder auf dumpfen Small Talk einlassen.

> **BEA**: Ich weiß es nicht. Wieso?

Die Antwort kommt wenige Sekunden später.

NWB: Sie wollen eine gute Partie machen.

Ich muss kichern. Sula steckt den Kopf aus der Tür des Hinterzimmers. »Alles okay mit dir?«, fragt sie mit einem Grinsen im Gesicht.

»Alles gut«, versichere ich ihr und schiebe das Handy schnell in meine Tasche. Als sie wieder im Büro verschwunden ist, hole ich es wieder raus und lege es auf die Vitrine.

BEA: Wegen dir bekomme ich noch Ärger bei der Arbeit. Du hast mich zum Lachen gebracht.

NWB: Das hatte ich gehofft. Man hat mir gesagt, Schach wäre ein gemeinsames Hobby von uns. Der Witz schien mir ein guter Eröffnungszug zu sein.

Ich lächle.

BEA: War er. Ist schwer zu parieren, NWB.

NWB: NWB?

BEA: Nicht-Wirklich-Ben.

NWB: NWB gefällt mir. Wir denken ähnlich. Bei mir bist du unter PA gespeichert. Pseudonymisierte Addie.

Ich muss schon wieder kichern.

BEA: Pseudonymisiert? Interessantes Adjektiv.

NWB: Ich habe als seltsamer und unbeholfener Jugendlicher wohl zu viel gelesen.

BEA: Ich war als Kind auch seltsam & unbeholfen. Bin es noch.

BEA: Wo wir gerade von seltsam reden. Findest du es nicht seltsam, dass wir uns nicht mit unseren richtigen Namen ansprechen?

NWB: Es ist schon seltsam, deinen Vornamen nicht zu kennen. Die ganze Situation ist seltsam. Aber nicht schlecht. Zumindest, was mich angeht. Wenn du dich damit unwohl fühlst, können wir das Ganze aber auch einfach vergessen. Ich habe keine Ahnung, wie sie dich in die Sache verwickelt haben, aber ich möchte nicht, dass du dich zu irgendetwas verpflichtet fühlst. Ich kann dir meinen Vornamen gern sagen, wenn das hilft.

Ich starre auf mein Handy und wäge meine Optionen ab. Bisher läuft es ja ganz unkompliziert. Vielleicht gerade *weil* wir nicht unsere richtigen Namen verwenden und ich noch etwas habe, hinter dem ich mich verstecken kann. Ein Pseudonym macht tatsächlich einen mentalen Unterschied. Falls nichts daraus wird, bin nicht *ich* es, die er abserviert, sondern Addie. Ich glaube, mir gefällt, dass er meinen Namen nicht kennt.

BEA: Belassen wir es vorerst bei den Pseudonymen. Ist das okay für dich?

NWB: Ist in Ordnung. Bis Samstag bleibt noch viel Zeit, um das eventuell zu ändern. Vorausgesetzt natürlich, wir sind Samstag beide für ein Treffen bereit.

Während ich seine Nachricht lese, verspüre ich eine seltsame Anspannung. Ich muss an Jamie und unseren Fast-Kuss letzte Woche denken. Wie lächerlich es ist, dass ich derart angetörnt war wegen eines Typen in gestärktem Hemd, der aus dieser Besenkammer gerannt ist, als wäre ich eine ansteckende Krankheit. Das zeigt nur, wie dringend ich mal wieder Sex brauche, sprich, sich an meinem Liebesleben etwas ändern muss.

Die bittere Wahrheit ist, ich bin ein bisschen verzweifelt, und das hier ist meine einzige Chance. Es ist ja nicht so, dass ich in letzter Zeit eine Riesenauswahl anderer großartiger Kandidaten getroffen hätte. Ich ertrage Dating-Apps oder den Small Talk in einer Bar einfach nicht – all das oberflächliche Gequatsche, das nur selten zu etwas führt, am seltensten zu Sex, der der Rede wert wäre. Wenn meine Schwester und meine Freunde mir also ein vorab geprüftes Date organisieren, warum nicht? Einem geschenkten Gaul schaut man nicht ins Maul.

BEA: Für mich passt das so. Ich will ehrlich mit dir sein. Ich habe keine Ahnung, ob und wie ernsthaft ich jemanden suche. Wir haben zwar gerade erst angefangen zu reden, aber ich will dir trotzdem keine falschen Hoffnungen machen.

NWB: Danke für deine Offenheit. Ich weiß auch nicht, wozu ich wirklich bereit bin. Nehmen wir einfach einen Tag nach dem anderen und bleiben, was unsere Gefühle angeht, ehrlich. Das hier ist eine ziemlich seltsame Art sich kennenzulernen, und falls es nicht funktioniert, kann man niemandem einen Vorwurf machen.

BEA: Du hast recht. Seltsam kann manchmal aber auch gut sein.

NWB: Wäre es seltsam, dir zu gestehen, dass es schön ist, mit dir zu reden?

Lächelnd streiche ich mit dem Finger über die Wörter.

BEA: Ich hoffe nicht. Denn dann wäre ich genauso seltsam. 😊

Ich habe mich entschieden, meiner Schwester fünfzig Prozent zu verzeihen. Zumindest so weit, dass ich ihr gestatte, mir Abendessen zu machen, während ich an unserer Kücheninsel sitze und zeichne.

»Ihre Dino-Nuggets, Madame.« Jules stellt mit einer übertriebenen Geste den Teller vor mir auf den Tisch. »Oder wie Jean-Claude sagen würde, *Bon Appétit!*«

»Falls er denn kochen würde«, murmle ich.

»Diese Kritik, meine Liebe, wäre nur dann angebracht, wenn du nicht genauso auf meine kulinarischen Talente bauen würdest wie er. Gern geschehen übrigens.«

Ich sehe von meinem Block auf und verziehe beim Anblick der vier in Mayonnaise ertränkten Babykarotten, die sie mir auf den Teller gelegt hat, das Gesicht. »Du versuchst, mir Gemüse unterzujubeln.«

»Die sind ganz besonders knackig«, entgegnet sie.

Seufzend ziehe ich mir den Teller heran. »Dann muss ich mich wohl bedanken.«

»Für dich tue ich doch alles, Sonnenschein.« Jules schaltet den Herd aus und stellt ihren Teller neben meinen, ein wild wucherndes Dickicht aus bunten Salatblättern, durch das mehrere Dino-Nuggets streifen.

»Ich fürchte, ich muss das fotografieren«, sage ich.

»Nur zu. Sieht irgendwie süß aus, oder?«

Ich hole mein Handy, schalte die Kamera ein und suche den richtigen Winkel. Dann zoome ich näher ran und wieder raus.

»Jetzt ist aber gut, Annie Leibovitz«, beschwert sich Jules. »Es gibt hier auch Menschen, die Hunger haben.«

Ich mache das Foto, kurz bevor ihre Gabel in das Salatdickicht fährt und die Dinosaurierutopie zerstört. »Ich hör ja schon auf.«

»Also«, sagt sie kauend. »Willst du mir endlich erzählen, was dich beschäftigt?«

Ich poste das Bild bei Instagram mit dem Vermerk: *Werde ich nachher vielleicht zeichnen.* Auf einer Karte würde das verdammt hübsch aussehen – ohne die Dino-Nuggets natürlich –, und zwischen den Salatblättern könnte ich leicht eine Solo-Lustpose verstecken.

»BeeBee.«

Ich lege das Handy weg. »Was mich beschäftigt? Es sind die Bürden des Lebens, die mich quälen, wie beispielsweise die grausame Wahrheit, dass ein Geschäft, das geöffnet bleiben will, auf Kunden angewiesen ist.« Ich tunke einen meiner Dino-Nuggets mit dem Kopf voraus in eine Ketchuplache. »Mein Arbeitstag war echt lang. Viel zu viele Menschen.«

Kopfschüttelnd spießt sie ein Salatblatt auf. »Du bist nicht für den Umgang mit Kunden geschaffen.«

»Stimmt, aber wenn ich nicht im *Edgy Envelope* arbeite, muss ich mehr Geld mit Malen verdienen, um mir meinen Lebensunterhalt zu verdienen. Und da ich das derzeit nicht kann, stecke ich irgendwie in einer Sackgasse.«

Jules stupst mich unter der Kücheninsel mit dem Fuß an. »Das geht vorüber. Jede Künstlerin hat mal eine Schaffenskrise.«

Ich bekomme sofort ein schlechtes Gewissen, wie immer, wenn sie so nett ist. Keiner meiner beiden Schwestern habe ich die ganze Wahrheit erzählt. Dass ich mit sehr viel mehr als einer kreativen Blockade kämpfe. Tatsächlich ist es eine beschissene alte Beziehung, deren hartnäckige Spuren ich psychisch immer noch nicht ausreichend gut verarbeitet habe, um wieder malen zu können.

»In den letzten Wochen ist es mir noch nicht einmal gelungen, *irgendetwas* Originelles zu zeichnen«, gestehe ich, ihrem Blick ausweichend. »Mein Kopf ist wie leer gefegt. Die größte Inspiration in letzter Zeit war dieser Chicken-Nugget-Salat.«

»Vielleicht bringt eine kleine Romanze nach dem Date am Samstag deinen kreativen Motor wieder zum Laufen.«

Ich beiße in eine Karotte. »Darüber rede ich nicht mit dir.«

»Hast du ihm geschrieben?«, will sie wissen und ignoriert mich komplett.

Ich schnappe mir einen T. rex, lasse ihn über den Tisch stampfen und so lange auf ihren Diplodocus einhacken, bis diesem der Kopf abfällt.

»Böse!« Jules lässt Pterodactylus über meinen Teller fliegen und stürzt ihn auf meinen Triceratops.

»Hey! Das war mein Lieblingssaurier, Arschgesicht!«

»Entschuldigung?« Sie zeigt auf ihr enthauptetes Dino-Nugget. »Danach musstest du mit einem Gegenangriff rechnen.«

Ich tunke eine Karotte in die Mayonnaise und male damit ihre Wange weiß an.

Jules schnappt nach Luft. Dann pult sie eine halbe Kirschtomate aus ihrem Salat und drückt sie mir auf die Nase. »Sieh an, Rudolf, das Rentier!«, sagt sie höhnisch.

»Juliet!«, kreische ich. »Ich hasse Tomaten!«

Wir stehen kurz vor einer erbitterten Lebensmittelschlacht, als es an unserer Wohnungstür klingelt.

»Ich gehe.« Sie springt auf und wischt sich die Mayo aus dem Gesicht. Die Karotte, die ich ihr hinterherwerfe, verfehlt sie um einen Meter. Sie drückt auf den Knopf der Gegensprechanlage. »Hallo?«

»Juliet?«

Mir läuft es eiskalt den Rücken hinunter. Ich kenne diese Stimme.

»Tut mir leid, wenn ich störe«, sagt Jamie. »Aber ich war …«

»West! Hi!«, unterbricht ihn Jules. »Du musst nichts erklären. Komm hoch!«

Die Erinnerung an die Besenkammer sorgt dafür, dass mir heiß wird. Unser Fast-Kuss. Seine Hände auf mir. Wie schrecklich peinlich es war, als er einfach davongerannt ist. »Was will er hier?«

Jules zuckt die Achsel. »Keine Ahnung, aber er wird es uns gleich sagen. Ich habe ihn gebeten hochzukommen.«

»Er hätte es uns auch über die Gegensprechanlage sagen können.«

Sie verdreht die Augen. »Ich lasse ihn doch nicht vor der Tür stehen wie irgendeinen ominösen Fremden. Er ist unser Freund.«

»*Dein* Freund.«

Sie schließt die Wohnungstür auf und lässt sie einen Spalt offen stehen. »Du wirst rot«, bemerkt sie grinsend.

»Juliet!« Ich werfe eine weitere in Mayonnaise getränkte Karotte nach ihr.

Leider kommt im selben Moment Jamie zur Tür herein, und die Karotte landet mitten in seinem Gesicht. Mit einem leisen Platsch fällt sie zu Boden und hinterlässt einen Rorschach-Fleck aus Mayo auf seiner Stirn.

»Meine Güte, Bea!« Jules holt schnell eine Serviette und reicht sie Jamie. Meine Wangen brennen vor Scham, als ich aufstehe, die Karotte aufhebe und in den Müll werfe. »Tut mir leid«, murmle ich.

»Schon in Ordnung«, sagt Jamie und wischt sich die Stirn sauber. »Ich hätte damit rechnen müssen. Scheint ja eine für dich charakteristische Form der Begrüßung zu sein.«

Ich schnelle zu ihm herum. »Mindestens so charakteristisch wie deine überhebliche Arroganz.«

»Oje.« Jules lacht nervös. »Seid nett zueinander, ihr zwei. Das war doch nur ein Versehen. Die Karotte hätte mich treffen sollen, nicht dich, West. Bea tut es wirklich leid.«

Jamie und ich starren uns an. Wie konnte es nur so weit kommen, dass ich ihn in dieser Besenkammer fast geküsst hätte? Der Moment scheint Lichtjahre entfernt. Er steht da – zusammengepresste Lippen, verkniffener Blick –, und alles an ihm ist so widerlich akkurat, dass ich ihm am liebsten das Hemd aus der Hose gezogen, seine makellose Frisur verstrubbelt und ihm dann seine Scheißbrille schief auf die verfickt perfekte Nase gesetzt hätte.

Er dreht sich zu meiner Schwester um. »Tut mir leid, dass ich hier einfach so reinschneie. Ich habe meine Schlüssel verlegt, wahrscheinlich habe ich sie im Büro vergessen, und komme nicht in die Wohnung. Jean-Claude hat auf mein Klingeln nicht reagiert, deshalb dachte ich, er wäre vielleicht hier.«

»Er muss länger arbeiten«, sagt Jules. »Aber du kannst solang meinen Schlüssel haben. Ich hole ihn dir schnell aus meiner Handtasche.«

Im Vorbeigehen boxt sie mich in die Seite. »Sei nett zu ihm«, zischt sie, bevor sie im Flur verschwindet.

Und Jamie und mich allein lässt. Schon wieder.

Ich tunke mein massakriertes Dino-Nugget in Ketchup, ein wirklich grausamer Anblick, und drehe mich auf meinem Barhocker zu ihm um. Mit angespannten Kiefermuskeln inspiziert er das Zimmer, wobei er tunlichst vermeidet, mich anzusehen.

»Du hast Mayonnaise auf der Brille«, sage ich.

Er erstarrt und wendet sich dann ganz langsam mir zu. »Woher die wohl kommt?«, fragt er mit eisiger Stimme.

»Willst du sie nicht sauber machen? Du scheinst mir nicht der Typ Mann zu sein, der sich seine Scharniere gern von Mayonnaise verrosten lässt.«

Sein linkes Auge zuckt. »Ich werde mich darum kümmern, sobald ich zu Hause bin.«

»Aha.« Ich schiebe mir das letzte Nugget in den Mund.

»Waren das Chicken-Nuggets in Dinosaurierform?«, will er wissen.

»Und wenn?«

Er räuspert sich. »Erstaunliche Wahl für eine Erwachsenenmahlzeit. Aber ich sehe, als Gemüse gibt es dazu zumindest eine in Mayonnaise ertrunkene Karotte. Wahrscheinlich ernährst du dich wie die meisten Amerikaner – erbärmlich schlecht.«

»Es waren *vier* Karotten!«

»Aber gegessen hast du nur drei«, bemerkt er, »wenn man die, die du mir an den Kopf geworfen hast, abzieht.«

»Und hier ist er auch schon!«, trällert Jules in die angespannte Stimmung.

Jamie nimmt den Schlüssel entgegen und nickt höflich.

»Vielen Dank.« Von mir verabschiedet er sich mit einem knappen »Beatrice.«

»Jamie«, presse ich zwischen zusammengebissenen Zähnen hervor.

Als Jules endlich die Tür hinter ihm geschlossen hat, ziehe ich mein Handy aus der Tasche und rufe meinen Chatverlauf mit Nicht-Wirklich-Ben auf. Wir haben die letzten Tage sporadisch hin und her gechattet, aber nach dieser Erinnerung daran, wie unausstehlich Jamie ist, bin ich bereit, den Einsatz für ein mögliches Date zu erhöhen. Ich muss diesen Fast-Kuss und Jamie Westenbergs arrogante Visage endlich aus dem Kopf bekommen. Für immer.

> **BEA**: Ich bin kurz davor, mir sämtliche Haare auszureißen. Ich könnte einen Schachwitz gebrauchen.

> **NWB**: Ich würde dir gern helfen, bin aber gerade so aufgebracht, dass ich kaum tippen kann.

> **BEA**: Was ist passiert?

> **NWB**: Ich will nicht darüber reden. Nur jemand, der es darauf anlegt, mir den letzten Nerv zu rauben.

> **BEA**: Alter! Geht mir genauso. 8 Stunden Arbeit und Leute, und dann taucht ausgerechnet der Typ auf, den ich als Letzten sehen möchte. Nach einem Tag Kunden-Small-Talk habe ich für so was echt keine Kapazitäten mehr.

NWB: Da wären wir schon zwei. Tut mir leid, dass dein Tag auch nicht besser war als meiner. Aber schön zu wissen, dass ich nicht allein bin.

BEA: Sorry, dass du auch 'nen miesen Tag hattest.

NWB: Vielleicht schaffe ich es ja, deinen noch zu retten. Pass auf, hier ist ein neues Rätsel: Wie sagt dir ein Australier, dass er deinen König angreift? Ich trommle mit den Fingern auf den Küchentresen.

BEA: Keine Ahnung.

NWB: Check, mate!

BEA: Wow. Der war echt unterirdisch.

NWB: Aber er hat dich von deinem schlechten Tag abgelenkt, habe ich recht? Vielleicht musstest du sogar lächeln?

Als Juliet mich fragend ansieht, verstecke ich schnell mein Handy. Aber ich will verdammt sein, wenn ich das nicht tatsächlich mit einem kilometerbreiten Lächeln im Gesicht tue.

8

Jamie

Stunden nach meinem traumatischen Zusammentreffen mit Beatrice und der Babykarotte liege ich mit einem guten Buch im Bett, als mein Handy brummt. Eine Nachricht von Pseudonymisierter Addie leuchtet auf dem Display.

PA: Fühlst du dich manchmal völlig allein?

JAMIE: Ja. Du auch?

PA: Ja.

PA: Aber da bin ich wohl selbst schuld daran.

Ich schiebe ein Lesezeichen zwischen die Seiten, setze mich im Bett auf und widme mich ganz meinem Handy.

JAMIE: Warum?

PA: Du weißt ja, dass ich seltsam bin. Die Art

seltsam, die nirgends richtig dazugehört. Als würde ich in manchen Dingen nicht genügen & wäre für andere zu viel. Manchmal habe ich das Gefühl, wenn ich ein bisschen mehr so oder ein bisschen weniger so wäre, könnte ich dazugehören. Ergibt das Sinn?

JAMIE: Ja, ich kenne das. Es ist wie das Gefühl, das ich als Kind nach einem Wachstumsschub hatte, wenn plötzlich alle Hosenbeine und Ärmel zu kurz sind und man an nichts anderes mehr denken kann als daran, dass einem nichts passt.

PA: Und was tust du dagegen? Wie gehst du damit um?

JAMIE: Ich habe ausprobiert, in welchen meiner Sachen die Welt mich am besten akzeptiert, und die trage ich. Ich passe mich an.

PA: Fühlst du dich dabei nicht einsam? Wünschst du dir nie, du könntest anziehen, was du willst? Dazugehören, egal was du trägst?

PA: Sorry, ich bin ein bisschen beschwipst.

PA: Die Chat-Version der betrunkenen Unbekannten, die sich in einer Bar an deiner Schulter ausheult. Und du musst dir den Mist anhören, ohne je darum gebeten zu haben. Tut mir leid. Am besten, du vergisst das Ganze.

Mein Herz schlägt schnell, während ich auf ihre Worte starre und nach eigenen suche.

JAMIE: Du musst dich nicht entschuldigen. Ich rede gern über diesen »Mist«. Niemand möchte darüber reden. Außer mir. Und dir, wie es scheint.

PA: Schwöre mir, dass du das nicht einfach so sagst.

JAMIE: Ich schwöre. Aber zu deiner Frage: Ja, es ist einsam, nur um dazuzugehören, Kleider zu tragen, die ich gelernt habe zu akzeptieren, die aber nicht unbedingt meine sind. Es ist lange her, seit ich etwas anderes getragen habe. Wahrscheinlich würde ich mir komisch vorkommen. Ich wüsste gar nicht, was ich sonst tragen könnte.

PA: Das weiß man nie, bevor man es ausprobiert hat, oder? Vielleicht würdest du dich freier fühlen.

Mein Puls rast. Meine Finger sehnen sich danach, so vieles, das ich tief in meinem Inneren vergraben habe, endlich loszu-werden. Ich schreibe eine Antwort, bin aber unsicher, ob ich sie abschicken oder löschen soll. Eine meiner Katzen, die sich auf meinem Schoß drehen und strecken, stößt mich so heftig an, dass mein Daumen unfreiwillig auf *Senden* landet. Mit einem lauten *Ping* erscheint mein Geständnis in unserem Chatver-lauf, und ich beginne sofort, mich dafür zu schämen.

JAMIE: Ich weiß nicht, ob ich mich jemals frei gefühlt habe. Was bedeutet das überhaupt, Freiheit?

PA: Keine Ahnung, aber wenn ich missverstanden werde oder einsam bin, weiß ich zumindest, dass ich mir selbst treu bin. Ich weiß, wer ich bin.

> Das ist für mich Freiheit. Ich bin ich, und das ist nicht verhandelbar. Manchmal wünschte ich nur, dieses Ich hätte auch einen Platz bei anderen.

Ich schlucke und streiche mit dem Finger über ihre Worte.

> JAMIE: Diese Art von Einsamkeit gestehen sich die Leute ungern ein, aber so gesehen, sind wir wohl alle ein bisschen einsam. Die meisten von uns sind nur nicht mutig genug, es zuzugeben.

> PA: Meinst du das ernst? Bestimmt habe ich dich mit meiner alkoholbedingten Existenzkrise mitten in der Woche erschreckt?

> JAMIE: Wenn du mein Gesicht sehen könntest, wüsstest du, dass dies nicht der Fall ist.

> PA: Warum? Was machst du?

Ich lege die Hand auf meine Wange und spüre den ungewohnten Zug der Muskeln an meinen Mundwinkeln.

> JAMIE: Ich lächle.

Als ich am Samstagmorgen die Dusche abdrehe, brummt mein Handy. Ich streiche mir die nassen Strähnen aus dem Gesicht, stelle mich auf die Duschmatte und wickle mir ein Handtuch um die Hüften. Mein Magen schlägt einen Salto, als ich sehe, von wem die Nachricht kommt.

PA: Habe ich dir schon erzählt, dass ich eher der kreative Typ bin?

JAMIE: Hast du. Aber du warst bisher äußerst sparsam mit Details.

PA: Details in einer Stunde. Aber ich hätte einen Witz.

JAMIE: Ich bin ganz Ohr.

PA: Was lieben Künstler am Schachspielen am meisten?

JAMIE: Keine Ahnung. Was?

PA: Offene Linien.

Ich muss lachen.

JAMIE: Wer ist jetzt die mit den Schnarchwitzen?

PA: Du hast damit angefangen! Ich setze nur noch einen obendrauf!

PA: Übrigens. Meine Knie sind Pudding, & ich zittere. Ich bin total nervös. Du auch?

Ich starre auf mein Display und scrolle durch unseren Chat-verlauf. Seit der schrecklichen Begegnung mit Beatrice und der Babykarotte und dem darauffolgenden mitternächtlichen Chat hatten Addie und ich ständig Kontakt, an manchen Tagen mehr, an anderen weniger, aber was wir uns zu sagen hatten, war nie bedeutungslos. Obwohl ich sie noch nie gesehen oder ihre

Stimme gehört habe – ich kenne nicht einmal ihren richtigen Namen –, fühle ich eine unbestreitbare Nähe zu dieser Frau.

> **JAMIE**: Ja, ich bin nervös. Nervös und freudig erregt.

> **PA**: Geht mir genauso 😊. Ich werde ein hellgelbes Kleid tragen. Du kannst mich nicht übersehen.

> **JAMIE**: Ich bin groß. Aber das ist wahrscheinlich kein hilfreicher Tipp, wenn ich auf einer Bank sitzen werde. Dunkelblauer Pulli und Brille.

> **PA**: Okay. Ich muss Schluss machen. Meine Haare müssen noch gebändigt werden. Ich sehe aus, als hätte ich in eine Steckdose gefasst.

> **PA**: Nein, vergiss, was ich gerade geschrieben habe, & wenn du mich siehst, stell dir vor, ich wäre immer perfekt gestylt.

> **JAMIE**: Ehrlich gesagt, stelle ich mir lieber deine wilde Mähne vor.

> **PA**: Wenn das so ist, präsentiere ich mich vielleicht doch in meinem natürlichen Look.

Ich muss lächeln, während ich tippe.

> **JAMIE**: Ich kann's kaum erwarten.

9

Bea

Irgendwann im Laufe der letzten fünf Tage habe ich angefangen, diesen Nicht-Wirklich-Ben wirklich zu mögen. Er ist klug, witzig, charmant und vielleicht ein bisschen zu korrekt. Es macht mich ganz hibbelig, dass ich ihn gleich treffen werde. Ich bin sogar ein paar Minuten zu früh, damit ich ihn aus der Ferne unerkannt (nicht heimlich!) in Augenschein nehmen kann. Seine Art, sich auszudrücken, und die prompten Antworten auf meine Nachrichten lassen vermuten, dass er von der überpünktlichen Sorte ist. Da möchte ich ihn nicht enttäuschen, indem ich zu spät komme.

Der lange Spaziergang von unserer Wohnung zu der vereinbarten Bank gegenüber der Boulangerie hat mir gutgetan. Der strahlende Herbstmorgen hat die Welt in ein funkelndes Mosaik aus Edelsteinen verwandelt. Smaragdgrün, glänzendes Gras. Bernsteinfarbene Blätter, die vor einem saphirblauen, mit diamantweißen Wolken getupften Himmel sanft im Wind wiegen. Es ist einer dieser Tage, an denen ich mich am liebsten einfach mit Skizzenblock und Buntstiften irgendwo hinsetzen und stundenlang zeichnen würde.

Aber dafür habe ich jetzt keine Zeit, also gehe ich weiter.

Im Näherkommen bemerke ich auf der Bank, bei der ich mich mit NWB treffen werde, einen Mann mit einem Buch auf dem Schoß. Ein Kribbeln läuft mir die Wirbelsäule entlang. Irgendwie kommt er mir bekannt vor. Markantes Profil. Lange Nase. Kantiger Kiefer. Hohe Wangenknochen. Lippen, die er sanft zwischen die Zähne zieht, während er konzentriert in dem Buch liest, das auf seinen langen Beinen liegt. Er ist verdammt sexy.

Aber lesende Männer haben mich schon immer angetörnt. Auf Instagram findet man ganze Profile, die ausschließlich Schnappschüsse von heißen Typen posten, die in der Öffentlichkeit lesen. Die Menschheit hat es begriffen: Lesen ist sexy.

Langsam gehe ich auf die Bank zu. Perfekte Haltung. Makellose Kleidung …

Ohhhh nein. Das kann unmöglich wahr sein.

Nicht *er* schon wieder. Aber er ist es.

Die schnuckelige Leseratte ist kein anderer als Jamie Westenberg. Und er sitzt exakt auf der Bank, auf der ich mich in fünf Minuten mit NWB treffe. Das ist mal wieder typisch. Warum muss ich ausgerechnet kurz vor meinem nervenaufreibenden Date dem untadeligen Mr Westenberg über den Weg laufen?

Nur noch ein kleines Stück von der Bank entfernt bleibe ich wie angewurzelt stehen. Jamie, der spürt, dass er angestarrt wird, legt den Finger auf seine Stelle im Text und hebt den Blick. Bei meinem Gesicht angekommen, reißt er entsetzt die Augen auf.

»Beatrice?«, krächzt er.

»James«, entgegne ich mit einem formvollendeten Knicks. Ziemlich schräg, ich weiß, aber manchmal tue ich solche Dinge.

Er schlägt das Buch zu und steckt es, ohne mich aus den

Augen zu lassen, in seine Umhängetasche. Und dann tut er etwas, das ich mein Leben lang nicht vergessen werde.

Er steht auf. Als wäre ich jemand, für den man aufsteht. Ich starre ihn an. Groß und aufrecht steht er vor mir, während mein Herz durch meinen Brustkorb wirbelt wie ein Kreisel. Ich ziehe meine Tasche ein Stück höher auf die Schulter und versuche, das unwillkommene Schwindelgefühl zu ignorieren. Obwohl mein Verstand es ihnen verbietet, gleiten meine Augen über seinen Körper.

Unglücklicherweise schmeichelt Jamie die freie Natur.

Sehr sogar.

Bisher haben unsere Schlagabtausche ausschließlich in geschlossenen Räumen stattgefunden. Unter freiem Himmel, im sonnengesprenkelten Licht eines strahlenden Herbsttags, sind wir uns noch nie begegnet. Und ich wünschte, es wäre auch nie so weit gekommen.

Die Herbstsonne verleiht Jamies dunkelblondem, gewellten Haar, in dessen schattigen Tälern das zarte Versprechen von Rot liegt, einen überraschenden Bronzeton und verwandelt seine haselnussbraunen Augen in goldgesprenkelte Smaragde. Seine durchtrainierte, hochgewachsene Gestalt erinnert an eine Statue. Er ist das Ebenbild jener Skulpturen, vor denen ich in den europäischen Museen unweigerlich in Ehrfurcht erstarre und die in mir die Lust geweckt haben, den menschlichen Körper zu zeichnen. Im natürlichen Licht sieht Jamie Westenberg – auch wenn ich es hasse, das zugeben zu müssen – einfach umwerfend aus.

»Setz dich«, fordere ich ihn auf, vor allem, weil ich mich selbst dringend setzen muss. Meine Knie werden schon wieder weich in seiner Gegenwart. »Du musst für mich nicht aufstehen.«

Aber er bleibt wie erstarrt stehen und mustert mich von

oben bis unten. Es ist nicht das erste Mal, dass ich angestarrt werde, aber Jamie sieht dabei aus, als versuche er, passende Stücke eines Puzzles zu finden. »Dein Haar ist … glatt. Und dein Kleid«, murmelt er, »ist ziemlich gelb.«

Ich greife mir in die Haare und sehe an meinem weit schwingenden T-Shirt-Kleid hinunter. Es hat die gleiche Farbe wie die Goldruten, die hier überall blühen. »Ja«, entgegne ich langsam. »Und?«

Jamie legt sich mit gespreizten Fingern die Hand auf die Brust. »Groß, sitze aber auf einer Bank. Blauer Pullover. Brille.«

Plötzlich fügt sich ein Puzzleteil ins andere. »*Du?*«, rufen wir beide entsetzt.

Als ich ins Schwanken gerate, packt Jamie mich am Ellbogen und setzt mich auf die Bank. Bevor ich die Berührung richtig wahrnehme – seine rauen Fingerspitzen, die trockene Wärme seiner Hände –, ist sie auch schon wieder vorbei.

»Falls du drohst ohnmächtig zu werden, steck den Kopf zwischen die Knie«, rät er mir.

Ich klatsche mir meine Tasche auf den Schoß. »Heilige. Scheiße.«

Jamie schiebt seine Umhängetasche zur Seite und setzt sich neben mich. Er wirkt genauso perplex wie ich. »Dann bist du also …«

»Die pseudonymisierte Addie.« Ich sehe ihn an. »Und du bist …«

»Der berühmt-berüchtigte NWB.«

»Ben?«, frage ich.

»Benedick«, murmelt er. »Der Name hat in meiner Familie Tradition. Und Addie?«

»Adelaide. Grässlich, ich weiß.«

»Beatrice Adelaide«, wiederholt er. »So schlimm ist das nicht. Versuch mal, als James Benedick auf einem Spielplatz zu überleben, dann weißt du, was grässlich ist.«

In einer für ihn sehr untypischen Geste beugt Jamie sich nach vorn, legt die Ellbogen auf die Knie und stützt den Kopf in die Hände, wobei er sich mit den Fingern durch die Haare fährt. »Unfassbar!«

Vor meinem inneren Auge taucht der Kerl aus *Die Braut des Prinzen* auf, wie er »Unfassbar!« brüllt, und ich muss lachen.

Jamie lässt die Hände sinken und sieht mich an. »Findest du das etwa amüsant? Dass man uns für dumm verkauft hat?«

»Nein. Es war nur, wie du … ach, egal.« Ich starre auf meine Stiefel und scharre damit über den Boden, während meine Gefühle und Gedanken – zu viele, um sie alle beim Namen zu nennen – wild durcheinanderpurzeln. Eine Gemütsregung dominiert jedoch: Wut. Ich bin *stinkwütend*.

»Diese Arschlöcher«, knurre ich.

Jamie brummt zustimmend.

»Ich glaub's einfach nicht!«, knirsche ich. »Jules ist so was von tot.«

»Und was Jean-Claude angeht …« Als er sich zu mir umdreht, streift sein Schenkel meinen, und ich balle die Fäuste um den Stoff meines Kleids, um den Funken, der von ihm überspringt, irgendwie zu erden. »Den werde ich eigenhändig erwürgen.«

Und plötzlich trifft sie mich wie ein Schlag aus dem Hinterhalt, die traurige Erkenntnis, dass es keinen NWB gibt. Es gibt nur Jamie. Den unnahbaren, pedantischen Jamie. Gemeinsam mit dem Bild des vielversprechenden Nicht-Wirklich-Ben verblasst mein letztes Fünkchen Hoffnung. Nachdem ich zwei Jahre vergeblich versucht hatte, mich wieder auf jemanden einzulassen, war da endlich die Chance, dass es vielleicht klappen könnte. Nun ist sie dahin.

Und Jules, meine Zwillingsschwester, gibt mir den Rest. Sie hat mich angelogen. Und wie.

»Warum tun die das?«, will ich von Jamie wissen.

»Das fragst du mich?«

»Warum sollte man ausgerechnet uns beide verkuppeln wollen?«

»Keine Ahnung. Es sei denn …« Er runzelt die Stirn. »Nein. Vergiss es.«

»Raus mit der Sprache.« Ich drehe mich zu ihm um, wobei dieses Mal versehentlich unsere Knie aneinanderstoßen. »Sag mir, was du denkst.«

»Du wohnst im selben Viertel wie ich. Du weißt, wie schwierig es ist, dort eine bezahlbare Wohnung zu finden. Jean-Claude achtet ziemlich genau aufs Geld …«

»Willst du damit andeuten, dass er ein Geizkragen ist?«

Jamie spitzt die Lippen. »Normalerweise würde ich ihn gegen einen solchen Vorwurf verteidigen, aber im Moment ist er nicht gerade mein Lieblingsmensch.«

»Dann lass es und sag mir, was du denkst.«

»Na ja, es ist ziemlich unwahrscheinlich, dass sie wirklich glauben, wir könnten zusammenpassen.«

Ich pruste los. »Allein die Vorstellung!«

Jamies Augen verengen sich zu Schlitzen. »*So* laut musst du darüber nun auch wieder nicht lachen.«

»Entschuldigung? Du hast doch gerade eben erst gesagt, dass sie nie im Leben geglaubt haben können, wir würden ein gutes Paar abgeben.«

»*So* habe ich das nicht gesagt.«

»Heilige Mutter Gottes.« Ich fahre mir mit beiden Händen über das Gesicht. »Können wir nur ein Mal miteinander reden, ohne uns zu streiten? Nur für … drei Minuten? Ich bekomme schon wieder Kopfschmerzen.«

Sein Kiefer zuckt, während er durch die Nase langsam die Luft ausstößt. »Na gut.«

Es folgt ein unangenehmes Schweigen. Ich zupfe an meiner Nagelhaut herum und werfe dabei einen verstohlenen Blick auf Jamies ineinander verkrampfte Hände. Seine Knöchel und Fingerspitzen sind so trocken, dass schon das Zuschauen wehtut. Wäre ich nicht kurz davor, ihm ordentlich gegen das Schienbein zu treten, würde ich ihm die selbst gemachte Handcreme meiner Großmutter anbieten, die wahre Wunder wirkt.

Um meine Wut zu zügeln, atme ich einmal tief durch. »Und was, denkst du, ist der Grund, weshalb sie uns verkuppeln wollen?«

Jamie sieht mich kurz von der Seite an. »Vielleicht wollen Juliet und Jean-Claude uns einfach von der Backe haben. Wenn wir beide zusammenkämen, könnten sie uns fragen, ob wir die Wohnungen tauschen. Du wohnst bei mir. Jean-Claude bei deiner Schwester.«

»Wow. Du bist ja noch zynischer als ich.«

Er starrt auf seine Hände und fährt sich mit dem Daumen über einen trockenen Knöchel. »Mir Worst-Case-Szenarios auszumalen, ist meine Spezialität.« Es entsteht eine längere Pause, in der er seine Handflächen betrachtet. »Ich *möchte* natürlich nicht, dass es so ist, aber es scheint mir die logischste Erklärung.«

»*Oder* sie denken, wir beide geben eine so jämmerliche Figur ab, dass wir niemand anderen finden werden. Wir sind wie die Kids, die, wenn es im Sportunterricht darum geht, Paare zu bilden, am Ende immer allein dastehen.«

Er seufzt. »Auf mich trifft das wahrscheinlich zu. Aber auf dich doch nicht.«

»Wie meinst du das?«

Bevor er antworten kann, hupt ein Auto so laut, dass es meinen Blick auf den langsam fließenden Vormittagsverkehr lenkt – Eltern, die ihre Kinderwagen schieben, Pärchen, die Hand in Hand die Straße entlangschlendern, hin und wieder ein Radfahrer oder eine Joggerin. Und da entdecke ich sie.

»Jamie.«

Er wendet sich mir zu und hüllt mich in seinen holzigen Morgennebel-Duft. Es ist eine Unverschämtheit, wie gut er riecht.

»Was ist?«, fragt er leise.

Ich drehe den Kopf, wobei unsere Nasen sich fast streifen. Keiner von uns bewegt sich. »Auf der anderen Straßenseite. Sieh *nicht* hin. Hör mir einfach nur zu und dann schau wie zufällig kurz rüber. Dort sitzen zwei Bekannte von uns, in ziemlich lausigen Verkleidungen.«

Jamie sieht auf seine Hände und streicht mit dem Daumen über eine rissige Fingerspitze. Dann hebt er langsam den Blick und sieht unter seinen langen Wimpern hervor auf die andere Straßenseite. Verstört lehnt er sich zurück und verschränkt mit finsterer Miene die Arme vor der Brust. »Was stimmt nicht mit denen?«

»Ich wünschte, ich könnte es dir sagen. Ich verstehe es auch nicht. Überhaupt nicht.«

Mein Blick huscht noch einmal auf die andere Straßenseite zu Jules und Jean-Claude in ihrer bescheuerten Tarnkleidung. Jules trägt Baseballkappe, Daunenweste, Leggings und voluminöse Kunstfellstiefel, in denen sie normalerweise für nichts in der Welt herumlaufen würde, während Jean-Claude in einem Hipster-Hemd steckt, das von seinem üblichen Banker-Stil deutlich abweicht und kaum zu erkennen ist, weil er –

»Hat Jean-Claude sich die Haare gefärbt?«, fragt Jamie.

»Nein, das ist weißes Haarspray, wie man es an Halloween benutzt.«

»Das ist verstörend«, murmelt er.

»*Inakzeptabel*, das ist es! Die verarschen uns, Jamie. Als wären wir zwei gottverdammte Vollidioten.«

Es ist Jahre her, seit Jules so etwas das letzte Mal versucht hat – mich auszutricksen, um mir meine Sturheit auszutreiben. Ich lasse mir alles, was sie am Montag im *Edgy Envelope* gesagt hat, noch einmal durch den Kopf gehen, und ein übertrieben wohlwollender Teil meines Zwillingherzens möchte am liebsten über die Sache lachen und sie dann vergessen. Ich kenne Jules und weiß, sie denkt, sie würde mir helfen.

Aber der Stachel sitzt tief. Sowohl meine Schwester als auch meine Freunde – die sich laut Jules ebenfalls bereit erklärt haben, den Amor zu spielen – glauben, ich sei ein hoffnungsloser Fall. Dass ich zu unattraktiv und zu unbeholfen bin, um allein jemanden zu finden und man mich zu meinem Glück zwingen muss – indem man mich schamlos hintergeht.

Mir ist auch klar, dass ich nicht gerade die beste Partie bin. Weder bin ich klug und charmant wie Jules, noch abenteuerlustig und weltgewandt wie unsere kleine Schwester Kate. Ich bin auf meine Art offen und tolerant, gleichzeitig aber auch eigensinnig und eine einsame Tagträumerin, die sich oft in ihrer eigenen Welt verliert. Ich bin sensibel, leicht zu erschrecken und stoße oft an Grenzen, die die meisten anderen Menschen nicht kennen.

Aber ich bin durchaus fähig, zu lieben und geliebt zu werden. Ich kann sehr leidenschaftlich sein, wenn die Chemie stimmt. Es braucht einfach nur Zeit. Und nach dem, was mir mit Todd passiert ist, wird es jemand ganz Besonderes sein müssen.

In meinen schlimmsten Momenten beschleicht mich häufig die Angst, dass es diesen ganz besonderen Menschen gar nicht gibt und sich diese Befürchtung, sobald ich zu intensiv suche, bestätigen wird. Aus diesem Grund habe ich die meiste Zeit nicht gesucht und bin in meiner Komfortzone geblieben, frustriert, dass mein Leben so leer ist, aber zu ängstlich, die Fühler auszustrecken. Was natürlich nicht wirklich gesund ist.

Aber soll *das* die Lösung sein? Dass die Menschen, die mich angeblich am meisten lieben und am besten verstehen, mich mit fiesen Tricks in ein Date manövrieren? Noch dazu mit einem Mann, dank dem letzte Woche mal wieder jeder gesehen hat, wie schrecklich unbeholfen und tollpatschig ich im Umgang mit anderen Menschen sein kann.

Je länger ich darüber nachdenke, umso wütender werde ich.

»Ich kann nicht fassen, dass sie das überhaupt versucht haben«, sage ich zu Jamie. »Ich meine, der Plan hat so viele Schwachstellen.«

»Nicht, wenn man auf unsere Berechenbarkeit baut, die …« Er schiebt sich die Brille höher auf die Nase. Dieses blütenweiße Hemd. Der dunkelblaue Pullover. Und die verfluchte Schildplatt-Brille, die den warmen Bernsteinton seiner Augen unterstreicht. Er ist unausstehlich attraktiv, auch wenn es mir unangenehm ist, das ausgerechnet jetzt zugeben zu müssen. »Ich weiß, dass *ich* berechenbar bin, und könnte mir vorstellen, dass du es … auf deine Art … auch bist.«

Ich starre ihn an. »Du hast wirklich ein Talent dafür, sehr wenige Worte zu benutzen und sie trotzdem nicht nett klingen zu lassen.«

Zumindest hat er den Anstand, rot zu werden. »Ich wollte damit nur sagen, dass deine Schwester dich sehr gut kennt.«

»Na klar.«

»Ehrlich, Beatrice. Nicht alles, was mir über die Lippen kommt, ist als Beleidigung gedacht. Ich wollte damit nur sagen, dass Juliet ganz genau wusste, wie sie die Sache einfädeln muss, damit du mitspielst. Genauso wie Jean-Claude wusste, wie er mich kriegt, und dass ich mich an seine Spielregeln halten würde.«

Auch wenn es mir nicht gefällt, verstehe ich jetzt, was er meint. »Jules wusste, dass ich darauf eingehen würde, anonym zu bleiben, um mich zu schützen.«

Am liebsten würde ich, was ich da gesagt habe, gleich wieder zurücknehmen.

Jamie sieht mich fragend an. »Um dich zu schützen? Wovor?«

»Vergiss das am besten wieder.«

»Ich glaube nicht, dass ich das kann«, bohrt er weiter. »Sag's mir.«

Wir liefern uns ein kurzes, intensives Blickduell. Jamie blinzelt als Erster.

»Punkt für mich!«, rufe ich triumphierend.

»Wer sagt das? Du kannst hier keine Punkte verteilen. Ich wusste noch nicht einmal, dass das ein Wettbewerb war.«

»Das war eindeutig ein Blickduell. Und ich habe gewonnen. Schluss, aus.«

Er schüttelt den Kopf. »Dann verlange ich als Trostpreis die Wahrheit von dir.«

»Na gut. Die Wahrheit ist, falls du das Interesse an mir verloren hättest, ohne meinen richtigen Namen zu kennen, wäre es unpersönlicher gewesen … nicht so verletzend.«

»Verstehe.« Er sieht auf seine Hände. »Aber das hat sich ja nun als irrelevant herausgestellt.«

»Richtig. Denn das alles ist nur ein schlechter Witz.«

Wieder herrscht betretenes Schweigen, dann sagt er ein wenig leiser: »Eigentlich wollte ich sagen, dass ich während unseres Chats nie das Interesse verloren habe.«

»Oh.« Meine Augen weiten sich.

Oh.

Ich bin noch dabei zu verarbeiten, was er da eben gesagt hat, als Jamie sich räuspert und mich ansieht. »Wie auch immer, hiermit habe ich ganz sicher nicht gerechnet, und verdient haben wir es beide nicht.« Er steht auf und hängt sich die Tasche über die Schulter. »Ich finde, wir sollten uns mit einem heißen Getränk und einer Partie Schach entschädigen.«

Ich stehe ebenfalls auf. Ich kann es nicht fassen. Das ist eine Riesenscheiße, in die unsere »Freunde« uns da geritten haben, und er will, dass wir das Ganze bei einer Tasse Kaffee und einer Partie Schach einfach vergessen? Den Teufel werde ich tun.

»Ich will mehr als Kaffee und Schach, James.« Mit zusammengekniffenen Augen starre ich hinüber zu den hinterhältigen Kupplern auf der anderen Straßenseite. »Ich will *Rache*.«

10

Jamie

Bea hält die schüsselgroße Tasse in beiden Händen und nippt genüsslich an ihrem Kaffee. Durch die aufsteigenden Dampfschwaden beobachte ich, wie sie sich eine Strähne ihres langen Ponys aus den Augen pustet. Der Gedanke war mir schon früher gekommen, aber seit ich weiß, dass sie es ist, die hinter den Textnachrichten steckt, erscheint es mir noch riskanter, es mir einzugestehen – aber Beatrice ist wunderschön.

Auch wenn sie für einen Zug zehn Minuten braucht.

»Du spielst ganz schön langsam.«

Sie wirft mir einen vorwurfsvollen Blick zu. »Ich nehme Schach eben sehr ernst, und es fällt mir nicht leicht. Ich muss meine Möglichkeiten durchdenken.«

»Oh, lass dir ruhig Zeit. Es ist ja nicht so, dass auf mich noch ein Riesenberg Arbeit wartet.«

»James«, warnt sie mich, während sie endlich ihren Bauern bewegt. »Es ist nicht mein Problem, dass du ein Workaholic bist. Großer Gott, es ist Samstag!«

»Samstage sind für mich essenzielle Arbeitstage.«

»Und was machst du?«

Ich starre auf das Brett und überlege, wie ich ihren Zug kontern kann. »An den Wochenenden? Alles, zu dem ich unter der Woche nicht gekommen bin. Und beruflich bin ich Kinderarzt.« Als ich vom Brett aufsehe, starrt Bea mich an. »Was ist?«

»Du bist Kinderarzt?«, fragt sie schwach. »Du arbeitest mit Babys und Kindern?«

»Ja, das ist in der Regel das Kriterium, das Kinderärzte von anderen Ärzten unterscheidet.«

»Klugscheißer«, murmelt sie und konzentriert sich wieder auf die Papierserviette unter ihrer Hand. Sie zeichnet. Heimlich werfe ich immer wieder einen Blick darauf, aber mir ist noch nicht ganz klar, was aus den schwarzen Strichen und Bögen entsteht. Sie sind sehr fein, damit das dünne Papier nicht zerreißt. Obwohl mir der Entwurf noch ein Rätsel ist, hat die Zeichnung eine präzise, intensive Wirkung auf mich, und ich möchte mehr sehen.

»Was zeichnest du?«, frage ich sie.

Sie erstarrt und klatscht die Hand auf die Serviette. Etwas zerknittert zieht sie sie vom Tisch und stopft sie in die Tasche ihres Kleids.

»Wegen mir musst du nicht damit aufhören.«

Sie wird rot und weicht meinem Blick aus. »Schon gut. Meine Zeichnungen sind ohnehin nicht dafür geeignet, in der Öffentlichkeit betrachtet zu werden.«

»Warum nicht?«

Sie zögert einen Moment, dann sieht sie mich trotzig an. »Ich bin eine erotische Künstlerin.«

»Eine *was*?«

Ich muss ein ziemlich dämliches Gesicht machen, denn ein lautes Lachen platzt aus ihr heraus, bunt und glitzernd wie Konfetti. »Eine erotische Künstlerin. Meine Kunst widmet sich der Sinnlichkeit des menschlichen Körpers. Ich entwerfe für

Sulas Laden, den *Edgy Envelope*, Motive für Karten und andere Papierwaren, in denen subtile erotische Bilder versteckt sind. Hast du ein Problem damit?«

»Ich, ähm … Nein?«

Es fällt mir schwer, die Information zu verdauen. Bea zeichnet Akte. Erotische Kunst. Zeichnet sie sich auch selbst?

Mir wird heiß.

»Das klang wie eine Frage«, bemerkt sie und mustert mich skeptisch.

»Entschuldige. Nein. War es nicht. Und ist es nicht. Ein Problem, meine ich.« Wenn man davon absieht, dass ich in Flammen stehe, und meine Gedanken pornografische Züge annehmen – nasse Farbe, nackte Haut …

»Gut.« Bea reißt mich aus meinen obszönen Tagträumen. »Dann lass uns darüber reden, weshalb wir hier sind. Denn obwohl ich gerade einen Schokomuffin so groß wie mein Kopf verdrückt habe, bin ich immer noch sauer.«

»Verstehe ich.«

Ihre Augen verengen sich zu Schlitzen. »Wirklich? Du scheinst überhaupt nicht wütend zu sein.«

Ich konzentriere mich auf das Schachbrett und ziehe meinen Läufer. »Ich bin … verstört.«

»Du Arschloch!«

»Was? Ich bin nun mal verstört.«

»Es geht um deinen Zug, Jamie.« Mit finsterer Miene starrt sie auf das Brett.

Ich trinke einen großen Schluck von meinem Gunpowder-Tee und beobachte, wie sie ihre Optionen abwägt. Sie hat keine Chance mehr, es sei denn …

Verdammt. Sie bringt ihre Dame außer Gefahr.

»Also.« Sie nippt an ihrem Kaffee. »Was hast du eben gesagt?«

Ich rücke mit meinem Pferd vor. »Ich hab gesagt, ich bin verstört.«

»Das wäre ich auch mit einem Ingwer-Scone und grünem Tee im Magen.« Sie kichert.

»Entschuldige, aber Ingwer und grüner Tee sind eine klassische Kombination.«

Sie trinkt einen Schluck Kaffee und kommentiert ihn mit einem übertriebenen Seufzen, um mir zu demonstrieren, wie köstlich er schmeckt.

»*Hmmm.* Kaffee und Schokolade sind das einzig Wahre. Grüner Tee und Ingwer schmecken doch nach Seife und Bodenputzmittel.«

Ich stecke mir den letzten Bissen Ingwer-Scone in den Mund und spüle ihn mit Tee hinunter. Bea sieht mir angewidert zu und schüttelt sich. Es bereitet mir ein so diebisches Vergnügen, zu sehen, wie ihr vor Ekel schaudert, dass ich mich fast verschlucke.

»Du bist ein seltsamer Mann.« Kopfschüttelnd analysiert sie das Brett. »Also, welche Strategie verfolgen wir?«

»Na ja, du hast mit einer Französischen Verteidigung eröffnet, und jetzt …«

»Ich rede nicht von Schach, Jamie. Ich rede von diesen hinterhältigen Intriganten, die dafür verantwortlich sind, dass du und ich zusammen Kaffee trinken, anstatt uns zu meiden wie die Pest.«

»Kaffee *und* grünen Tee, um bei den Fakten zu bleiben.«

Sie lässt die Hand, die über einem Bauern schwebt, sinken und starrt auf das Brett. »Ich bin stinksauer. Du bist verstört. Aber das löst nicht unser Problem. Meine Schwester ist so fest entschlossen, mich mit jemandem zu verkuppeln, dass sie mich angelogen und manipuliert hat.«

»Das Gleiche gilt für Jean-Claude.« Während ich einen

Schluck Tee trinke, überdenke ich unsere Situation. »Und sie werden uns so lange nicht in Ruhe lassen, bis wir unser nächstes Date haben. Was für eine bittere Ironie …«

»O mein Gott.« Beas Augen weiten sich. »Das ist genial.«

»Was? Was ist genial?«

Sie zappelt aufgeregt auf ihrem Stuhl. »Wir müssen sie davon überzeugen, dass ihr Plan funktioniert hat. Wir müssen so tun, als würden wir uns ineinander verlieben.«

»Ich kann dir nicht folgen. Warum sollten wir so tun, als wären wir ineinander verliebt?« Kaum habe ich den Satz zu Ende gesprochen, begreife ich es. »Oh. Damit sie uns in Ruhe lassen?«

»Genau. Und es hätte noch einen anderen netten Nebeneffekt.« Ihre Augen funkeln durchtrieben. »Wir täuschen ihnen eine Romanze vor, und dann lassen wir ihre Träume platzen, James. Sie sollen am eigenen Leib spüren, wie ätzend es ist, manipuliert zu werden.«

»Und wie machen wir das?«

Bea beugt sich über den Tisch und konfrontiert mich mit ihrem irritierend angenehmen Duft. »Wir tun so, als wären wir zusammen, beziehen sie mit ein, überzeugen sie davon, dass wir überglücklich sind, und dann …?«

Mir geht ein Licht auf. »Machen wir Schluss?«

»Genau.« Sie nickt triumphierend. »Dann machen wir Schluss.«

Ich lehne mich in meinem Stuhl zurück und streiche mir über den Kiefer. »Eigentlich glaube ich nicht an Rache.«

Sie verdreht die Augen. »Meine Güte, kannst du nicht einmal ein winziges Stückchen von deiner moralischen Überzeugung abweichen, du griesgrämiger Steinbock?«

»Und könntest du bitte mit diesem astrologischen Schwachsinn aufhören?«

Sie schnappt nach Luft. »Nimm das sofort zurück. Das ist kein Schwachsinn.«

Ich seufze. »Beatrice …«

»Du«, sie zeigt mit dem Finger auf mich, »bist ein Steinbock, wie er im Buche steht. Lies nach. Dann wirst du schon sehen, du Wächter aller Regeln und Vorschriften.«

»Regeln und Vorschriften existieren nicht ohne Grund. Sie garantieren Ordnung, geben Struktur, etablieren klare Erwartungen und diktieren ein angemessenes Verhalten …«

»Was unsere *Freunde* leider komplett ignoriert haben«, schießt sie zurück.

»Und weil *sie* eine rote Linie überschritten haben, müssen wir das auch tun? Zweimal Unrecht ergibt kein Recht.«

»Wer immer das gesagt hat, dem hat man noch nie wirklich unrecht getan. Von Regeln profitieren nur Menschen, die ins System passen. Ich zähle nicht dazu. Ich lebe nach meinen eigenen Regeln und werde mir diese Scheiße nicht widerstandslos gefallen lassen.«

Dem habe ich nichts entgegen zu halten. In diesem Punkt könnten wir nicht unterschiedlicher sein. Mir geben Regeln Sicherheit. Sie geben meinem Leben Sinn und Struktur.

Es entsteht ein unangenehmes Schweigen.

»Ich bedaure, dass ich dich frustriere«, presse ich schließlich hervor. »Aber offensichtlich sind wir in dieser Sache nicht ganz einer Meinung.«

Sie starrt aufs Spielbrett. »Die Untertreibung des Jahrhunderts. Aber was soll's. Ist schon okay.«

Während ich zusehe, wie sie sich wieder in das Spiel vertieft, fange ich an zu zweifeln. Sollte ich es nicht wenigstens in Betracht ziehen? Aber warum meine eigenen Regeln brechen für einen Racheplan, der uns nicht nur zwangsläufig regelmäßig zusammenbringen wird, sondern auch noch verlangt, dass wir eine Beziehung vortäuschen? Ich kann mich doch nicht ernsthaft auf eine Beziehung mit einer Frau einlassen – auch wenn sie nur vorgetäuscht ist –, mit der mich nichts verbindet außer physische Katastrophen und verletzende verbale Seitenhiebe.

Außer in der letzten Woche. Außer diesen Textnachrichten. Ben und Addie haben sich doch gut verstanden? Warum sollten du und Bea das nicht auch können?

Verfluchte Besenkammer. Verfluchte Textnachrichten, in denen ihr Lächeln zu spüren war. Verfluchte Chats früh am Morgen, hinter denen ich ein unbeschwertes Lachen gefühlt habe. Verfluchter Jean-Claude, verfluchte Juliet, verfluchte sogenannte Freunde, die dieses ganze Chaos noch chaotischer gemacht haben.

Plötzlich streichen Beas Fingerspitzen über meinen Handrücken, und ich stoße fast meinen Tee um.

»Linkshänder?«, fragt sie.

»Was?«, stammle ich. »Oh, ach so. Ja. Warum fragst du?«

Sie hebt die linke Hand und zeigt mir die Tintenflecke auf ihren Fingern. »Ich auch.«

Ihr Blick bleibt skeptisch, aber die Bemerkung klingt nach einem Friedensangebot, und ich nehme es an.

»Es ist hart, immer auf der falschen Seite zu sein«, sage ich. »Beim Schreiben, beispielsweise.«

»Und bei Türklinken.«

»Taschenrechnern.«

»Oh! Und Fahrradbremsen.«

Ich halte meinen linken Arm hoch und zeige ihr die Narbe eines distalen Speichenbruchs, den ich mir zugezogen habe, weil ich den linken Bremshebel für das Vorderrad zu stark gedrückt hatte und über den Lenker gestürzt bin. »Das habe ich auf die harte Tour gelernt.«

Für einen Moment treffen sich unsere Blicke, und Bea kriecht die Röte vom Hals in die Wangen. Sie schlägt die Augen nieder und untersucht die Tintenflecke auf ihren Fingern. Als ihr Blick aus dem Fenster wandert, wird sie unnatürlich still. »Diese verdammten Spanner.«

Ich folge ihrem Blick. Die Kuppler sind immer noch da und sitzen mittlerweile auf der Bank, auf der Bea und ich uns getroffen haben. Jean-Claude hält sein weißes Haupt gesenkt, die Daumen auf dem Handy. Juliet sieht hinter ihrer dunklen Sonnenbrille verstohlen immer wieder herüber zur Boulangerie. So, wie sie ihr Handy hält, war es wohl gerade noch auf uns gerichtet.

»Hat sie uns *gefilmt?*«, frage ich.

»Wahrscheinlich«, zischt Bea zwischen zusammengepressten Zähnen. »Sie macht Bilder und schickt sie den anderen.«

»Den anderen?«

Sie hebt eine Augenbraue. »Du glaubst doch nicht etwa, dass wir uns letzte Woche auf der Party zufällig so oft begegnet sind. Margo, Sula und sogar Christopher stecken da mit drin.«

Ich bin fassungslos. »Das ist nicht dein Ernst?«

»Doch, James.«

Mein Blutdruck steigt, und eine heiße Welle gerechten Zorns rauscht durch meine Adern. Ich bin Schachspieler. Ich weiß eine clevere, zielführende Strategie durchaus zu schätzen. Aber Menschen sind keine Bauern, man spielt nicht mit ihrem Leben.

»Jetzt reicht's«, erkläre ich ihr. »Ich bin dabei. Ich will Blut sehen.«

Bea lacht. »Wow.«

»Ich meine das natürlich metaphorisch. Emotionales Blut. Also …«

Bea streckt den Arm über den Tisch und legt ihre Hand

auf meine. Es sind unsere linken Hände. Für mich ist es eine Seltenheit, dass die Bewegungen einer anderen Person meine bei einer Berührung spiegeln. Und es ist beunruhigend, etwas mit Bea gemeinsam zu haben.

»Ich weiß, was du meinst«, sagt sie beschwichtigend.

Ich starre auf unsere Hände, als stünde ich neben mir, nicht Herr meines Handelns. Mein Daumen streicht über ihre Handfläche, folgt den Tintenspuren und Schwielen, die davon zeugen, dass das Erschaffen von Illusionen harte Arbeit ist. Meine Finger gleiten über ihr Handgelenk, und sie schnappt nach Luft. Als ich sie loslasse, zieht sie die Hand sofort zurück.

»Vielleicht ist es nicht besonders klug«, ich räuspere mich, »sich auf diese Art zu rächen. Tatsächlich kann ich mich nicht erinnern, wann ich das letzte Mal so impulsiv und nachtragend war. Aber es wird sich verdammt gut anfühlen, es ihnen heimzuzahlen.«

»Stell dir nur ihre Gesichter vor«, meint sie, »wenn wir es ihnen sagen. Allein die sind die Sache wert. Und danach werden sie mit ihren Kuppelversuchen ein für alle Mal aufhören. Was für einen Zeitrahmen setzen wir uns? Es muss lange genug sein, um sie zu überzeugen, darf aber auch nicht so lange gehen, dass wir uns gegenseitig in den Wahnsinn treiben.«

»Klingt vernünftig«, stimme ich ihr zu.

»Dann bleiben wir zusammen bis …?«

»Habt ihr irgendwelche traditionellen Partys, bei denen die Trennung so richtig für Aufruhr sorgen würde? An Weihnachten vielleicht? Aber das könnte ein bisschen lang werden.«

»Großer Gott, nein.« Bea rümpft die Nase.

»Oh, entschuldige«, entgegne ich kalt. »Wäre es für dich unerträglich, so lange eine Beziehung mit mir vorzutäuschen?«

»Um ganz ehrlich zu sein, ja. Und tu jetzt nicht so, als ob du es so lange mit mir aushalten würdest.«

Da hat sie auch wieder recht. »Thanksgiving? Trifft sich eure Clique da auch zum Feiern?«

Ihre Augen beginnen zu strahlen. »Die Friendsgiving-Party! Die ist perfekt. Dann haben wir …«

»Etwas weniger als zwei Monate.«

»Zwei Monate. Das ist machbar.«

»Okay. Damit kann ich auch leben.«

Sie beugt sich zu mir rüber. »Wir müssen es ihnen nur gut verkaufen. Ich will, dass sie uns aus der Hand fressen.«

Mein Blick huscht kurz hinüber zu der Bank, auf der unser Publikum seinen Mitverschwörern Textnachrichten schickt und sich tierisch freut, dass der Plan scheinbar aufgegangen ist. Aber nicht mehr lange. Bald werden sie feststellen, dass sie diejenigen sind, die hier verarscht werden. »Einverstanden. Ich bin dabei.«

»Großartig. Wir haben einen Deal.« Sie bietet mir ihre linke Hand, und ich nehme sie in meine, von der man mir ein Leben lang gesagt hat, es wäre die falsche. Dabei fühlt es sich erstaunlich richtig an. »Deal.«

11

Bea

Jamie und ich treten aus dem Café.

Während ich der Straße und unseren Widersachern auf der anderen Seite den Rücken gekehrt habe, schaut Jamie mit zusammengekniffenen Augen in die Sonne.

»Beobachten sie uns?«, frage ich ihn.

»Ja.« Er schiebt sich die Tasche auf die Schulter. »Denkst du, wir sollten uns mit einer Art *amourösen Geste* trennen?«

»Absolut.« Ich kann ein Lächeln nicht unterdrücken. »Eine *amouröse Geste* wäre sicher angebracht.«

Er kneift die Augen noch mehr zusammen. »Du machst dich über mich lustig.«

»Das stimmt nicht, Jamie. Als ich noch nicht wusste, dass du das bist, habe ich deine Zwanzig-Punkte-Scrabble-Wörter geliebt. Mein Wortschatz hat sich dank NWB diese Woche enorm vergrößert.«

Er sieht zu Boden und schiebt sich die Brille höher auf die Nase. »Also dann.« Ein Hauch von Rot färbt seine Wangen.

»Es muss nicht viel sein«, erkläre ich ihm. »Kein wildes Geknutsche oder so.«

Er sieht mich an durch den Schleier seiner dunklen Wimpern, deren Spitzen in der Sonne bronzefarben leuchten. »Das sehe ich auch so. Zu viel gleich am Anfang wäre verdächtig.«

»Okay. Also dann.« Ich räuspere mich. »Los geht's.«

Ich gehe einen Schritt auf ihn zu und rücke immer näher, bis unsere Zehen sich berühren, dann lege ich ihm in einer langsamen Bewegung die Hand an die Wange. Das sanfte Kratzen seiner Bartstoppeln kitzelt an meinen Fingerspitzen, und ich schließe die Augen. Meine Bildhauerinnenhände ertasten die Kanten und Flächen seines Gesichts und dann, solange eine Ahnung meines Muts diese Berührung noch vorantreibt, gehe ich auf die Zehenspitzen und drücke ihm einen Kuss auf die Wange. Den Kiefer, um genau zu sein. Direkt unterhalb des Mundwinkels.

Jamies Atem verharrt in seiner Brust, sein Körper spannt sich, und als ich mich gerade frage, was ich getan habe, ob ich zu weit gegangen bin, gleiten seine Hände um meine Taille. Er drückt mich an sich, gibt mir Halt, während er das Gesicht ein klein wenig dreht, sodass sein Mund mein Ohr streift.

In diesem Moment vergesse ich, warum das alles passiert. Ich schließe die Augen und stelle mir seine warmen, feuchten Lippen vor, wie sie die empfindliche Stelle an meinem Hals hinuntergleiten, seine Zähne, die mein Schlüsselbein streifen, ein langer, sanfter Biss, der eine heiße, rote Spur auf meiner Haut hinterlässt.

»Sie haben alles genau beobachtet«, unterbricht er meine unanständigen Fantasien.

»Gut.« Ich bin etwas außer Atem, was natürlich nichts mit dem Kribbeln unter meiner Haut zu tun hat oder der Wärme, die Jamie ausstrahlt oder seinem verführerischen Geruch.

Er zieht sich zurück, schaut mir aber weiter in die Augen. »Auf Wiedersehen, Bea.«

»Auf Wiedersehen, Jamie.«

Wie bei einem Duell in einem meiner historischen Romane drehen wir uns gleichzeitig um, bleiben für einen Moment Rücken an Rücken stehen und gehen dann in entgegengesetzter Richtung auseinander. Nur, dass wir – trotz unserer nach wie vor nicht kompatiblen Persönlichkeiten – nun keine Gegner mehr sind. Das *Laden, Zielen und Feuern* bleibt aus. Unsere vorgetäuschte Beziehung ist wie ein Schuss in die Luft. Jamie und ich haben die Waffen niedergelegt und stehen auf derselben Seite. Es ist nicht mehr *ich gegen ihn*, sondern *wir gegen die.*

Ich muss an seinen Daumen denken, wie er mein Handgelenk gestreichelt hat, seine Wärme, als ich ihn knapp neben seinen harten, unnachgiebigen Mund geküsst habe.

Wir gegen die. Daran werden wir uns erst noch gewöhnen müssen.

So schnell meine Beine mich tragen, laufe ich die Straße hinunter. Total aufgewühlt und ohne konkretes Ziel.

Ich habe keine Ahnung, wohin ich gehen soll. Ich zittere am ganzen Körper – teils wegen unseres flüchtigen Abschiedskusses, teils vor Wut, weil ich so schamlos hintergangen worden bin. Ich könnte mich in den Zug setzen und zu Mom und Dad fahren. Sie sind nicht da, und ich hätte das Haus für mich. Aber allein die Vorstellung, jetzt in einem Zug zu sitzen – die fremden Gerüche, das ständige Ankommen und Abfahren, die vollgestopften Abteile –, ist unerträglich. Nach diesem extrem ereignisreichen Vormittag würde ich das nicht aushalten. In unsere Wohnung kann ich aber auch nicht. Dort würde ich riskieren, Jules über den Weg zu laufen, und dazu bin ich noch nicht bereit. Ich bin viel zu sauer.

Aber meine Beine haben offenbar ihren eigenen Kopf, und plötzlich bin nur noch einen Block vom *Edgy Envelope* entfernt. Ich überquere die Straße und bleibe stehen. Soll ich mich einfach in die Arbeit flüchten? Sula und Margo werden nicht da sein. An den Wochenenden schmeißt Toni mit wechselnden studentischen Aushilfskräften den Laden, damit Sula und Margo ihre Work-Life-Balance wahren können.

Damit ist meine Frage beantwortet. Von den intriganten Kupplern wird niemand im Laden sein. Der *Edgy Envelope* ist der perfekte Zufluchtsort.

Als ich die Tür öffne, begrüßt mich das vertraute Bimmeln der Türglocke, aber Toni sieht noch nicht einmal auf. Er steht hinter dem Tresen und ist damit beschäftigt, eine Kundin abzukassieren, hinter der noch sechs weitere warten. Ich sehe mich nach den Wochenendaushilfen um, stelle aber schnell fest, dass Toni allein ist.

Ich gehe zu ihm hinter den Tresen. »Kannst du Hilfe gebrauchen?«

»Sind meine Macadamia-Cookies mit weißer Schokolade legendäre Beispiele grandioser Backkunst?«

»Das heißt dann wohl Ja.«

Toni reicht der Kundin eine große Papiertüte, deren gezwirbelte Henkel mit einer hübschen Schleife zusammengebunden sind, und schenkt ihr ein strahlendes Lächeln. »Danke für Ihre Geduld.«

Ich stelle mich neben ihn und entsperre das zweite iPad, in das ich meinen Angestellten-Code und das Passwort eintippe. Nachdem wir die restlichen sechs Kunden gemeinsam bedient haben, lehnen Toni und ich uns erschöpft gegen die Vitrine.

»Ufff«, stöhnt er. »Danke für die Hilfe.«

»War doch klar. Aber warum bist du allein?«

»McKenna ist krank.«

»Warum habt ihr euch nicht gemeldet? Ich hätte einspringen können.«

Toni steigt die Röte ins Gesicht, während er sich seine pechschwarzen Haare zu einem kleinen Pferdeschwanz zusammenbindet. »Na ja, du hattest ja dein Date, und ich, ähm, wollte nicht ...« Er kratzt sich an der Nase, ein sicheres Zeichen, dass er mir etwas verheimlicht.

Ich schnappe nach Luft. »Du bist auch eingeweiht in diesen Scheiß!«

»Okay. Hör mir zu ...« Er sieht mich sehr ernst an. »Sie haben mich gezwungen mitzuspielen.«

»Sie haben dich gezwungen?«

»Ja! Gestern Abend haben Sula und Margot mir eine Nachricht geschickt, du hättest ein Date und dürftest nicht gestört werden. Das ist alles. Ich schwör's. Macht es das weniger schlimm?«

Ich starre ihn an. »Nein, tut es nicht.«

»Wie wäre es dann ...« Er beugt sich unter die Vitrine und zieht einen vollgepackten, mit einem Küchenhandtuch abgedeckten Teller hervor. Noch bevor ich sie sehen kann, verrät mir der Geruch, dass es die *besten* Zitronen-Cookies aller Zeiten sind. »... damit?«

»Oh«, hauche ich.

Er zieht das Handtuch weg. »Mit viel Liebe – und einer kleinen Prise schlechtem Gewissen – für dich gebacken.«

»Lecker.« Ich stecke mir eines in den Mund und genieße die Explosion aus knusprigem Mürbeteig und Zitronencreme auf meiner Zunge. »Die kleine Prise schlechtes Gewissen gibt ihnen das gewisse Etwas.«

Toni stellt den Teller ab und nimmt sich auch einen. »Also«, sagt er und wedelt mit seinem Cookie vor meiner Nase herum. »Wie ist es gelaufen?«

Schnell stecke ich mir einen zweiten Cookie in den Mund. Ich hatte nicht damit gerechnet, so bald schon lügen zu müssen. Da Toni der Einzige in unserem Freundeskreis ist, der nicht über Jules dazugestoßen ist, dachte ich, er wäre nicht eingeweiht. Ab und an trifft er sich mit uns, um ins Kino zu gehen oder für einen Spieleabend, aber das haben wir in erster Linie seinem Partner Hamza zu verdanken, der gern ausgeht und Pläne für beide macht. Hinzu kommt, dass Toni ziemlich viel Zeit mit der hiesigen Künstlerclique verbringt. So haben wir uns kennengelernt, aber richtig angefreundet haben wir uns erst, als er wie ich im *Edgy Envelope* angefangen hat, um sein Einkommen ein wenig aufzubessern. Damals hatte ich mich von der Kunstszene schon weitgehend distanziert, was größtenteils Todd zu verdanken war.

Sofort bleibt mir ein Krümel im Hals stecken. Ich muss nur an dieses Arschloch denken, und schon verschlucke ich mich.

Toni klopft mir auf den Rücken. »Geht's?«

»Ja«, krächze ich, ziehe meine Wasserflasche aus der Tasche und trinke, bis der Krümel unten ist.

Als ich die Flasche wieder absetze, sieht Toni mich besorgt an. »Du wirkst aufgewühlt.«

»Wärst du auch nach einem Date mit Jamie Westenberg.«

»Mit wem?« Ich werfe ihm einen ungläubigen Blick zu. »Ich hab doch schon gesagt, dass ich ahnungslos bin. Ich wusste nur, dass du ein Bitte-nicht-stören-Date hast.«

Ich ziehe mein Handy heraus und öffne meinen Browser, um nach einem Foto zu suchen. Ja, okay, ich habe ein bisschen nach dem Kerl gegoogelt, der mich in einer Besenkammer befummelt hat und fast geküsst hätte. Er hätte ja auch ein gesuchter Axtmörder sein können.

»Oh, er ist heiß.« Toni betrachtet Jamies LinkedIn-Profilbild und lächelt. Breit.

»Hör auf damit.«

»Kann ich nicht.« Er lächelt noch breiter. »Er ist *sooo* süß. Typ Fotomodell für Brillen. Ein gradliniger Junggeselle, aber ich spüre auf jeden Fall die Gentleman-in-the-Streets-Freak-in-the-Sheets-Vibes.«

»Wie bitte?«

»Du weißt schon, höflich und kultiviert in Gesellschaft, aber sobald sich die Tür hinter euch schließt, wirft er dich auf seinen Mahagonischreibtisch, zieht dir den Rock hoch und gibt dir einen Klaps auf den Arsch.«

»Antoni Dabrowski«, warne ich ihn und werde von Kopf bis Fuß rot. »Benimm dich!«

Er nimmt mir das Handy aus der Hand und zoomt in Jamies Foto. »Ahh. Anbetungswürdig. Total verklemmt und ohne Knitter und Falten, *aber* er besucht definitiv ein Fitnessstudio. Schau dir nur die Schultern unter seinem Hemd an. Und die Brille beweist, dass er liest. Noch ein Pluspunkt.«

»Dass er Brillenträger ist, heißt noch lange nicht, dass er liest. Lediglich, dass seine Sehschärfe deutlich unter 100 Prozent liegt. Was allerdings schon dafür spricht, dass er liest, ist sein beeindruckender Wortschatz.«

»Wie auch immer. Du weißt, was ich meine.«

Ich nehme ihm mein Handy ab, stecke es wieder in die Tasche und schnappe mir noch einen Cookie. »Weiß ich. Er wirkt belesen und in seinen knitterfreien Anzughosen steckt ein sexy Arsch.«

»Und?« Toni wackelt mit den Augenbrauen. »Heißt das, ihr seht euch wieder? Wird es noch ein Date geben? Seid ihr exklusiv?«

Langsam kaue ich meinen Cookie und schlucke ihn hinunter. »Definitiv exklusiv.« Die Lüge gibt dem Geschmack von Butter und Zitrone auf meiner Zunge eine bittere Note.

»Ich kann es kaum erwarten, ihn kennenzulernen. Ich habe das Gefühl, das könnte etwas Festes werden.«

In meinem Magen breitet sich ein leichtes Unbehagen aus. Mit einem erzwungenen Lächeln schiebe ich mir noch einen Cookie in den Mund. »Ja, ich auch.«

12

Jamie

Ich neige wirklich nicht zu Gewalt, aber nach dem, was mein Mitbewohner getan hat, würde ich ihm ohne Zögern den Hals umdrehen, wenn ich ihm heute noch begegnen würde. Zum Glück kann ich Jean-Claude leicht aus dem Weg gehen, da er mittlerweile praktisch bei Juliet und Bea wohnt. Also gehe ich nach Hause und verbringe den Rest des Tages in unserer Wohnung, wo ich bis spät in den Abend meine medizinische Fortbildung auf den neuesten Stand bringe. Ich sehe mir Online-Seminare an und überfliege diverse Artikel, bis die Buchstaben auf dem Bildschirm anfangen zu verschwimmen und mein Magen knurrt. Mir fällt auf, dass ich seit meinem Ingwerbrötchen und dem Tee heute Vormittag nichts mehr gegessen habe, und der Kühlschrank ist auch leer.

Normalerweise gehe ich um diese Zeit nicht in den Supermarkt, aber am heutigen Tag war ohnehin nichts normal, seit Bea am Vormittag bei der Bank gegenüber der Boulangerie aufgetaucht ist.

Mitten in einem der Gänge mit Lebensmitteln bleibe ich stehen. Meine Hand schwebt über dem Handy, das mir ein

Loch in die Hosentasche brennt. Die Überlegungen, die sich in meinen Kopf drängen, verunsichern mich. War ich zu abweisend, als ich gegangen bin? Hätte ich ihr eine Nachricht schicken sollen, nachdem wir uns getrennt hatten? Warum bin ich so grauenhaft schlecht in diesen Dingen? Und wie kann es sein, dass mir eine gerade mal zehn Stunden alte *vorgetäuschte* Beziehung schon mehr Kopfzerbrechen bereitet als meine letzte echte Beziehung?

Eine Lautsprecherstimme, die Hackfleisch im Angebot anpreist, reißt mich aus meinen Grübeleien.

»Keine Nachrichten«, sage ich mir und schiebe meinen Wagen weiter. »Kein Grund, sich aufzuführen wie ein liebeskranker Teenager.«

Ich bin nicht verliebt. Und ich bin auch nicht mit ihr zusammen. Nicht wirklich.

»Na, James, führst du öfter Selbstgespräche in Supermärkten?«

Ruckartig drehe ich mich um und krache um ein Haar in das Regal mit den Gemüsekonserven. »Beatrice?«

Sie deutet einen Knicks an, wobei sie den Korb mit ihren Einkäufen hinter ihrem Rücken versteckt.

»Was tust du hier?«, frage ich sie.

»Nun ja«, sie beugt sich verschwörerisch zu mir. »Wahrscheinlich das Gleiche wie du. Unglücklicherweise habe ich den Rest des Tages doch noch mit Arbeiten verbracht, und nun erledige ich in dem einzigen Lebensmittelgeschäft in Fußnähe zu meiner Wohnung meine Einkäufe.«

Richtig. Wir wohnen ja gar nicht weit voneinander entfernt. Wahrscheinlich kaufen wir beide hier ein, nur dass ich normalerweise frühmorgens herkomme.

Aber das alles sage ich nicht, weil die Kapazitäten meines Gehirns mit der Verarbeitung ihres sehr gewöhnungsbedürftigen Outfits komplett ausgelastet sind. Bea bricht das Schweigen. »Wahrscheinlich liegt es an unseren unterschiedlichen Arbeitszeiten, dass wir uns hier noch nie getroffen haben«, sagt sie. »Ich gehe gern spätabends einkaufen. Da ist es ruhiger.«

»Ich bin Früheinkäufer«, presse ich schließlich hervor. »Morgens um sieben ist es hier wie in einer Geisterstadt.«

»Hätte ich mir eigentlich denken können. Frühaufsteher und Früheinkäufer. Bestimmt läufst du morgens einen Halbmarathon und stärkst dich dann mit einem Low-Carb-Smoothie, bevor du deine Bioprodukte einkaufen gehst.«

»Wirf mal einen Blick in eine offene Leiche, die sich schlecht ernährt hat. Danach wirst du gesundes Essen auch zu schätzen wissen.«

»Igitt«, sagt sie. »Nein, danke. Ich ziehe es vor, in Ignoranz zu leben.«

Ich kann den Blick nicht von ihren Leggings losreißen. Sie sind mit Schnabeltieren bedruckt, über denen jeweils eine kleine Sprechblase hängt. In der ersten, die ich entziffern kann, steht: *Keine Nippel? Kein Problem!*

Beatrice bemerkt, worauf ich starre, und sieht an sich hinunter. »Oh, ich habe nicht damit gerechnet, heute Abend noch jemandem zu begegnen, den ich kenne. Die trage ich zur Abschreckung.«

»Zur Abschreckung?«

»Um merkwürdige Typen fernzuhalten.«

»Ah.« Ich kann nicht aufhören zu starren. »Aber Schnabeltiere sind doch Säugetiere«, bemerke ich und zeige auf die Sprechblase auf ihrer Hüfte, die ich eben gelesen habe. »Wenn das stimmt, wie säugen sie dann ihre Jungen?«

Ihre strahlend weißen Zähne blitzen mit ihren blau-graugrünen Augen um die Wette, und die Welt gerät ein bisschen ins Trudeln. Dieses Lächeln ist gefährlich. »Anstelle von Nippeln haben Schnabeltierweibchen Falten im Bauchfell, durch die sie ihre Babys säugen.«

»Verstehe.« Bea muss nur *Nippel* sagen, und schon werde ich rot wie ein Schuljunge. Ich räuspere mich und schaffe es endlich, den Blick von den Schnabeltier-Leggings loszureißen. Dabei bemerke ich den Einkaufskorb hinter ihrem Rücken. »Warum versteckst du deine Einkäufe?«

Sie bekommt rote Flecken auf den Wangen. »Einkäufe? Welche Einkäufe?«

»Die in dem Korb hinter deinem Rücken.«

»Oh!« Sie zuckt die Achseln. »Pffff. Nur so.«

»Falls es Fertiggerichte sind, verspreche ich, keinen Ton zu sagen. Ich bin nicht im Dienst.«

Sie hebt eine Augenbraue. »Ach? Hört sich aber nicht so an, als wären Sie schon fertig mit Dozieren, Herr Doktor.«

»Ah ja. Ist eine typische Schwäche von Steinböcken, oder?«

Ein Siegerlächeln huscht über ihr Gesicht. »Ha! Du bist schwach geworden und hast es gegoogelt, stimmt's?«

»Nein.«

Na ja, vielleicht. Kurz.

»Natürlich hast du es gegoogelt.« Mit verzerrtem Gesicht verändert sie die Position des Einkaufskorbs hinter ihrem Rücken, der an ihren Schultern zerrt. »Also dann«, sagt sie und vollführt eine unbeholfene Drehung, damit ich ihren Korb nicht sehen kann. »War nett, mit dir zu plaudern.«

Weil sie mich keine Sekunde aus den Augen lässt, übersieht sie die frei stehenden Körbe mit Chips und stolpert hinein. Gerade noch rechtzeitig, dass sie nicht der Länge nach hinschlägt, packe ich sie am Handgelenk und ziehe sie hoch. Mit Schwung landet sie an meiner Brust.

»Scheiße«, japst sie, die Hand an meiner Hüfte, um sich zu stabilisieren.

Umweht von ihrem Duft spüre ich, wie ihre warme Hand sich durch meine Kleidung brennt. Ich schlucke und versuche, mich zu beruhigen. Es ist ein Jahr her, seit mich das letzte Mal jemand angefasst hat. Das ist alles.

»Alles in Ordnung?«, frage ich sie.

Sie richtet sich auf, macht einen schnellen Schritt nach hinten und rutscht fast auf einer Packung Chips aus.

Ich halte sie noch einmal fest, dieses Mal am Ellbogen. »Vorsicht.«

»Alles okay«, keucht sie. »Mir geht's gut.«

»In Ordnung.«

Für den Bruchteil einer Sekunde sehen wir uns in die Augen, dann driftet ihr Blick ab. Als ich ihm folge, entdecke ich den umgekippten Einkaufskorb, dessen Inhalt sich über den Laminatboden ergossen hat.

Eine Zwölferpackung Cupcakes. Midol. Damenbinden. Zwei Dosen Ravioli. Und …

Heilige Mutter Gottes. Das ist die größte Packung Gleitmittel, die ich je gesehen habe.

Bea stößt einen kleinen Schrei aus und stürzt sich auf ihre Einkäufe. Ich bücke mich nach den Cupcakes und den Ravioli, während sie die Produkte, die ihr ganz offensichtlich am peinlichsten sind, schnell ganz unten in den Korb stopft.

»Danke«, sagt sie, nimmt mir die Sachen ab und versucht ohne Erfolg, das Gleitmittel, die Damenbinden und das Medikament gegen Regelschmerzen damit zu verdecken. »Also das ist mir jetzt echt … peinlich.«

»Bea.« Ich gehe auf sie zu und senke die Stimme. »Ich bin Arzt. Ich werde nicht hysterisch, nur weil du deine Tage hast.«

Sie wird knallrot. »Großer Gott, Jamie. Musstest du das aussprechen?«

»Was? Es ist doch nur natürlich, dass …« Sie wird mit jeder

Sekunde röter, was wiederum mir peinlich ist. »Tut mir leid. Ich wollte nicht, dass dir das unangenehm ist. Ich …«

»Schon okay«, fährt sie mich an. »Ich weiß auch nicht, warum mir das so peinlich ist. Ich schäme mich nicht für meine Periode. Ich bin einfach nur unsicher, wenn ich in deiner Nähe bin …« Sie holt einmal tief Luft und atmet langsam wieder aus. »Alles ist gut. Lass uns einfach … weitergehen.«

Bevor ich etwas entgegnen kann, klingeln gleichzeitig unsere Handys. Meines das nüchterne Läuten eines alten Wählscheibentelefons. Beas »Bad Girls« von M.I.A.

Wir kramen unsere Handys hervor und starren auf die Displays.

Beas Fingerknöchel werden weiß. »Meine Schwester bewegt sich auf verdammt dünnem Eis.«

Juliets Nachricht an die Gruppe lautet:

> Diesen Freitag, 21 Uhr, Bowling im Alley. Habe 2 Bahnen reserviert. Bringt Geld für die Schuhe & jede Menge Kampfgeist mit 😊.

Eine Antwort nach der anderen plingt auf. Wundersamerweise haben alle Zeit und bestätigen prompt ihr Kommen.

»Sie machen es einem wirklich nicht schwer, auf Rache zu sinnen«, murmle ich und schiebe das Handy zurück in die Tasche.

»Ganz und gar nicht.« Bea reibt sich seufzend die Augen. »Du wolltest mir etwas sagen, bevor wir unterbrochen wurden. Ich bin jetzt ganz Ohr.«

»Es ist nur …« Ich muss all meinen Mut zusammennehmen, bevor die Worte sich aneinanderfügen. »Auch wenn wir das alles nur vortäuschen, kannst du mir gegenüber ehrlich sein. Das würde sicher alles einfacher machen.«

Sie zieht eine Augenbraue nach oben. »Du scheinst mir nicht die Art Mensch zu sein, die für Ehrlichkeit á la Bea Wilmot offen ist.«

»Mir ist bewusst, dass ich nicht gerade charmant und umgänglich bin. Ich wirke oft abweisend, obwohl ich es gar nicht sein will. Ich weiß, wir hatten einen schlechten Start, und scheinbar bin ich unfähig, dich nicht ständig zu beleidigen, aber ich mache das nicht absichtlich. Das musst du mir glauben.«

Sie beißt sich auf die Lippen und sieht zu Boden. »Ich habe einfach das Gefühl, dass du mich verurteilst.«

»Das geht mir mit dir genauso.«

»Ich verurteile dich nicht.« Sie kommt einen Schritt auf mich zu, bleibt dann aber stehen. »Wirklich nicht. Leb du dein gutes, gesundes, faltenfreies Leben. Aber sieh nicht auf mich herab, nur weil ich anders bin.«

»Aber das tue ich doch gar nicht. Manchmal sieht es vielleicht so aus, weil ich so gehemmt bin, aber …«

Sie grinst, reißt sich dann aber zusammen. »Entschuldige. Sprich weiter.«

»Aber wenn wir das wirklich durchziehen wollen, möchte ich, dass du dich wohlfühlst mit mir. Du kannst es mir sagen, wenn du deine Periode hast. Du musst deine Binden nicht vor mir verstecken, Bea, oder deine Dosenravioli oder deine Cupcakes. Ich verspreche dir, ich werde mich bessern. Du wirst deine Offenheit nicht bereuen.«

Zwischen uns herrscht Stille. »Okay«, sagt sie schließlich. »Das ist …« Schniefend wischt sie sich über die Nase. »Das ist cool.«

O Gott. Ich habe sie zum Weinen gebracht.

Der Arzt in mir übernimmt die Kontrolle und meint, wenn ihre Einkäufe zeitgerecht sind, ist dies aufgrund ihres hormonellen Musters die Zeit im Monat, in der sie am ehesten über irgendetwas weinen wird. Es sind jene Tage im Monat, in denen sie Entspannung braucht – ein gemütliches Sofa, ein Heizkissen, eine warme Mahlzeit, die sie sich nicht selbst zubereiten muss.

»Warum ...« Die Worte wollen mir nicht über die Lippen.

»Hmmm?« Sie sieht mich an mit feuchten Augen, roter Nase und ist kurz davor, loszuheulen.

»Warum kommst du nicht ... zu mir zum Abendessen?«

13

Bea

Langsam mache ich mir Sorgen, ob ich mir heute Morgen beim Aufstehen nicht ordentlich den Kopf gestoßen habe. Vielleicht bin ich noch gar nicht aufgewacht, und dieser ganze Tag war nur ein langer trippiger Traum.

Aber der Stich, den es mir versetzt hat, als ich von der Arbeit nach Hause kam und meine verlogene Schwester singend unter der Dusche stand, war real. Und auch das sehr erwachsene, handgeschriebene BITTE-NICHT-STÖREN-Schild, das ich an meine Tür geklatscht habe, um ungehindert in Selbstmitleid zu versinken, war real. Und der ziehende Schmerz in meinem Unterleib, der die Unannehmlichkeiten meiner einsetzenden Periode ankündigte, war leider auch sehr real. So real, dass ich in meinen Schnabeltier-Leggings in den Supermarkt marschiert bin, um mich dort vor Jamie zu blamieren.

Jamie Westenberg, der mich zum Essen einlädt und richtig … *nett* ist.

Alles, was bis zu dem Moment passiert ist, in dem ich in die Chipskörbe gestolpert bin, war definitiv kein Traum. Aber vielleicht habe ich mir ja dabei den Kopf gestoßen.

»Du lädst mich zum Abendessen ein?«, wiederhole ich skeptisch.

Jamie räuspert sich und schiebt sich die Brille höher auf die Nase. »Ja. Zu einem etwas verspäteten Abendessen zwar, aber zu einem Abendessen.« Er sieht mich vorwurfsvoll an. »Schau nicht so entsetzt. Ich kann kochen.«

»Okay, kein Grund so gereizt zu reagieren, Sir West. Ich habe nur ein kleines Schleudertrauma. Diese Kehrtwende kommt ziemlich überraschend.«

Sein Kiefer zuckt. Dann rückt er seine Uhr zurecht, bis das Ziffernblatt exakt zwischen seinen Handgelenkknochen sitzt. »Es bietet sich einfach nur an. Wenn du mitkommst, kannst du die Beine hochlegen, während ich koche, und wir können das weitere Vorgehen in unserer vorgetäuschten Beziehung angesichts der neusten Entwicklung«, er klopft auf die Hosentasche, in der sein Handy steckt, »besprechen.«

Ich starre auf meine Schnabeltier-Leggings und versuche zu verbergen, dass meine Nervosität mir noch schlimmere Bauchkrämpfe beschert als meine Periode. Ich ziehe Katastrophen an wie ein Magnet. Ich werde seine blitzsaubere Küche schmutzig machen. Wir werden streiten. Und dann werde ich mich noch beschissener fühlen, als ich es den ganzen beschissenen Tag über ohnehin schon getan habe. Warum lädt er mich überhaupt ein? Wahrscheinlich hat er Mitleid, weil ich mit einem Korb voller Menstruationsartikel in Leggings mit sprechenden aquatischen Säugetieren durch den Supermarkt stolpere.

Das wird es sein. Aber diese Energie brauche ich nicht in meinem Leben.

»Du musst mich nicht einladen«, erkläre ich ihm. »Sicher bist du müde. Du hast den ganzen Tag gearbeitet.«

Er zupft einen mikroskopisch kleinen Fussel von seinem Pulli, der noch genauso tadellos ist wie heute Vormittag. Lebt er in einem Vakuum der Perfektion? Oder tauscht er seine Klamotten nach einem halben Tag gegen frische aus, die exakt gleich aussehen?

Mist, jetzt sehe ich ihn vor mir, wie er sein Hemd aufknöpft. Wie die knisternde Baumwolle über seine angespannten Brustmuskeln und Schultern gleitet …

»Du hast heute auch gearbeitet«, bemerkt er und lässt die Blase meiner lüsternen Gedanken platzen.

Ja, das habe ich, und Toni und ich waren kurz vor dem Zusammenbruch, als wir das *Edgy Envelope* endlich abgeschlossen haben. »Schon, aber ich habe nur Schreibwaren verkauft, während du Babys das Leben gerettet hast.«

Etwas wie ein Lächeln huscht über sein Gesicht. »Ich habe neun Stunden auf einen Bildschirm gestarrt.«

»Papierkram? Hast du keine Verwaltungsangestellten?«

»Doch, und sie sind Gold wert. Es war für meine CME – Continuing Medical Education. Die muss ich ableisten, um meine Lizenz zu behalten und weiter praktizieren zu dürfen.« Er räuspert sich. »Mir steht eine anstrengende Woche bevor, in der ich auch noch diesen Bowling-Termin unterbringen muss, den wir vermutlich wahrnehmen werden …«

»Natürlich werden wir das«, versichere ich ihm. »Bist du gut im Bowling?«

Er zieht eine Schulter nach oben. Großer Gott, selbst sein Schulterzucken ist irgendwie adrett. »Ganz passabel.«

»Ausgezeichnet. Dann müssen wir nicht schummeln.«

Schon wieder huscht dieses angedeutete Lächeln über sein Gesicht. »Nein, müssen wir nicht, auch wenn ich mir nicht vorstellen kann, wie man beim Bowling schummelt. Aber wenn ich an die Arbeitswoche denke, die mir bevorsteht, und wir beim Bowling als zukünftiges Paar durchgehen wollen und nicht nur als akzeptables Team, könnte das heute der einzige

Abend sein, an dem wir uns einen Plan zurechtlegen können. Tut mir wirklich leid. Das ist nicht immer so.«

»Das ist okay, Jamie. Ich bin nicht ...« Ich sehe mich um und senke die Stimme. Bei unserem Glück könnten jederzeit Jules und Jean-Claude zwischen den Regalen mit den Konservendosen hervorspringen und unsere Pläne zunichtemachen. »Ich bin nicht deine Freundin. Du schuldest mir keine Erklärung. Und du bis auch nicht verpflichtet, deine Zeit mit mir zu verbringen.«

Er weicht meinem Blick aus. »Stimmt. Ich wollte nur ... Also ... Was ich damit sagen ...«

Ich weiß nicht, warum ich die Hand nach ihm ausstrecke. Vielleicht fühle ich mich schuldig, vielleicht, weil ich ihn missverstanden habe, oder er mich. Er tut sich schwer mit diesem Gespräch, und wenn irgendjemand ihm das nachfühlen kann, dann ich.

Als Autistin muss ich mir auch den Arsch aufreißen, um in einem sozialen System zu funktionieren, das für mich nicht intuitiv ist. Ich musste die akzeptierten Verhaltensmuster mühsam erlernen, und es kostet mich viel Kraft, sie zu beachten, ohne mich zu verbiegen. Mit neuen, mir nicht vertrauten Menschen fällt mir das besonders schwer, aber manchmal auch mit den Menschen, die ich kenne und liebe. Und es gibt Tage, da fällt es mir schwer, egal mit wem ich zu tun habe, so wie Jamie jetzt.

Deshalb berühre ich seine Finger, nehme seine Hand und drücke sie sanft. »Tut mir leid. Ich wollte dich nicht vor den Kopf stoßen. Du warst nur rücksichtsvoll und hast dich erklärt. Es ist nicht fair, so auf dir herumzuhacken.«

Die Anspannung in seinen Schultern lässt nach. »Ich wollte nur nicht, dass du glaubst, dich meinem Terminkalender anpassen zu müssen. Er ist nicht immer so voll.«

Die Wärme, mit der er das sagt, trifft mich. Ich weiche einen

Schritt zurück und balle die Fäuste, als könnte ich damit die Funken ausschlagen, die unter meiner Haut tanzen. »Danke. Ich weiß das zu schätzen. Aber bei mir im Schreibwarenladen sind alle sehr nett, wenn es darum geht, eine Schicht zu tauschen oder einzuspringen. Ich bin also flexibel. Es macht mir nichts aus, mich deinem Terminkalender anzupassen, wenn es nötig ist.«

Er blinzelt, und zwischen seinen Augenbrauen bildet sich eine tiefe Falte, als hätte ich ihn verwirrt. »Okay … danke.« Er umklammert seinen Einkaufswagen so fest, dass seine Knöchel weiß werden. »Darf ich dich zur Kasse begleiten?«

Ich kann einfach nicht genug davon bekommen, wie er sich ausdrückt. *Zur Kasse begleiten?* Er klingt wie aus den historischen Liebesromanen, die sich auf meinem Nachttisch türmen. Ohne es zu wollen, muss ich lächeln. Ich klemme mir den Einkaufskorb unter den Arm, die XXL-Packung Gleitmittel und die Damenbinden für jedermann sichtbar. »Nun, ich denke, das darfst du.«

Als Jamie hinter mir die Tür seiner Wohnung schließt, tapsen zwei dicke Fellknäuel auf uns zu und begrüßen uns mit einem Miauen, das klingt wie Totengeheul. Vielleicht sind sie ja tot. Zombiekatzen, die aus ihren Gräbern gestiegen sind, um uns zu jagen. Sie haben auch diesen für Untote typischen, schwankenden Gang.

»Was ist mit den Miezekätzchen?«

Jamie drückt sich voll beladen mit Einkäufen an mir vorbei und stellt seine Taschen – wiederverwendbare natürlich – auf den Küchentresen. Die Katzen streichen ihm sofort um die Beine und werfen mir misstrauische Katzenblicke zu.

»Was soll mit ihnen sein?«, fragt er.

Ich beobachte sie argwöhnisch. Die eine ist grau mit vernebelten hellblauen Augen, die andere hat ein langes weißes Fell und mintgrüne Augen. Ihre Blicke durchbohren mich. »Sie kommen mir ein wenig … feindselig vor.«

»Wohl kaum. Das sind entspannte Senioren.« Jamie packt seine Einkäufe aus und stellt alles ordentlich nach Art der Produkte sortiert auf die Arbeitsfläche.

»Hast du sie schon, seit sie klein waren?«

»Nein. Ich habe sie mir erst kürzlich zugelegt.«

»Dann sind es Katzen aus dem Tierheim, die niemand wollte, weil sie zu alt waren und die man eingeschläfert hätte?« Meine Güte, wenn er diese Katzen auch gerettet hat …

Jamie räuspert sich. »In gewisser Weise, ja.«

Scheiße. Zuerst ist er Babyarzt. Und dann bewahrt er auch noch Zombiekatzen in ihrer Stunde der untoten Not. Igitt.

Und es kommt noch schlimmer. Er packt seinen Pullover am Rücken und zieht ihn sich über den Kopf, wobei seine bronzefarbenen Wellen kurzzeitig aus der Form geraten. Nachdem er sie wieder geglättet hat, knöpft er sich die Hemdsärmel auf und krempelt sie bis über die Unterarme hoch, dreht den Wasserhahn auf und beginnt sich die Hände zu schrubben. Ich erkenne darin sofort eine zwanghafte Angewohnheit, eine feste Abfolge von Bewegungen, die die Adern und Sehnen unter der feinen Schicht bronzefarbener Härchen auf seinen Armen wunderbar zur Geltung bringen. Mir werden die Knie weich.

Ich trete ans Waschbecken, um mir nach ihm ebenfalls die Hände zu waschen, und mache Anstalten, auch gleich das Waschen der Zutaten zu übernehmen. »Das kann ich machen«, biete ich an. »Mach du dein kulinarisches Ding.«

»Bist du sicher?«, fragt er skeptisch. »Du fühlst dich nicht gut und –«

»Jamie.« Ich schubse ihn mit der Hüfte ein wenig zur Seite. »Ich mache das seit vierzehn Jahren jeden Monat durch. Ich bin Profi. Ablenkung ist gut, und ich verspreche dir, dass ich nichts kaputtmachen werde. Kein Glas zerdeppern. Nichts verschütten. Ich wasche nur Gemüse. Leg los, Küchenchef.«

Kurz sieht er mir tief in die Augen, dann ein zuvorkommendes Nicken. »Wenn du darauf bestehst.« Er dreht sich um und packt die verderblichen Lebensmittel in den Kühlschrank.

Und ich starre ihm nicht auf seinen festen, runden Hintern in der faltenfreien Hose.

Zumindest nicht lange.

Die graue Katze faucht mich an. Sie hat mich so was von erwischt.

Ich muss mich beruhigen. Ich muss aufhören, mich von Jamies bizarrer Anziehungskraft davontragen zu lassen. Auch wenn er mit seinem athletischen Körper, seiner leinwandtauglichen Ausstrahlung und der Gregory-Peck-Brille der feuchte Traum meiner Nächte ist. Auch wenn er sich um Babys kümmert, senile Katzen rettet und zauberhaften Blödsinn wie *Darf ich dich begleiten?* oder *Wenn du darauf bestehst* sagt.

Wir beide sind so verschieden, dass es schon fast komisch ist. Ich sollte nicht in Tagträumen schwelgen, in denen ich mich Mr Korrekt und Perfekt bedingungslos hingebe und er sich daraufhin in eine fluchende, wandelnde Katastrophe mit zerzausten Haaren verwandelt. Diese Fantasien müssen aufhören.

Obwohl mein Verstand beschlossen hat, es sei nun genug damit, Jamie hinterherzuglotzen, scheint die Botschaft nicht bei meinen Augen anzukommen. Gierig hängt mein Blick an ihm. Die breiten Schultern. Die Rückenmuskulatur, die sich unter seinem Hemd abzeichnet, als er in den Kühlschrank greift. Den umwerfenden Hintern und die langen, kräftigen Beine.

»Autsch!« Empört starre ich hinunter zu der weißen Katze, die ihre Krallen in meine Schnabeltier-Leggings versenkt hat. »Ist ja gut«, sage ich zu ihr. »Ich hab's kapiert.«

Fauchend fährt sie ihre Krallen wieder ein, aber die grünen Augen funkeln mich weiter böse an. Wenn sie könnte, würde sie jetzt die Pfote heben und die Ich-beobachte-dich-Geste machen. Ich strecke ihr die Zunge heraus, woraufhin sie sich beleidigt umdreht, den Schwanz in die Höhe streckt und mir ihr Arschloch zeigt. Eine unmissverständliche internationale Geste.

»Deine Katzen scheinen es wirklich ernst zu meinen mit der Verteidigung ihres Territoriums, James.«

Er macht den Kühlschrank zu und geht in die Hocke. O Mann. Unter seiner Hose wölben sich die Muskeln seiner Oberschenkel, und ich muss mich schnell umdrehen, um ihm nicht unverhohlen auf den Schritt zu starren.

Hinter meinem Rücken höre ich das Schnurren der Katzen, die Jamie liebevoll unter dem Kinn krault.

»Sie sind einfach nur alt und ein bisschen eigen«, erklärt er, während er aufsteht und zu mir an den Küchentresen kommt.

»Und warum hast du sie noch mal adoptiert?«

Jamie konzentriert sich auf das Auspacken der restlichen Lebensmittel. »Es gibt so viele heimatlose Katzen, und unter ethischen Gesichtspunkten sollten zuerst die Tiere adoptiert werden, die nicht mehr lange zu leben haben. Es ist nur logisch.«

Ich unterdrücke ein Lächeln. »O natürlich. Logisch.«

»Genau.« Es entsteht ein kurzes Schweigen, während dem er die Einkäufe auf dem Tresen ordnet. »Und außerdem … war ich ein bisschen einsam.«

Mir krampft sich der Magen zusammen, während das Wasser weiter über meine Hände und die grüne Paprika darin fließt. »Ich habe meinen Igel auch, weil ich einsam war.«

135

Behutsam nimmt er mir die Paprika aus der Hand. »Du hast einen Igel? Klingt gefährlich. All die Stacheln.«

»Oberflächlich mag Cornelius ein wenig unnahbar wirken. Aber stachelige Dinge haben oft einen sehr weichen Kern.«

Jamie sieht mich an. »Und wie hast du das herausgefunden?«

»Mit Zeit, Geduld und Schaumbädern.«

Fast hätte er laut gelacht, aber es bleibt bei einem warmen, unterdrückten Grollen in seiner Kehle. »Schaumbäder? Ich wünschte, das würde bei diesen beiden auch funktionieren, aber sie halten nicht viel vom Baden.«

»Verstehst du dich gut mit den Katzen?«, will ich wissen.

Die graue bedenkt mich mit einem tödlichen Blick und zeigt mir ihre spitzen Zähne. Ich schaudere.

»Wir haben uns arrangiert«, sagt Jamie und lenkt mich damit von den telepathischen Todesdrohungen seines Haustiers ab. »Es scheint ihnen nichts auszumachen, dass ich zeitweise sehr lange arbeite. Ich lasse die Heizung laufen, und ihre Katzenkörbchen stehen vor den Fenstern nach Süden raus. Dadurch haben sie viel Sonne, in der sie schlafen können. Wenn ich nach Hause komme, sind sie immer zufrieden.«

»Ich mache jede Wette, dass sie nachts bei dir schlafen.«

Seine Mundwinkel zucken. »Hin und wieder kuscheln wir ein bisschen, ja.«

Ich lege das letzte gewaschene Gemüse zum Trocknen auf ein Geschirrtuch und beobachte, wie Jamie die Zutaten ordnet. Seine Bewegungen sind kontrolliert und präzise, so wie alles an ihm. Ich frage mich, ob irgendwo unter dieser makellosen Oberfläche auch eine wilde Seite schlummert. Ein klitzekleines bisschen reizt es mich schon, das herauszufinden.

»Du siehst aus, als würdest du etwas aushecken«, sagt er und zieht ein Kochbuch aus dem Regal. »Denkst du dir eine Strategie aus für das Bowling?«

»So ähnlich.«

Unsere Blicke bleiben aneinanderhängen. Jamie sieht als Erster zur Seite. »Warum machst du es dir nicht einfach gemütlich?«

»Ich möchte lieber einen Cupcake.«

Er schluckt die Bemerkung, die ihm auf der Zunge liegt, hinunter und räuspert sich. »Wie du meinst. Aber ich muss dich warnen. Wenn du ihn mit auf das Sofa nimmst, werden Sir Galahad und Morgan Le Fay dir wahrscheinlich auf die Pelle rücken.«

»Entschuldige bitte, *was* sind ihre Namen?«

Und dann passiert es. Es passiert wirklich. Jamie lächelt. Es ist weich und schmal und ein wenig schief, aber es ist ein Lächeln. Ich sehe zu, wie es sich auf seinem Gesicht ausbreitet, und mein Herz steigt auf wie ein goldener Ballon, der platzt und meine Brust mit glitzerndem Konfetti füllt.

»Als Kind war ich fasziniert von der Arthus-Sage«, erklärt er, im Kochbuch blätternd. »Und ich wollte immer zwei Katzen, um sie Sir Galahad und Morgan le Fay zu nennen. Aber wir durften nur Hunde haben, die so langweilige Namen wie Bruno oder Jasper hatten.«

»Jasper?«

»Sieh mich nicht so an. Ich habe ihnen die Namen nicht gegeben. Diese Chance hatte ich erst bei den beiden hier.«

Ich sehe ihn an, während die letzten goldenen Flitter sich zwischen meinen Rippenbögen verfangen. »Das ist eine schöne Geschichte.«

»Ein bisschen kindisch, aber es hat mich glücklich gemacht.« Er zuckt mit der Achsel. Ich werde diese Geste das Jamie-Zucken nennen: ein kurzes, einmaliges Anheben der Schulter.

Ich reiße die Cupcake-Packung auf, nehme zwei heraus und

stelle einen vor ihm auf den Tresen. »Darauf sollten wir anstoßen«, sage ich, berühre seinen Cupcake mit meinem und beiße dann kräftig hinein. »Kindheitsträume sollte man sich erfüllen. Besser spät als nie.«

Er starrt auf den Cupcake. »Ich esse vor dem Abendessen nichts Süßes. Das ist eine Tatsache, keine Kritik. Und du solltest das auch nicht tun – es ist schlecht für den Hormonhaushalt.«

»Ach was. So wird meinem Hormonhaushalt wenigstens nicht langweilig.« Grinsend lecke ich mir den Zuckerguss von den Lippen. »Die sind ziemlich lecker, falls du deine Bauchspeicheldrüse ein bisschen ärgern möchtest. Ich will dich auf keinen Fall überreden, deine Regel zu brechen, aber wenn du es tust, werde ich es niemandem verraten.«

Jamies Blick klebt an meinen Lippen, bevor er sich losreißt und mir in die Augen sieht.

»Nun ja«, sagt er zögernd und zieht vorsichtig das Papier ab. »Ich denke, als Appetizer kann ein kleiner Cupcake nicht schaden.«

»Das ist die richtige Einstellung.«

Er grinst. Ein warmes, leicht schiefes Jamie-Grinsen, bei dem mir schon wieder mit einem golden schimmernden *Plopp* das Herz aufgeht. »Ich habe die Befürchtung, dass du einen schlechten Einfluss auf mich haben wirst, Beatrice.«

»Ach, James«, entgegne ich, den Mund voll süßer Buttercreme, »endlich hast du es verstanden.«

14

Jamie

Am Freitag meinen es die Götter gut mit mir. Alle Patienten sind pünktlich, und die Abendtermine gestalten sich kurz. Auf dem Weg nach Hause sagt mir meine Uhr, dass ich nicht zu spät zum Bowling kommen werde.

Ich dusche heiß, ziehe mich um und packe meine Sachen zusammen. Dann schlüpfe ich in meine Jacke und sprinte die Treppen hinunter. Wieder sehe ich auf die Uhr – halb neun. Genügend Zeit, um zu Bea zu gehen und von dort gemeinsam ein Taxi zum Alley zu nehmen.

JAMIE: Bin pünktlich und auf dem Weg zu dir. Kann ich ein Taxi bestellen?

BEA: Yep. Bin fertig.

JAMIE: Heißt das wirklich und wahrhaftig fertig und bereit zu gehen?

BEA: Wenn das eine Anspielung sein soll, dass ich

unmöglich pünktlich sein kann, weil ich eine Frau bin, ist das ziemlich sexistisch.

BEA: Andererseits … wenn ich genauer darüber nachdenke, bestellst du es besser doch erst auf 20.50 Uhr.

Nach dem Anruf bei der Taxizentrale schiebe ich das Handy in die Tasche und genieße den Abendspaziergang zu Bea unter einem violett- und rosagestreiften Himmel. Schon nach dem ersten Klingeln lässt sie mich rein.

Ich gehe hinauf in den ersten Stock, wo die Tür zu ihrem Zimmer sperrangelweit offen steht. Es dringt entspannte Funkmusik heraus, untermalt von einem schwachen Klopfen, dessen Ursprung ich beim besten Willen nicht zuordnen kann. Als ich die Tür hinter mir schließe, habe ich meine Antwort.

»Hi«, begrüßt mich Bea durch etwas zwischen ihren Zähnen. Sie hüpft auf einem Bein, bleibt stehen und stampft mehrfach mit dem Fuß auf. »Diese verdammten Stiefel.«

Ich würde gern behaupten, dass ich ihre Stiefel anstarre, aber das wäre gelogen. Ich starre auf ihre Beine – helle Haut, schlanke Muskeln. Auf die geschwungene Linie ihres Knöchels, den angespannten Oberschenkelmuskel, der unter ihrem schwarzen, mit winzigen Blumen bedruckten Kleid verschwindet.

»Keine Sorge«, beruhigt mich Bea, die meine Sprachlosigkeit falsch interpretiert. »Ich trage Shorts unter dem Kleid. Deine falsche Freundin wird heute Abend niemandem ihren Hintern zeigen.«

»Das beruhigt mich«, krächze ich.

Aber Bea beachtet mich kaum. Sie knurrt etwas hinter dem Snack, der in ihrem Mund steckt, und stampft weiter mit dem Fuß auf.

»Hier.« Ich gehe vor ihr mit einem Knie auf den Boden und klopfe auf meinen Schenkel. Als sie sich nicht rührt, sehe ich zu ihr hoch. »Bea?«

Sie nimmt das Teil, in dem ich jetzt an den Sesam- und Mohnkörnern, die auf mich herabregnen, einen halben Vollkornbagel erkenne, aus dem Mund und blinzelt mich an. »Ich äh … will deine Jeans nicht schmutzig machen. Sind das tatsächlich Jeans? Echte? Oder nur Chinos mit Jeansoptik?«

Meine Augen verengen sich zu Schlitzen. »Sehr witzig.«

»Ich meine das ernst. Hey!«, protestiert sie, als ich ihren Fuß packe und auf meinen Schenkel stelle. »Bisher konnte ich mir dich in Jeans noch nicht einmal vorstellen. Jamie in Jeans ist wie Bea in Polyester. Undenkbar.«

»Ich trage häufig Jeans, Beatrice«, knurre ich, während ich ihre Schnürsenkel entwirre. »Die sind hoffnungslos verknotet. Wie wolltest du da jemals deinen Fuß reinkriegen?«

»Schiere Willenskraft«, sagt sie durch ihren Bagel.

»Aha. Hat ja hervorragend funktioniert.«

»Da ist er ja wieder, der Sir mit dem Heiligenschein.«

Ich ziehe stärker an den Schnürsenkeln als nötig und bringe Bea aus dem Gleichgewicht, sodass sie sich an meiner Schulter festhalten muss. Plötzlich ist sie mir sehr nah. Dadurch, dass ihr Fuß auf meinem Oberschenkel steht, sind ihre Beine geöffnet, und mein Gesicht befindet sich genau auf der Höhe ihres Schritts. In diesem Moment fällt es mir viel zu leicht, mir vorzustellen, wie ich ihr das Kleid über die Hüfte schiebe, mir eines dieser langen Beine über die Schulter lege und mein Gesicht in ihrer …

»Alles in Ordnung da unten?«, will sie wissen.

Ich senke den Blick in der Hoffnung, dass ich nicht feuerrot geworden bin, und löse die Schnürsenkel. »Ja, alles in Ordnung. Es erstaunt mich allerdings, dass du dir bei dem

Gestampfe nichts gebrochen hast.« Ihr Fuß rutscht jetzt problemlos in den Schuh. »In manche Kleidungsstücke sollte man sich nicht mit Gewalt zwängen.« Ich setze ihren einen Fuß ab und stelle mir den anderen auf den Schenkel. »Beispielsweise in Kampfstiefel, die ungefähr so elastisch sind wie meine Anzughemden.«

»Wie schön, dass wenigstens einer von uns in der Lage ist, die Dehnbarkeit von Doc Martens realistisch einzuschätzen«, bemerkt sie spitz. »Bist du eigentlich hierhergerannt? Du keuchst.«

Ich keuche, würde ich am liebsten sagen, *weil ich hier vor dir knie und mir das nicht im Mindesten unangenehm ist.*

»Ich habe lange gearbeitet und war spät dran«, erkläre ich. »Ich musste mich beeilen, was aber kein Problem ist.«

»Schließen Arztpraxen nicht schon mittags?«

Als ich innehalte, versucht Bea mir den Fuß zu entziehen, und ich greife nach ihrem Knöchel. Ihre Haut ist weich und warm.

»Gemeinsam mit einer Handvoll anderer Ärzte biete ich abends in den Obdachlosenheimen in der Stadt im Wechsel kostenlose Behandlungen an. Diese Woche war ich an der Reihe.«

Sie sieht mich mit großen Augen an. »Oh. Wow.«

Ich halte den Atem an in Erwartung eines ihrer zweifelhaften Komplimente über meine moralische Überlegenheit, aber es kommt nichts. Sie mustert mich nur neugierig, während sie sich das letzte Stück Bagel in den Mund schiebt und die Hände sauber reibt. Genervt fege ich die Sesamkörner von meiner Jeans.

»Oh, tut mir leid«, sagt sie, befeuchtet ihren Finger und entfernt damit ein paar Krümel aus ihrem Ausschnitt.

Ich zwinge mich wegzusehen.

»Warum hast du mir das nicht gesagt?«, will sie wissen. »Das mit deiner medizinischen Schwarzarbeit? Scheint mir wichtig genug, um es bei einem kleinen Cupcake zu erwähnen.«

Schnell ziehe ich die Schnürsenkel durch die Haken ihres Stiefels und tausche ihn dann wieder gegen den anderen aus. »Ich dachte, für unsere Abmachung wäre es nicht relevant.«

Meine Hand legt sich an ihren Knöchel und fährt über die harte Linie ihrer Achillessehne, während ich ihr den Stiefel gerade ziehe.

Sie zieht die Luft ein. »Nicht übergriffig werden, Doc. Ich bin nicht hier, um mich untersuchen zu lassen.«

»Wäre aber wahrscheinlich keine schlechte Idee«, halte ich dagegen. »So brutal, wie du versucht hast, deine Füße in diese Stiefel zu quetschen, könntest du dir ernsthafte Verletzungen zugezogen haben.« Ich lege meine Finger ganz um ihren Knöchel. »Der posteriore Malleolus scheint intakt. Fibula und medialer und lateraler Malleolus ebenfalls.« Mein Daumen drückt auf ihren weichen Fußrücken und fährt ihr Schienbein entlang. »Talus. Perfekt.«

Mit zusammengekniffenen Augen sieht sie mich an. »Angeber. Ich wette, mit dieser Dr.-McDreamy-Nummer hast du schon bei vielen Frauen versucht zu landen.«

Ich schnüre ihren Stiefel und binde ihn mit einem Doppelknoten zu. Gerade als ich ihr sagen will, dass ich noch nie eine Frau so angefasst und auch noch nie ein so starkes Bedürfnis verspürt habe, die paradoxe Kombination aus Stärke und Zerbrechlichkeit der menschlichen Knochen auf diese Art zu fühlen, klingelt mein Handy. Ich ziehe es aus der Tasche und lese die eingegangene Benachrichtigung.

»Unser Taxi ist da«, informiere ich sie.

Bea nimmt den Fuß von meinem Schenkel. »Dann los, James!«, ruft sie, während sie im Hinausgehen ihre Lautsprecherbox ausschaltet, sich eine schwarze Motorradjacke schnappt und eine kanariengelbe Handtasche umhängt. »Treten wir diesen Kupplern mal ordentlich in den Arsch.«

Das Alley ist glücklicherweise eine der wenigen noch verbliebenen altmodischen Bowlingbahnen und keiner dieser grell erleuchteten, blinkenden Hightech-Schuppen. Das hätte ich nicht ertragen. Ich kann die Flut an Reizen, die an solchen Orten auf einen einströmt, nicht verarbeiten, was sie zu Stolperfallen für meine Angststörungen macht.

»Nicht vergessen«, flüstert Bea, die Schulter an Schulter neben mir geht. »Wann immer möglich bei der Wahrheit bleiben. Kurze Antworten. Wir sind beide wütend.«

»Das werde ich nicht schauspielern müssen«, murmle ich.

Sie grinst. Ein breites, ehrliches Grinsen, bei dem es mir angenehm warm wird.

Ich sehe mich um und entdecke Jean-Claude, der direkt auf uns zusteuert.

»Ich hole mir ein Paar Schuhe«, sagt Bea und verdrückt sich.

Noch nicht ganz bereit, dem Verräter in die Augen zu sehen, setze ich mich und nehme meine Bowlingschuhe aus der Tasche. Ich spüre, wie Jean-Claude mich beobachtet, aber da ich weiß, dass lügen nicht gerade meine Stärke ist, warte ich über meine Schuhe gebeugt schweigend ab, bis er den ersten Schritt macht.

»Du hast deine eigenen mitgebracht«, bemerkt er.

Mit den Schnürsenkeln in der Hand sehe ich zu ihm auf. »Selbstverständlich. Möchtest du, dass ich dir einen Vortrag über die zweifelhafte Hygiene von Schuhverleihen halte?«

Er räuspert sich. »Wie läuft es mit Bea?«

Ich stehe auf. »Du meinst die Frau, mit der ich ein Date hatte, weil ihr uns dazu überlistet habt?«

»Ach, komm schon. Das ist ein bisschen hart. Ich würde eher sagen, wir haben …«

»Uns manipuliert?«

»Ein bisschen nachgeholfen.« Er zuckt mit den Achseln. »Wie auch immer. Jetzt seid ihr gemeinsam hier, oder etwa nicht?«

»So ist es, Jean-Claude.« Ich gehe die Bowlingkugeln neben uns durch, auf der Suche nach einer passenden für Bea. Sie ist nicht klein, aber auch nicht groß. Die Kugel muss für ihre Hand die richtige Größe haben. Es gibt Knallpink oder klassisch Schwarz – dann entdecke ich eine marmorierte, Weiß mit blauen, orangefarbenen und kanariengelben Schlieren, dasselbe Gelb wie die Blümchen auf ihrem Kleid. Für die entscheide ich mich.

Als ich aufblicke, kommt Bea mit ihren Schuhen zurück. Sie hat diese schnelle, entschlossene Art zu gehen, die mich aus keinem ersichtlichen Grund lächeln lässt. Die Augen zusammengekniffen, mit schwingenden Armen scheint sie trotz des Lärms der Kugeln und Pins in Gedanken woanders zu sein.

»Ich kenne diesen Blick«, sagt Jean-Claude.

»Welchen Blick?«, murmle ich, die Augen immer noch auf Bea gerichtet.

»Den Blick eines schwer verliebten Mannes. Vor mir musst du nicht den Coolen spielen, West. Ich weiß, wie verführerisch die Wilmot-Mädchen sind.«

»Frauen«, korrigiere ich ihn.

Er winkt ab. »Macht das einen Unterschied?«

Ich will etwas antworten, werde aber durch Juliet abgelenkt, die auf Bea zusteuert, die sich gerade gesetzt und ihre Stiefel ausgezogen hat, um in die Bowlingschuhe zu schlüpfen. Während Juliet auf ihre Schwester einredet, wandern deren Schultern immer weiter nach oben. Mit angespanntem Gesicht sieht sie zu mir herüber. Will sie mir damit sagen, dass sie Hilfe braucht? Ich beschließe, auf Nummer sicher zu gehen.

»Entschuldige mich.«

Ich lasse Jean-Claude stehen und bin mit ein paar wenigen langen Schritten bei Bea. Das Gespräch bricht ab, und eine unangenehme Stille macht sich breit.

»Hier.« Schnell halte ich Bea die marmorierte Kugel hin und nicke ihrer Schwester zu. »Juliet.«

»Hi, West.« Juliets Blick ist vielsagend.

»Du hast mir eine Kugel ausgesucht?«, fragt Bea.

»Ja. Sollte die richtige Größe sein, aber probier sie mal aus.«

Sie steht auf und sieht sich die Kugel in meiner Hand an. »Danke, Jamie.«

»Wenn du eine andere möchtest, kann ich …«

»Nein.« Sie nimmt die Kugel und streicht mit den Fingern über die glatte Oberfläche. »Die ist perfekt.«

Ich spüre die Angespanntheit, die von ihr ausgeht, und suche ihren Blick. »Alles in Ordnung? Brauchst du irgendwas?«

Kurz tauchen Falten auf ihrer Stirn auf, die sich sofort wieder glätten. »Ich könnte einen Drink vertragen. Wodka Cranberry?«, fügt sie noch hinzu und stupst mich sanft mit der Schulter.

Juliet starrt schweigend auf ihre Schuhe, Bea umklammert ihre Kugel.

»Bin gleich wieder da«, sage ich und hoffe, dass ihr das ein wenig Sicherheit gibt.

Im Taxi habe ich gesagt, dass wir gemeinsam in dieser Sache stecken.

Aber erst jetzt wird mir klar, wie ernst es mir damit war.

15

Bea

Jamie schlendert in Richtung Bar, aber erst nachdem er seine Bowlingkugel sicher verstaut und mir im Vorbeigehen warm und schwer die Hand auf den Rücken gelegt hat. Es war nur eine flüchtige Berührung, aber danach fühle ich mich besser. Es hat mich daran erinnert, wie er sich vor dem Alley im Taxi zu mir umgedreht hat, um mich daran zu hindern, die Tür zu öffnen. »Wenn wir jetzt gleich da reingehen«, hat er gesagt, während unsere Knie sich berührt haben, »und sich alle auf uns stürzen, dann vergiss nicht, dass wir gemeinsam in dieser Sache stecken.«

Der Ernst in seiner Stimme hat mir einen so heftigen Stich versetzt, dass ich schnell aussteigen musste, bevor ich irgendetwas Lächerliches getan hätte, wie Jamie Westenberg zu umarmen – ohne Publikum. Das wäre definitiv das falsche Zeichen gewesen.

Und nun, wo ich ihm hinterhersehe, wie er um die Ecke verschwindet, bin ich doppelt froh, dass ich es nicht getan habe. Unsere Motivation muss klar sein. Wir tun nur so, als ob. Unsere Beziehung ist eine Täuschung. Im Grunde war meine letzte das auch. Gott weiß, was ich alles vorgetäuscht habe: dass ich glücklich bin, dass ich mich geliebt fühle, dass es mir gut geht. Zu lügen und zu täuschen, war für Todd Alltag. Er hat sich alles so zurechtgebogen, wie es ihm gepasst hat, hat ständig die Wahrheit verdreht, und ich habe seine Lügen geglaubt, um unsere Beziehung aufrechtzuerhalten. Dieses Mal ist es anders. Dieses Mal kenne ich die Wahrheit. Dieses Mal bin ich diejenige, die lügt.

»BeeBee?« Jules Stimme holt mich zurück in die Gegenwart. »Hörst du mir zu?«

Ich sehe sie an und wechsle die Bowlingkugel von der einen Hand in die andere. »Nein. Entschuldige.«

»Ich habe gesagt, du hast dich die ganze Woche distanziert. Wir sind uns nicht einmal zufällig über den Weg gelaufen.«

Das war Absicht. Und ich kann, ohne rot zu werden, behaupten, dass es ein gewisses Talent braucht, um seiner Zwillingsschwester, mit der man sich eine Neunzig-Quadratmeter-Wohnung teilt, aus dem Weg zu gehen. »Ich hatte viel zu tun«, weiche ich aus.

»Okay. Ich dachte, vielleicht können wir jetzt reden, da wir bisher noch keine Gelegenheit dazu hatten.«

Seufzend lege ich meine Kugel neben Jamies. »Dann komm.« Ich deute mit dem Kopf in Richtung der Damentoilette. »Ich muss eh mal aufs Klo. Reden wir auf dem Weg.«

Jules muss sich beeilen, um mit mir Schritt zu halten. »Du bist sauer auf mich.«

»Ja, Jules. Ich mag es nicht, wenn man mich anlügt.«

Jules bekommt einen roten Kopf. »Tut mir leid, Bea. Ich weiß, das war ein bisschen hinterhältig, aber ich wusste einfach nicht, wie ich dich und West sonst zusammenbringen soll. Ich habe versucht, mit dir zu reden, aber du warst so sehr gegen ihn, dass mir nichts Besseres eingefallen ist …«

»Als gemeinsam mithilfe unserer schamlosen Freunde nachzuhelfen?« Mitten auf dem Flur zu den Toiletten drehe ich mich abrupt zu ihr um. »Dieses abgekartete Spiel war wirklich das Letzte.«

»Whoa!« Jules hebt die Hände. »Nein, so war das nicht. Unsere Freunde hatten nichts damit zu tun.«

»Na klar. Und warum habt ihr bei der Party dann alle ständig versucht, uns zu verkuppeln?«

»Okay, bei der Party schon«, räumt sie ein. »Aber als Jean-Claude euch in der Besenkammer gefunden hat, haben alle mitgekriegt, wie peinlich euch das war, und sich schlecht gefühlt. Von da an waren es nur noch ich und Jean-Claude.«

»Ich weiß verfickt noch mal nicht mehr, was ich denken soll.«

Jules sieht seufzend zu Boden und reibt sich die Stirn. »Was ich letzte Woche im *Edgy Envelope* gesagt habe, war die Wahrheit. Unsere Freunde mögen ihn. Aber seit der Party haben sie nichts mehr mit der Sache zu tun. Als ich euer Treffen vor der Boulangerie arrangiert habe, habe ich allen erzählt, ihr hättet ein Date, aber nicht, unter welchen Umständen. Ich wollte nicht, dass jemand euch bittet, zu arbeiten, oder zu etwas einlädt, das euch einen Vorwand liefert zu kneifen. Das war alles. Ich schwör's.«

Mir krampft sich der Magen zusammen. Kalter Schweiß bildet sich auf meiner Haut. »Dann … wussten sie gar nichts von dem hinterhältigen Manöver mit den Textnachrichten?«

»Nein«, sagt Jules fest und sieht mir dabei in die Augen. »Wirklich nicht. Außer Jean-Claude und mir weiß niemand davon. Und sie werden es auch nie erfahren. Versprochen. Ich weiß, ich bin ein bisschen zu weit gegangen, aber meine Güte, Bea, so schlimm war es nun auch wieder nicht.«

»Doch, war es. Du hast mich ausgetrickst.«

Sie wirft die Arme in die Luft. »Weil du einfach nicht vernünftig sein wolltest!«

»Das habe immer noch ich zu entscheiden!«

»Na schön«, ruft sie. »Du hast recht. Zufrieden? Ich hätte einfach tatenlos zusehen sollen, wie du wütend und unglücklich bist.«

»Besser als passiv-aggressiv und intrigant«, schieße ich zurück.

Ein unangenehmes Schweigen entsteht, während ich versuche, das alles zu verdauen. Meine Freunde denken, Jamie und ich hätten uns aus freien Stücken auf dieses Date eingelassen. Es war nicht die komplette Clique, die uns manipuliert hat. Es waren nur meine distanzlose Schwester und ihr ebenso distanzloser Verlobter, die sich in etwas eingemischt haben, das sie nichts angeht.

Kurz denke ich darüber nach, ob ich es nicht einfach gut sein lassen soll. Zur Hölle mit diesem bescheuerten Racheplan. Aber eigentlich habe ich es gründlich satt, den Schuhabtreter für diese Scheiße zu spielen. Nachdem mit mir und Todd Schluss war, habe ich mir geschworen, mich nie wieder so fertigmachen zu lassen. Nie wieder zuzulassen, dass man mit meinen Gefühlen spielt, so wie er es getan hat. Ich werde hart bleiben. Es ist an der Zeit, dass diese Idioten ihre Lektion lernen.

Jules kommt mir nicht ungeschoren davon, nur weil sie niemanden in ihre übelsten Schachzüge eingeweiht hat. Und okay, meine Freunde waren zwar nicht daran beteiligt, unser Date zu arrangieren, aber sie haben auf der Party mitgemischt, und sie haben mir das gesamte letzte Jahr immer wieder potenzielle Partner vor die Nase geknallt – obwohl ich klar gesagt habe, dass ich derzeit nicht an einer Beziehung interessiert bin.

Vielleicht ist alles nicht ganz so schlimm, wie ich anfangs

dachte. Und vielleicht wird meine Rache nicht ganz so unerbittlich werden wie geplant. Aber diese Leute müssen endlich in ihre Dickschädel bekommen, dass sie meine Wünsche nicht einfach missachten können – auch wenn sie mich letztendlich nur glücklich sehen wollen. Der Weg zur Hölle ist mit guten Absichten gepflastert. Nicht alle sind so weit gegangen wie Jules, aber weit genug.

»BeeBee?«, reißt Jules mich aus meinen finsteren Gedanken.

Ich lasse sie stehen, stürme in die Toilette, nehme die erste Kabine, die offen ist, und schlage die Tür hinter mir zu. Kurz darauf höre ich, wie die Tür aufgeht und Jules die Kabine neben mir betritt.

»Du bist wirklich stinksauer«, bemerkt sie, als hätte sie das überrascht.

Bevor ich antworte, atme ich einmal tief durch. »Ich weiß, dass du mich liebst, Jules. Und ich weiß, dass du auf deine verkorkste Art nur versucht hast, zu tun, was du für das Beste für mich hältst. Aber ich brauche das nicht. Was ich brauche, ist Ehrlichkeit. Ich will, dass du und alle anderen in unserem Freundeskreis respektieren, dass ich mein Leben auf meine Art lebe. Die entspricht vielleicht nicht deinen Vorstellungen, hat aber auch ihre Berechtigung.«

In der Nachbarkabine tappt Jules mit der Fußspitze auf die Fliesen. Das tut sie immer, wenn sie nervös ist. »Wir haben es nur gut gemeint«, sagt sie leise.

Ich kann mir ein trockenes Lachen kaum verkneifen. Natürlich haben sie es nur gut gemeint. Aber nun werden sie lernen müssen, wohin das führen kann.

Als ich aus meiner Kabine komme, wäscht sich meine Schwester bereits die Hände und überprüft ihr Aussehen. Unsere Blicke treffen sich im Spiegel.

»Es tut mir wirklich leid, BeeBee«, sagt sie. »Ist zwischen uns wieder alles okay?«

»Gib mir noch ein wenig Zeit.«

Sie zögert kurz, dann nickt sie und trocknet ihre Hände ab. »Darf ich dich etwas fragen? Wenn du so extrem wütend bist, warum seid West und du dann hier?«

»Weil …« Ich beiße die Zähne zusammen. Ich hasse, was ich jetzt gleich sagen muss, auch wenn es eine Lüge ist. »Ihr habt nicht ganz falschgelegen. Das mit den Textnachrichten hat funktioniert. Es hat zwischen uns gefunkt, zufrieden? Wir geben der Sache eine Chance. Aber mehr sage ich nicht dazu.« Mit der Schulter drücke ich die Toilettentür auf und scheuche sie nach draußen.

»Ha! Ich wusste es! Ich wusste es einfach!« Jules geht rückwärts vor mir her und führt, bevor wir wieder bei den Bahnen sind, ein albernes Freudentänzchen auf. »Okay. Ich bin ganz ruhig. Absolut cool.« Plötzlich starrt sie mir mit geweiteten Augen über die Schulter. »Wow.«

»Wow, was?«, frage ich.

»West kommt auf dich zugestürmt und sieht ziemlich aufgebracht aus. Er … Er hat sogar jemand aus dem Weg geschubst …«

»Bea.« Jamie legt von hinten den Arm um mich und zieht mich an sich.

»Jamie!« Über die Schulter sehe ich ihn fragend an. »Was machst du?«

Seine Wangen sind knallrot, und seine haselnussbraunen Augen funkeln. »Halt eine Sekunde still«, sagt er und stellt meinen Drink auf einem Stehtisch ab.

Natürlich versuche ich sofort, mich aus seinem Arm zu winden. »Jamie! Lass mich los!«

»Bea. Bitte, dein …«

Ich befreie mich aus seiner Umarmung und stürme davon. »Großer Gott, was war das denn?«, murmle ich, während ich mir im Vorbeigehen meine Kugel schnappe und bis ans Ende der Bahn gehe, um mich zu beruhigen. Wenn man mich unerwartet anfasst, ist das wie ein elektrischer Schlag für mich, und danach brauche dringend Raum, um mich von dem Schreck zu erholen. Es ist ein sensorisches Problem, von dem Jamie nichts weiß. Ich habe es ihm nicht erzählt. War ja klar, dass das ausgerechnet bei unserem ersten öffentlichen Auftritt passieren musste. Fast wäre ich ausgerastet und hätte ihn vor allen anderen angeschrien.

»Bea!«, zischt Jules und kommt in ihren Bowlingschuhen auf mich zugeschlittert. »Warte!«

»Juliet«, fauche ich und halte mir die Bowlingkugel vors Kinn. »Bitte lass mich in Ruhe.« Dann drehe ich mich mit der Kugel in der Hand um. Jamie ruft noch meinen Namen, aber es ist zu spät, meine Hand samt Bowlingkugel landet direkt in seinem Schritt. Ächzend stößt er die Luft aus. Ungeschickt lasse ich die Kugel fallen, während Jamie sich zusammenkrümmt.

»Großer Gott, Jamie! Es tut mir so … Ahhh!«

Seine Hand packt mein Handgelenk und zieht mich mit nach unten. In einer schnellen Bewegung legt er sich auf mich und nagelt mich auf den staubigen Boden. Auf der Bahn neben uns rauscht eine Kugel in die Pins, die klackernd umfallen. Fassungslos starre ich ihn an.

»Tut mir leid«, keucht er und legt seinen Kopf in meine Halsbeuge. In seinem unregelmäßigen Atem erkenne ich das Geräusch, das jemand macht, der voll eine in die Eier bekommen hat. Trotz seiner Qualen stützt er sich ab, damit nicht sein ganzes Gewicht auf mir lastet. Aber das reicht nicht. Ich spüre die Wärme unter seinen Kleidern, die langen, muskulösen

Beine. Jedes Mal, wenn er einatmet, streifen seine Rippen meine Brust, und ein Zittern geht durch meinen Körper.

Ich muss all meine Kraft aufwenden, um mich nicht auf seinen Penis zu konzentrieren, der sich an mein Becken schmiegt. Jamie ist groß und kräftig, und sein keuchender Atem sorgt dafür, dass die Fantasie mit mir durchgeht. Genau so muss er sich anfühlen und klingen, nachdem er mich zu einem spektakulären Orgasmus gevögelt hat.

Ich bin völlig perplex und gleichzeitig supererregt.

Als Jamie endlich etwas sagt, klingt seine Stimme immer noch nicht auch nur annähernd normal. »Bist du okay?«

»Ähm, Jamie, ich bin diejenige, die gerade eben deine Eier mit einer Bowlingkugel malträtiert hat. Ich denke, diese Frage sollte ich stellen. Aber wenn du mir erklären möchtest, weshalb du mich gerade wie ein liebestoller Pavian angefallen und zu Boden gerissen hast, würde ich das natürlich gern hören.«

Er räuspert sich und hebt langsam den Kopf. »Dein Kleid, Bea …« Er schluckt. »Es steckt in deiner Unterhose.«

Mir wird heiß. Meine Shorts sind so knapp, dass man den halben Hintern sieht.

Ungeschickt versuche ich, hinter mich zu greifen, aber solange er auf mir liegt, geht das nicht. Wir sehen uns an. »Ich komme nicht dran. Kannst du vielleicht …« Seine Hand schiebt sich zwischen meinen Rücken und den Boden. Ihre Wärme sickert durch mein Kleid, und ich schnappe nach Luft. Er zieht den Stoff aus dem Bund über meine Hüfte und schützt mich vor den Blicken jener, die gerade zu uns hersehen. Was, wie ich voller Scham feststelle, die halbe Bowlinghalle ist.

»Du bist wieder bedeckt«, sagt er. »Ich habe mich nur deshalb auf dich gelegt, weil, wenn du oben gelegen hättest …«

»Jeder hier meinen Arsch gesehen hätte?«

Sein rotes Gesicht wird noch röter. »Ähm, genau.«

Seufzend tätschle ich ihm die Wange. »Danke, dass du meine Ehre gerettet hast. Du bist ein wahrer Gentleman, James. Aber du bist auch schwer. Also mach, dass du von mir runterkommst.«

Jamie hat das Blaue vom Himmel heruntergelogen, als er behauptet hat, er wäre ein ganz passabler Bowlingspieler.

Er ist ein verdammtes Tier.

Und ich will um jeden Preis gewinnen.

Mit Jamie habe ich eine Waffe, die mich unbezwingbar macht. Ich bin Gollum im Besitz des Rings, Imperator Sheev Palpatine mit Anakin in seinen Klauen, Thanos mit dem Unendlichkeitshandschuh.

»Okay.« Wie ein Trainer, der seinen Preisboxer motiviert, stelle ich mich auf einen der Hocker neben der Maschine, die die Kugeln ausspuckt, und massiere Jamie die Schultern. »Du schaffst das, Jamie. Zeig's ihnen.«

Er sieht zu mir hoch und seufzt. »Du bist wirklich seltsam.«

»Ehrgeizig, wolltest du sagen, James.« Ich drücke fester. »Ich bin *ehrgeizig*. Denk an den Preis.«

Er dreht sich wieder um und schwingt die Kugel. Der verklemmte Spießer mit Brille, den ich kennengelernt habe, ist verschwunden. Vor mir steht ein lockerer, sympathischer Mann, voll konzentriert auf das Spiel und auf eine sexy Art derangiert.

Jamie sieht gerade so verdammt gut aus, dass ich ernsthaft darüber nachdenke, ihn in eine dunkle, verstaubte Ecke des Alley zu zerren und dort bis nächste Woche zu küssen. Seine Haare sind zerzaust, eine verirrte bronzefarbene Locke fällt ihm in die Stirn, und seine Ärmel sind bis über die Ellbogen aufgerollt. Attraktive Falten zieren sein Hemd, und die Schweißperlen auf seiner Stirn machen es mir schwer, mir nicht auszumalen, wie er lustvoll den Kopf in den Nacken legt, während er mich nicht wie vorhin auf den Boden, sondern auf eine Matratze nagelt.

»Bea«, sagt er.

»Was? Besser nicht.« Atemlos und mit roten Wangen sehe ich ihn an.

»*Besser nicht?* Ich habe nur deinen Namen gesagt.«

»Ah, stimmt.« Ich räuspere mich. Jamie kann nicht wissen, wie sehr er mich gerade antörnt. Wir haben einen Plan, und an den halten wir uns. Emotionsloser Sex wäre da definitiv kontraproduktiv. Mit jemand anderem könnte es vielleicht funktionieren, aber nicht mit Jamie. Unsere Dates sind vorgetäuscht, und Jamie Westenberg ist hundertpro der Typ Mann, der mindestens sechs *echte* Dates braucht, bevor er langsam und leidenschaftlich mit jemandem schläft. Ein Mann, der einem beim Sex in die Augen sieht und seinen Orgasmus mindestens fünfundvierzig Minuten zurückhält – ein völlig selbstloser Liebhaber. Wahrscheinlich würde ich ihn traumatisieren, wenn ich in Fahrt komme. Ich wäre alles andere als ladylike. Ich wäre hemmungslos. Ich würde ihn aufs Sofa werfen, ihm nur die nötigsten Klamotten vom Leib reißen und ihn reiten wie ein Rodeopony.

»Hey, alle warten auf euch!«, ruft Margo.

Sula zieht sie auf ihren Schoß und pustet ihr zärtlich in den Nacken. »Entspann dich. Lass die beiden in Ruhe. Du weißt doch, wie es am Anfang ist.«

Toni und sein Freund Hamza tauschen einen wissenden Blick, und Jules hat sogar den Nerv, Jean-Claude in die Seite zu boxen und ihm verschwörerisch zuzuzwinkern. Meine schwelende Wut lodert wieder auf, und ich packe Jamie an der Schulter. »Wir müssen unbedingt gewinnen.«

»Wenn du mir nicht vorher das Schlüsselbein brichst, haben wir eine reelle Chance.«

Ich lockere meinen Griff. »Sorry.«

»Schon gut.« Seine Mundwinkel zucken. »Aber lauf mir nicht wieder nach. Gerade hätten wir um ein Haar eine zweite Vorstellung unserer Kugel-trifft-Körper-Performance gegeben, nur dass dieses Mal ich *dir* fast die Zähne ausgeschlagen hätte.« Mit ausgebreiteten Händen springe ich von dem Stuhl, auf dem ich gestanden habe, und gehe neben ihm her. Die Böden hier sind so glatt, dass ich immer wieder fast ausrutsche. »Ich versuche nur, die Moral hochzuhalten ...«

»Die Moral hochhalten«, knurrt er. »Geh zurück. Ich will dich nicht verletzen.«

»Kann ich nicht. Ich bin zu aufgeregt.«

Er starrt mich lange und intensiv an, bis mir ein wohliger Schauder über den Rücken läuft. »Beatrice.«

O mein Gott, diese Stimme, wenn er besonders streng ist. Wie Lava, die mir durch die Ohren in den Magen fließt und die Innenseiten meiner Schenkel zum Schmelzen bringt. Ich schlucke. »James?«

»Willst du gewinnen, oder nicht?«

»Fragst du mich das allen Ernstes?«

»Natürlich nicht«, sagt er und wendet sich der Bahn zu. »Das war eine rhetorische Frage, falls du weißt, was das ist.«

Ich verdrehe die Augen. »Du bist so ein arroganter ...«

In diesem Moment wird mir klar, dass er mich absichtlich abgelenkt hat, lange genug, um auszuholen und zu werfen. Die Kugel rast die Bahn entlang und kracht in die Pins.

Strike!

Ich schreie, als hätten wir nach hundert Jahren zum ersten Mal wieder die Meisterschaften gewonnen. Das Adrenalin rauscht durch meine Adern. Meine Ohren dröhnen. Mein

Herz hämmert. Ich schlittere zu Jamie und werfe mich ihm an den Hals wie ein Koalabär, der seinen ersten Eukalyptusbaum entdeckt hat. »Wir haben es geschafft!«, brülle ich.

Jamies Armmuskeln spannen sich und halten mich, als ich meine Beine um seine schlanke Taille schlinge. Wir sehen uns an, und er lacht. Der goldene Glitter, den sein Lächeln in mein Herz gezaubert hat, wird zu funkelnden Sternen. Sein Lachen ist wie Honig, warm und sonor, und kommt so unerwartet, dass ich meine Arme noch fester um seinen Hals schlinge und mich an ihn drücke.

Sein Griff wird fester, dann legt er mir eine Hand auf die Wange und tut, was ich von dem untadeligen Sir Westenberg als Letztes erwartet hätte.

Er küsst mich.

Und es ist gut. Nein, nicht gut. Besser. Das Beste. Ein Kuss, der die Welt auf den Kopf stellt. Ein Kuss, den man nie vergisst.

Seine Lippen streifen meine, leicht und flüchtig, und wir sehen uns an, bevor mein Mund sich hungrig auf seinen presst. Mit dem Daumen fährt er meinen Kiefer entlang, kostet meine Lippen in einem langsamen, intensiven Kuss und beißt so zart in meine Unterlippe, dass sich meine Schenkel um seine Taille zusammenziehen und unsere Körper sich noch näher sind. Jamie zieht die Luft ein, lässt die Hand meinen Rücken hinuntergleiten und drückt mich an sich, während meine Finger sich in sein Haar krallen.

Seine Zunge findet meine, und ein raues, tiefes Stöhnen dringt aus seiner Kehle. Mir bleibt die Luft weg. Sein Mund presst sich gierig auf meinen – *Mehr*, scheint er zu sagen. *Mach auf, gib mir mehr, gib mir alles.*

Das krachende Geräusch umgeworfener Pins reißt uns auseinander.

Jamie starrt mich mit großen Augen an.

»Ah, junge Liebe«, kommentiert Jean-Claude, und Jules antwortet mit einem verträumten Seufzen.

Ich ignoriere sie und beobachte Jamie, dessen leeren Gesichtsausdruck ich nicht interpretieren kann. »Alles okay?«, frage ich, so leise, dass er meine Lippen lesen muss.

»Ja.« Langsam setzt er mich ab.

Aber als wir unsere Sachen zusammenpacken, uns verabschieden, in der kühlen Abendluft auf unser Taxi warten und schweigend bis zu meiner Wohnung fahren, habe ich den leisen Verdacht, dass ganz und gar nichts okay ist.

16

Jamie

Die letzten drei Tage war ich Beatrice ein grauenhafter falscher Freund. Ich meide sie.

Wir hätten uns nicht küssen dürfen. Na ja, schon, aber nicht so. Es hätte emotionslos sein müssen. Einstudiert. Wie bei zwei Schauspielern, die souverän ihre Rollen spielen. Und nicht diese adrenalingeschwängerte Kollision zweier Körper, dieser gierige Kuss, der mein Herz zum Rasen gebracht und jeden Teil von mir, den sie berührt hat, nach mehr hat lechzen lassen.

Eine vorgetäuschte Beziehung sollte nicht kompliziert sein – und ein Kuss mich nicht auf den dummen, lächerlichen Gedanken bringen, Bea könnte es genauso ergangen sein, als sie mich geküsst hat. Die Situation wächst mir über den Kopf. Und sie macht mir Angst.

»Dr. West!«, ruft Luca, ein sieben Jahre alter Patient, den Ned in mein Büro bringt, um seinen Blutdruck zu messen.

»Hey, Luc.« Ich lächle ihm zu und schiebe mein Handy in die Tasche, das ich nur in der Hand halte, weil ich, seit wir uns am Freitag getrennt haben, sicher schon zum hundertsten Mal überlege, Bea zu schreiben. »Und? Hast du in letzter Zeit ein paar Gangster geschnappt?«

»Zehn!«, ruft er begeistert. »Ich habe sie mit meinem Bösewicht-Zerstörer plattgemacht.«

Er hebt sein T-Shirt und zeigt mir die Insulin-Pumpe, die er erst vor ein paar Wochen bekommen hat.

»Wow!«, ruft Ned und legt ihm die Manschette des Blutdruckmessgeräts um den Arm. »Pass bloß auf mit dem Ding. Nicht, dass du mit deinem Zerstörer noch Unschuldige erwischst.«

Luca grinst und klopft sich auf die Pumpe wie ein Cowboy auf sein Pistolenholster. »Keine Sorge. Ich habe alles unter Kontrolle.«

»Er hat gut auf seinen Bösewicht-Zerstörer aufgepasst«, sagt Lucas Mutter. »Und seit er ihn hat und ich weiß, dass er sicher ist, fühle ich mich sehr viel besser.«

»Du bist auch sicher, Mama«, beruhigt er sie und baumelt lässig mit den Beinen, während Ned ihm die Manschette abnimmt. »Du musst keine Angst haben.«

Ich lächle. Kinder sind unglaublich. Ihre unschuldige Wärme und arglose Offenheit machen es mir so viel leichter, mit ihnen Kontakt aufzunehmen als mit Erwachsenen. Kinder haben keine Hintergedanken. Im Gegensatz zu diesen Kupplern und anderen Erwachsenen, die kein Problem damit haben, andere zu manipulieren und auszutricksen, wie es ihnen gerade passt, sind sie in dem, was sie denken und fühlen, ehrlich.

Plötzlich überkommen mich Schuldgefühle. Im Grunde bin ich auch nicht besser als diese scheinheiligen Intriganten. Drei Tage Funkstille seit unserem Kuss auf der Bowlingbahn. Ob Bea sich wundert, weshalb ich mich nicht melde? Aber sie hat sich auch nicht gemeldet. Vielleicht ist sie ja froh, dass ich ihr nicht geschrieben habe.

Oder noch schlimmer, es ist ihr egal.

»Alles okay, mein Freund«, sagt Ned. »Dann wollen wir dich mal zurück auf dein Zimmer bringen.«

Ich wende mich wieder Luca zu. »Ich schau bald bei dir vorbei, Luc, okay?«

Lächelnd verlässt er mit seiner Mom und Ned den Raum. »Okay, Dr. West.«

Während sie über den Flur in unsere Behandlungszimmer verschwinden, vibriert das Handy in meiner Tasche.

> **BEA**: Du ghostest mich, obwohl wir nicht einmal wirklich zusammen sind? Ich könnte ja behaupten, ich wäre enttäuscht, aber tatsächlich bin ich beeindruckt.

Ich stöhne. Das kann ich nicht ignorieren. *Sollte* ich nicht ignorieren.

> **JAMIE**: Mein Verhalten ist erbärmlich.

> **BEA**: Ach was. Du bist nur von der Rolle, weil der beste Kuss deines Lebens nur vorgetäuscht war.

Sie hat ja keine Ahnung.

Ich starre auf mein Handy und denke über eine Antwort nach, bei der sie nicht endgültig vor mir davonläuft. Denn wenn ich ehrlich wäre, müsste ich schreiben: *Jetzt, wo du es erwähnst, Bea, muss ich zugeben, dass es tatsächlich der beste Kuss meines Lebens war. Als ich dich geküsst habe, wollte ich Dinge tun, die mir davor noch nicht einmal im Traum in den Sinn gekommen waren. Nur eine halbe Minute länger, und ich hätte dich in eine der bakterienverseuchten Ecken dieser alten, verstaubten Bowlingbahn gezerrt, dein Kleid hochgeschoben, und …*

Mein Handy vibriert wieder.

BEA: Okay, jetzt habe ich dich vor den Kopf gestoßen, stimmt's? Es war natürlich eine Kurzkusshandlung.

BEA: KurzSCHLUSShandlung. Scheiß Autokorrektur.

JAMIE: Es tut mir leid, Beatrice. Was passiert ist, habe allein ich zu verantworten.

BEA: Was meinst du? Was hast du zu verantworten?

Ich schulde ihr mehr als diese vage, nichtssagende Erklärung. Und ich schulde ihr mehr als eine Entschuldigung. Aber zu wissen, was ich sagen muss und wie ich es sagen muss, zählt nicht gerade zu meinen Stärken.

Ich atme tief durch, umklammere mein Handy und bete, dass sich das Durcheinander in meinem Kopf irgendwie lichtet, während sich mein Herzschlag immer mehr beschleunigt und mir kalter Schweiß ausbricht. Mit jeder Sekunde, die ich verstreichen lasse, richte ich womöglich noch mehr Schaden an, aber ich kann nicht …

»Dr. West«, ruft Gayle.

Ich zucke so heftig zusammen, dass ich mit dem Ellbogen auf die Tastatur meines Computers komme. An die Notizen, die ich mir zu meinen Patienten gemacht hatte, reiht sich eine lange Linie zufälliger Buchstaben. Ich markiere und lösche sie, bevor ich die Datei abspeichere und hinaus zum Empfangstresen gehe. »Was kann ich für Sie tun, Gayle?«

Unsere Chefsekretärin sieht mich mit ihren warmen braunen Augen an und lächelt. »Sie können mir verraten, wer die bezaubernde junge Dame dort drüben ist.«

Ich folge Gayles Blick und erstarre. »Bea?«

Da steht sie und schlägt nervös die Spitzen ihrer Stiefel gegeneinander, dieselben Stiefel, die sie im Alley getragen hat, die ich ihr geschnürt habe, ihren Fuß auf meinem Oberschenkel, ihre Beine weit gespreizt direkt vor meiner Nase …

Keine gute Gedankenkette.

Ich räuspere mich, drücke drei Mal auf den Spender mit Desinfektionsmittel und reibe mir die Hände ein. Dann öffne ich die Tür zwischen Wartezimmer und meinem Teil der Praxis und winke ihr. »Hier rein, Bea.«

Sie schenkt Gayle ihr gefährliches Lächeln. »War nett, Sie kennenzulernen«, sagt sie.

»Ganz meinerseits, Liebes!« Sobald Bea ihr den Rücken zukehrt, zwinkert Gayle mir verschwörerisch zu.

In der Tür bleibt Bea stehen, und ich starre ungläubig auf ihre Hände.

»Du hast Tee mitgebracht?«

»Gunpowder-Tee, oder was auch immer das war, was du in der Boulangerie getrunken hast. Und …« Sie hält eine Papiertüte hoch. »Eines dieser Seifenbrötchen, die dir so gut schmecken.«

»Warum?«

Bea sieht zum Empfangstresen, wo sich drei Köpfe blitzschnell wieder ihren Computerbildschirmen zuwenden.

»Vielleicht sollten wir uns irgendwo unterhalten, wo wir ungestört sind«, schlage ich vor. Lege ihr die Hand auf den unteren Rücken und schiebe sie vor mir her. »Da entlang und dann die erste Tür links.«

Mit langen, entschlossenen Schritten, untermalt vom Stampfen ihrer Stiefel, geht Bea vor mir her, während ich versuche, nicht auf die süße Kurve ihres Hinterns zu starren.

Mit mäßigem Erfolg.

Als ich endlich die Tür hinter uns geschlossen habe, setzt sie sich mit einem kleinen Hüpfer auf die Untersuchungsliege. Das Papier unter ihren Schenkeln knistert, während sie die dekorative Waldtier-Borde an der Wand bewundert, die unter anderem auch Igel zieren. Ich weiß, dass sie Igel liebt und einen als Haustier hält. »Hübsch.«

»Dachte ich mir, dass die Tapete nach deinem Geschmack ist.«

»Mit Cornelius können deine Igel zwar nicht mithalten«, sagt sie, »aber sie sind ganz nett.«

Sie reicht mir den Becher mit dem Tee und die kleine Papiertüte, die ich beiseitelege, um den Deckel vom Tee zu nehmen. Es ist tatsächlich grüner Gunpowder-Tee. Er riecht herrlich, erdig und bitter.

»Vielen Dank«, sage ich und nippe vorsichtig daran. »Was führt dich … und den Tee zu mir?«

Sie verzieht das Gesicht und kneift ein Auge zu. »Ich muss dir etwas beichten. Und mich entschuldigen.«

»Das klingt ernst.«

Sie holt Luft und setzt sich aufrecht hin. »Jules hat mir am Freitag auf der Toilette verraten, dass unsere Freunde nichts mit dem arrangierten Date zu tun hatten.«

Mir fällt fast der Tee aus der Hand. »Wie bitte?«

»Na ja, auf der Party wollten sie uns schon verkuppeln, aber das Date, sagt Jules, hätten nur sie und Jean-Claude arrangiert. Sie hätten darin die letzte Chance gesehen, uns zusammenzubringen. Das heißt, wir wurden nicht von allen komplett zum Narren gehalten. Es war egoistisch von mir, es dir nicht gleich zu sagen, aber ich wollte mich von der Idee, es ihnen heimzuzahlen, noch nicht verabschieden …« Sie verstummt, fährt sich mit den Händen über das Gesicht und lässt sie in den Schoß sinken. »Ich bin echt wütend auf meine Schwester, und wenn ich ehrlich bin, auch immer noch sauer auf meine Freunde. Sie sind zwar nicht ganz so weit gegangen wie sie, aber …«

»Was sie auf der Party getan haben, war trotzdem unfair.«

Bea wirkt überrascht. »Schon, oder?«

»Hast du gedacht, ich würde das anders sehen?«

Sie zuckt mit den Achseln. »Na ja, du warst schon bereit, ihnen zu verzeihen, als wir es herausgefunden haben. Daher hab ich gedacht, sobald ich es dir erzähle, bist du raus.«

»Und … du willst nicht aufhören.«

»Nein«, gibt sie zu. »Ich will ein für alle Mal klarstellen, was ich von der Sache halte. Ich will, dass sie mich und mein Liebesleben in Zukunft in Ruhe lassen. Aber du bist ja auch Teil dieses Fiaskos. Du verdienst die Wahrheit und hast ein Mitspracherecht, wie es weitergehen soll.«

Es dauert einen Moment, bis ihre Worte sich gesetzt haben. »Für mich ändert das nichts«, antworte ich schließlich. »Ich kenne deine Freunde ja kaum. Mir ging es von Anfang an nur darum, Jean-Claude einen Denkzettel zu verpassen, damit er sich nicht mehr einmischt.«

»Dann machen wir weiter?«, fragt sie vorsichtig.

»Wir machen weiter.«

Ein Lächeln erhellt ihr Gesicht. »Danke«, sagt sie leise, bevor sie wieder ernst wird. »Und zwischen uns ist alles okay? Ich meine, wir haben nie wirklich geredet. Also klar, warum auch? Ich weiß, dass es beim Bowling ein bisschen mit uns durchgegangen ist, aber ich verspreche dir, bei unserem nächsten öffentlichen Auftritt werde ich nicht mehr an dir hochklettern wie an einem Baum.«

Ihre Schuldgefühle sind ein Schlag in den Magen. Ich hasse es, wenn sie sich wegen mir schlecht fühlt.

»Bea«, seufze ich und reibe mir den Nasenrücken. »Es tut mir leid, wenn ich mich seltsam benommen habe. Ich war wie blockiert. Nach dem Abend im Alley wusste ich nicht, was ich sagen sollte. Also habe ich gar nichts gesagt. Das war dir gegenüber nicht fair.«

Bea sucht meinen Blick. »Dann hast du mir also nicht die kalte Schulter gezeigt, weil ich dich besprungen habe wie ein rolliger Koalabär, nachdem wir uns in ein freundschaftliches Freitagabend-Bowling-Turnier hineingesteigert haben, als ginge es um Leben und Tod? Du bist nicht sauer auf mich?«

Ich stelle meinen Tee auf den Tisch und gehe einen Schritt auf sie zu. »Nein, überhaupt nicht.«

»Oh.« Sie senkt den Blick und streicht mit der Hand über ihren Rock. Er ist wieder schwarz, aber dieses Mal mit kleinen Regenbögen bedruckt. »Okay.«

»Ich denke …« Die Worte wollen mir nicht über die Lippen, aber ich atme einmal tief durch und presse sie hervor. »Ich denke, damit es funktioniert, sollten wir darüber reden, was wir tun können, um das Ganze für uns beide angenehmer zu gestalten.«

»Denke ich auch«, sagt Bea mit gerunzelter Stirn. »Aber bei dir klingt das, als müssten wir uns dafür die Zehennägel herausreißen.«

Ich rümpfe die Nase. »Was dir immer einfällt.«

»Na ja, so wie du dein umwerfendes Gesicht verziehst …« Sie erstarrt. »Moment. Vergiss, was ich eben gesagt habe.«

Glühend heiß schießt mir das Blut in die Wangen. Ich bin schockiert. Findet sie mich tatsächlich attraktiv?

Großer Gott, der Gedanke ist verführerisch. Aber auch gefährlich, denn er führt dazu, dass ich ihr die Wahrheit sagen möchte. *Ich finde dich auch umwerfend. Jede Nacht besorge ich es mir selbst und rede mir dabei ein, dass es nicht dein Körper ist, nach dem ich mich verzehre, nicht dein Mund, den ich schmecken will.*

Aber das kann ich ihr nicht sagen. Der Schritt von *Du hast ein umwerfendes Gesicht* zu *Seit ich dich kenne, denke ich jede Nacht an dich und masturbiere,* ist gewaltig. Vor allem, wenn sie es gar nicht so gemeint hat.

Oder hat sie es so gemeint?

»Ernsthaft, vergiss das«, wiederholt Bea verschämt. »I-I-Ich denke, das war ein Blackout. Ein Aneurysma.«

Autsch.

»Ein Aneurysma, sagst du?« Ich greife an ihr vorbei nach dem Otoskop. Ein Hauch von Feige und Sandelholz weht mir in die Nase. Bei dem Parfüm, das sie trägt, würden jedem Mann die Knie weich werden.

Ihre Pupillen weiten sich. »Was tust du?«

Ich nehme das Otoskop aus seiner Halterung an der Wand und schalte das Licht ein. »Dich nach Anzeichen auf ein intrakranielles Aneurysma untersuchen. Manche Ärzte sehen es als ihre Aufgabe an, die Selbstdiagnosen ihrer Patienten kleinzureden, aber ich bin der Ansicht, die meisten Menschen kennen ihren Körper. Ich nehme deine Sorgen ernst.«

Ihre Augen verengen sich zu Schlitzen. »James.«

Ich trete zwischen ihre Beine, sodass ihre Knie meine Schenkel berühren. »Beatrice.«

Wir starren uns an. Sie blinzelt zuerst. »Okay. Ich hatte kein Aneurysma.«

Ich schalte das Licht wieder aus und hänge das Otoskop zurück in die Halterung.

»Ich …« Stöhnend lässt sie sich mit dem Rücken gegen die Wand fallen und sieht zur Decke. »Kann sein, dass ich dein Gesicht einfach zum Küssen finde. Also nur so. Rein sexuell. Versprochen. Mehr wollte ich damit nicht sagen.«

Lust explodiert in meinem Kreislauf, während ihre Worte kondensieren und wie ein lang erwarteter Regenschauer meine ausgedörrten Gedanken tränken – *Gesicht, Kuss, Sex* ... Ich stelle mir vor, wie ich ihre Hüften packe, die weiche, warme Haut der Innenseite ihrer Schenkel küsse, mich nach oben arbeite bis zu ihrer feuchten, heißen ...

Meine Güte, meine Abstinenz wird mir noch zum Verhängnis werden.

Bea stößt langsam die Luft aus. Ihre Wangen sind immer noch feuerrot. »Okay. Tun wir einfach so, als hätte es die letzten zwei Minuten nie gegeben.«

»Ausgezeichnete Idee.« Wir vermeiden es, uns in die Augen zu sehen, aber meine Wangen sind mindestens so heiß wie ihre.

»Also, du wolltest gerade etwas sagen«, wechselt Bea das Thema. »Darüber, was wir tun könnten, damit unsere Treffen in Zukunft ein bisschen besser laufen?«

»Richtig.« Ich räuspere mich. »Ich habe die Sache verkompliziert, indem ich mich nach der harmlosen Geschichte am Freitagabend einfach nicht mehr gemeldet habe.«

Einen Moment sieht sie mich schweigend an. »Ist schon okay«, sagt sie dann.

»Nein, ist es nicht. Wir werden uns wieder küssen und verliebt benehmen müssen. Es kann danach nicht jedes Mal so ... schwierig werden. Sonst verausgaben wir uns völlig.«

Die Zweideutigkeit des letzten Satzes hängt knisternd zwischen uns in der Luft.

»Du hast recht«, sagt sie schließlich.

»Ich denke, wenn es für uns leichter wird, zusammen zu sein, gelingt uns auch unser Racheplan besser.« Ich schiebe meine Brille nach oben und stecke die Hände in die Hosentaschen. »Wir sollten versuchen, Freunde zu sein.«

»Freunde?«, wiederholt sie skeptisch.

»Ja?« Warum stelle ich wegen eines kleinen Worts aus ihrem Mund plötzlich alles infrage – angefangen bei meinem Vorschlag bis hin zu der Krawatte, die ich heute Morgen ausgewählt habe?

»Freunde«, sagt sie noch einmal, dieses Mal schon weniger skeptisch. Ein bisschen klingt es, als würde sie an einem Glas Wein nippen und versuchen, seine besonderen Noten herauszuschmecken. »Du meinst, wenn wir Freunde wären, würde es uns nicht mehr stressen, so zu tun, als wären wir mehr.«

»Genau, das meine ich.«

»Klingt logisch. Ich bin dabei.« Ihre Skepsis verschwindet endgültig unter einem Lächeln. Mit flatterndem Rock hüpft sie von der Untersuchungsliege.

»Okay. Gut.« Tatsächlich bin ich ein bisschen überrascht, dass sie keinen Rückzieher gemacht hat, aber es soll mir recht sein.

»Dann verschwinde ich mal wieder und überlasse dich deinen kleinen Patienten«, sagt sie, schon auf dem Weg zur Tür. »Du musst ja Gutes tun. Babys retten. Krankheiten heilen. Den Welthunger bekämpfen.«

Ich nehme Tee und Ingwerbrötchen in eine Hand und halte ihr mit der anderen die Tür auf.

»Oh«, ruft sie, »das hätte ich fast vergessen.«

Sie wühlt in ihrer Handtasche und zieht ein kleines Glas mit Schraubverschluss heraus.

»Das sieht jetzt vielleicht ein bisschen merkwürdig aus«, sagt sie, »aber das hier ist selbst gemachte Handcreme von meiner Großmutter. Ich dachte …« Sie deutet mit dem Kinn in Richtung meiner rauen Hände. »Vielleicht hilft sie ein bisschen. Ich weiß, wie schmerzhaft rissige Finger sind.«

»Du … willst sie mir schenken?«

»Ja«, sagt sie langsam. »Möchtest du sie? Wenn nicht, kein Problem. Ich werde sie irgendwann aufbrauchen …«

»Nein!« Das kam lauter, als ich wollte. »Steck sie einfach …
in meine Kitteltasche.«

Bea tritt zu mir und lässt das Glas in meine Tasche gleiten.
Plötzlich ist mir jede Faser ihres Körpers bewusst. Jede Faser
meines Körpers. Sie steht unter meinem ausgestreckten Arm,
nah und warm, während ihr sanfter Duft mich einhüllt. Wir
sehen uns lange an.

»Danke«, presse ich schließlich hervor. »Für die Handcreme
und den Tee und das Brötchen. So etwas hat noch nie jemand
für mich getan. Es war sehr … aufmerksam.«

Irritiert runzelt sie die Stirn. Dann tritt sie lächelnd einen
Schritt zurück. »Dafür hat man doch Freunde, stimmt's?«

Freunde.

Stimmt.

17

Bea

Ich kann es nicht leugnen. Die neue Macht, die ich über meine Freunde und treulose Zwillingsschwester habe, ist unbezahlbar. Selbst bei der Arbeit gibt sie mir ungekannte Druckmittel an die Hand. Jules kocht mir meine Lieblingsgerichte in der Hoffnung, während ich sie hinunterschlinge, Neuigkeiten aus mir herauszuquetschen, und im Laden tun Sula und Toni mir jeden Gefallen, weil sie darauf spekulieren, im Gegenzug mit intimen Details gefüttert zu werden. Alle sind unendlich neugierig, wie es mit Jamie und mir läuft. Ich dachte, um diese Idioten glauben zu machen, er und ich wären ein echtes Paar, müsste ich lügen wie gedruckt, aber es hat sich herausgestellt, dass rätselhafte Andeutungen sogar noch besser funktionieren.

Ich lasse sie zappeln. Rache ist süß.

»Noch ein Himbeerplätzchen?«, fragt Toni und hält mir den Teller mit den noch warmen Keksen unter die Nase.

»Sollte ich mir verkneifen«, lehne ich ab, die Augen auf meine Skizze geheftet. Es ist der Entwurf einer sich um ein verwittertes Holzspalier windenden Glyzinie, aber mein Stift schweift von den zarten Blüten immer wieder ab zu der im Bogen lehnenden Silhouette eines Mannes. Groß. Schlank. Nackter Oberkörper. Schildplatt-Brille. Die leicht gewellten Haare vom Wind zerzaust.

»Bea«, stöhnt Toni. »Ich sterbe vor Neugier. Willst du mir nicht wenigstens ein bisschen was verraten?«

»Vielleicht.« Obwohl ich mir damit den Appetit vor dem Abendessen ruiniere, stibitze ich mir doch noch ein Plätzchen und stecke es in den Mund. »Aber nur, weil die hier so verdammt lecker sind.«

Toni reckt mit einem lauten Juchzer die Hände über den Kopf.

»*Und* wenn du heute die Lieferungen übernimmst.«

Seine Arme fallen wieder nach unten. »Du bist gemein.«

»Los, setz deinen süßen Hintern in Bewegung. Wir erwarten jede Menge Kartons in …« Ich werfe einen Blick auf die Uhr. »… vor drei Minuten.«

Stöhnend stampft er nach hinten, wo bereits das grässliche Piepsen des Lieferwagens zu hören ist, der rückwärts in die Auffahrt fährt.

Ein unerträgliches Geräusch, das mir nun erspart bleibt, genau wie das Ausladen und völlig verschwitzt zu meinem ersten *Lass uns Freunde sein*-Dinner mit Jamie zu erscheinen.

Wundervolle, zuckersüße Rache.

Das Piepen hört auf und wird vom Öffnen der Lieferwagentüren abgelöst. Toni stößt einen üblen Fluch auf Polnisch aus und fängt dann an, vor sich hin zu knurren. In seinem unverständlichen Schwall aus Worten kommt mein Name mehrfach vor.

»Dass ich kein Polnisch spreche«, brülle ich nach hinten, »heißt noch lange nicht, dass ich nicht kapiere, dass es fies ist, was du da sagst.«

»Glaubst du, das juckt mich?«, brüllt er zurück.

Ruhe kehrt ein, und ich wende mich wieder meiner Zeichnung zu. Aber der Friede währt nur zwei Minuten, bevor die Ladenglocke bimmelt und Jules hereinrauscht.

»Hi, BeeBee!« Lächelnd umrundet sie den Ausstellungstisch vorn im Laden, den Toni gerade erst neu dekoriert hat.

»JuJu.« Ich konzentriere mich auf meinen Skizzenblock, auf dem mein Stift ein beunruhigendes Eigenleben entwickelt.

Jamie. Jamie. Jamie. Aaahhh! Das muss endlich aufhören.

»Was zeichnest du?«, fragt sie zuckersüß und stützt die Ellbogen auf die Vitrine.

Ich klappe den Block zu und stecke ihn in meine Umhängetasche. »Nichts.«

Jules sieht mir zu, wie ich meine Stifte und mein Handy einsammele und ein bisschen Lipgloss auftrage. »Ist es schon Zeit für dein Date?« Sie zwinkert mir zu.

Ich werfe ihr einen finsteren Blick zu, hin- und hergerissen zwischen Wut und Liebe. Am liebsten würde ich sie an den Schultern packen und schütteln, damit sie endlich zur Vernunft kommt. Ich weiß, sie will mich nur glücklich sehen, aber ich wünschte wirklich, sie hätte dazu nicht diese beschissene Aktion gestartet.

Meine Rachegelüste gegenüber einem Menschen, den ich aus tiefstem Herzen liebe – obwohl er mich so wütend gemacht hat –, fühlen sich seltsam an. Einerseits möchte ich Jules dafür bestrafen, dass sie zu weit gegangen ist, andererseits möchte ich unsere alte Nähe zurück, um mit ihr über alles zu reden. Aber beides geht nicht. Ich habe mich entschieden, ihr eine Lektion zu erteilen, und das erfordert emotionale Distanz.

»Bea.« Jules sieht mich misstrauisch an. »Wo bist du mit deinen Gedanken?«

Ich gönne mir noch eines von Tonis Himbeerplätzchen. »Ich, ähm … habe wohl geträumt.«

»Von *Jamie*?«

Von Rache.

Ihr selbstzufriedenes Lächeln geht mir so auf die Nerven, dass ich ihr am liebsten ein Plätzchen an den Kopf werfen würde. Aber Tonis Gebäck ist viel zu kostbar, um es auf diese Art zu vergeuden. »Das geht dich nichts an, Juliet.«

»Seit wann? Ooh, die sehen ja gut aus.« Sie greift nach dem Teller mit den Plätzchen, aber ich klopfe ihr auf die Finger.

»Keine Süßigkeiten für Leute, die sich in fremde Angelegenheiten einmischen.«

»Ältere Schwestern, die es nur gut meinen«, korrigiert sie mich. Sie weicht meinem nächsten Klaps aus und schnappt sich ein Plätzchen. »Schwestern, die erkennen, wenn die Chemie stimmt, und dir den nötigen Schubs geben, wenn du zu starrsinnig bist, das zuzugeben.«

»*Schubs*? So nennt man das?«

»Sorry …« Das Plätzchen verschwindet in ihrem Mund. »Aber hast du gleich ein Date mit dem Kerl, dem ich dich in die Arme geschubst habe, oder nicht?«

Meine Miene verfinstert sich zunehmend.

»Was habt ihr vor?«, fragt sie. »Ein schickes Restaurant? Du hast dich rausgeputzt.«

»Habe ich nicht.« Oder doch?

Ich sehe an mir hinab, auf den jadegrünen Faltenrock mit dem breiten, dehnbaren Bund und meinen Lieblingspulli aus kobaltblauer Wolle mit der Schleife auf der Schulter. Kann schon sein, dass ich heute ein kleines bisschen mehr Wert auf mein Äußeres gelegt habe, bevor ich zur Arbeit gegangen bin. Schließlich wusste ich, dass ich direkt danach mit Jamie zum Essen verabredet bin. Aber wie immer habe ich mich nach dem Aufwachen für die Klamotten entschieden, bei denen ich das Gefühl hatte, dass ich mich darin wohlfühlen werde.

»Ich gehe mit Jamie eine Kleinigkeit essen. Nichts Besonderes.«

»Und mehr verrätst du mir nicht?« Sie kneift die Augen zusammen. »Ich mag deine neue verschlossene Art nicht.«

»Die hast du dir selbst zuzuschreiben. Dieses Monster haben Sie erschaffen, Doktor Frankenstein.«

Wieder bimmelt die Glocke, und der Türrahmen füllt sich mit einem Meter neunzig Jamie Westenberg, der, obwohl er eigentlich immer in Anzughose und Hemd steckt, heute irgendwie noch gestylter wirkt als sonst. Er trägt ein makelloses weißes Leinenhemd mit offenem Kragen, was den Blick auf seine Halsgrube frei gibt, und bequeme Hosen in einem dunklen Oliveton, der mich an Ölfarben und lange verträumte Stunden in meinem Atelier erinnert. Über seinem Arm hängt ein grau melierter Pullover, und an seinem Handgelenk blitzt eine schlanke Uhr mit Metallarmband, die seine verboten heißen Unterarme betont.

Ein anerkennendes Pfeifen durchbricht die Stille.

Ich sehe meine Schwester böse an. »Lass das.«

Sie zuckt die Achseln. »Mein Herz gehört Jean-Claude, aber hey, du siehst fantastisch aus, West!«

Wären da nicht der rote Hauch auf Jamies Wangen – ich liebe es, wie schnell er rot wird – und dieses verlegene Räuspern, wüsste niemand, wie wenig er daran gewöhnt ist, Komplimente zu bekommen. Wie unsicher er im Grunde ist, wurde mir erst bewusst, als mir das mit seinem umwerfenden Gesicht herausgerutscht war und er mich angesehen hat, als hätte ich behauptet, der Mond wäre lila.

»Ach.« Er räuspert sich noch einmal. »Ähm, danke.«

»Ich geh dann mal, Toni!«, rufe ich über die Schulter nach hinten, während ich mir meine Tasche über die Schulter hänge.

»Fick dich ganz herzlich!«, brüllt Toni. »Kannst du mir erklären, wie ich mich gleichzeitig um die Lieferung und den Laden kümmern soll?«

»Klingt, als wäre das allein dein Problem.«

»Und schlüpfrige Details über Sexy Westy hat du mir auch noch nicht verraten!«

Jamies Gesichtsfarbe wechselt auf Dunkelrot.

Jules kichert. »Ich helfe ihm. Macht, dass ihr rauskommt, ihr beiden. Los.« Sie hält mich noch kurz fest und zupft an meiner Bluse unter dem Pulli herum.

»Jules!« Ich winde mich aus ihren Fingern. »Hör auf damit.«

»Die Schleife«, sagt sie und fasst mich schon wieder an. »Du hast sie falsch gebunden. Und deine Haare, Bea. Mit ein bisschen Meersalzspray …«

»Ich finde«, mischt Jamie sich ein und sieht mir tief in die Augen, »Bea sieht fantastisch aus.« Er nimmt meine Hand und zieht mich von meiner Schwester weg. »Gehen wir.«

Jules starrt uns mit offenem Mund hinterher, als wir hinaus in die laue Abendluft treten, wo gerade die Sonne am Horizont versinkt und die Stadt in verwaschene Aquarelltöne taucht: Koralle, Pfirsich und Mandarine.

»Wow.« Ich bleibe stehen. Wenn die Natur ein solches Kunstwerk zaubert, kann ich es nicht ignorieren, und Jamie scheint nichts dagegen zu haben, sich den Sonnenuntergang ebenfalls anzusehen. Still steht er neben mir und kneift die Augen gegen die tief stehende Sonne zusammen. Als ein Wind aufkommt, schließt er sie ganz und saugt den Augenblick tief in sich ein. Nach einer Weile öffnet er sie wieder, nickt mir auf seine distinguierte Art zu, und wir gehen weiter.

Dabei fällt mir auf, dass er noch immer meine Hand hält und seine Finger nicht mehr ganz so rissig und die Knöchel weniger rot sind. Er benutzt die Creme, die ich ihm gegeben habe. Ich versuche, nicht darüber nachzudenken, weshalb die

Warnleuchte in meinem Inneren bei diesem Gedanken sofort ein wenig heller blinkt.

»Gut reagiert dort drin«, bemerke ich. »Danke.«

»Sie bemuttert dich, habe ich recht?«

Ich habe keine Ahnung, wohin wir gehen. Jamie offenbar schon. Also gehe ich einfach neben ihm her. »Ja. Sie ist älter als ich.«

»Wie bitte?« Er kann es nicht fassen. »Ihr seid Zwillinge.«

»Schon, aber Jules ist zwölf Minuten älter als ich, und so wie sie sich aufspielt, könnten es zwölf Jahre sein.«

Er verdreht die Augen. »Geschwister.«

Ich weiß nicht, welche Rolle Jamie unter seinen Geschwistern einnimmt, nur dass er drei davon hat. Das hat er mir an dem Abend mit den Schnabeltier-Leggings und PMS-Utensilien erzählt. Wir haben Cupcakes gegessen und dann, während Jamie gekocht hat, ein paar grundsätzliche Informationen ausgetauscht, um vor den Kupplern in der Bowlinghalle als Paar bestehen zu können. Eigentlich wäre ich gern geblieben, um mehr über ihn zu erfahren, aber als mir klar wurde, dass er Pasta Primavera kocht – für mich gelinde gesagt ein etwas problematisches Gericht, da ich bei so ziemlich jeder Gemüsesorte massive Schwierigkeiten mit der Konsistenz habe –, habe ich Unterleibskrämpfe und Müdigkeit vorgetäuscht und mich frühzeitig verdrückt.

Für unseren ersten Abend mit den anderen wusste ich genug, und wahrscheinlich reicht das auch jetzt noch. Ich *muss* nicht mehr über ihn wissen, würde es aber gern.

»Und welchen Platz nimmst du im Westenberg-Clan ein?«, frage ich.

»Zweitgeborener Sohn.« Als er das sagt, huscht ein Schatten über sein Gesicht, und seine Stimme kling ungewöhnlich flach, was mich argwöhnisch macht. Ich nehme es sofort wahr, wenn sich Ausdruck oder Stimme einer Person verändern, aber es fällt mir schwer, diese Veränderungen zu beurteilen. Und danach zu fragen, erfordert Mut. Mit Jamie bin ich noch nicht so weit.

Ich weiß nicht, was es ist, aber irgendetwas stimmt nicht. Also tue ich, was *mich* in einer solchen Situation beruhigen würde: Ich drücke seine Hand und streiche mit dem Finger über seine heilenden Knöchel.

»Hilft die Salbe?«, frage ich.

Jamie wirft einen Blick auf unsere Hände und runzelt die Stirn. »Wie bitte? Oh. Ja. Sehr. Ich muss die Hände bei der Arbeit so häufig waschen und desinfizieren, dass sie extrem trocken werden. Bisher hatte ich nichts, das so gut hilft. Danke noch mal.«

»Gern. Freut mich, wenn es damit besser wird.«

»Entschuldige.« Er lockert den Griff. »Ich hatte gar nicht bemerkt, dass ich immer noch deine ...«

»Das ist schon in Ordnung.« Ich verschränke meine Finger fest mit seinen. »Außerdem müssen wir üben. Wegen der ... Glaubwürdigkeit.«

»Ach ja, richtig.« Er sieht mich an. Der dunkle Schatten ist aus seinem Gesicht verschwunden, und ein angedeutetes Lächeln macht sich breit. »Wegen der Glaubwürdigkeit.«

»Das ist die beste Pho, die ich je gegessen habe.« Geschickt arbeite ich um das Gemüse herum, in der Hoffnung, dass es nicht auffällt, und schiebe mir eine Ladung Reisnudeln in den Mund.

Mit einem zustimmenden Brummen löffelt Jamie seine Brühe.

Wobei ich definitiv nicht auf seine Lippen starre.

Nur ein bisschen.

Er sieht einfach zu gut aus hier drin. Ideale Lichtverhältnisse für ein Chiaroscuro. Meine Finger sehnen sich nach meinen Kohlestiften, während meine Vorstellungskraft mein Gehirn martert. Aber ich reiße mich zusammen und sperre den Drang, ihn zu zeichnen, in eine mentale Besenkammer, die schon überquillt von Jamie-Dingen. Seinen Küssen. Seinem süchtig machenden Geruch. Seinem festen, warmen Griff, wenn er meine Hand hält. Dem Leuchten seiner Augen, wenn das Licht auf sein Gesicht fällt … Ich kann die Tür zu dieser Besenkammer kaum noch öffnen, ohne zu riskieren, dass die Lawine, die mir dann entgegenkommt, mich unter sich begräbt. Dieser Gedanke gefällt mir ganz und gar nicht, denn er beweist, wie viele Dinge ich an dem geschniegelten und gebügelten Jamie Westenberg im Grunde mag – obwohl er redet, als wäre er bei *Jeopardy!*, und mich insgeheim dafür verurteilt, dass ich meine Bauchspeicheldrüse mit zu viel Zucker quäle.

Mir einzugestehen, wie sehr ich mich zu Jamie hingezogen fühle, ist ein Risiko, das ich nicht eingehen kann. Also stopfe ich weiter alles in meine mentale Besenkammer und stemme mich mit der Schulter gegen die Tür. »Ich kann nicht glauben, dass ich noch nie von diesem Restaurant gehört habe«, sage ich nach einem Schluck von meiner Limonade.

»Ein gut gehüteter Geheimtipp«, entgegnet er. Er legt den Löffel ab, und sein Blick heftet sich auf meine Schüssel. Mist, ich bin aufgeflogen. »Du isst dein Gemüse gar nicht. Schmeckt es dir nicht?«

»Hmm.« Unter dem Tisch zapple ich mit den Beinen. »Könnte man so sagen.«

Jamie sieht mich argwöhnisch an. »Was erzählst du mir nicht?«

Ich wünschte wirklich, es wäre mir egal, den gesundheitsbewussten Arzt in ihm immer wieder enttäuschen zu müssen, aber aus irgendeinem Grund ist es das nicht. Deshalb habe ich ihm das mit dem Gemüse auch so lange verheimlicht. »Ich … also ich … esse eigentlich kein Gemüse.«

Er blinzelt mich an. »Du isst *kein* Gemüse?«

Ich rutsche auf meinem Stuhl herum und umklammere meine Halskette, ein weiches Lederband mit kleinen Anhängern aus Holz und Metall, an denen ich gern herumfingere, wenn meine Hände etwas zu tun brauchen. »Mm-hmmm.«

Ich wappne mich für einen Vortrag über eine ausgewogene Ernährung und gesunde Essgewohnheiten. Aber er kommt nicht.

Stattdessen sagt Jamie: »Verstehe. Hast du ein Problem mit der Konsistenz?«

Wow. Damit hatte ich jetzt nicht gerechnet. »Ähm. Ja.«

»Darum hast du die Flucht ergriffen, als ich bei mir Pasta Primavera gekocht habe.« Seufzend presst er die Finger an den Nasenrücken. »Ich hätte dich fragen müssen, was dir schmeckt. Ich habe mich im vergangenen Jahr so daran gewöhnt, nur für mich zu kochen, dass ich nicht daran gedacht habe. Tut mir leid.«

»Das macht nichts, Jamie.«

»Doch«, sagt er fest. »Das war äußerst rücksichtslos.«

Unter dem Tisch trete ich sanft gegen seinen Fuß. »Bitte, mach dir jetzt keine Vorwürfe.«

Er sieht mich an. »Ich fühle mich schrecklich. Ich hätte auch etwas anderes kochen können. Etwas, das dir schmeckt. Wie ist es mit pürierter Gemüsesuppe?«

»Damit habe ich bisher keine guten Erfahrungen gemacht. Entweder ist sie klumpig oder zu dickflüssig. Ich bekomme sie einfach nicht runter. Hin und wieder schaffe ich ein knackiges

Stück halbrohen Brokkoli oder Karotten, aber das war's dann auch schon.«

»Ah, richtig.« Seine Mundwinkel zucken. »An deine Begeisterung für Babykarotten kann ich mich lebhaft erinnern.«

Ich muss lachen. »Tut mir leid, das war nicht gerade eine meiner Glanzleistungen. Aber du hättest dein Gesicht sehen sollen, als die Karotte deine Stirn getroffen hat.«

Er zieht eine Augenbraue nach oben und versucht sich an einem strengen Blick, aber sein Mund verrät, dass er gegen ein Lächeln kämpft. »Meine Brille hat danach tagelang nach Mayonnaise gerochen.«

»O nein.« Ich ziehe eine Grimasse. »Das tut mir echt leid.«

Er tritt mich unter dem Tisch zurück. »Okay. Ich übertreibe. Nur bis ich sie zu Hause geputzt habe.«

»Vergibst du mir? Nun, da du weißt, wie sehr ich Gemüse hasse.«

»Ich vergebe dir.« Lächelnd schiebt er sich einen Löffel Pho in den Mund.

»Verdammt, Jamie. Du lässt mich ganz schön schlecht aussehen. Ich mache mich über deine gesunde Ernährung lustig, und du akzeptierst kommentarlos meine Gemüseaversion.«

»Ich bin mit dem Problem vertraut, medizinisch«, erklärt er. »Viele Menschen jeglichen Alters haben Probleme mit der Sinneswahrnehmung. Kein Grund, sie deshalb zu verurteilen.«

Mir wird warm. Der unkritische Jamie ist irgendwie süß.

»Aber ansonsten schmeckt dir die Pho?«, fragt er mich. »Zumindest die Brühe und die Nudeln?«

»Ich liebe sie. Das ist, ohne zu übertreiben, die beste Pho, die ich je gegessen habe. Wer hat dir diesen Laden empfohlen?«

Ich sehe mich in dem winzigen Lokal um, von dem ich nie gedacht hätte, dass es Jamie Westenbergs gastronomischem Geschmack entspricht. Ich hätte vermutet, dass er es bevorzugt, in einem edlen Ambiente zu speisen, untermalt von Klaviermusik und dem gedämpften Klirren von Kristallgläsern. Stattdessen sitzen wir, eingehüllt in den Geruch unbekannter Gewürze und Räucherstäbchen, im *Pho Ever*, das ich nur als fröhliches Chaos aus ungleichen Tischen und farbenfrohen Wandteppichen beschreiben kann.

Er lehnt sich zurück und verschränkt die Arme vor der Brust. »Ist es denn so unvorstellbar, dass ich dieses witzige Restaurant selbst entdeckt habe?«

»Ja«, sage ich ihm ganz ehrlich.

Ich ernte dafür ein goldenes Jamie-Lächeln – klein, schief und hart verdient. »Okay, du hast recht. Ich habe es über meine Kollegin Anh gefunden. Es gehört ihrem Onkel, und vor ein paar Monaten hat sie die Praxis mit Mittagessen von hier verwöhnt. Danach war es unmöglich, bei einem anderen Vietnamesen zu essen. Normalerweise bestelle ich nur zum Mitnehmen, aber heute Abend schien mir ein guter Anlass für eine Ausnahme zu sein.«

»Warum?«

Jamie nimmt die Brille ab, zieht ein kleines quadratisches Tuch aus seiner Brusttasche und putzt akribisch die Gläser. »Ich dachte, es würde dir hier gefallen.«

»Du hast es für mich ausgesucht?«

Er setzt die Brille wieder auf und sieht mich an. »Ja.«

Seine Antwort klingt so selbstverständlich und belanglos. Warum hüllt sie die Welt in rosarote Zuckerwatte und erfüllt mich mit Glückseligkeit?

»Und gefällt es dir hier?«, hakt er nach.

»Ja.« Ich lächle. »Es ist genau meine Art von Restaurant.«

»Gut«, sagt er leise. Dann senkt er den Blick und rührt in seiner Brühe.

Nachdem wir einen Moment geschwiegen haben, räuspere

ich mich und lege meinen Löffel weg. »Also, wir sind ja hier, um uns besser kennenzulernen. Wir könnten noch ein paar Grundsatzinformationen austauschen, nachdem ich mich das letzte Mal frühzeitig aus dem Staub gemacht habe.«

»In Ordnung«, willigt er ein. »Du zuerst.«

»Warum ich?«

Er sieht mich an und schiebt sich die Brille höher auf die Nase. »Weil es deine Idee war.«

Ich verdrehe die Augen. »Na gut. Über meine Schwestern weißt du ja schon Bescheid, und dass ich die Kunsthochschule besucht habe, weißt du auch.«

Er nickt.

»Ich wohne schon mein ganzes Leben hier in der Stadt«, erzähle ich weiter. »Ich liebe das Stadtleben, weil es mir vertraut ist. Aber ich bin auch eine Zeit lang mit meiner Schwester Kate durch Europa gereist. Es war das Anstrengendste und Aufregendste, was ich je getan habe. Irgendwann einmal möchte ich noch mehr reisen. Meine Lieblingsjahreszeit ist der Herbst, mein Lieblingsessen Zucker …«

Jamie seufzt und schüttelt den Kopf.

Ich schenke ihm ein Lächeln. »Ich liebe es, zu zeichnen und laut Musik zu hören. Oh, und natürlich habe ich Phobien. Zum Beispiel einen echten Horror vor Fledermäusen.«

»Eltern?«, fordert er mich auf weiterzureden.

»Mein Dad, Bill, ist ziemlich entspannt, ein Literaturprofessor im Ruhestand. Meine Mom, Maureen, ist eine begnadete Gärtnerin, ehrenamtliche Bibliothekarin und verträgt mehr Whisky als jeder, den ich kenne …«

»Moment.« Jamie beugt sich vor. »Dein Vater heißt Bill Wilmot. Also …«

»William Wilmot.« Ich esse einen Löffel Pho. »Ja. Ist das nicht grausam?«

»Schon, aber nicht ungewöhnlich. Manchmal kann ich nicht glauben, was für Namen man meinen kleinen Patienten aufbürdet.«

»Oh, erzähl.«

Er sieht mich vorwurfsvoll an. »Das kann ich nicht. Es verstößt gegen die ärztliche Schweigepflicht.«

»Quatsch, ärztliche Schweigepflicht. Komm schon. Sag mir den lächerlichsten, abgedrehtesten Namen …«

»Nein, Beatrice. Keine Chance. Nächste Frage.«

Ich puste mir den Pony aus dem Gesicht. »Verstößt du eigentlich jemals gegen deine moralischen Grundsätze?«

»Wenn man bedenkt, dass ich in einem für mich untypischen Pho-Lokal mit einer Frau sitze, mit der ich mich nur treffe, um einen Racheplan zu schmieden, den ich anfangs rigoros abgelehnt habe – ja.«

»Okay. Ich hab's verstanden.«

»Gut. Aber erzähl mir noch mehr von dir.«

Ich werfe ihm einen empörten Blick zu. »Ich würde mal sagen, jetzt bist du an der Reihe, James.«

»Na schön.« Er lehnt sich zurück und faltet die Hände vor seinem flachen Bauch. Ich muss wirklich aufhören, Jamie ständig mit den Augen auszuziehen, aber das ist schwer. Ich bin eine ausgebildete Aktmalerin. Ich kann nicht anders, als Menschen mit den Augen auszuziehen, schon gar nicht, wenn sie so heiß sind wie er. »Mein Vater ist Chirurg, Abkömmling einer langen Reihe von Chirurgen, worauf er sehr großen Wert legt. Er ist Engländer – oder besser gesagt, sein Vater war Engländer, seine Mutter ist Amerikanerin. Er hat die doppelte Staatsangehörigkeit, ist in England aufgewachsen, hat aber hier in den USA Medizin studiert. Meine Mutter ist Französin, alter Geldadel, sie hatte nie Interesse an einer beruflichen Karriere und leistet eine Menge Wohltätigkeitsarbeit.«

Damit erklärt sich auch seine Art zu reden. Er klingt so anbetungswürdig distinguiert, dezent kühler und vornehmer als amerikanische Typen.

»Ich war auf einem Internat«, sagt er weiter. »Danach habe ich ein College zur Vorbereitung auf das Medizinstudium besucht, dann Medizin studiert, und hier bin ich nun.«

»Ooookay. Und … was sind deine Hobbys?«

Er sieht zur Decke und überlegt. »Sport. Kochen. Lesen. Arbeiten.«

»Arbeiten ist kein Hobby.«

»Für mich schon. Ich liebe meine Arbeit.«

Ich unterdrücke ein Lächeln. »Und warum Kinder?«

»Weil das für einen praktizierenden Arzt der beglückendste Fachbereich ist. Natürlich muss auch ich immer wieder Patienten mit besorgniserregenden Symptomen an Spezialisten überweisen, aber im Allgemeinen sorge ich dafür, dass die kleinen Menschen gesund bleiben, und sehe sie aufwachsen.« Er zuckt die Achseln. »Für mich ist das eine sinnstiftende Aufgabe und sehr viel weniger deprimierend als die Arbeit vieler Spezialisten.«

»Das ist …«, ich senke den Kopf, »echt schön.«

Jamie wird rot und konzentriert sich darauf, seine Uhr gerade zu rücken.

»Und was liest du so?«

»Eigentlich alles. Romane, Sachbücher, Gedichte. Bücher sind meine Art, Abenteuer zu erleben. Ich sitze bequem auf meiner Couch und erforsche unbekannte Gefilde.«

Ich lächle. »Gut formuliert. Ängste?«

Er denkt nach. »Ich habe eine Höllenangst davor, unerwartet in einen Flashdance zu geraten.«

Ich schüttle mich und proste ihm mit meinem Limonadenglas zu. »Dito.« Wir stoßen an.

»Schlimmster Kuss?«, frage ich weiter.

Er blinzelt. »Wie bitte?«

»Dein schlimmster Kuss.«

»Und wozu musst du das wissen?«

Weil ich einen winzigen Riss in deiner Rüstung suche.

»Das klingt, als würdest du nach Material suchen, mit dem du mich aufziehen kannst«, protestiert er.

Ich forme mit den Händen einen Heiligenschein über meinem Kopf. »Wer? Ich? Stell dich nicht so an. Wir machen uns doch nur vertraut. Eine Freundin würde so etwas wissen.«

Er legt den Kopf schief und mustert mich. »Sarah Llewlyn. Elfte Klasse. Frühlingsball. Es war grauenhaft. *Ich* war grauenhaft. Und deiner?«

»Heidi Klepper. Heidi war großartig. Ich nicht. Ich war etwas übereifrig mit der Zunge. Es war ein Desaster.«

Jamie lacht und wendet sich wieder seiner Suppe zu.

Mir wird bewusst, dass ich mich gerade unabsichtlich geoutet habe. Und er davon … völlig unbeeindruckt ist. »Ähm, also, nach dem, was ich eben gesagt habe, ist wahrscheinlich klar, dass ich nicht heterosexuell bin …« Meine Stimme versagt, und Jamie stupst mich unter dem Tisch mit dem Fuß an.

Er sieht mich an. »Ich habe vielleicht einen Stock im Arsch, aber ein bisschen was darfst du mir schon zutrauen«, sagt er freundlich. »Ich habe keinerlei Vermutungen über deine sexuelle Orientierung angestellt.«

Mein Herz pocht gegen meine Rippen. Ich habe einen überwiegend queeren Freundeskreis, meine Schwester ist bi, ich bin pan. Meine kleine Welt ist ausgesprochen offen und unterstützt mich in dem, wie ich bin. Natürlich sind Stadtmenschen diesbezüglich eher progressiv, aber man weiß nie, ob man von der Einstellung anderer nicht doch enttäuscht wird. »Ich dachte, es überrascht dich vielleicht.«

»Das wäre unausstehlich, heteronormativ von mir, oder nicht?«, sagt er und nippt an seinem Grüntee.

Ich lächle. Er lächelt. Und es wird ein bisschen wärmer im Raum. »Ja.«

Er stellt den Tee ab. »Wenn du darüber reden möchtest, höre ich gern zu. Sag mir, was ich als dein Partner wissen muss. Oder vermeintlicher Partner. Also … du weißt schon, was ich sagen will.« Er wird rot und schiebt sich erneut die Brille höher auf die Nase.

»Ich liebe Menschen für das, was sie ausmacht, nicht für das, was in ihren Kleidern steckt«, sage ich und zeige auf sein Bánh-bao. »Und ich liebe Dumplings.«

Mit einem Lächeln schiebt Jamie den Teller zu mir rüber. »Bedien dich.«

Ich räume meine Pho-Schüssel aus dem Weg und schnappe mir mit meinen Stäbchen den letzten Dumpling. »Was ist mit dir? Falls du überhaupt darüber reden willst. Wenn nicht, ist das auch in Ordnung.«

Er legt den Kopf schief und starrt in seinen grünen Tee. »Ich habe mich immer nur zu Frauen hingezogen gefühlt, bin aber eher von der langsamen Sorte.« Er zögert. »Es dauert seine Zeit, bis ich mich in einer Beziehung … wohlfühle.«

»Fühlst du dich …« Ich schlucke und stoße unter dem Tisch sanft mit dem Knie gegen seines. »Fühlst du dich mit mir wohl?«

Unsere Blicke treffen sich, und mir wird warm. »Ja. Obwohl es mich schmerzt, wenn du mich als griesgrämigen Steinbock beschimpfst.«

Lachend lege ich den Kopf in den Nacken. »Als streitsüchtiger Krebs liegt das in meiner Natur.«

»Ja, ich weiß. Ich habe meine Hausaufgaben in Astrologie gemacht und mich über Krebse informiert.« Er schüttelt den

Kopf. »Klingt nach einem anstrengenden Dasein. Ich hoffe, du kannst nachts gut schlafen.«

Ich lache noch lauter, und auch Jamie entschlüpft ein angenehm sonores Glucksen. Dann verstummt das Gelächter, und ein neues, friedliches Schweigen breitet sich zwischen uns aus. Als Jamie mir tief in die Augen sieht, habe ich das Gefühl, einer sich zurückziehenden Welle hinterherzusehen und dabei komplett die Orientierung zu verlieren.

»Also …« Ich kämpfe gegen diese heftige Unterströmung, die mich zu ihm hinziehen will, an und konzentriere mich darauf, aufrecht zu sitzen. »Und was sagst du zu unserem Auftritt beim Bowling? Mal abgesehen davon, dass wir die unbesiegbaren Champions sind?«

Ich lege meine Essstäbchen auf den leeren Bánh-bao-Teller, und Jamie winkt der Bedienung. »Nun, ich würde ihn einen Erfolg nennen. Ich denke, wir waren sehr überzeugend.«

Der Kuss war verdammt überzeugend. Allein der Gedanke daran jagt mir eine heiße Welle durch den Körper. Seine Hände auf meiner Hüfte, sein Mund auf meinem, jede Berührung unserer Lippen intensiver, gieriger als die letzte. Ich presse meine Schenkel zusammen. »Ja.« Es klingt wie ein Piepsen. »Das denke ich auch.«

Die Bedienung legt das Tablett mit der Rechnung auf den Tisch, und noch bevor ich nach meiner Tasche greifen kann, hat Jamie schon das Portemonnaie gezückt und ein Bündel knisternder Scheine unter die Rechnung geklemmt – natürlich bezahlt er bar. Dann steht er auf und zieht mir den Stuhl zurück.

»Ich wollte die Rechnung teilen, Jamie.«

»Bitte, Bea. Für irgendetwas muss ich mein Geld ausgeben. Sonst veranstalte ich Shopping-Orgien für Sir Galahad und Morgan le Fray. Ich kann mein hart verdientes Geld doch nicht ausschließlich in Katzenbäume, batteriebetriebene Plastikfische und handgestrickte Mäuse investieren.«

Mit einem resignierten Seufzen ziehe ich einen zerknitterten Zehn-Dollar-Schein aus der Tasche und lege ihn als Extratrinkgeld zu seinen ordentlichen Zwanzigern. Bea und Jamie in Kurzfassung.

»Sag mal«, frage ich, während wir uns einen Weg durch die Tische nach draußen bahnen, »bügelst du deine Zwanzig-Dollar-Scheine eigentlich vor oder nach deiner Unterwäsche?«

Er bricht in lautes Lachen aus. »Ich bitte dich, Beatrice. Selbstverständlich *lasse* ich mein Geld bügeln. Genau wie meine Unterwäsche.«

Ich bleibe abrupt stehen. »Hast du …?« Ungläubig starre ich ihn an. »Hast du da eben einen Witz gemacht?«

Er sieht mich an. »Ich denke, ja.«

Eine frische nächtliche Brise weht uns um die Nasen, und auf dem Bürgersteig vollführt das erste Herbstlaub einen Stepptanz. Jamies seltene Lockerheit wärmt die Luft zwischen uns, was mir den Mut verleiht, wie er über meinen Schatten zu springen und ihm die eine Sache zu gestehen, für die ich beim Essen zu nervös war. »Jamie?«

»Ja, Bea.«

Ich atme einmal tief durch und sehe ihn an. »Ich bin autistisch. Ich habe es dir nicht gleich gesagt, weil ich das nie tue und ich die Erfahrung gemacht habe, dass lange Erklärungen sich nicht lohnen, bevor ich mir nicht sicher bin, dass jemand in meinem Leben eine Rolle spielen wird. Aber nun, da wir diese … vorgetäuschte Beziehung haben und versuchen, Freunde zu sein, ist das ja der Fall. Deshalb will ich ehrlich mit dir sein.«

Jamie kommt sofort einen Schritt auf mich zu, nimmt meine Hand und drückt sie. Keiner von uns sagt etwas. Es ist die

Art von Schweigen, von der mir langsam klar wird, dass er sie genauso sehr mag wie ich – ein Schweigen, das Raum lässt für Tagträume und Zeit, die richtigen Worte zu finden.

»Danke, dass du es mir gesagt hast«, flüstert er. »Für dein Vertrauen.«

Ich lächle ihn an. Ich bin so erleichtert, dass ich zehn Zentimeter über dem Bürgersteig schwebe.

»Falls es irgendetwas gibt, das ich tun kann, um es zwischen uns leichter zu machen, sagst du es mir?«

Mein Herz gerät ins Trudeln. Verdammt. Warum ist mein falscher Freund so perfekt?

»Ja, Jamie. Versprochen.« Ohne seine Hand loszulassen, will ich weitergehen, komme aber gerade mal bis zur Bordsteinkante, bevor mein Arm sich streckt und ich zurückstolpere. Jamie ist wie angewurzelt stehen geblieben.

»Beatrice?«

»Ja, James?«

Sanft zieht er mich zu sich, bis wir ganz nah voreinander stehen, und schaut mir tief in die Augen. »Es bedeutet mir sehr viel, dass du es mir gesagt hast.«

»Und mir bedeutet es sehr viel, dass du mich deshalb nicht anders siehst.«

Der Wind weht mir eine Haarsträhne ins Gesicht, und er streicht sie mir hinters Ohr. »Ich sehe dich nicht anders, ich sehe dich besser.«

Mein Herz sprengt fast meine Brust. »Das hast du schön gesagt.«

Er schluckt und drückt meine Hand. »Ich …« Er räuspert sich. »Eine Hand wäscht die andere. Ich habe Angststörungen, Zwänge. Ich nehme Medikamente und bin in Therapie.«

Ich drücke seine Hand und streiche mit dem Daumen in sanften Kreisen um seine Knöchel. »Danke, dass du mir auch vertraust. Und das Gleiche gilt für dich: Sag mir, was ich tun kann, damit es zwischen uns leichter wird.«

Jamie sieht mich mit ernsten Augen an. »Das werde ich.«

»Gut«, entgegne ich mit einem Lächeln.

Schweigend stehen wir einander gegenüber und sehen uns an. Es ist ein Gefühl, als stünde ich zum ersten Mal nackt vor einem neuen Liebhaber. Nervös. Aufgeregt. Fasziniert und unbeholfen zugleich. Und ich denke, Jamie geht es genauso.

Als wir weitergehen, entspanne ich mich ein wenig, obwohl ich mich immer wieder dabei ertappe, wie ich ihn verstohlen in diesem neuen Licht betrachte – sehr viel öfter, als ich sollte.

Anfangs hatte ich keine Ahnung, was ich von Jamie halten soll. Er war kühl, abweisend und schwer zu interpretieren. Er hat nichts von sich preisgegeben. Aber mittlerweile weiß ich aus unseren Chats, wie witzig er sein kann – wenn das Drumherum stimmt, auch live. Ich weiß, dass er ein guter Koch ist, tierlieb, und Monatsblutungen ihn nicht verschrecken. Dass er bereit ist, Regeln zu brechen, und auch mal vor dem Abendessen einen Cupcake verdrückt. Und dass er mich jetzt, wo er meine sexuelle Orientierung und meine psychischen Probleme kennt, nicht anders sieht, sondern besser. Ich weiß, dass er unter Ängsten und Zwängen leidet, die andere Menschen niemals zugeben würden, und ich weiß auch, dass er sich bei mir sicher fühlt und mir vertraut.

Ich mochte ihn von Anfang an, auch wenn ich mir das nur widerwillig eingestanden habe, und jetzt, wo ich ihn mit anderen Augen sehe, mag ich ihn sogar noch mehr. Das gefällt mir nicht. Genauso wenig wie die Tatsache, dass es mich tröstet, wie er gerade meine Hand hält und sie ein wenig drückt. Aber abstreiten kann ich es auch nicht.

Meine mentale Besenkammer ächzt bedenklich, als ich mich mit meinem ganzen Gewicht gegen die Tür stemme. Aber ich kann da unmöglich rein. Nicht einmal einen schnellen Blick hineinwerfen. Sonst purzelt mir alles entgegen. Und dann?

»Da sind wir«, sagt er.

Erstaunt hebe ich den Blick und sehe, dass wir vor meinem Apartment-Komplex stehen. »Wir sind schon zu Hause?«

»*Du* bist zu Hause.« Er zeigt mit dem Daumen über seine Schulter. »Ich muss noch fünf Minuten in diese Richtung.«

»Ich wohne so nah beim besten Pho-Restaurant der Stadt?«

»Wenn zwanzig Minuten zu Fuß für dich nah sind, ja.«

»Wir sind zwanzig Minuten gelaufen?« Mir wird bewusst, dass ich wie ein desorientierter Papagei klingen muss, und ich werde rot. »Oh, das tut mir leid, Jamie. Ich bin mal wieder komplett weggedriftet. Du darfst das bitte nicht persönlich nehmen. Manchmal verliere ich mich einfach in meinen Gedanken …«

»Bea.« Ein schiefes Lächeln huscht über sein Gesicht. »Ich habe auch geschwiegen und unseren Spaziergang sehr genossen.«

Er tritt einen Schritt zur Seite und nimmt seine Wärme und seinen Duft nach frischem Holz mit sich. Dann drückt er die Eingangstür auf, begleitet mich hinein und nickt mir zu. Ein Jamie-Nicken. Ernst, fast schon ritterlich.

»Gute Nacht, Bea.«

»Warte.«

Er bleibt noch einmal stehen und greift nach der Tür, kurz bevor sie zwischen uns zuschlägt. »Ja?«

»Möchtest du noch mit hochkommen?«, frage ich unsicher. »Und … Cornelius kennenlernen?«

Für einen Moment schweigt er, dann tritt er ins Foyer. »Ein Treffen mit einem Igel kann ich wohl kaum ausschlagen.«

18

Jamie

Als wir die Wohnung betreten, bleibt Bea abrupt stehen. Juliet und Jean-Claude sitzen Seite an Seite auf dem Sofa, Jean-Claude mit dem Laptop auf dem Schoß und einem Stapel Papieren neben sich, Juliet zusammengerollt in seinem Arm mit einem Buch.

»Ups«, murmelt Bea, als ich die Tür hinter uns schließe. »Die beiden hatte ich total vergessen.«

Juliet sieht auf, und ihr konzentriertes Gesicht beginnt zu strahlen. »BeeBee! West!« Sie klappt das Buch zu und setzt sich auf. »Kommt zu uns. Jean-Claude, pack deine Akten weg.«

Er wirft einen schnellen Blick über die Rückenlehne des Sofas und nickt uns höflich zu. »Ich kann nicht. Christopher hat mir einen Riesenberg Arbeit aufgehalst.« Er klingt ein klein wenig verbittert.

»So ist das eben, wenn man erstklassige Arbeit leistet und befördert wird.« Juliet drückt ihm einen Kuss auf die Wange, dann wendet sie sich uns zu. »Wollt ihr einen Drink? Was zum Knabbern …?«

»Nein«, sagt Bea und zieht liebevoll an einer der Strähnen,

die sich aus Juliets Haarknoten gelöst hat. »Ich möchte ihm nur schnell Cornelius vorstellen. Aber danke.«

Sie macht ein langes Gesicht. »Oh. Sicher nicht?«

»Juliet«, weist Jean-Claude sie zurecht. »Lass die beiden in Ruhe und setz dich wieder zu mir.«

Bea wirft ihm einen finsteren Blick zu, aber ihre Schwester verdreht nur lächelnd die Augen. »An Jean-Claudes Begeisterung für Pärchenabende arbeiten wir noch.«

Er seufzt, nimmt einen Schluck von seinem Whiskey und spielt den Genervten. Jean-Claude hat sich noch nie gern mit anderen Leuten getroffen, wenn er eine Freundin hatte. Je länger eine Beziehung hält, umso weniger sehe ich von ihm.

»Danke für das Angebot«, lehne ich ab. »Aber ich muss morgen arbeiten. Ich kann nicht lange bleiben.«

»Alles klar«, sagt sie und sieht grinsend zwischen uns hin und her.

»Hör auf damit«, ermahnt Bea sie. »Dein zweideutiges Grinsen ist unerträglich.« Sie nimmt meine Hand und zieht mich den Flur entlang. »Hattest du schon einmal einen Igel in der Hand?«, fragt sie mich über die Schulter.

»Nein, noch nie.«

Sie öffnet eine Tür am Ende des Flurs. »Ist keine große Sache. Du bekommst eine Einführung von mir.«

Auf der Türschwelle bleibe ich überrascht stehen. Ihr Zimmer ist wunderschön. Dunkelblaue Wände, weiße Laken auf dem Bett, darüber eine schwer aussehende, türkisfarbene Tagesdecke. Ein Tisch, übersät mit Malutensilien in allen Farben des Regenbogens, und ein knalloranger, eiförmiger Sessel, der von der mit farbenfrohen Tüchern abgehängten Decke baumelt.

»Achte einfach nicht auf die Unordnung«, sagt sie, rafft einen Berg Wäsche zusammen und stopft ihn schnell in den

Schrank. Ein dunkelvioletter Slip landet auf dem warmen Holzboden, aber Bea bemerkt es nicht.

Ich schon. Er ist schlicht. Keine Spitze. Nichts Extravagantes. Und trotzdem sorgt er dafür, dass ich fast keine Luft mehr bekomme und mir das Blut in die Leisten schießt.

Ich drehe mich um, schließe die Augen und atme tief durch. Was aber auch nicht hilft, da sich Beas sinnlich weicher Duft nach sonnengereiften Feigen und Sandelholz hier drin noch konzentriert, mich umschließt wie eine zärtliche Umarmung, und das quälende Verlangen in mir weckt, sie auf ihr Bett zu werfen und einzuatmen, während ich mich langsam immer tiefer küsse und sie dann koste, süß und warm.

»Jamie?«

Ich reiße die Augen auf. Bea steht direkt vor mir. Sie sieht besorgt aus. »Geht es dir gut?«

»Tut mir leid. Ich habe Probleme mit den Augen.«

»Möchtest du Tropfen? Ich habe überall welche herumstehen. Wenn ich in einer Zeichenphase bin, tun mir auch immer die Augen weh. Nicht, dass das in letzter Zeit allzu oft passiert wäre.«

»Nein danke. Es geht schon.«

»Okay.« Sie marschiert zu einer mehrstöckigen Konstruktion aus Naturholz und Maschendraht.

»Wie kommt es, dass du momentan kaum noch längere ›Zeichenphasen‹ hast? Ist im Laden zu viel zu tun?«, frage ich, während ich ihr hinterhergehe.

Zunächst antwortet sie nicht und beugt sich stattdessen über Cornelius' Wohneinheiten. »Ich war in letzter Zeit nicht sonderlich erfolgreich mit meinen Zeichnungen«, gesteht sie dann leise und späht durch den Deckel aus Maschendraht. »Ich habe eine kreative Blockade.«

»Das tut mir leid. Muss ziemlich frustrierend sein.«

»Ist es. Aber das wird wieder. Ich hatte das schon einmal und habe es überwunden.«

»Und wie?«

»Mit Geduld – ich habe einfach gewartet, bis die Inspiration von allein zurückkommt – und sehr vielen von Tonis Keksen.«

Bea schiebt den Deckel der Igelbehausung zur Seite, unter dem ein ausgehöhlter Holzklotz mit einer runden Öffnung zum Vorschein kommt. Daneben liegt ein Haufen Kieselsteine. Es gibt ein kleines Zelt mit Birkenrindenmuster, und in einer Ecke liegt eine kleine Stofftasche, die aussieht wie …

»Ist das ein *Doughnut*?«

Bea dreht sich grinsend zu mir um. »Von Kate, meiner kleinen Schwester. Sie hat einen fast krankhaften Doughnut-Tick und näht gern«, erklärt sie und wendet sich wieder dem Igelbau zu. Dann beugt sie sich über den Holzklotz und senkt die Stimme. »Kate ist Fotojournalistin und fast nie zu Hause. Deshalb schickt sie uns Dinge, die uns das Gefühl geben sollen, sie wäre hier. Und es funktioniert. Jedes Mal, wenn ich Cornelius' kleinen Doughnut-Schlafsack sehe, denke ich an sie.«

Ich beobachte, wie Bea mit konzentriertem Gesicht ein leises Geräusch macht und in den Holzklotz späht. »Ihr steht euch sehr nahe«, bemerke ich. »Du und deine Schwestern.«

»Ja, das stimmt.«

»Das muss schön sein.«

»Ist es. Aber die Nähe bringt auch Konflikte mit sich. Du hast mich und Jules ja erlebt. Es gibt Höhen und Tiefen. Oooh, da ist er ja!« Ihre Stimme wird süß und melodisch. »Hallo, Kleiner!«

Ein winziger Igel streckt die Nase aus dem Holzklotz, schnüffelt ein bisschen herum und krabbelt dann auf Beas Hände.

»Cornelius«, sagt sie mit ernster Stimme. »Es gibt da etwas, das dir vielleicht nicht gefallen wird. Trotzdem muss ich es dir sagen. Du bist nicht der einzige Mann in meinem Leben. Nicht mehr. Es gibt einen anderen.«

Cornelius hebt vorsichtig den Kopf und sieht mich mit seinen kleinen schwarzen Augen an. »Na, herzlichen Dank, dass du ihm erzählst, ich hätte dich ihm unter der Nase weggeschnappt. Dafür wird er mich sicher *lieben*.«

»Ach, er wird darüber hinwegkommen. Ein paar mehr Würmer, und die Sache ist Schnee von gestern.« Sie streicht ihm mit der Hand über die Stacheln. »Oder besser, Sand von gestern.«

»Ist dieser Klotz eine Art Sandkasten?«

»Mm-hmm«, flüstert sie und beobachtet Cornelius.

Zärtlich hält Bea die stachelige Kreatur. Sie zeigt dabei keinerlei Berührungsängste. Offenbar mag sie stachlige Dinge, denen man sich normalerweise nur zögernd nähert. Der Gedanke lockert den Knoten aus Angst in meiner Brust, und mir wird leichter ums Herz. Wenn sie dieses winzige Wesen liebt, mit Stacheln und allem, vielleicht kann sie dann auch mich …

Nein, nicht lieben. Natürlich nicht. Aber vielleicht … verstehen. Das wäre schon eine große Seltenheit.

Sie erwischt mich dabei, wie ich sie anstarre, und lächelt.

»Sorry. Wenn ich ihn in der Hand halte, drifte ich oft ab. Manche Leute haben einen Therapiehund, ich habe einen Therapieigel.«

»Du wirkst sehr vertraut mit ihm. War es immer so leicht mit dem kleinen Stachelball?«

Sie lacht leise. »Die Stacheln sind gar nicht *so* spitz. Nicht wie beispielsweise bei Stachelschweinen.« Sie küsst seine Nasenspitze. »Aber nein, es war nicht immer leicht. Wir haben viel Zeit und Geduld gebraucht. Einmal hat er sich um meinen Finger zusammengerollt – das war gar nicht witzig.«

»Wie lange hat es gedauert, bis ihr euch aneinander gewöhnt habt?« Sie legt den Kopf schief und beobachtet Cornelius, der auf ihren Händen herumschnüffelt, als suche er etwas. »Ehrlich gesagt, kann ich mich nicht genau erinnern. Aber ziemlich lange. Davor war er bei jemandem, dem die Idee gefallen hat, einen Igel zu halten, aber nicht darauf vorbereitet war, wie viel Arbeit das ist.«

»Das passiert oft mit Haustieren.«

»Zu oft. Die Leute sollten sich keine Tiere anschaffen in dem Glauben, dass diese ihren Erwartungen entsprechen. Man muss jedes Lebewesen so nehmen und lieben, wie es ist.«

Ein schwaches Lächeln zerrt an meinen Lippen. »Das gelingt den meisten nicht einmal mit anderen Menschen, ganz zu schweigen von Tieren.«

»Trotzdem sollten sie sich bemühen«, sagt sie und dreht sich zu mir um. »Willst du ihn mal halten?«

Ich werfe einen Blick auf seine Stacheln. »Vielleicht sollten wir uns zuerst besser bekannt machen.«

»Jamie Westenberg. Du hast doch nicht etwa Angst?«

»Bea Wilmot. Du versuchst hier doch nicht etwa, mich mit Kindergartentaktiken unter Druck zu setzen?«

Sie schenkt mir ihr Bea-Lächeln, bei dem ihre Augen die Farbe des Meeres an einem sonnigen Tag annehmen, und das mich immer wieder völlig aus dem Konzept bringt. »Vielleicht.«

»Dann herzlichen Glückwunsch. Es funktioniert.« Ich knöpfe die Manschetten an meinem Hemd auf und kremple sorgfältig die Ärmel hoch bis über die Ellbogen. »Okay. Sag mir, was ich machen muss.«

Sie kommt näher. »Entspann dich, bleib ganz ruhig stehen und halte die Hände genau wie ich.« Vorsichtig hält sie die Hände neben meine, sodass unsere Finger sich berühren. »Und jetzt warte«, sagt sie leise.

Cornelius schnüffelt von Beas Hand aus an meiner, schreckt aber vor meinem Zeigefinger zurück.

»Tut mir leid«, sage ich. »Ich muss ständig die Hände desinfizieren. Wahrscheinlich rieche ich nach antibakterieller Seife und Isopropanol.«

Cornelius schnaubt, als stimme er mir zu. Doch dann setzt er seine winzige Pfote auf meine Handfläche, schnüffelt wieder und streckt sich, bis auch die zweite Vorderpfote auf meiner Hand steht. Er zögert noch einen Moment, dann wechselt er hinüber in meine Hände. Er ist erstaunlich leicht, und seine Pfoten kitzeln ein wenig.

Bea nimmt ihre Hände weg und geht neben dem Igelkäfig in die Hocke, um etwas aus einem Minikühlschrank zu holen. Mit der Ferse schlägt sie ihn wieder zu und öffnet eine Box.

»Ich finde, er hat sich eine Belohnung verdient.«

»Auf jeden Fall.«

Sie legt Futter auf meine Hand – kleine Apfelstückchen, dem süß-sauren Geruch nach zu urteilen –, das er sofort verspeist und wobei er noch tiefer in meine Hände kriecht.

»Und? Wie findest du ihn?«

Lächelnd sehe ich sie an. »Er ist zwar keine altersschwache Katze, aber auch ganz nett.«

Cornelius klettert von meinen Händen zurück in die obere Etage seines Zuhauses, orientiert sich kurz und wackelt dann zu seinem Kieselhaufen.

»Ich würde sagen, unser erstes Treffen ist ganz akzeptabel gelaufen, oder was meinst du?«, frage ich Bea.

»Absolut. Aber dir ist schon klar, dass du nun eine Verantwortung hast? Er kennt dich jetzt und hat Erwartungen an dich. Du kannst nicht mehr kommen und gehen, wie es dir gefällt.«

»Werde ich hier direkt nach dem Kennenlernen schon in die Pflicht genommen?«

Sie lächelt. »Mein Igelchen verdient nur den allerbesten Umgang.«

Ich sehe zu, wie Cornelius in sein winziges Zelt verschwindet. »Ich denke, den hat er bereits«, bemerke ich, während ich meine Ärmel wieder herunterkremple und auf die Uhr sehe. »Ich sollte gehen. Damit ich morgen bei der Arbeit ausgeschlafen bin.«

»Klar.« Sie geht an mir vorbei zur Tür und greift nach der Klinke, hält dann aber inne.

»Was ist?«, will ich wissen.

Sie dreht sich um und lehnt sich mit dem Rücken an die Tür. »Mir fällt gerade ein«, flüstert sie, »dass wir denen dort draußen ja eine romantische Verabschiedung bieten müssen.«

Mir wird mulmig. Ich bin mir nicht sicher, wie eine »romantische Verabschiedung« auszusehen hat, aber bestimmt werde ich dazu meinen Mund auf Beas legen müssen.

Bei der Erinnerung an das Desaster unseres Bowlingbahnkusses, zumindest was die Art der Ausführung anbelangt, beginnt mein Herz zu rasen. Entgegen allen Erwartungen war es schön, sie zu küssen, dabei hätte es lediglich ein inszenierter Teil unseres Racheplans sein sollen.

Aber das hier ist etwas anderes. Im Alley waren wir nicht vorbereitet. Der Kuss war spontan. Dieses Mal wissen wir, was wir tun. Das sollte es besser machen, leichter. Weniger … emotionsgeladen.

»Kein Problem«, sage ich mehr zu mir selbst als zu Bea. »Wir schaffen das.«

Ich folge ihr aus dem Zimmer den Flur hinunter, bis wir

wieder im Wohnzimmer sind. Juliet und Jean-Claude sitzen noch genauso da, wie wir sie angetroffen hatten.

Juliet sieht von ihrem Liebesroman auf. »Hey!« Sie will aufspringen, aber Jean-Claude hält sie mit seiner Hand, die in ihrem Nacken liegt, zurück und drückt ihr einen Kuss auf die Schläfe. »Entspann dich. Bea kann ihn rausbringen. Bleib du bei mir.«

Bea öffnet die Tür. »Wenn sie nicht aufpasst, legt er sie bald an die Leine«, bemerkt sie und sieht Jean-Claude böse an.

»Bea!«, ruft Juliet empört. Jean-Claudes Augen verengen sich zu Schlitzen, während Juliet sich von ihm abwendet und Beatrice mit einem *Was-zur-Hölle-soll-das?*-Blick bedenkt.

»Wir sind schon weg«, sage ich und schiebe Bea aus der Tür.

Sie zieht sie hinter uns zu und wirbelt zu mir herum. »Wie kannst du nur mit ihm befreundet sein?«

»Das ist kompliziert«, murmle ich. »Er ist weniger ein Freund als vielmehr ein Freund der Familie.«

»Also ich würde ihn verstoßen.«

Meine Mundwinkel zucken unmerklich nach oben. »Da sie nicht zusehen, kann ich mich eigentlich auch hier verabschieden.« Das kommt mir sehr entgegen. Ich würde Bea nicht küssen und dabei so tun müssen, als würde ich es nicht genießen. »Du musst mich nicht bis vors Haus bringen.«

»O doch, das muss ich«, sagt sie und spaziert an mir vorbei die Treppen hinunter ins Erdgeschoss. »Zwanzig Dollar, dass Jules schon in ihrem Zimmer hinter dem Vorhang steht und uns beobachtet. Vorausgesetzt natürlich, Jean-Claude lässt sie von der Couch aufstehen. Er ist extrem besitzergreifend. Oder übertreibe ich?«

Ich zucke die Achseln. »Er war schon immer so. Wenn er verliebt ist, ist er wie besessen.«

»Ihr seid echt ein merkwürdiges Paar«, sagt Bea. »Freund der Familie hin oder her.«

»Wir waren einfach schon immer zusammen. Unsere Mütter sind wie Schwestern, also haben wir alle Ferien und Feiertage gemeinsam verbracht und sind schließlich sogar auf derselben Uni gelandet. Er ist einfach irgendwie … an mir hängen geblieben.«

Bea gibt einen unverbindlichen Laut von sich.

»Also.« Ich räuspere mich. »Gehen wir mal davon aus, dass Jules seinen Klauen entkommen ist und vom Balkon späht. Welche Art der … romantischen Verabschiedung schlägst du vor?«

»Ich dachte an einen geschichtsträchtigen Zungenkuss.«

Ich verfehle eine Stufe und kann mich gerade noch am Geländer festhalten.

»Alle okay?«, fragt sie.

»Alles gut.«

Nichts ist gut. Ganz und gar nicht. Meine Gedanken haben sich hoffnungslos in dem Wort »Zungenkuss« verfangen.

»Diese Treppen sind eine tödliche Falle«, bemerkt Bea. »Ich stolpere hier mindestens einmal täglich. Meine blauen Flecken gehen gar nicht mehr weg. Aber ich bin ja auch eine wandelnde Katastrophe.«

»Das solltest du nicht über dich selbst sagen.«

Sie sieht über die Schuler und zieht eine Augenbraue nach oben. »Es stimmt aber«, entgegnet sie, macht die Tür auf und geht nach draußen.

Sie nimmt meine Hand, schaut wie zufällig hinauf zu den Fenstern ihrer Wohnung und zieht mich an den Straßenrand. »Genau hier«, sagt sie.

»Schaut sie zu?«

Bea nickt und mustert mich argwöhnisch. »Alle beide. Du

siehst ein bisschen verkniffen aus. Ist es so schrecklich, mich zu küssen?«

»Nein, Bea. Überhaupt nicht …« Ich trete auf sie zu und warte auf die richtigen Worte, aber ein dicker Kloß sorgt für eine Massenkarambolage in meinem Hals.

Das Einzige, was daran schrecklich ist, würde ich ihr am liebsten sagen, *ist, wie sehr ich dich küssen möchte.* Die Art, wie ich dich küssen möchte. Die unanständigen Dinge, die ich mit deinem Körper anstellen möchte, wenn du so vor mir stehst, auf den Boden starrst und deinen Rock schwingen lässt.

Bea fährt mit dem Daumen sanft über meine Handfläche.

»Hör zu«, sagt sie, ohne zu ahnen, was mir gerade durch den Kopf schwirrt. »Wir müssen uns nicht küssen, wenn du das nicht willst. Du musst nichts tun, bei dem du dich nicht wohlfühlst. Nach dem Bowlingbahnkuss dachte ich nur, es macht dir vielleicht nichts aus …«

»Macht es nicht. Mir etwas aus, meine ich.« Ich starre auf ihren Mund, die lange Linie ihrer Schlüsselbeinknochen, die Rundung ihrer Schultern und die Ausläufer ihres Tattoos – einen lang gezogenen Wirbel aus Punkten, die ich nicht richtig erkennen kann. Ich streiche mit den Fingerspitzen über ihre Wange und durch ihr Haar. »Es ist dieses Mal nur … anders. Auf der Bowlingbahn war es … impulsiv.«

Sie streichelt mir mit den Fingerspitzen über die Hand und sieht mir tief in die Augen. »Du weißt, dass das ein ganz fantastischer Kuss war«, flüstert sie. »Nur, falls du daran zweifeln solltest, oder so. Zumindest von meiner Warte aus.«

Die Freude darüber rauscht durch meinen Körper. »Das fand ich auch.«

»Sehr überzeugend«, sagt sie, die Augen auf meine Lippen geheftet. »Sie haben uns alles abgenommen.«

»Keine Frage.«

»Also dann.« Sie räuspert sich. »Das letzte Mal hast du mich geküsst. Dann werde dieses Mal ich dich küssen. Das ist nur fair.«

»Du küsst mich?«

Sie nickt ernst und sucht meine Augen. »Und ich rate dir, meinen Kuss zu erwidern.«

Eine Welle der Zuneigung wärmt meine Brust, und ich verspüre den seltenen Impuls zu lächeln. »Ich verspreche es. Der Glaubwürdigkeit wegen natürlich.«

»Natürlich.« Bea lächelt.

Die Luft zwischen uns fühlt sich warm und schwer an. Ich mache einen Schritt auf sie zu, bis unsere Zehen sich berühren und der Wind ihren Rock um meine Beine weht. »Bereit?«, flüstere ich.

Langsam drückt sie sich hoch auf die Zehenspitzen, die Augen auf meinen Mund geheftet. »Ich hoffe es.«

Ich beuge mich zu ihr hinunter.

Unsere Lippen berühren sich, und ab diesem Moment ist Glaubwürdigkeit das Letzte, woran ich noch denke.

19

Bea

Jamie kommt näher. Seine haselnussbraunen Augen leuchten, als er sich zu mir herunterbeugt, und mir werden die Knie weich. Obwohl ich es nicht vorhatte, kralle ich meine Finger in sein Hemd, balle sie zur Faust und zerknittere den glatten Stoff. Ich brauche etwas, an dem ich mich festhalten kann, etwas, das mich erdet, während die Welt um mich her verschwimmt und sich in Luft auflöst.

Seine Hände liegen sanft auf meinen Schultern, während er mit den Daumen über meine Schlüsselbeine streicht. Unter meiner Haut sprühen glühende Funken, mein Herz hämmert gegen meine Rippen.

Mir wird schmerzlich bewusst, dass ich bei unserem Deal den Kürzeren gezogen habe. Jemanden in der Hitze des Gefechts zu küssen, so wie Jamie es auf der Bowlingbahn getan hat, ist sehr viel einfacher als das hier – sein schönes, in Mondlicht getauchtes Gesicht zu küssen, während der Wind meinen Rock an seine Beine weht, als triebe selbst Mutter Natur mich in seine Arme. Meine Entschlossenheit schwindet. Das hier fühlt sich weder vorgetäuscht noch unkompliziert an.

Sondern gefährlich echt.

»Beatrice«, flüstert er und holt mich aus meinen wirbelnden Gedanken.

Ich sehe ihn an. »Hmmm?«

Wir rücken noch näher zusammen. Ich atme ihn ein, seinen Duft nach Salbei, Zedernholz und feuchter Luft, und mit dem Ausatmen scheint alles ein wenig leichter.

»Ich bin es nur, Jamie«, sagt er, als wüsste er, dass er mich daran erinnern muss, dass die Geschichte sich hier nicht wiederholt. Dass ich mit ihm, was man mir vor fast zwei Jahren angetan hat, umkehre.

Damals dachte ich, die große Liebe gefunden zu haben, was sich aber als Lüge herausgestellt hat. Nun lebe ich eine Lüge, die gar nicht erst zu Liebe werden kann. Das ist es, was ich will und was ich mit Jamie bekomme – akzeptierte Grenzen, Vertrauen, vielleicht ein bisschen Freundschaft. Bei ihm bin ich sicher.

Während ich mich auf die Zehenspitzen stelle und ihm beruhigend die Hand drücke, frage ich mich, ob das, was wir teilen – die Umkehrung dessen, was mich zerrissen hat –, mich vielleicht wieder zusammenflicken kann.

Meine Lippen streifen seine, leicht und weich, aber er zieht reflexartig die Luft ein und weicht zurück. Nur ein winziges Stück, fast hätte ich es gar nicht bemerkt. Aber nur fast. Ich warte. Geduldig. Schweigend. Jamies Blick wandert über mein Gesicht, und seine Hände gleiten meinen Hals hinauf. Mein Atem folgt der Berührung und entweicht mit einem kaum hörbaren Stöhnen.

Seine Fingerspitzen liebkosen meine Wange. Ich schließe die Augen und verliere mich – fast andächtig – in dem Moment, in dem sein Mund meinen findet. Ich lasse sein Hemd los, lege die Arme um seine Taille und ziehe ihn an mich, Brust an Brust. Sein Herz schlägt gegen meines, und als er seufzt, schmecke ich den Grüntee, den er zum Essen getrunken hat, einen Hauch Pfefferminz, etwas Warmes, Prickelndes, das ganz und gar *er* ist.

Seine Zunge stößt an meine, und meine Beine geben nach. Bisher habe ich Jamie immer nur zurückhaltend erlebt, kontrolliert, aber nun, da er mich schmeckt, stöhnt er auf, verliert sich in mir, auch wenn es nur für einen flüchtigen Moment ist. Mir treten Tränen in die Augen.

Ich hatte recht. Und ich hatte unrecht. Ich bin in Sicherheit, wenn ich Jamie küsse … und gleichzeitig schwebe ich in großer Gefahr. Er wird mich nicht verletzen, wie man mich davor verletzt hat, aber er könnte mich dazu verleiten, wieder an etwas zu glauben, das ich schon fast aufgegeben hatte. Etwas, bei dem ich mir nicht sicher war, ob ich es jemals wieder würde fühlen können. Etwas, vor dem ich mich fürchte, weil das Risiko, dass meine Hoffnungen zerschmettert werden, sehr groß ist.

Er wandert mit den Händen von meinem Gesicht hinunter auf meine Hüften, zieht mich an die harte Länge, die seine Hosen spannt. Mein Kopf kippt in den Nacken, während seine Lippen über meinen Hals gleiten und seine Hände über die zarte Kurve meiner Brüste nach oben wandern neckisch nahe zu meinen Nippeln. Ich lehne mich in seine Berührung, presse mich mit allem, was ich bin, an ihn.

»Bitte«, flüstere ich.

Jamie streift mit einem sanften Lächeln meinen Hals, während seine Hände meinen Körper erforschen, die Kurve meines Hinterns nachfahren und mich an ihn ziehen. »Bitte, was, Beatrice? Was brauchst du?«

Diese Stimme. Tief und rau. Als würde ihn nur noch ein dünner Faden zurückhalten, von dem ich mir nichts sehnlicher wünsche, als dass er reißt.

»Ich …« Ich bringe kein Wort heraus. Jamie packt meinen Hintern und reibt sein langes, hartes Glied an mir, während ich nach Erleichterung lechze, diesem süßen Schmerz nachjage, der …

BUMM, BUMM, BUMM.

Ich reiße die Augen auf und sehe mich um. Schlafzimmer. Sonne. Warme Laken. Ich setze mich auf und atme tief durch, das Pulsieren unerfüllten Verlangens quälend zwischen meinen Schenkeln. Noch einmal hämmert es gegen die Tür.

Ich bemerke, dass mein Handy in Dreißig-Sekunden-Abständen akustische Gitarrenmusik spielt. Ein Vergleich der aktuellen Uhrzeit mit der, auf die ich meinen Wecker gestellt hatte, legt nahe, dass das schon seit einer Stunde so geht. Dann war das gar nicht der nicht enden wollende Soundtrack meines Traums.

»Ich halte das nicht mehr aus!«, brüllt Jules.

»Sorry!«, brülle ich zurück, greife nach meinem Handy und schalte den Alarm aus. Dann lasse ich mich zurück aufs Bett fallen und vergrabe das Gesicht in den Kissen.

Was für ein Traum. Wow.

Nur, dass nicht *alles* ein Traum war. Bis zu dem Moment, als Jamies Hände über meinen Körper wandern, und seine Lippen meine Haut brandmarken, ist alles genau so gestern Abend passiert – ein Kuss, der mein Verlangen nach all dem geweckt hat, was mein Unterbewusstsein sich im Traum geschnappt hat, um damit durchzugehen.

Natürlich hat Jamie sich zurückgehalten, ein wahrer Gentleman, wie immer. Er hat mich zurück zur Tür gebracht und gewartet, bis ich von innen abgeschlossen hatte. Trotzdem war der Abstand zwischen uns nicht groß genug.

Mit klopfendem Herzen und brennenden Lippen habe ich ihn mit den Augen verschlungen, wie er da im Sternenlicht im Türrahmen stand und mich nach seinem seidigen Haar gesehnt, seiner warmen Haut und seinem muskulösen Köper, der sich auf mir bewegt.

Dann habe ich mich abrupt umgedreht und bin die Treppe hinaufgestürmt, ohne mich noch einmal umzusehen.

Ich habe ein ernsthaftes Problem.

Ich will Jamie. Ich weiß nicht, wie weit dieses Verlangen geht, aber allein das Verlangen – was auch immer es ist – ist zu viel.

Ich schlage die Decke zurück und zucke leicht zusammen, als meine Füße den kalten Holzboden berühren. Dann ziehe ich einen Morgenmantel über, binde mir mit einem Haargummi die Haare hoch und setze mich an den Schreibtisch. Ich suche nach der Blechdose mit meinen Kohlestiften, und als ich sie gefunden habe, schlage ich meinen Skizzenblock auf.

Ich starre auf das Papier. In meinen Fingern kribbelt tatendurstige Kreativität. Ich werde mir Jamie Westenberg aus dem Leib zeichnen. Ich werde dieses Verlangen ausbluten, es auf Papier fließen lassen, bis es sich aufgelöst hat. Und dann werde ich alles verbrennen, nichts davon wird je das Tageslicht sehen.

Mein Herz hat mich schon einmal in die Scheiße geritten.

Das passiert mir nicht noch mal.

Ich bin noch immer, wo ich war, seit ich aufgewacht bin, ohne jegliches Zeitgefühl. Aus meinen Kopfhörern dröhnt Streichmusik, das raue Schlittern einer Geige, das hohle Klagen eines Cellos. Der Krampf in meinem Rücken, das taube Gefühl in meinem Hintern und der nagende Hunger, der sich zu einem Magenkrampf steigert, deuten darauf hin, dass ich hier schon sehr lange sitze.

Zu lange, dem erneuten Hämmern an der Tür zufolge. Zumindest was die Einschätzung von Mutterhenne Juliet anbelangt.

BUMM, BUMM, BUMM.

Gedämpft durch meine Noise-Cancelling-Kopfhörer und die Streichmusik ist das Klopfen ein bisschen leiser als heute Morgen. Ich klicke auf *Pause* und ziehe sie von den Ohren. »Komm rein.«

Die Tür wird aufgerissen. »Wie schön, dass ich das an einem einzigen Tag gleich zweimal tun darf«, sagt Juliet bissig.

»Was würde ich nur ohne dich machen, Juliet? Zeichnen, bis ich fertig bin? Meine Ruhe haben? Ein friedliches Leben leben, ohne dem beißenden Sarkasmus anderer Leute ausgesetzt zu sein?«

Sie kommt herein, steuert direkt auf mein Bett zu und zieht die Laken glatt. »Du wärst einsam, und dir wäre langweilig. Komm jetzt. Zeit für unseren Filmabend.«

Ich blinzle sie erstaunt an. Filmabende sind selten geworden, seit sie und Jean-Claude im Strudel ihrer jungen Liebe abgetaucht sind, aber nicht so selten, dass ich nicht mehr weiß, wann wir normalerweise anfangen. »Ist es schon acht?«

Juliet, die mit dem Bett fertig ist, geht zum Fenster und zieht die Vorhänge zurück. Draußen ist es bereits dunkel.

»Huch.« Ich starre hinaus auf den schwarzblau getönten Himmel und die funkelnden Lichter der Stadt.

»Duschen, bitte«, befiehlt sie und mildert den rauen Ton mit einem sanften Zupfen an meinen zerzausten Haaren ab. »Du bist fällig.«

»Ja, Mutter.« Ich lege den Kohlestift in meine Blechdose und klappe den Skizzenblock zu. Aber sobald Jules aus dem Zimmer ist, schlage ich ihn noch einmal auf und blättere mit dem Daumen durch die Seiten. Ein langsamer Film läuft ab, so wie früher Zeichentrickfilme gemacht wurden. Jedes Blatt ist mit einer Studie von Jamie gefüllt, manche mit Ausschnitten, andere zeigen ihn ganz. Die langen, eleganten Finger mit den rauen Knöcheln. Sein markantes Profil. Tee trinkend über einem Schachbrett, eine ungezogene Haarsträhne in der Stirn. Mein Gesicht in seinen Händen, seine Lippen nur einen Hauch von meinen entfernt.

Ich starre auf die letzte Zeichnung – den Kuss von gestern Abend –, und mein Magen krampft sich zusammen. Aber es liegt nicht am Hunger.

Das Zeichnen hat nicht geholfen. Es hat alles nur noch schlimmer gemacht. Aber wie kann das sein? Meine Kunst war schon immer eng verwoben mit komplexen Emotionen, insbesondere nach der Geschichte mit Todd. Trotzdem habe ich nie geglaubt, dass Kunst irgendetwas schlimmer machen kann. Kunst offenbart, Kunst ist ehrlich. Nur dass Ehrlichkeit einem manchmal das Gefühl gibt, alles wäre noch schlimmer. Denn sobald man sich den Tatsachen stellt, muss man damit leben – und irgendwann etwas dagegen tun.

Aber ich habe keine Ahnung, *was* ich tun soll.

Um klarzukommen, werde ich mich einfach so lange ablenken, bis die Offenbarung irgendwann wie ein Konzertflügel aus heiterem Himmel auf mich niederrauscht. Und bis es so weit ist, werde ich meine Sorgen in vergorenem Traubensaft ertränken.

Nach einer gedankenverlorenen Dusche und in frischen Kleidern bin ich zumindest einen kleinen Schritt weiter. Ich habe einen Namen für mein Problem. Ich nenne es das Jamie-Paradoxon. Ich brauche Jamie für meine Rache – die ich in jedem Fall nehmen werde –, aber ich brauche auch Abstand zu ihm, um auf dem schmalen Grat der Schwärmerei, auf dem ich wandele, nicht auszurutschen und in einen gefährlichen

Abgrund zu stürzen, den ich noch nicht einmal beim Namen nennen will.

»Liebe!«, brüllt Margo mir aus der Küche entgegen und richtet einen Gummischaber auf mich. Ich zucke zusammen, als hätte sie mich mit einem Fluch belegt. »Ich sehe sie schon in deinen Augen.«

»Das war jetzt nicht gerade die Zurückhaltung, die wir besprochen haben«, bemerkt Sula trocken. »Hey, Bea.« Sie hebt zur Begrüßung ihr Weinglas.

»Auch hey«, grüße ich zurück. »Lila Haare. Gefällt mir.«

Sie lächelt mir zu. »Hab mal was anderes gebraucht. Eigentlich wollte ich mich ja beherrschen, aber nun, da es Margo ohnehin schon vergeigt hat: Wie läuft es mit dem großen, schönen West?«

»Es läuft ganz gut mit Jamie, danke der Nachfrage.«

Sula hebt eine lila Augenbraue. »Als ihr euch auf der Bowlingbahn geküsst habt, hat das aber nach mehr als *ganz gut* ausgesehen.«

»Ihr hättet die beiden gestern Abend nach ihrem Dinner sehen sollen«, ruft Jules in den Kühlschrank und kommt mit einer Flasche kaltem Weißwein wieder heraus.

»Sie waren so unglaublich süß. Wisst ihr noch, wie wir bei Jean-Claudes Party alle gesagt haben, was für ein entzückendes Paar die beiden abgeben würden?«

Ich beiße die Zähne zusammen. Na großartig, jetzt kann ich zuschen, wie ich mit meiner Schwärmerei für Jamie *und* dem Geläster meiner Freunde klarkomme.

»Ich weiß, der Anfang war ein bisschen holprig«, sagt Sula. »Aber trotzdem irgendwie romantisch.«

»Hmmm.« Unmut macht sich in mir breit, und ich verschränke die Arme vor der Brust. »Um euch auszuhalten, brauche ich Wein.«

»Willst du uns denn gar nichts erzählen?« Margo gibt mir ein bisschen Dip zum Probieren und sieht mich erwartungsvoll an.

»Mehr Salz. Und, nein.«

Mit finsterem Gesicht gibt sie noch ein wenig Meersalz in den Dip. »Diese sture, verschlossene Bea gefällt mir nicht. Ich klicke auf *Ablehnen*.«

»Deshalb schauen wir uns heute Abend RomComs an«, erklärt Jules. »Wir machen Bea betrunken, sie wird sentimental, und dann erzählt sie uns alles, was wir wissen wollen.«

»RomComs?« Ich rümpfe die Nase. »Ich will echte Dramen, Schmerz und Leid: *Shakespeare in Love*, *Abbitte*, *Blue Valentine* …«

»Großer Gott, hör auf!«, fleht Toni mich an, der gerade aus dem Badezimmer kommt. »Als Nächstes schlägst du wahrscheinlich *Titanic* vor. Wir sind hier für ein Happy End, habe ich recht?«

Widerwillig lasse ich mich von ihm umarmen. Ich bin immer noch sauer, dass alle meinen, sich einmischen zu müssen, egal wie viel sie sich im Einzelnen haben zuschulden kommen lassen.

»Hör auf zu schmollen und umarme mich richtig«, beschwert er sich.

Mein Kompromiss ist ein halbherziges Drücken. »Du bist ziemlich liebesbedürftig heute Abend, Toni.«

Als er endlich damit fertig ist, die Luft aus mir herauszuquetschen, reicht Jules mir ein randvolles Glas Wein. »Keira Knightley beim Weinen zusehen kannst du allein«, sagt sie. »Heute nur Filme mit Happy End. Ich ertrage keine gebrochenen Herzen.«

»Wisst ihr, was ich hasse?«, fragt Margo und lässt sich mit dem Dip in der Hand neben Sula aufs Sofa plumpsen. »Diese

Filme, die einen glauben lassen, es wäre die wahre Liebe. Die dieses Glücksgefühl vermitteln. Guten Sex, eine positive Entwicklung der Charaktere, die ganze Palette an Emotionen und dann – *Boom* – kommen sie am Ende doch nicht zusammen.«

»Oder einer von beiden stirbt«, ergänzt Toni finster. »Das sind *keine* Liebesfilme.«

»Nein?«, frage ich.

»*Nein!*«, schreien alle im Chor.

»Schon gut«, murmle ich und lasse mich mit eingezogenem Schwanz in einen Sessel fallen. »War nur 'ne Frage.«

»Du liest doch Liebesromane. Wie kannst du so etwas fragen?«, meint Margo.

»Wahrscheinlich ist mir nie aufgefallen, dass sie am Ende immer zusammenkommen.«

Jules seufzt. »Ich leihe ihr meine heiß geliebten historischen Liebesromane, und so dankt sie es mir. Das Wichtigste an diesem Genre – und sie lebten glücklich bis ans Ende ihrer Tage – hat sie nicht kapiert.«

Ich zucke mit den Schultern und nippe an meinem Wein. »Mir gefallen der Sex und das schwärmerische Gerede.«

»Da ist nichts dagegen einzuwenden«, meint Toni. »Aber um das ein für alle Mal klarzustellen, ›RomCom‹ bedeutet ein glückliches Ende. ›Liebesgeschichte‹ bedeutet, man nimmt einen Liebesroman, reißt die letzten Seiten heraus und ersetzt sie durch Kummer und Leid.«

»Ganz genau.« Sula stößt mit ihm an. »Ich bin Team Rom-Com. Oder ich schaue mir gleich etwas an, das von Anfang an düster ist. Ich hasse es, wenn etwas glücklich beginnt und tragisch endet.«

»Ich auch.« Jules schnappt sich die Fernbedienung und trinkt einen Schluck Wein. »Es gibt nichts Schlimmeres, als mit einer Liebeskomödie zu rechnen, sich mit dem glücklichen

Paar zu freuen und dann zusehen zu müssen, wie äußere Kräfte es auseinanderreißen oder, noch schlimmer – wie Menschen, die sich eigentlich lieben, sich gegenseitig fertigmachen.«

Langsam setzt sich, was sie da gesagt haben, und ich erstarre mit dem Weinglas an den Lippen. Das ist die Lösung ... für alles. Nicht nur für die süßeste Rache überhaupt, sondern auch für das Jamie-Paradoxon.

Das eigentliche Problem des Jamie-Paradoxons ist, dass wir aufrichtig sind und uns nichts vormachen. Nachdem wir uns zögernd darauf eingelassen haben, nicht automatisch das Schlimmste voneinander zu erwarten, versuchen wir nun vorsichtig herauszufinden, wie wir Freunde sein können. Ich bin nicht sicher, ob wir die Clique mit diesem Verhalten – einmal abgesehen von den Küssen – wirklich davon überzeugen können, dass wir uns ineinander verlieben. Und es wird definitiv auch nicht dazu beitragen, meine Gefühle in Schach zu halten.

Was ich brauche, ist eine Gebrauchsanleitung, ein Drehbuch für meine Auftritte mit Jamie. Das verhindert einerseits, dass meine Gefühle mit mir durchgehen, und macht uns andererseits glaubwürdig genug, dass diese durchtriebenen Intriganten uns aus der Hand fressen. Und was könnte da besser als Vorlage dienen als die schmalzigen Filme, die meine Freunde so sehr lieben?

Die Eingebung hat mich getroffen wie ein Blitzschlag und okkupiert meine Gedanken so sehr, dass ich nicht anders kann, als sofort mein Handy hervorzuziehen, die Notiz-App zu öffnen und zu tippen:

- RomComs schauen zu Studienzwecken
- Dates wie in RomComs organisieren; auf sozialen Medien dokumentieren
- vor »Freunden« Szenen aus RomComs inszenieren

»Wem schreibst du?«, fragt Jules scheinheilig. »Jaaaiiimie?«

Ohne von meinem Display aufzusehen, öffne ich meinen Chat mit dem Mann, von dem gerade die Rede ist. »Ja.«

»Ooooh«, rufen alle im Chor.

Ich verdrehe die Augen. »Startet den Film, ihr Spinner.«

Als der mit lauter Popmusik untermalte Vorspann läuft, setze ich meinen Plan in die Tat um.

> **BEA**: Wie viele romantische Liebesfilme hast du gesehen, James?

Dreißig Sekunden später plingt mein Handy.

> **JAMIE**: 3

Natürlich hat er schon welche gesehen. Und natürlich weiß er genau, wie viele.

> **JAMIE**: Zwei haben mir gefallen. Der dritte war ein neunzigminütiges Klischee.

> **BEA**: Diese kitschigen Streifen sind unser Erste-Klasse-Ticket ins Land der Rache.

> **JAMIE**: Ich bin verwirrt.

> **BEA**: Mittwoch haben wir unser nächstes »Date«. Ich übernehme die Planung. Du wirst dann schon sehen.

JAMIE: Ich hege den schweren Verdacht, dass mir die Sache nicht gefallen wird.

Ich schicke ihm mein fies grinsendes Lieblings-GIF.

BEA: Keine Ahnung, wovon du redest.

20

Jamie

»Der absolut beste?«, wiederhole ich Beas Frage über die Schulter. »*10 Dinge, die ich an Dir hasse.*«

Sie klammert sich an meine Jacke und versucht, hinter mir zu bleiben. Das Gewächshaus des Botanischen Gartens ist so voll, dass wir schon zwei Mal getrennt wurden und beide mit den Nerven am Ende sind.

»Ja, ein Liebeskomödien-Klassiker. Aber wie viel können wir daraus verwenden? Paintball fällt ja wohl flach.« Sie zerrt an meiner Jacke. »Zu viel Sauerei für Mr Aufgeräumt.«

»Zu gesundheitsgefährdend«, entgegne ich.

»Warum? Wie kommst du darauf, Jamie? Ich mit einer Paintball-Pistole – der perfekte Match.«

Ich werfe ihr einen skeptischen Blick zu. »Ich dachte eher an Malen nach Zahlen. Das ist doch bei den Kids gerade wieder angesagt? Freizeitbeschäftigungen aus unserer Jugend? Klingt für mich Instagram-tauglich. Und lange nicht so beängstigend wie fleischfressende Pflanzen.«

»Du bist so ein Muffel. Die Venusfliegenfalle hat nur ein bisschen an dir geknabbert.«

»Sie hat fast meine Hand gefressen!«

»Psst! Sei still! Du machst den Kindern Angst. Als Kinderarzt solltest du es eigentlich besser wissen.«

»Beatrice.«

»James.« Vor einem hohen Spalier mit Glyzinien zwingt sie mich, stehen zu bleiben. »Rühr dich nicht vom Fleck.«

»Ich verstehe immer noch nicht, weshalb wir es mit der Planung unserer Dates derart übertreiben müssen. Ich dachte, wir schlagen uns ganz gut.«

»Du hast diese Gefühlsdussel nicht gehört«, schnaubt sie ungeduldig, »wie sie von Liebe und Happy Ends geschwärmt und mit ihren brillanten Verkupplungskünsten geprahlt haben.«

»Trotzdem kommt es mir ein wenig übertrieben vor.«

»Wie schwer kann es schon sein, sich ein bisschen Inspiration aus Liebeskomödien zu holen? Komm schon, nicht nachlassen. Was lernen wir aus *10 Dinge, die ich an Dir hasse*?«

»Dass am Ende immer die bösen Jungs das Mädchen bekommen«, sage ich. »Patrick Verona benimmt sich gegenüber Kat Stratford viel zu lange wie ein heuchlerischer Macho. Man fragt sich, weshalb diese aggressive Männlichkeit so gut ankommt. Doch nur, weil wir sie romantisieren!«

Sie seufzt. »Du bist unausstehlich heute. Absolut unausstehlich.«

»Na schön. Du willst eine Idee? Ich habe eine, die fast ebenso reizvoll ist wie Paintball. Jean-Claude hat letzte Woche gejammert, als Juliet ihn zu einem Malkurs für Paare geschleppt hat. Zeichnen, integriert in ein Date.«

Bea schaltet ihre Handykamera ein. »Das kommt jetzt wiederum mir ein bisschen übertrieben vor.«

»O nein, meine Liebe. Wenn ich bei einer Neuauflage von *Der kleine Horrorladen* mitspielen muss, dann ist es wohl nicht zu viel verlangt, dass du an einem Laienmalkurs für Paare teilnimmst.«

Ihr bleibt der Mund offen stehen. »So schlimm sind Venusfliegenfallen nun auch wieder nicht.«

»Malen auch nicht. Du hattest deine Idee. Jetzt ist meine an der Reihe.«

Bea starrt mich an. »Warte, ich denke noch über ein überzeugendes Gegenargument nach.«

»Ich warte …«

»Also gut«, stöhnt sie. Dann stampft sie zu mir herüber, stellt sich neben mich und macht ein Selfie. Leider ist mein Kopf abgeschnitten. »Verdammt noch mal, James. Könntest du bitte ein bisschen kooperieren?«

»Entschuldige bitte«, knurre ich sie an. »Aber ich habe im Monat nur zwei Tage unter der Woche frei, und einen davon verbringe ich damit, mich dir zuliebe dampfgaren zu lassen und dabei zu Tode zu niesen. Und da besitzt du noch die Dreistigkeit, mir vorzuwerfen, ich würde nicht kooperieren? Wie kooperativ ist das denn?«

Bea drückt mir ihr Handy in die Hand. Sie ist kurz davor, laut zu werden.

»Wir arbeiten an unserem Instagram-Auftritt!«

Ein Mann wirft uns einen besorgten Blick zu und schiebt schnell eine Horde Kinder an uns vorbei.

»Botanischer Garten.« Bea macht eine ausholende Bewegung mit dem Arm. »Blumen. Romantik. Schach und Tee.«

»Schach und Tee?«, frage ich. »Das hast du nicht erwähnt.«

Sie sieht mich böse an. »Das wäre deine Belohnung gewesen, wenn du nett gewesen wärst. Aber du bist nicht nett, Jamie.«

Ich atme tief durch, rücke meine Manschetten so zurecht, dass die Knöpfe exakt in der Mitte der Handgelenke sitzen, und drehe meine Uhr in die richtige Position. »Ich entschuldige mich.«

»Entschuldigung angenommen. Und jetzt mach dieses scheiß Selfie von uns, damit ich es auf Instagram posten kann.«

Ich bringe das Handy in den richtigen Winkel und schieße ein Foto von uns: Bea hat die Arme um meine Taille geschlungen und grinst mit zusammengekniffenen Augen, aber überzeugend, in die Kamera, während ich mit einem schmalen Lächeln auf den Lippen auf sie hinabsehe. Tatsächlich ist es eher eine Grimasse.

Aber irgendwie ist das Bild trotzdem romantisch, und ich frage mich, bei wie vielen Fotos von Paaren in den sozialen Medien es sich um komplette Lügen handelt.

»Scheiße, James«, sagt sie und betrachtet ihr Handy. »Wir sind beide total angepisst, aber das Foto ist gut.«

»Das liegt an meiner Größe. Guter Winkel.«

Sie schiebt das Handy in die Tasche und sieht zu mir auf. »Wie groß bist du eigentlich genau?«

»Ein Meter dreiundneunzig.« Ich packe sie am Ellbogen und ziehe sie aus der Schusslinie einer Herde wild gewordener Grundschüler, die an uns vorbeistürmen.

»Whoa.« Erschrocken sieht sie über ihre Schulter. »Ich wusste gar nicht, dass die Schulen heute Ausflugstag haben.«

»Als ich all die gelben Busse vor der Tür gesehen habe, habe ich es bereits vermutet.«

Bea entreißt mir ihren Ellbogen. »Mir macht das genauso wenig Spaß wie dir, Jamie, aber Rache hat ihren Preis. Warum bist du heute so verdammt mies gelaunt?«

Ich sehe mich um und entdecke eine kleine Nische mit einer Bank. Etwas entfernt von den johlenden Kindern und der blumenduftgeschwängerten, schwülen Luft sieht es dort ruhig und gemütlich aus. »Wärst du so nett, mir zu folgen?«

Grummelnd, die Arme vor der Brust verschränkt, trabt Bea mir hinterher. In der Nische angekommen setze ich mich auf die Bank, Bea bleibt stehen. »Ich bin schrecklich«, gebe ich zu.

»Allerdings.«

»Ich bin gestresst. Und wenn ich unter Stress stehe, bin ich gereizt, bekomme Angstzustände, will nicht in lauten, überfüllten und heißen Orte wie diesem sein.«

Bea lässt die Arme sinken. »Das wusste ich nicht, Jamie. Du hättest es mir sagen können.«

»Ja, das hätte ich, aber ich dachte nicht, dass es mir so viel ausmachen würde.« Seufzend schließe ich die Augen und lasse den Kopf gegen die Mauer sinken. »Mein Vater feiert in zwei Wochen seinen fünfundsechzigsten Geburtstag. Meine Mutter ruft ständig an und fragt, ob ich komme.«

»Und …«

»Ich bin schwach geworden und habe Ja gesagt.«

»Und was ist daran schlecht?«, fragt sie.

»Die Dynamik in meiner Familie ist … unschön.«

»Okay. Dann, ähm …« Sie kratzt sich hinter dem Ohr und tritt von einem Bein auf das andere. »Würde es helfen, wenn ich mitkomme?«

Ich sehe sie ungläubig an. »Wie bitte?«

Sie zuckt mit den Schultern. »Es ist die Geburtstagsparty deines Vaters. Ich bin deine Freundin – also angeblich. Es würde komisch aussehen, wenn ich nicht mitkomme, oder? Und es wäre Instagram-tauglich.«

Ich starre sie an und lasse mir ihren Vorschlag durch den Kopf gehen. Die farbenfrohe, ehrliche Bea in den stickigen, kühlen Hallen meines Elternhauses. Sie würde sich unwohl fühlen. »Das ist nett von dir, aber wirklich nicht nötig.«

»Ach komm schon, Jamie. Wie schlimm können sie schon sein?«

»Schlimm, Bea. Sehr schlimm. Arthur und Aline. Meine Brüder mit Ausnahme von Sam. Du würdest sie verabscheuen. Sie sind wirklich das Schlimmste an mir.«

»Wow.« Sie setzt sich neben mich auf die Bank. »Das ist ein bisschen hart, findest du nicht?«

»Es ist die Wahrheit.«

»Lass mich dich begleiten. Was ist schon dabei? Ich bin sicher, dass ich mich ihnen gegenüber zurückhalten kann.« Sie boxt mit der Schulter gegen meine. »Sieh dich an. Dich finde ich doch auch einigermaßen in Ordnung.«

Ein schwaches Lächeln huscht über mein Gesicht. »Ich finde dich auch einigermaßen in Ordnung.«

»Gut. Abgemacht. Ich werde kommen.«

»Nein, Bea. Ich will nicht, dass du sie kennenlernst.«

»Klären wir die Sache wie Erwachsene.« Sie steht auf, greift nach meiner Hand und zieht mich von der Bank hoch.

»Wohin gehen wir?«

»Schach und ein Heißgetränk, offensichtlich.«

»Ich dachte, dieses Privileg hätte ich verloren.«

Sie lächelt mir über die Schulter zu. »Du kannst es dir wieder verdienen, vorausgesetzt, der Gewinner – oder die Gewinnerin – darf entscheiden, ob ich zu der Geburtstagsfeier gehe oder nicht.«

Ich starre sie an, während sie mich am Arm durch das Getümmel zieht. Bea ist eine gute Schachspielerin. Es besteht eine geringe Chance, dass ich verliere und sie meiner Familie vorstellen muss.

Und dann würde sie mich von meiner übelsten Seite kennenlernen.

Vielleicht wäre das gar nicht so schlecht. Denn damit wäre dann auch die winzige Chance, die ich mir in schwachen Momenten ausgerechnet habe, dass sie mich vielleicht doch mag und aus dieser merkwürdigen Freundschaft eines Tages mehr werden könnte, endgültig dahin.

»Einverstanden«, willige ich ein.

Sie dreht sich um und schüttelt mir im Rückwärtsgehen die Hand.

»Das ist die richtige Einstellung!«

Beas Handykamera klickt, und ich stelle meinen Tee ab. »War das wirklich nötig?«

Sie schaut sich das Foto an und prustet los. »Du siehst aus wie Cornelius, wenn er glückselig in der Wanne planscht.«

Ich trete sie unter dem Tisch. »Hör auf, dich über mich lustig zu machen.«

»Tut mir leid! Es ist süß. Ehrlich. Ich mach mich nicht lustig über dich.«

»Doch, das tust du.« Ich nippe an meinem Tee und übertreibe meinen aktuellen Gesichtsausdruck. Ich habe zwar keine Ahnung, wie ich dabei aussehe, aber es scheint sie zu amüsieren.

»Hör auf!« Sie lacht noch lauter und hält sich die Seite.

Jetzt muss ich auch lachen. In der Boulangerie ist weniger los als das letzte Mal, wahrscheinlich, weil es Nachmittag und unter der Woche ist, und unser Gelächter hallt durch den Raum. Wir ernten ein paar amüsierte Blicke, dann beruhigen wir uns wieder.

»O Mann«, flüstert Bea und wischt sich Lachtränen aus den Augen. »Das war echt gut.«

Ich starre auf das Schachbrett und schüttle den Kopf. »Du hast mich plattgemacht.«

Sie grinst. »Yep. Und somit hast du eine Komplizin für die grässliche Party.« Sie räumt das Schachbrett ab und sortiert die

Figuren in die Kiste. »Möchtest du über deine Familie reden?«, fragt sie, die Augen auf ihre Aufgabe gerichtet.

Ich schlucke und setze meine Teetasse ab. »Eigentlich nicht.«

Aber vielleicht sollte ich das. Vielleicht wäre es besser, alles rauszulassen, anstatt alles in mich reinzufressen, bis der Druck in meiner Brust so hoch ist wie in einem Dampfkochtopf.

Bea sagt nichts, die Augen noch immer auf die Spielfiguren gerichtet, als wüsste sie, dass es mir hilft, wenn nicht das ganze Gewicht ihrer Aufmerksamkeit auf mir lastet, während ich nach den richtigen Worten suche.

»Mein Vater ist ein weltbekannter Herzchirurg. Mein älterer Bruder ist Chirurg, und meine beiden jüngeren Brüder sind in der Ausbildung zum Chirurgen. Ein Westenberg wird Chirurg, deshalb bin ich als einziger Kinderarzt in der Familie eine Enttäuschung.«

Bea schließt die Kiste mit den Figuren und sieht mich an. »Eine *Enttäuschung*? Du rettest Babys, Jamie!«

»Normalerweise sorge ich nur dafür, dass sie gesund aufwachsen.«

»Rede deinen Job nicht schlechter, als er ist«, sagt sie streng. »Du musst dich nicht kleinmachen, nur weil andere das tun.«

Eine Haarsträhne fällt ihr ins Gesicht und baumelt gefährlich dicht über ihrem Kaffee. Ich streiche sie ihr hinters Ohr. »Objektiv gesehen sind für meinen Job weniger Spezialkenntnisse und weniger Zeit als Arzt im Praktikum erforderlich. Die Karriere eines Chirurgen hat in den Augen meiner Familie, mit Ausnahme von Sam, mehr Prestige. Ich habe damit meinen Frieden geschlossen, aber mein Vater nicht. Und auch Arthur lässt keine Gelegenheit aus, mich daran zu erinnern.«

Bea runzelt die Stirn. »Ich glaube, ich mag Arthur nicht.«

»Dann wären wir schon zwei. Aber ich habe gelernt, dass es

226

leichter ist, seine Geringschätzung einfach hinzunehmen, als mich mit ihm zu streiten.«

»Darf ich dazu etwas sagen?«

Ich nicke. »Natürlich.«

Bea beugt sich über den Tisch. »Ich hoffe, du weißt das auch, ohne dass ich es dir sage, aber ich habe noch nie jemanden getroffen, der weiter davon entfernt ist, eine Enttäuschung zu sein, als du, Jamie Westenberg. Und die wichtigen Menschen wissen das. Oder wie meine Mom immer sagt, jeder, der dich nicht um deiner selbst willen lieben kann, verdient deine Liebe nicht.«

Ihre Worte sickern unter meine Haut und wärmen mich mehr als jede Tasse heißer Tee. »Es tut gut, das zu hören, Bea. Danke.«

Lächelnd lehnt sie sich zurück und rupft ihr Schokoladencroissant in Stücke.

»Okay. Als Nächstes steht uns der Spieleabend bevor. Bist du bereit?«

»Ich denke schon. Es sind ja nur Brettspiele. Warum fragst du?«

»Ich habe nicht von den Spielen gesprochen. Ich meine die Vertraulichkeiten. Wir werden unsere Schauspielkünste steigern müssen. Wir gehen jetzt seit mehreren Wochen zusammen aus – du weißt schon, wie ich das meine. Wir müssen dort rumknutschen und flirten, als würden wir wirklich langsam Gefallen aneinander finden.«

»Ich denke, das schaffen wir. Machst du dir Sorgen deswegen?«

Ihr Blick huscht über meine Lippen, dann schaut sie schnell zur Seite. »Nein. Also, ich denke, das mit dem Küssen haben wir ja schon geübt, oder?«

Ich bemühe mich, nicht auf ihren Mund zu starren, aber es

fällt mir schwer. Genauso schwer, wie nicht daran zu denken, wie leicht es ist, Bea zu küssen – was für ein Vergnügen. »Ja, haben wir.«

Sie senkt den Blick und schiebt sich noch ein Stück Croissant in den Mund. Dann nimmt sie ihren Stift und zeichnet etwas auf ihre Serviette.

»Das Küssen haben wir drauf«, sagt sie. »Aber das ist etwas anderes, als vor anderen Menschen stundenlang so zu tun, als wärst du wirklich verknallt in mich. Die Frage, James, ist daher, kannst du rumschmusen?«

»O ja, Beatrice. Ich kann rumschmusen.«

Und werde es mehr genießen, als mir lieb ist.

»Wie steht es mit dir?«, frage ich sie. »Wirst du den vollen Rumschmus-Einsatz bringen?«

Ihre Augen verengen sich zu Schlitzen. »Worauf du deinen Arsch verwetten kannst.«

Die Tür geht auf, und mir sackt das Herz in den Magen. Meine Ex-Freundin Lauren betritt die Boulangerie. Sie hat die Haare zurückgebunden und trägt einen Arztkittel. Wahrscheinlich hat sie den Vormittag im OP verbracht.

Zum Glück ist Bea so in ihre Zeichnung vertieft, dass sie nichts bemerkt.

Als Lauren an die Theke geht und sich umsieht, drehe ich mich so weit weg wie möglich und deute auf Beas Serviette mit den schwarzen Linien. »Hast du noch immer eine kreative Blockade?«

Mit dem Stift in der Hand sieht sie mich an und dann wieder auf ihre Zeichnung. »Es wird ein bisschen besser. Zum Glück macht Sula mir keinen Druck. Ich habe schon so viele Motive entworfen, dass wir bereits eine ganz gute Auswahl haben.«

»Gefällt dir die Arbeit im *Edgy Envelope*?«

»Ich liebe sie«, sagt sie, ohne mit dem Zeichnen aufzuhören. »Sula und Toni treiben mich zwar manchmal die Wände hoch, aber ich genieße es, Karten zu entwerfen und kreativ zu sein. Im Moment ist es der richtige Ort für mich, auch wenn es nicht mein Lieblingsplatz ist.«

»Und wolltest du schon immer eine …«, ich spüre, wie ich rot werde, »erotische Künstlerin sein?«

»Während des Kunststudiums habe ich am liebsten mit Aktmodellen gearbeitet. Ich war fasziniert von der Schönheit des menschlichen Körpers. Verstehst du das?«

Mein Herz pocht gegen meine Rippen, und ein starkes, unbekanntes Gefühl entfaltet sich in meiner Brust. »Ja. Der menschliche Körper ist schön. Unglaublich komplex unter seiner Oberfläche, aber wunderschön.«

»Genau!« Ihr Gesicht strahlt, während sie ihre Füße unter dem Tisch zwischen meine schiebt. »Ich war total begeistert davon, wie einzigartig und besonders jeder Mensch ist. Für mich machen uns vor allem die Teile unseres Körpers zu Kunstwerken, die wir mit Diäten und Photoshop versuchen auszumerzen oder zu verstecken – das ›Unvollkommene‹ am Menschen. Schwangerschaftsstreifen. Falten. Sommersprossen. Feine Linien, Röllchen und Kurven. Mir wurde schnell klar, dass ich genau das mit meiner Kunst unterstreichen und meine Überzeugung verteidigen möchte.«

Bea sieht mich mit gerunzelter Stirn an. Dann wendet sie sich wieder ihrer Serviette zu, und ihr Stift fliegt über das dünne Papier. »Ich habe bemerkt, dass meine Zeichnungen dann am kraftvollsten sind«, fährt sie fort, »wenn sie die Sinnlichkeit sogenannter Unvollkommenheiten betonen. Wie wir uns selbst wertschätzen und einander begehren können, nicht weil wir perfekt sind, sondern weil wir wir selbst sind. Also habe ich angefangen, Paare oder auch einzelne Personen, die sich lieben, zu zeichnen und später auch zu malen. Das war, bevor ich im

Edgy Envelope angefangen habe. Damals habe ich mein Geld mit Auftragsarbeiten und Ausstellungen verdient.«

»Warum hast du damit aufgehört?«

Sie hält mit dem Zeichnen inne und zögert einen Moment. »Ich … hatte eine extrem toxische Beziehung. Mein damaliger Partner hat Spielchen mit mir gespielt, privat und beruflich. Er ist ein sehr talentierter Künstler, und ich habe sehr viel auf seine Meinung gegeben. Als er anfing, meine Arbeit zu kritisieren, sind immer mehr Selbstzweifel in mir aufgekommen, die ich verinnerlicht habe. Mir war nicht klar, dass er eifersüchtig war. Aber er war offenbar der Ansicht, dass wir nicht beide erfolgreich sein konnten, und sah mich als eine Bedrohung.«

Fast hätte ich meinen Tee verschüttet. »Was für ein …«

»Ist schon okay, Jamie.« Sie stößt unter dem Tisch sanft gegen meinen Fuß.

»Nein, ist es nicht.«

»Okay, du hast recht. Ich wollte damit nur sagen, dass die Sache Geschichte ist.«

»Und hat es mit ihm zu tun, dass du seitdem nicht mehr gemalt hast?«

Sie beißt sich auf die Unterlippe. »Es ist kompliziert. Anfangs war es schwer zu begreifen, wie mies Todd mich tatsächlich behandelt hat. Nachdem er mit mir Schluss gemacht hat, war ich eine Zeit lang in Therapie. Er hat ein gutes Jobangebot bekommen und ist in eine andere Stadt gezogen, Gott sei Dank. Heute weiß ich, was für ein Arschloch er war, aber ich habe immer noch Probleme zu malen. Seine Stimme konnte ich aus meinem Kopf vertreiben, aber es ist mir noch nicht gelungen, meine eigene wiederzufinden. Ergibt das irgendeinen Sinn für dich? Malen ist etwas sehr Persönliches. Sehr Emotionales. Bisher habe ich dafür einfach noch nicht wieder den passenden Rahmen gefunden.«

Ihr Stift zittert und mein Herz mit ihm.

Was Gefühle angeht, bin ich nicht gerade ein Experte, aber selbst ich kann erkennen, dass Beas Leben als »alte Jungfer«, wie Juliet es im Spaß genannt hat, dasselbe zugrunde liegt wie ihrer kreativen Blockade – Dates gehörten zu den Dingen, die sie für ihre Heilung meiden muss, bis sie sich wieder sicher fühlt und bereit ist, weiterzumachen.

»Wissen deine Schwestern, wie er dich behandelt hat? Und was passiert ist?«

Sie starrt auf ihre Serviette. »Er und ich waren fast nur zu zweit oder in der Kunstszene unterwegs. Kate ist seit Jahren kaum noch zu Hause, und die wenigen Male, an denen er sich hat überreden lassen, etwas mit Jules zu machen, hat er sich immer vorbildlich benommen. Meine Schwestern kannten den echten Todd nicht, und ich … ich habe ihnen nie erzählt, was los war, weil ich nicht zugeben wollte, wie er wirklich war und dass ich mich in diesem Typen so gnadenlos getäuscht habe. Ich wollte das alles einfach nur hinter mir lassen. Es ist so peinlich.«

»Das muss dir nicht peinlich sein, Bea. Was er mit dir gemacht hat, war grausam. Das ist allein seine Schuld, nicht deine.«

Sie beißt sich auf die Lippe. »Ja, ich weiß. Und ich werde es ihnen auch sagen. Bald, hoffe ich. Ich muss nur noch den nötigen Mut aufbringen.« Sie räuspert sich und rollt die Schultern, als wäre ihr kalt. »Wie auch immer, seit der Trennung stecke ich in einer Art Warteschleife. Es wird nicht ewig dauern. Ich weiß, dass ich es noch einmal versuchen will. Mit der Kunst. Vielleicht auch mit einer Beziehung, irgendwann einmal. Aber anfangen will ich mit dem Malen. Bisher bin ich allerdings nie weitergekommen, als einen Pinsel in die Hand zu nehmen und dann einfach nur dazustehen und auf die leere Leinwand zu starren. Ich habe es so satt.«

»Du wirst wieder malen«, versichere ich ihr.

Bea wirft mir einen säuerlichen Blick zu. »O ja, dank dir und diesem grässlichen Malkurs-Date, das du dir ausgedacht hast.«

»Vielleicht wird es ja der Durchbruch zu deinem Neuanfang.«

»Vielleicht«, murmelt sie und beißt in ihr Schokocroissant. »Ich stecke nur schon so lange in dieser Sackgasse.«

Neben den langen, feinen Haarsträhnen, die ihre Haut küssen, klebt ein Krümel, den ich ihr sanft von der Wange wische. »Wir stecken alle irgendwann einmal fest, Bea. Ist mir auch schon so ergangen.«

Der Milchaufschäumer kreischt und lenkt meine Aufmerksamkeit zur Theke, genau in dem Moment, in dem Lauren ihren Kaffee nimmt und sich umdreht. Unsere Blicke treffen sich.

Ich nicke höflich und wende mich, ohne abzuwarten, ob sie meinen Gruß erwidert, wieder Bea zu. Kurz darauf fällt die Tür ins Schloss, und Bea sieht Lauren über die Schulter nach.

»Wer war das?«

Ich trinke einen Schluck Tee. »Meine Ex.«

Sie stößt einen langen Pfiff aus. »Ich habe ja nur ihren Rücken gesehen, aber *wow*. Du hast deine Ansprüche ziemlich heruntergeschraubt.«

»Hör auf damit. Du bist wunderschön.«

Ihre Wangen röten sich. »Ich war gar nicht auf ein Kompliment aus.«

»Das weiß ich. Aber ich war ehrlich. Im Gegensatz zu dir.«

Sie legt den Kopf zur Seite und stöhnt. »Scheiße. Ich habe mir irgendwas gezerrt, als ich den Kopf nach ihr verdreht habe. Kannst du mal hier draufdrücken?« Sie zeigt auf die schmerzende Stelle.

Vorsichtig streiche ich mit den Daumen über die verhärteten Muskeln an der Schädelbasis und dann hinunter zu den Schultern. Meine Gedanken geraten schon wieder auf gefährliche Abwege. Es wäre so leicht, ihr die Hand auf den Nacken zu legen, mich ihrem Mund zu nähern und sie zu küssen, einfach so, nur zum Vergnügen.

Bea seufzt, während ich ihr die verspannten Nackenmuskeln massiere. Um meine hoffnungslos verirrten, lüsternen Gedanken wieder einzufangen, rufe ich mir ihre anatomischen Bezeichnungen ins Gedächtnis.

Splenius capitis. Semispinalis capitis. Longissimus capitis.

»Jamie«, flüstert sie. »Das tut so gut.«

Sie schließt die Augen und erlaubt mir, sie anzusehen, ohne mich zu verraten. »Das freut mich.«

Sie lächelt verträumt. »Vorsicht. Wenn du so weitermachst, könnte deine falsche Freundin in Zukunft bei jedem Treffen eine Nackenmassage fordern, und die Sache könnte zu mehr führen, als abgesprochen war.«

Ich beobachte, wie Bea unter meinen Fingern dahinschmilzt, wie ihr Kopf schwer wird, und versuche, den verstörenden Gedanken beiseitezuschieben, dass »mehr als abgesprochen war« genau das sein könnte, was ich will.

»Haben du und deine Ex euch einvernehmlich getrennt?«, will sie wissen.

»Nicht wirklich. Sie hat über mich den Kontakt zu meinem Vater und seiner Praxis gesucht. Schließlich bot er ihr einen Job in seinem Team an und unterbreitete ihr, dass er nicht mit Familienmitgliedern zusammenarbeiten würde. Sie hat sich für die Praxis entschieden.«

»Meine Güte«, sagt Bea. »Wie beschissen von ihr.«

»Ja und nein. Sie hat mich benutzt, aber ich muss ehrlicherweise zugeben, dass sie sehr talentiert ist. Sie hätte auch so Kontakt zu meinem Vater bekommen, auch wenn sie ihn nicht über mich kennengelernt hätte. Es ist einfach nur bedauerlich, dass es so passieren musste.«

Ich erwähne nicht, dass das, was Lauren getan hat, den Minderwertigkeitskomplex, gegen den ich seit meiner Kindheit ankämpfe, noch verstärkt hat. Dieses Gefühl, nicht zu genügen, egal wie sehr ich mich bemühe oder wie gut ich bin. Die Wunde ist noch zu frisch, obwohl ein Teil von mir sich Bea gern anvertrauen würde.

»Letztendlich ist es besser so«, sage ich stattdessen. »Heute ist mir klar, dass wir uns zwar ähnlich waren, aber dennoch nicht zueinander gepasst haben. Deshalb versuche ich, ihr aus der Sache keinen Vorwurf zu machen.«

»Auch wenn du dich damit abgefunden hast, es ist und bleibt eine schmerzhafte Erfahrung.« Bea öffnet die Augen und sieht mich an. »Es tut mir leid für dich.«

Mein Daumen gleitet zu ihrem Kieferknochen und der weichen Haut unter ihrem Mund. »Danke. Aber ich bin froh, dass es vorbei ist.«

Denn wäre es das nicht … Wo wäre ich dann jetzt? Ich würde noch immer mein gut organisiertes, ordentliches Leben führen. Ein Leben, mit dem ich nicht annähernd so zufrieden bin, wie ich es mir lange Zeit eingeredet habe.

»Du bist froh darüber?«, fragt Bea.

Ich sehe ihr in die Augen, während ich die Wärme und Weichheit unserer Berührung genieße. »Ja, das bin ich.«

Bea beugt sich zu mir. Ich beuge mich ihr entgegen. Und dann legt sie mir die Hände auf die Wangen und gibt mir einen langen, intensiven Kuss, der das Blut in meinen Adern zum Kochen bringt. Ich muss mich an der Tischkante festhalten, um nicht umzukippen, während ich sie einatme und unseren Kuss vertiefe. Sie schmeckt so unglaublich perfekt, als wäre ihr Mund für meinen gemacht, als wäre das hier unsere Bestimmung. Ein leises Seufzen entfährt ihr, als unsere Zungen sich berühren und meine Finger in die langen dunklen Wellen ihrer Haare eintauchen. Dann löst sie sich von mir, und ein zufriedenes Lächeln huscht über ihr Gesicht.

Fassungslos starre ich sie an. »Was war das?«

Sie nimmt ihren Stift und fängt wieder an, auf ihrer Serviette herumzukritzeln. Erst jetzt erkenne ich, dass sie *mich* zeichnet. Sie nickt in Richtung Tür, vor der Lauren steht und auf ein Taxi wartet, direkt in unserer Sichtlinie. »Was alle unsere Küsse sind, James. Rache.«

21
Bea

»Der Spieleabend hat schon angefangen. Wo bleibst du denn?«
Jamies Stimme ist auf Lautsprecher, während ich meinen Slip
hochziehe und meinen Rock glatt streiche.

»Noch bei der Arbeit. Aber wir schließen gleich. Bist du
schon dort?«

»Jean-Claude hat gesagt, er würde es nicht rechtzeitig aus
dem Büro schaffen, deshalb bin ich früher gekommen, um bei
den Vorbereitungen zu helfen.«

Mein Herz schlägt einen kleinen Salto rückwärts. »Das ist
sehr nett von dir.«

»War kein Problem. Christopher ist auch hier und hat sich
nützlich gemacht. Schlussendlich musste ich nur ein paar Dips
verteilen und die farbenfrohe Spur aus Socken, Haarbändern
und Finelinern einer gewissen Bea beseitigen.« Es folgt ein
vorwurfsvolles Räuspern.

»Das ist wie mit den Brotkrumen bei Hänsel und Gretel.
Die Spur führt dich direkt in mein Zimmer.«

»Wo ich gerade auch bin. Cornelius und ich machen uns
noch ein bisschen besser miteinander vertraut.«

Ich wasche mir die Hände, wobei mein Blick auf mein Spiegelbild fällt. Ich lächle. »Er ist eine große moralische Unterstützung. Er wird dich in die richtige Stimmung für unseren großen Auftritt heute Abend bringen.«

»O ja, wir sind beschäftigt. Ich habe ihm gerade deinen RomCom-Plan erläutert und eine Kurzfassung von *10 Dinge, die ich an Dir hasse* gegeben.«

»Und die wäre?«

»Grimmige Blickduelle, eine Gesangsdarbietung auf einer Stadiontribüne, Gedichtrezitationen, mit Farbe beschmiert rumknutschen. Aber keine Sorge«, beruhigt mich Jamie. »Weiter als bis zu unserem Malkurs gehen meine Farbfantasien nicht. Gedichte rezitieren ist auch nicht meine Stärke. Und wenn ich anfangen würde zu singen, wäre das mehr als peinlich. Ich würde, selbst wenn es um mein Leben gehen würde, keinen richtigen Ton treffen.«

»Und mit den grimmigen Blickduellen sind wir auch durch. Dich kennenzulernen, war ein einziges qualvolles Blickduell. Und alles andere als romantisch.«

»Wovon redet sie, Cornelius? Es war ein perfektes erstes Treffen.«

Schnaubend stoße ich die Toilettentür auf und schaue in beide Richtungen, ob jemand in der Nähe ist, der lauscht. »Sag Cornelius, es war ein perfektes erstes Desaster.«

»Nein, tu ich nicht. Er ist jetzt auf meiner Seite. Ich habe ihm Apfel gefüttert.«

»Wow. Du hast dir seine Zuneigung erkauft.«

»Unsere Beziehung gefestigt.« Vor meinem inneren Auge sehe ich ihn, wie er mich mit hochgezogenen Augenbrauen anstarrt und dabei so lange ernst bleibt, bis ich einknicke. »Cornelius meint, in zehn Jahren wird unser erstes Desaster ein perfektes erstes Date sein. Zeit und Erinnerung werden dieses

Trauma verklären, und wir werden unseren Kindern begeistert erzählen, wie ich keinen kompletten Satz herausgebracht habe und du mich nicht nur einmal, sondern gleich zweimal in Alkohol getränkt hast. Du wirst die Geschichte besser erzählen als ich, also werde ich dir zuhören, wenn du, mit Farbspritzern von der Arbeit an deinem letzten Meisterwerk überzogen, vor uns stehst und sie mit vor Liebe zu mir leuchtenden Augen zum Besten gibst.«

Im Laden angekommen bleibe ich abrupt stehen, überrascht von dem Bild, das er in einem seiner seltenen Anflüge von Albernheit gezeichnet hat. Panik drückt auf meine Brust. Warum kann ich es mir so gut vorstellen? Warum sickert es in meine Gedanken und setzt sich dort mit einem wehmütigen *Wenn es doch nur so wäre* fest?

»Das …« Ich beiße mir auf die Lippe. Fest. Und lange genug, um zu verhindern, dass mir etwas Absurdes wie *Das klingt absolut perfekt* herausrutscht. »Das ist süß. Du solltest das später vor den anderen wiederholen und mich dabei so verliebt ansehen, dass sie denken, es wäre jetzt angemessen zu fragen, ob wir Kinder wollen.«

»Ihr sprecht schon über Kinder?«, brüllt Sula aus dem Büro.

»Ich muss Schluss machen«, erkläre ich Jamie. »Die haben ihre Ohren überall.«

»Cornelius möchte, dass ich dich daran erinnere, auf dem Nachhauseweg bei deinen Freunden zu bleiben und auf Unebenheiten auf dem Gehweg zu achten.«

»Sag Cornelius, ich werde vorsichtig sein«, entgegne ich lächelnd.

»Gut. Dann bis später.«

Als ich mein Handy auf die Ladentheke lege, schnappt Toni es sich und starrt auf den Sperrbildschirm mit dem Foto von mir und Jamie im Botanischen Garten. »Ich komme einfach nicht darüber hinweg, was für ein umwerfendes Paar ihr seid.«

Sula rollt in ihrem Bürostuhl in den Türrahmen. »Gibt es ein neues Bild?«

»Nein!«, rufe ich. »Habt ihr zwei eigentlich nichts Besseres zu tun?«

Toni ignoriert mich und geht mit meinem Handy zu Sula, um sich mit ihr zum wiederholten Male meine Fotos anzusehen.

Die kitschigen Bilder wirken wahre Wunder. Die Strippenzieher zappeln jetzt an unserer Leine. Jules versucht ständig, anzügliche Details aus mir herauszukitzeln. Margo meint, ich würde von innen heraus strahlen. Christopher hat mir in seiner Rolle als Ersatzbruder die übliche *Der Kerl ist besser nett zu dir, sonst …* Nachricht geschickt. Und Sula und Toni rufen bei der Arbeit immer wieder meinen Instagram-Account auf und machen Knutschgeräusche.

»Küsst er gut?«, fragt Sula mit einem verträumten Seufzen.

»Ja.« Ob vorgetäuscht oder nicht, küssen kann der Mann.

Ich muss an unseren Kuss über dem Schachtisch in der Boulangerie denken und spüre ein intensives Kribbeln unter der Haut. Wie er mich eingeatmet und dabei vor Lust gestöhnt hat. Als würde er es ernst meinen. Als wäre es *echt*.

Was es natürlich nicht war. Es war kein Kuss um des Küssens willen. Es war Rache, und ja, vielleicht habe ich es auch getan, weil Jamie zu küssen keine lästige Pflicht ist. Ich habe ihn gern geküsst und in dem Bewusstsein, dass seine miese Ex uns zusieht und Eifersucht ihr verkümmertes Herz quält.

Aber wenn ich ehrlich bin, habe ich ihn nicht *nur* geküsst, um seine Ex zu bestrafen. Ich habe Jamie geküsst, weil ich es mag, ihn zu küssen. Wir sprechen oft nicht dieselbe Sprache, aber wenn wir uns küssen, kommt es zu keinen Missverständnissen. Weil ich ihm mit meinem Mund und meinen Berührungen das zeigen kann, was ich ihm nicht sagen kann oder von dem ich befürchte, es mit Worten zu verderben.

Aber solche Gefühle haben in einer vorgetäuschten Beziehung nichts verloren, also weg damit, unter der Tür hindurch in die brechend volle Jamie-Besenkammer.

Um mich abzulenken, schlage ich meinen Skizzenblock auf, streiche mit den Fingern über den Nachthimmel, den ich gezeichnet habe, und genieße sein Geheimnis sowie die Freude darüber, dass ich endlich wieder Inspiration gefunden habe.

»*Ja?*«, hakt Sula nach. »Ich frage dich, ob er gut küsst, und das ist alles, was du dazu zu sagen hast?«

Toni legt mein Handy zurück auf die Ladentheke und pikst mich in die Seite.

»Spuck's schon aus. Ich habe dir einen fünfzig Seiten langen Bericht über meinen ersten Kuss mit Hamza geliefert.«

»Ursula, du neugierige kleine Schwerenöterin, kümmere dich um deinen eigenen Kram. Und der Kuss-Bericht, Toni, war *deine* Idee. Ich habe dir gern zugehört, aber du hättest auch einem Briefkasten von deinem ersten Kuss mit Hamza erzählt. Keiner von euch wird eine detaillierte Beschreibung meines Liebeslebens mit Jamie erhalten. Noch nicht einmal von unseren Küssen.«

Toni stützt die Ellbogen auf die Vitrine und beugt sich verschwörerisch zu mir herüber. »Dann seid ihr also schon *dabei*?«

Ich gebe ihm einen halbherzigen Schubs. »Ach, hau ab.«

Sula rollt kichernd auf ihrem Stuhl zurück ins Büro. »Ich liebe es, wenn sie rot wird.«

»Ja, ganz besonders, wenn sie ihre Muse zeichnet«, fügt Toni hinzu.

Ich werfe ihm einen bösen Blick zu und halte schützend die Hand über meine Zeichnung eines mit Sternen und Meteoren überzogenen Nachthimmels. In dem filigranen Muster aus Sternenkonstellationen verstecken sich – wenn man genau hinschaut – in einer engen Umarmung ineinander verschlungene Liebende. Der Mann hat lange Beine und wilde Locken, der Körper der Frau ist mit Sternen übersät. Den unzähligen Ähnlichkeiten mit Jamie und mir, die meine Hände gezeichnet haben, versuche ich keine große Bedeutung beizumessen.

»O Gott!«, schreit Sula. »Ich habe auf eine Taste gedrückt, und jetzt ist der Bildschirm voller Farben. Mayday! Mayday! Toni, ein IT-Notfall!«

Seufzend begibt er sich ins Büro. »Ich bekomme wirklich nicht genügend Geld für diesen Job.«

Gerade will ich die iPads ausschalten, die wir als Kasse verwenden, als die Glocke bimmelt und eine Frau den Laden betritt, die man als den Inbegriff von Eleganz bezeichnen könnte. Groß, lange Beine, mit dichtem, kastanienbraunem Haar und honigfarbenen Augen. Sie trägt nur einen Hauch von Make-up und einen luxuriösen Kamelwollmantel.

Irgendwie kommt sie mir bekannt vor.

»Haben Sie …« Ihre Augen weiten sich. Dann sieht sie schnell zur Seite und räuspert sich. Ich sehe an mir hinab, aber meine Kleider sind in Ordnung. Verstohlen fasse ich mir ins Gesicht. Habe ich irgendwo Tinte? Ich habe mich auf der Toilette gerade noch im Spiegel betrachtet und mir ist nichts aufgefallen. Ich untersuche meine Hände. Keine frischen Flecken. Ich habe keine Ahnung, warum sie auf meinen Anblick so komisch reagiert, aber manche Menschen irritieren einfach meine vielen Tattoos. Bei Jamie war das definitiv der Fall, als wir uns zum ersten Mal begegnet sind.

Sie scheint sich wieder gefasst zu haben und fragt: »Haben Sie noch geöffnet?« Sie weicht meinem Blick aus. »Tut mir leid, dass ich so kurz vor Ladenschluss noch hereingeschlüpft bin.«

»Kein Problem.« Ich klappe meinen Notizblock zu und schiebe ihn diskret zur Seite. »Sagen Sie einfach Bescheid, wenn ich Ihnen irgendwie helfen kann.«

Sie streicht sich eine glänzende, kastanienbraune Strähne hinters Ohr. »Danke.«

Ich zeichne weiter und beobachte aus den Augenwinkeln, wie sie durch den Laden streift. Sie wählt unser teuerstes Papier aus, dekadent dick mit schimmerndem Rand und dazu zwei hochpreisige Füllfederhalter. Dann geht sie langsam zu der Wand mit den individuellen Grußkarten. Sie beißt sich auf die Lippe und stöhnt, während sie versucht, sich ihre Einkäufe unter den Arm zu klemmen.

»Darf ich Ihnen das abnehmen?«, frage ich sie.

»Oh«, entgegnet sie mit einem schmalen Lächeln. »Das wäre nett.«

Ich komme hinter der Theke hervor, streiche meinen Rock glatt und überprüfe auch schnell die Rückseite. Seit meinem Missgeschick auf der Bowlingbahn bin ich etwas paranoid, was in Unterhosen festgeklemmte Rocksäume angeht.

Ich hole einen Korb unter dem Verkaufstisch hervor und lege ihre Sachen vorsichtig hinein. Ihre Augen fliegen nervös über die Wand mit den Karten. »Suchen Sie etwas Bestimmtes?«, frage ich sie.

»Ich bin mir nicht sicher …« Sie beißt sich wieder auf die Lippe. »Vielleicht etwas Sinnliches, aber es sollte nicht zu offensichtlich sein.«

»Verstehe.« Meine Arbeiten scheinen genau das zu sein, was sie sucht. Ich zeige auf ein paar der beliebtesten Motive. »Dann würde ich Ihnen die hier empfehlen.«

Sie runzelt die Stirn und tritt näher. »Ach ja? Die Motive scheinen eher abstrakt.«

»Sind sie.« Ich nehme eine der Karten aus ihrer Halterung.

»Aber da ist noch mehr.« Ich fahre mit dem Finger über das versteckte Motiv. »Hier zum Beispiel ist ein Liebespaar versteckt. Schauen Sie, einer liegt auf dem Rücken, die Arme über dem Kopf, während der andere …«

»Oh«, sagt sie schnell.

Als ich zu ihr aufsehe, spitzt sie die Lippen und wirkt ein wenig schockiert. »Falls das zu viel ist, kann ich Ihnen gern noch etwas anderes zeigen.«

»Nein«, sagt sie ebenso schnell und nimmt die Karte. »Nein. Das geht in die richtige Richtung. Aber vielleicht …« Sie lässt den Blick über die Karten wandern und entdeckt eines meiner Lieblingsmotive. »Ist das ein Herz?«

»Ja.«

Sie lächelt. Ihre Zähne sind wie aus einer Zahnpastawerbung, so weiß, dass sie mich blenden. »Perfekt.«

»Ein Herz ist ein klassisches Symbol für die Liebe und …«

»Das meine ich nicht«, unterbricht sie mich. Sie erreicht die Karte ganz oben an der Wand problemlos und sieht sie sich genauer an. »Ich bin Herzchirurgin. Aber wo ist hier das Liebespaar? Ich kann es nicht erkennen.«

»Das ist nicht ungewöhnlich. Manchmal ist es eine Frage der Perspektive. Wenn man das Bild aus einem anderen Winkel betrachtet, taucht es plötzlich auf.« Ich warte einen Moment und sehe zu, wie sie mit gerunzelter Stirn die Karte anstarrt. »Möchten Sie, dass ich es Ihnen zeige?«

Mit einem leisen Schniefen richtet sie sich auf. »Ja, bitte.«

Ich deute auf das Herz, das ich gezeichnet habe – die Ausbuchtungen und Kammern, den sauerstoffreichen und sauerstoffarmen Blutfluss, alles in der Form üppiger Blüten. »Diese Blüten, ihre Farben und Formen«, erkläre ich ihr. »Wenn Sie den Linien mit den Augen folgen, erkennen sie zwei ineinander verschlungene Figuren in einer lustvollen Pose.«

Ihre Augen weiten sich. »Ah, jetzt sehe ich es. Nun, das ist wirklich etwas Besonderes.«

»Es ist aus der *Prurient Paper* Kollektion.«

Sie starrt auf die Karte. »*Prurient*. Lasziv. Wie passend. Ich nehme sie.«

»Hier entlang, dann kann ich Sie abkassieren.« Ich werfe einen Blick über die Schulter und bemerke den skeptischen Blick, mit dem sie mir folgt. »Brauchen Sie sonst noch etwas?«

»Nein, danke.«

Ich kassiere ab, stecke die Karte mit einem Umschlag und ihren anderen Einkäufen in eine Papiertüte und binde sie mit einer Schleife, die in hundert Jahren nicht so hübsch wird wie die von Toni, zu.

»Danke noch mal«, sagt sie mit einem letzten argwöhnischen Blick, bevor sie in die Manteltasche nach ihrem klingelnden Handy greift.

»Gern. Einen schönen Abend noch.«

Den Blick auf das Display gerichtet, dreht sie sich um. Und in diesem Moment macht es klick. Von hinten erkenne ich sie wieder.

Das war Jamies Ex-Freundin.

Nach der halben Strecke zu unserer Wohnung entschuldige ich mich damit, dass ich pinkeln müsse, und laufe meinen Freunden voraus. Zweimal falle ich fast der Länge nach hin, aber ich muss so schnell wie möglich nach Hause. In meinem Kopf dreht sich alles. Ich brauche Antworten.

»Da bist du ja!«, ruft Jules aus der Küche. »Die Tacos sind auch fertig. Dann organisieren wir dir mal ein Glas Sangria.«

Unsere Wohnung quillt fast über von mexikanischem Essen, entspannter Musik und Leuten mit lachenden Gesichtern, die in Grüppchen herumstehen und sich unterhalten. Jules kennt meine Reizschwelle und ist ziemlich gut darin, sie nicht zu überschreiten. Nicht zu viele Leute oder Geräusche. Gerade genug, dass ich es genießen kann, ohne dass es mir zu viel wird.

Aber im Moment kann ich es nicht genießen. Jamies Ex in unserem Laden will mir nicht aus dem Kopf. Die Karte, die sie gekauft hat, konnte nicht für Jamie bestimmt sein, oder doch? Hat unsere Begegnung in der Boulangerie ausgereicht, um sie eifersüchtig zu machen? So eifersüchtig, dass sie jemanden zurückmöchte, den sie nicht mehr haben kann?

Ein Teil von mir – der vernünftige – sagt mir, dass ich mich lächerlich mache mit der Befürchtung, mein *falscher* Freund könnte mir untreu sein oder noch schlimmer, unsere vorgetäuschte Beziehung dazu benutzen, sie zurückzugewinnen. Und er sagt mir auch, dass man sich mit jemandem, der einen so behandelt hat, wie sie es getan hat, nicht wieder versöhnt.

Ich muss meiner vernünftigen Seite recht geben. Was mich tatsächlich aus der Bahn wirft, sind meine heftigen Gefühle und wie wichtig mir das alles ist. Denn mir ist klar geworden, dass es mich verletzen würde, wenn meine Ängste wegen seiner Ex berechtigt wären. Zutiefst. Und das sollte es nicht. Es sollte mir egal sein, was mein falscher Freund tut. Dieser Mann, der so gar nicht zu mir passt – seine ruhige, faltenfreie Ordentlichkeit zu meinem zufälligen, verträumten Chaos. Dieser Mann, der fünfsilbige Wörter benutzt, Babys rettet und nur vier Mal im Jahr Kohlenhydrate zu sich nimmt, während ich halbherzig versuche, als Künstlerin wieder Fuß zu fassen, mich beruflich im Kreis drehe und von raffiniertem Zucker und Dosenravioli ernähre.

Das ist es, was meine Hände zittern und mein Herz stolpern lässt. Obwohl ich alles tue, um diesen Mist nicht zuzulassen, wir unsere Dates zweckmäßig gestalten, uns nur berühren, um eine Beziehung vorzutäuschen und Rache zu üben, bin ich aufgewühlt, verletzt und kann die Tränen kaum zurückhalten.

»BeeBee.« Jules reicht mir ein großes Glas Sangria. »Stimmt was nicht?«

Ich trinke einen großen Schluck in der Hoffnung, dass der Alkohol den Schmerz betäubt. »Was weißt du über Jamies Ex?«

Sie rümpft die Nase. »Ähm. Nicht viel. Warum?«

»Sag mir, was du weißt.« Ich sehe mich im Raum um, kann Jamie aber nirgends entdecken. Wahrscheinlich versteckt er sich noch in meinem Zimmer bei Cornelius.

»Okay«, beginnt Jules. »Ich kann mich erinnern, dass Jean-Claude erwähnt hat, sie wäre ebenfalls Ärztin. Aber eine Chirurgin. Herzchirurgin vielleicht?«

Na toll, Jamies Ex ist Herzchirurgin, während ich mein Geld damit verdiene, Genitalien auf Postkarten zu kritzeln.

Als die schwache und dumme Hoffnung, Jamie Westenberg könnte mehr in mir sehen als ein tollpatschiges Mädchen, das Gemüse hasst und mit dem Rock in der Unterhose durch die Gegend läuft, platzt, hinterlässt sie eine hohle, schmerzende Stelle unter meinem Brustbein.

»Sie macht, was seine ganze Familie macht«, sagt Jules. »Und ich weiß, dass sein Vater für irgendein Verfahren berühmt ist. Ich glaube, es waren tatsächlich Herz-OPs. Warum?«

Das ist sie. Die Frau im *Edgy Envelope* muss seine Ex gewesen sein. Wie viele Frauen sehen von hinten aus wie Jamies Ex-Freundin und sind Herzchirurginnen? Und das erklärt dann auch, weshalb sie mich so seltsam angesehen hat. Sie muss mich aus der Boulangerie wiedererkannt haben.

»Was ist denn los, Bea?«, fragt Jules.

Ich blinzle, schiebe meine Gedanken beiseite und lächle. »Nichts. Danke. Reine Neugier.«

Sie kommt näher. »Bist du sicher …«

»Jules!«, ruft jemand aus der Küche. »Der Ofen piepst.«

Meine Schwester seufzt.

»Alles okay, JuJu. Mir geht's gut. Geh und kümmere dich um die Gäste.«

»Lauf nicht weg«, sagt sie und nimmt mir das fast leere Sangria-Glas ab. »Ich bin gleich zurück mit mehr.«

Sobald sie weg ist, entdecke ich Jamie am Ende des Flurs, der leise die Tür zu meinem Zimmer schließt. Mein Herz stürzt im freien Fall in die Tiefe, und ich bete, dass das Bungeeseil unseres Vertrauens es auffangen und mich retten wird. Aber im Moment ist da nur die Schwerkraft der Angst, die mich nach unten zieht, und das Dröhnen der vorbeipfeifenden Luft, das alle anderen Geräusche übertönt.

Er sieht zu mir herüber und lächelt. Ein echtes Jamie-Lächeln. Sein Blick hält meinen fest, während er auf mich zukommt, und ich sehe, wie sein Mund das Wort *Hallo* formt. Wortlos starre ich ihn an, als er mir die Umhängetasche abnimmt und sie sich über die Schulter hängt.

»Was ist los, Bea?«, fragt er, während er mir die Hand auf den Rücken legt und mich sanft von der Tür weg in die Wohnung schiebt.

Hinter mir bugsiert Margo fluchend den Buggy in die Wohnung. »Hast du sie je so in einem Türrahmen stehen und jemanden anstarren sehen?«

»Nein, noch nie«, entgegnet Sula und schnallt ihre Tochter Rowan ab, die sofort zu Jules läuft. Dann überholt sie mich und klappt den Buggy mit ein paar gekonnten Handgriffen zusammen. »Aber es erinnert mich daran, wie du mich angesehen hast, als wir uns das erste Mal begegnet sind.«

»Ich habe nicht gestarrt«, widerspricht Margo.

Sula lacht und verstaut den Buggy neben einer Wand aus

Jacken. »Na klar. Komm jetzt. Lassen wir die Turteltäubchen allein.«

Als sie gerade auf der Suche nach etwas zu essen und zu trinken verschwunden sind, kommen Toni und Hamza, hängen ihre Jacken auf und schlüpfen ebenfalls an uns vorbei.

Jamie sieht mich an, die Hand noch immer auf meinem Rücken. »Geht es dir gut?«

Ich spüre einen Kloß im Hals, ein sicheres Zeichen, dass ich gleich anfange zu weinen. »Ich bin mir nicht sicher.«

»Was ist denn los?« Sein zutiefst besorgter Gesichtsausdruck macht alles nur noch schlimmer.

»Ich …« Meine Augen füllen sich mit Tränen.

»Bea.« Jamie zieht mich an sich, eine feste Umarmung, von der ich nicht wusste, wie sehr ich sie gebraucht habe. Er hat seine starken Arme um mich gelegt, drückt meinen Kopf an seine Brust und fährt mir mit den Fingern sanft durch die Haare, eine so tröstliche Berührung, dass ich anfange zu heulen.

»Was brauchst du?«, fragt er, seine tiefe, warme Stimme an meinem Ohr. »Sollen wir irgendwohin gehen, wo es ruhiger ist?«

Ich schüttle den Kopf und schlinge die Arme um seine Taille. Er ist so groß und stabil und riecht wie ein Waldspaziergang am Morgen. Wenn ich die Augen schließe, kann ich es mir leicht vorstellen – wir haben unsere Hände ineinander verschränkt, es ist still, nur das zwischen den Bäumen versteckte Wild ist zu hören, das Knacken der Zweige unter unseren Füßen und das ferne Grollen des Ozeans.

»Ich brauch nur das«, flüstere ich gegen seine Brust.

22

Jamie

Irgendetwas passiert mit mir. Etwas Erschreckendes.

Als ich Bea so gesehen habe, völlig aufgelöst und den Tränen nahe, hat mich eine Wut gepackt, wie ich sie noch nie zuvor erlebt habe. Roh, archaisch und brutal. Etwas hat sie verletzt hinter ihrer toughen Fassade, ihren auffallenden Tätowierungen, ihren glühenden Augen und den grell-blondierten Spitzen. Und ich wollte es fertigmachen.

Auf Außenstehende wirke ich wahrscheinlich genauso ruhig und gelassen wie immer, aber ich habe noch nie einen so urgewaltigen Beschützerinstinkt empfunden wie jetzt, wo sie sich an mich klammert wie an einen Rettungsring.

»Danke«, flüstert sie.

Ich halte ihr Gesicht in den Händen, wische ihr mit den Daumen die Tränen von den Wangen und sehe ihr direkt in die Augen.

Beim Schachspielen am Mittwoch haben wir uns für heute auf einen Plan geeinigt: Zur Begrüßung würden wir uns leidenschaftlich küssen, dann den ganzen Abend nicht die Finger voneinander lassen und so für ordentlich Gesprächsstoff sorgen. Dass mir Bea in Tränen aufgelöst um den Hals fällt, stand nicht im Drehbuch. Und das Risiko, an einem Plan festzuhalten, mit dem sie vielleicht nicht mehr einverstanden ist, werde ich ganz bestimmt nicht eingehen. »Möchtest du immer noch, dass ich dich küsse?«, frage ich leise.

»Ja.« Sie nickt, ihre Hände auf meiner Taille, während ihre Finger behutsam meine Rippen entlanggleiten. Mit geschlossenen Augen drückt sie sich an mich. »Es soll ja glaubwürdig sein.«

Ich starre sie an. Die dunklen Wimpern, die Sommersprosse unter ihrem linken Auge. Der anmutige Schwung ihrer Nase, die vollen Lippen.

Und da begreife ich es.

Ich möchte Beatrice Wilmot nicht unter falschen Vorwänden küssen. Ich möchte sie küssen, um des Küssens willen. Ohne Hintergedanken, ohne Rachegelüste.

Und ich habe keine Ahnung, ob Bea jemals das Gleiche wollen wird. Etwas Echtes, nichts Vorgetäuschtes. Einfach nur uns.

Die Angst legt ihre Fesseln um meine Brust, drückt auf meine Lunge. Was, wenn ich wieder nicht genüge? Was, wenn Bea mich, sobald ich ihr meine Gefühle gestehe, mit dem gleichen genervten Unbehagen ansieht wie Lauren damals, als mir klar wurde, wie wenig ich ihr tatsächlich bedeutet hatte?

Ich kann das nicht riskieren, kann die Möglichkeit, dass ich für Bea nie mehr sein werde als das, worauf wir uns geeinigt haben, nicht einfach außer Acht lassen.

Feige, wie ich bin, sage ich nichts und genieße es, sie im Arm zu halten. Ich hasse es, wenn Bea so aufgebracht ist, aber ich liebe das Gefühl, dass sie *mich* braucht. Dass ich zu einem sicheren Hafen geworden bin, zu jemandem, an den sie sich anlehnen kann.

Ich schließe die Augen, lege meine Wange auf ihren Scheitel und atme sie ein. Für einen Moment versinkt die Welt in ihrem warmen Duft nach Feigen und rauchigem Sandelholz. Ihre Finger krallen sich in mein Hemd, während ich mich hinabbeuge und mit den Lippen sanft die ihren streife.

Sie atmet ein und geht auf die Zehenspitzen, um mir näher zu sein. Aus meiner Kehle dringt ein tiefes Seufzen, als sie die Arme um meinen Nacken schlingt und mit den Fingern durch meine Haare und über meine Kopfhaut streicht. Mein Mund öffnet sich, während ich sie an mich ziehe und mit den Händen die Rundung ihrer Hüften finde, ihr zeige, was sie in mir auslöst, wie dringlich alles wird, wenn wir uns küssen.

Die Zeit zieht sich zusammen, löst sich auf, bis nur noch Beas Hände existieren, ihr Mund und ihr weicher Körper, dessen süße Rundungen sich an meine harten Konturen schmiegen. Es gibt nur noch sie.

Bea.

Ihr Name beherrscht meine Gedanken, und in meinen Adern singt eine alles überflutende Sehnsucht. Bis ein anzüglicher Pfiff uns auseinanderreißt.

Bea starrt mich an, ein weiches, vorsichtiges Lächeln auf den Lippen.

»Hat Cornelius sich gut um dich gekümmert?«

Ich nicke und streiche ihr eine Strähne aus dem Gesicht, die sich bei unserem Kuss aus ihren hochgesteckten Haaren gelöst hat. »Ja, hat er.« Sie betrachtet mich, während ich den Schaden behebe und dabei mit dem Daumen sanft über ihren Kiefer streiche.

»Gut.« Ihr Lächeln wird schmäler, woraufhin ich den Riemen ihrer Tasche höher auf meine Schulter schiebe.

»Ich bringe die hier besser auf dein Zimmer, da ist sie sicher.«

Sie nickt. »Ich komme mit. Dem Igelchen Hallo sagen.«

Wir gehen den Gang hinunter in ihr Zimmer, in dem ich gerade noch inmitten all der zahllosen farbenfrohen Details auf ihrem Bett gesessen und mich gefragt habe, warum mir Beas ganz eigene Version von Chaos so wahnsinnig gut gefällt.

»Hi, Kleiner«, begrüßt sie Cornelius und streichelt ihm über den Rücken. Er watschelt durch sein kleines Zuhause und kriecht auf ihre Hände.

»Entschuldige, dass ich so durcheinander war, als ich kam.«

»Du musst dich nicht entschuldigen, Bea. Aber ich wünschte, du würdest mir verraten, was dich so aufwühlt.«

Sie schluckt, den Blick weiter auf Cornelius gerichtet. »Hast du noch Kontakt zu deiner Ex?«

»Was? Nein. Gott, nein.« Mir krampft sich der Magen zusammen. »Warum fragst du?«

»Ich glaube, ich habe sie heute Abend kennengelernt. Und nachdem wir sie in der Boulangerie gesehen haben, hat mich das … nervös gemacht.«

Ich würde sie gern mit mehr als nur Worten beruhigen und gehe unsicher einen Schritt auf sie zu. »Ich verspreche dir, Bea, das war reiner Zufall. Ich habe überhaupt kein Interesse daran, mit ihr zusammen zu sein.«

»Dachte ich mir.« Vorsichtig setzt sie Cornelius zurück in seinen Käfig und schiebt den Deckel zu. »Ich musste es einfach noch mal von dir hören.«

Ich gehe noch ein Stück weiter und bleibe direkt hinter ihr stehen. Feine schokoladenbraune Strähnen liebkosen ihre Haut. Als ich mit dem Finger einer davon folge, legt sie den Kopf in den Nacken.

»Würde es dir denn etwas ausmachen?«, frage ich. »Wenn ich noch Interesse an ihr hätte? Wenn ich … an irgendjemandem Interesse hätte?«

Ihre Hände krallen sich in ihr Kleid. »Bitte frag mich das nicht.«

»Dieser Kuss in der Boulangerie«, flüstere ich und lege die Lippen auf ihre Schulter. »War das wirklich nur Rache?« Obwohl ich weiß, wie unbesonnen das ist – und dass es für uns beide kein Zurück mehr geben wird, sollte ich mich irren –, presse ich einen langen Kuss auf ihr Tattoo.

Bea lehnt sich gegen mich und lässt den Kopf auf meine Schulter fallen. »Bitte frag mich das auch nicht.«

Ich lege einen Arm um ihre Taille und drehe sie langsam zu mir um. Ihre Augen glänzen, und sie beißt sich auf die Lippe. Ich möchte die Furcht in ihrem Gesicht so gern vertreiben. Ihr das Gefühl von Sicherheit vermitteln. Ihr zeigen, dass sie nicht allein ist. Dass ich hier an ihrer Seite bin.

Unsere Hände berühren sich flüchtig wie ein erster, ängstlicher Kuss, bevor sie ganz zueinanderfinden.

Ich lege unsere Hände auf meine Brust und suche ihren Blick. »Bea –«

»Ups!« In der Tür steht rot vor Verlegenheit eine mir unbekannte Person. »Tut mir furchtbar leid! Ich suche die Toilette.«

Bea entzieht mir ihre Hand und streicht ihr Kleid glatt. »Zweite Tür links«, sagt sie und geht mit hinaus auf den Gang. Ich folge den beiden, unsicher, ob ich alles völlig falsch interpretiert habe. Doch sobald der Eindringling im Badezimmer verschwunden ist, dreht Bea sich zu mir um, nimmt meine Hand und drückt einen sanften Kuss auf meinen Mundwinkel.

»Es war nicht *nur* Rache«, flüstert sie.

Ohne ein weiteres Wort zieht sie mich in die Küche, in der genauso viel Chaos herrscht wie in meinen Gedanken.

»West!«, ruft Christopher und grinst. »Komm, wir spielen Risiko. Und bring Bea mit. Das ist ihr Lieblingsspiel.«

Bea lässt meine Hand los und nimmt das randvolle Glas Sangria, das ihre Schwester ihr hinhält. »Immer mit der Ruhe, Christopher, wenn ich mich durch eine Runde Risiko quälen soll, brauch' ich erst mal Alkohol.«

»Ein Bier?« bietet Juliet mir an.

»Gern, danke.« Genau das brauche ich jetzt. »Hast du was Leichtes?«

Bea wühlt schon in der Eiswanne. »Ich hol ihm eins. Er mag diese herben Weizenbiere, stimmt's, James? Die so lecker nach Zitrusreiniger schmecken.«

Juliet rümpft die Nase und schiebt sich Sulas und Margos lockenköpfige Tochter Rowan höher auf die Hüfte. »Was?«

»Insiderwitz«, sagt Bea. »Du weißt schon. So unter Pärchen.«

Rowan streckt schreiend die Arme nach mir aus.

»Geht mir genauso, Ro«, ruft Bea ihr zu, die noch immer im Eis nach einem Bier gräbt. »War ein verdammt langer Tag.«

»Hey.« Juliet drückt Rowan fester an sich und küsst sie auf das Grübchen in ihrer Wange. »Ich bin dein Lieblingsmensch. Nicht dieser riesige Kerl, der die Finger nicht von deiner Tante BeeBee lassen kann.«

Rowan brüllt und streckt wieder die Arme nach mir aus.

»Nimm's nicht persönlich«, tröste ich Juliet, als ich ihr Rowan abnehme und sie mir in Höhe meines Gesichts an die Brust drücke. Genau wie alle Babys grapscht sie sofort nach meiner Brille, und ich lasse sie.

»Babys riechen, dass ich Kinderarzt bin.«

»Ich warne dich«, ruft Sula. »Mein Kind kennt kein Erbarmen, wenn es um Brillen geht!«

Ich lächle Rowan an, die schon dabei ist, mein Brillengestell zu verbiegen. »Das ist ein flexibles Gestell, fast nicht kaputtzubekommen.«

Als ich zu Bea sehe, beobachtet sie mich. »Babys stehen dir gut, James.«

Die Art, wie sie mich ansieht, löst ein warmes, wohliges Gefühl in mir aus. Meine Wangen werden heiß.

»Kommt mit dem Job.«

Ihr Blick verweilt noch kurz, ehe sie sich abwendet, die Bierflasche an die Kante der Küchentheke setzt und den Kronkorken abschlägt.

Wie verzaubert starre ich auf die Schwünge aus farbiger und schwarzer Tinte, die sich in feinen Linien um ihren Arm winden. Ich stelle mir vor, wie meine Zunge sie nachzeichnet, bis zu ihrem Schlüsselbein, und von dort hinunter bis zur Wölbung ihrer …

»Gaa!«, juchzt Rowan, drückt mir die Brille schief wieder ins Gesicht und unterbricht hilfreicherweise den Strom meiner lüsternen Gedanken.

»Vielen Dank«, flüstere ich ihr zu.

Sie schenkt mir ein breites Lächeln. Dann wird ihr Gesicht rot, gefolgt von einem unheilvollen Rumpeln in ihrer Windel.

»So ist das also.« Ich tätschle ihr den Rücken. »Du hast nur ein frisches Paar Arme gebraucht, in denen du in Ruhe Kacka machen kannst.«

Margo kommt zu uns und stellt ihre Sangria ab. »Das übernehme mal lieber ich.«

»Ich mache das gern. An schmutzige Windeln bin ich gewöhnt.«

Überrascht blinzelt sie mich an, bevor sie sich zu Bea umdreht. »Wenn du ihn nicht heiratest, rede ich mit Sula über die Option einer Ehe zu dritt.«

Bea funkelt Margo an. »Finger weg von meinem Mann. Und nimm Jules' Schlafzimmer zum Windelwechseln.«

»Frechheit!«, ruft Juliet aus der Küche.

»Ich gehe dann mal«, seufzt Margo. »Auf zum glamourösen Windeldienst.« Sie nimmt Rowan und verschwindet mit ihr den Flur hinunter.

»Komm, James«, Bea schnappt sich meine Hand. »Zeit, ein Nickerchen zu machen – ich wollte sagen, Risiko zu spielen.«

»Ein Nickerchen? Was meinst du?«

Sie zieht ein mürrisches Gesicht. »Risiko ist so lame. Total laaaangweilig.«

»Da geht es um Strategie.« Am Tisch von Christopher, Toni und Hamza gibt es noch einen freien Platz. »Und man braucht Geduld«, erkläre ich ihr. »Bitte, setz dich.«

»Nö.« Sie schüttelt den Kopf. »Ich spiele nicht mit. Setz du dich.«

Wir liefern uns ein intensives Blickduell, bevor ich mich schließlich seufzend auf den freien Stuhl fallen lasse und Bea auf meinen Schoß ziehe. Für einen Moment scheint die Zeit stillzustehen, als sie mich ansieht und dabei auf meinen Oberschenkeln herumrutscht. Mit der Hand umschließe ich fest ihre Taille.

»Bereit für eine bittere Niederlage?«, fragt Toni von der anderen Seite des Tisches.

Bea streckt ihm die Zunge heraus, schlägt die Beine übereinander und lehnt sich an mich. Ich habe einen unverschämt guten Blick direkt in den Ausschnitt ihres Kleides. Es erfordert einiges an Anstrengung, stattdessen meine Risiko-Spielfiguren aufzustellen.

»Ich bin zuversichtlich, James wird unter meinem Kommando gleich die Weltherrschaft übernehmen, Antoni«, sie nippt an ihrer Sangria. »Und danach machen wir dich bei Pictionary fertig.«

»Ohhh«, lacht Hamza. »Da werden schwere Geschütze aufgefahren.«

»Mit Bea ist nicht zu spaßen«, warnt Christopher und nimmt einen Schluck von seinem Bier. »Das einzige Mal, als ich sie bei Pictionary habe verlieren sehen, ist sie ausgetickt und hat den Stift nach Jules geworfen, die absichtlich falsch geraten hatte.«

Er ahmt die Bewegung nach. »Wie einen Speer.«

»Die Narbe habe ich immer noch!«, ruft Juliet aus der Küche.

»Das kommt davon, wenn man absichtlich falsch rät!«, ruft Bea zurück. Dann wendet sie sich mit gesenkter Stimme wieder an mich. »Wäre schön, wenn sie aus ihren Fehlern lernen würde, anstatt sich ständig mit mir anzulegen.«

Ich lächle und ziehe sie enger in meine Arme. »Mir tut jeder leid, der so naiv ist, dich zu unterschätzen.«

Bea trinkt mit geröteten Wangen etwas Sangria, und ich ertappe Christopher dabei, wie er uns neugierig beobachtet. Er ist der Einzige in der Gruppe, den ich noch nie mit einem Partner oder einer Partnerin gesehen habe. Ihn versucht niemand zu verkuppeln, so wie Bea und mich, was mir seltsam vorkommt, besonders wenn man bedenkt, wie gern sich hier eingemischt wird. Natürlich ist nicht jeder auf der Suche nach einer Beziehung oder ein bisschen Romantik. Daran könnte es auch liegen. Aber die Art, wie er uns zugesehen hat, wirkte fast … sehnsüchtig?

»Das ist eine lange Geschichte«, flüstert Bea in mein Ohr. »Aber er hat seine Gründe, keine Beziehung anzufangen, und die sind ernst genug, dass selbst Jules es nicht wagt, sich einzumischen.«

Ich trinke einen Schluck Bier. »Hast du gerade meine Gedanken gelesen?«

»Ich dachte mir schon, dass es dich interessiert, warum er ungestört Single sein darf. Du hast gemerkt, dass er uns beobachtet, und das hat dich nachdenklich gemacht«, sagt sie und streichelt sanft über meinen Oberschenkel. »Ich weiß, dass du über Jean-Claude in unsere Clique gekommen bist und Jean-Claude über Christopher, aber lustigerweise passt du vom Typ her viel besser zu Christopher. Ihr beiden würdet euch gut verstehen.«

Ich verlagere mein Gewicht unter ihr und starre auf meine Bierflasche. Ich ahne, was als Nächstes kommt.

»Wer *sind* eigentlich deine Freunde, Jamie?«, fragt Bea leise.

»Na ja …« Ich räuspere mich und trinke noch einen Schluck Bier. »Seit dem College habe ich nie wirklich den Dreh rausbekommen, wie das mit Freundschaften läuft. Zuerst war ich mit Lernen beschäftigt, dann mit dem Medizinstudium und der Facharztausbildung, und jetzt arbeite ich.« Ich stelle die Bierflasche ab und rücke meine Uhr zurecht, bis sie am richtigen Platz sitzt. »Ich verstehe mich gut mit meinen Kollegen, aber das ist auch schon alles.«

»Mit Ausnahme von Jean-Claude?«

»Richtig. Er ist irgendwie an mir hängen geblieben. Wie ein Insekt an Fliegenpapier«, antworte ich.

Bea schnaubt. »Das ist ja schon fast eine Beleidigung. Das bin ich gar nicht gewohnt von dir.«

Ich lächle, erleichtert, dass sie mich für meine spärlichen Sozialkontakte nicht verurteilt. »Klar hätte ich gern Freunde«, gebe ich zu. Irgendwie habe ich das Gefühl, ihr das sagen zu können. »Ich habe einfach nie wirklich verstanden, wo ich anfangen soll.«

»Ich denke, du machst das gerade gar nicht schlecht.« Sie schenkt mir ein warmes Lächeln.

Ein lautes Krachen lässt Bea von meinem Schoß aufschrecken, wobei sie beinahe ihre Sangria über uns verschüttet.

»Das war knapp«, sagt sie mit zittriger Stimme und stellt ihr Glas ab.

Ich werfe einen Blick über die Schulter, um zu schauen, was den Lärm verursacht hat, und entdecke Rowan, die durch den Raum watschelt und die Pictionary-Staffelei niedergemäht hat.

»Bea?«, murmele ich und ziehe sie tiefer auf meinen Schoß.

Sie dreht sich zu mir, unsere Münder sind nur wenige Zentimeter voneinander entfernt. Ihr Blick huscht über meine Lippen. »Was ist?«

»Pictionary? Muss das sein?«

»Jamie. Du erinnerst dich an mich beim Bowling?«

Meine Hand gleitet über ihre Hüfte bis zum Rand ihres Slips, der sich unter ihrem Kleid abzeichnet. »Wie könnte ich das je vergessen?«

Sie boxt mich in die Seite. »Ich meine nicht das Unterhosen-Debakel. Ich meine das Spiel. Meinen irrsinnigen Ehrgeiz. Darauf wollte ich hinaus. Ich liebe es, zu gewinnen. Und bei Pictionary gewinne ich immer.«

»Bea, wie soll das bitte gehen, wenn ich nicht mal Strichmännchen zeichnen kann? Ich bin sogar im Ausmalen eine Katastrophe.«

»Wie kann man im Ausmalen eine Katastrophe sein?«

»Ist einfach so.«

Sie streicht mir den Hemdkragen glatt und sieht mich an. Mir wird dabei so heiß, als hätte ich Fieber. Bea, die sich auf meinen Schoß kuschelt, die liebevolle Geste, das alles bringt mich an meine Grenzen. »Wir finden schon eine Lösung. Du bist ein Ass in Risiko. Ich übernehme Pictionary. Teamarbeit.«

Ich spüre, dass wir beobachtet werden, und ziehe sie an mich. Zu gierig, um mich zu bremsen, küsse ich sie, bis sie mit großen Augen dasitzt und nach Luft schnappt. »Klingt nach einem guten Plan.«

23
Bea

Jamie hat nicht übertrieben. Er ist ein *grauenhafter* Zeichner. Ich habe ihn noch nie so überfordert gesehen, obwohl wir uns einen Shot Tequila genehmigt haben, von wegen Mut antrinken und so.

Immer wieder zeigt er auf das Papier und pocht mit dem Stift auf seine Zeichnung.

»Jamie, das hilft auch nicht!« Ich raufe mir die Haare. »Ich habe schon alles Mögliche geraten. Mehr fällt mir nicht ein.«

»Schocker«, sagt Toni. »Es waren alles Genitalien.«

Ich werfe ihm ein Kissen an den Kopf.

»Wir müssen los«, ruft Margo. Sula zerrt den Kinderwagen an ihr vorbei. »Unser Nachwuchs hat keine Lust mehr auf euch Idioten.«

Rowans Plärren bestätigt das. Ich verabschiede mich von den dreien mit einer Kusshand und wende mich wieder Jamie zu, der den Kopf in den Nacken geworfen hat und den Göttern von Pictionary mit den Fäusten droht, aber ignoriert wird.

Ich lege den Kopf schief und kneife die Augen zusammen.

»Die Zeit ist fast abgelaufen!«, warnt Hamza.

Irgendetwas kann ich erkennen. Etwas nimmt vor meinen Augen langsam Gestalt an …

»Schubkarre!«, schreie ich.

Jamie klatscht den Stift auf den Boden, als wäre er ein Footballspieler, der die Antwort, die ich ihm zugeworfen habe, zum Touchdown bringt.

Plötzlich ist er neben mir und presst seinen Mund auf meinen, hebt mich hoch, legt meine Oberschenkel um seine Taille.

»Hey!«, ruft Christopher. »Sucht euch ein Zimmer!«

»Gern«, sagt Jamie, halb lachend, halb knurrend, während er mich fester küsst. Ich höre das Gelächter und die spöttischen Bemerkungen nur halb, als seine Hände meine Oberschenkel hinaufgleiten und sich in meine Haut drücken. Er führt uns in den Schatten des Flurs und schiebt mich gegen die Wand.

»Das war die schlechteste Schubkarre, die ich in meinem ganzen Leben gesehen habe.«

Seine Hände gleiten höher und schmiegen sich unter meinem Kleid um meinen Hintern. »Es tut mir leid«, raunt er. »Ich sollte es nicht so weit treiben …«

»Ich habe nichts dagegen einzuwenden.« Ich streiche über seine kräftigen Arme, die mich halten, und spüre seine angespannten Muskeln. »Wirklich gar nichts.«

»Ich dachte, es wäre der Tequila«, sagt er nach einem tiefen, langen Kuss, »aber es ist der Siegesrausch. Adrenalin. Endorphine. Da kommt einiges zusammen.«

»Geht mir genauso«, flüstere ich, lege den Kopf in den Nacken und biete ihm meinen Hals an. Jemand hält sich für besonders witzig und lässt Barry Manilow laufen. Eine Welle des Lachens unterbricht unseren Siegestaumel. Ich starre ihn an. Wir sind beide völlig außer Atem. »Jamie?«

Er blickt auf meinen Mund, eine hitzige Röte färbt seine Wangen. »Ja?«

»Lass uns von hier verschwinden.«

Die Realität drängt sich in meine Gedanken, aber ich schiebe sie beiseite. Wir sollten das hier eigentlich nur vor den anderen tun. Ihnen etwas vorspielen, übertreiben, die Strippenzieher in unsere Falle locken. Aber im Moment möchte ich nicht an sie denken. Ich möchte nicht, dass sie bei dem, was ich als Nächstes tun möchte, zusehen.

Jamie küsst mich noch einmal und setzt mich ab.

»Verschwinden? Gern.«

Ich weiß nicht, ob es am Tequila oder unserem Pictionary-Sieg liegt, aber plötzlich bestehe ich nur noch aus zittrigen Armen und Beinen und nervösem Lachen. Jamie hilft mir in die Jacke, hängt seine Tasche um, und dann hebt er mich hoch, wirft mich über die Schulter und reißt die Tür auf.

»Wo geht ihr hin?«, ruft Jules.

»Wir suchen uns ein Zimmer, genau wie Christopher vorgeschlagen hat!«, ruft er zurück, bevor die Tür hinter uns ins Schloss fällt.

»Wow.« Ich habe eine großartige Sicht auf Jamies Hintern, als er mich die Treppe hinunterträgt. »Du bist echt durchtrainiert. Wie oft machst du Sport?«

»Fast jeden Tag.«

»Meine Güte, James!«

Sein Griff um meine Beine wird fester. »Sport hilft.«

»Wobei denn? O Gott. Ich muss in die Senkrechte. Ohne Mitwirken der Schwerkraft bleiben Sangria und Tequila nicht an Ort und Stelle.«

Am Ende der Treppe geht Jamie in die Hocke und setzt mich ab. Dabei gleite ich so eng an seinem Körper entlang, dass ich viel atemloser bin, als ich es sein sollte. Immerhin wurde ich nur wie ein Sack Kartoffeln die Treppe heruntergetragen.

»Sport hilft mir bei allem Möglichen«, knüpft er an unser

Gespräch an. »Schlaflosigkeit. Angstzuständen. Ich werde schnell rastlos, wenn ich mich nicht bewege.«

»Welchen Sport machst du?«

Er sieht mich an und geht dabei rückwärts zur Eingangstür des Gebäudes und öffnet sie. »Laufen und Gewichte heben. Und was macht Beatrice, um Energie zu verbrennen?«

»Beatrice geht spazieren. Macht Yoga. Und manchmal schwimmt sie.« Ein Lächeln huscht über sein Gesicht.

Ich bohre meinen Zeigefinger in seinen Bauch. »Was gibt's da zu grinsen?«

»Nichts«, sagt er.

»Was ist so lustig daran? Tut mir leid, dass ich keine Weltklassemarathonläuferin bin so wie du, James.«

Er lacht. »Ich habe doch gar nichts gesagt!«

Ich stürze mich auf ihn und suche an seiner Seite nach einer kitzeligen Stelle. Er stößt einen unmenschlich hohen Schrei aus. »Heilige Scheiße!« Meine Augen weiten sich vor Schadenfreude. »Du bist kitzelig.«

»Beatrice, bitte nicht.« Jamie hebt die Hände und macht ein paar Schritte zurück. »Nicht kitzeln.«

»Du hast dich über meine Babysportarten lustig gemacht. Dafür bezahlst du jetzt.« Ich stürze mich erneut auf ihn und kitzle ihn. Er fängt wieder an zu kreischen, und ich muss laut lachen. Jamies Quietschen ist das beste Geräusch der Welt.

»Beatrice, hör auf!«

Ich falle über seine andere Seite her, aber er entwischt mir. »Halt mich davon ab.«

Er sieht mich mit zusammengekniffenen Augen an und sprintet dann plötzlich los, den Gehsteig entlang.

»James!«, rufe ich völlig aus der Puste. »Ich kann nicht rennen! Ich bin nicht so fit wie du! Ich schlag mir mein Gesicht auf!«

Jamie bleibt stehen und dreht sich um. Ich schaffe es nicht, rechtzeitig abzubremsen, und pralle voll gegen ihn. »Uff.«

»Dass du dir das Gesicht aufschlägst, kann ich nicht riskieren«, sagt er. »Noch nicht mal, um dem Kitzelmonster zu entkommen.«

Ich kichere. Er lacht. Wir sind ein wenig beschwipst. Und irgendwas ist plötzlich anders. Unausgesprochen.

»Komm«, sagt er und nimmt meine Hand. Es entgeht mir nicht, dass es dadurch unmöglich ist, ihn zu kitzeln. Es sei denn, ich versuche es mit der anderen Hand, was wegen meiner begrenzten Reichweite nicht funktionieren wird.

»Ich habe Lust auf Pizza«, murmelt Jamie.

»Pizza?« Ich schnappe nach Luft. »Wer sind Sie und was haben Sie mit dem echten James Benedick Westenberg gemacht?«

»Ha!« Er schaut mich herausfordernd an. »Der langweilige Jamie ist also gar nicht so langweilig, stimmt's? Er bestellt freitagabends sogar eine Pizza, wenn er zu viel Tequila intus hat.«

»Es war nur ein Shot, James.«

»Ich vertrage wirklich nichts«, gibt er zu.

»Und du willst eine frisch gebackene, echte Holzofen-Pizza, habe ich recht?«

Er grinst und legt den Arm um mich. »Kann schon sein.«

Als wären wir gefangen in einer Zeitschleife, laufen wir durch die kühle Nachtluft – rasen den Gehweg entlang, lachen albern über alles und nichts und sind plötzlich bei ihm zu Hause.

In Jamies Apartment ziehe ich meine Stiefel aus, gehe die sechs Schritte zu seinem Sofa und lasse mich über die Lehne plumpsen.

»Heilige Scheiße, ja«, stöhne ich. »Ein Sofa ganz für mich allein. Diese Ruhe. Viel besser als bei mir zu Hause. Was haben wir uns nur dabei gedacht? Ein Spieleabend mit Freunden? Pah.«

»Rache, Beatrice!«, sagt Jamie. »Hmm.« Er schaut sich um, als ob er etwas sucht.

»Alles okay, Großer?«

Er runzelt die Stirn. »Ich brauche mein Handy.«

»Um Pizza zu bestellen?«

»Noch nicht. Eine gute Pizza braucht ihre Zeit. Und die Entscheidung, ob man gute Pizza bestellen soll oder nicht, dauert sogar noch länger.«

»Du bist wirklich auf eine erfreuliche Art seltsam.«

»Gleichfalls.« Er nimmt die Brille ab, legt sie auf die Küchentheke und leert seine Taschen. »Aha!« Er hält sein Handy hoch, auf dessen Display eine ungelesene Nachricht leuchtet. »Ich muss das Vibrieren ausschalten. Eine Nachricht von meinem Mitbewohner.« Er kneift die Augen zusammen. »Er hat mir geschrieben, dass er doch nicht kommt. Ach was, erzähl mir was Neues, Jean-Claude.«

Ich schnaube verächtlich. »Ich habe ihn nicht vermisst. Obwohl es schon komisch ist, dass er heute Abend nicht da war. Er ist sonst immer dabei.«

Er knallt sein Handy mit untypischer Nachlässigkeit auf die Küchenanrichte. »Er war wegen irgendetwas beleidigt. Das ist er meistens, wenn er seinen Willen nicht bekommt.«

»Hatte er einen Grund, sauer zu sein? Inwiefern hat er seinen Willen nicht bekommen?«

»Keine Ahnung«, sagt Jamie und schlendert in die Küche. »Deine Schwester sah aus, als hätte sie geweint. Ich vermute, sie haben sich gestritten. Wahrscheinlich hat Jean-Claude nicht das bekommen, was er wollte, und ist ausgeflippt.«

Ein Schauder läuft mir über den Rücken. Würde Jules mir so etwas nicht erzählen?

»Magst du etwas trinken?«, fragt Jamie.

Ich will mich gerade in die Sache mit Jean-Claude hinein-
steigern, als er sich hinkniet, um die schlafenden Zombie-Kat-
zen auf ihren Betten vor dem Fenster zu streicheln, und der
Anblick seines Hinterns mein Gehirn kapert.

»Bea?«, reißt er mich aus meinen Gedanken.

»Bitte? Etwas trinken? Ja, gern.«

»Was darf's denn sein? Etwas Hochprozentiges?« Jamie öffnet die Gefrierschranktür und schlägt sie sofort wieder zu. »Äh,
nein. Haben wir nicht da.«

Ich starre über seine Schulter und versuche zu verarbeiten,
was ich gerade im völlig überfüllten Gefrierschrank gesehen
habe. »James, was um Himmels willen ist da drin? Bereitest du
dich auf die Apokalypse vor? Bist du ein heimlicher Prepper?«

Er schaut mich nicht an. »Das hättest du nicht sehen sollen.«

»Habe ich aber, und jetzt bist du mir eine Erklärung schuldig.«

»Lass uns Tee trinken«, schlägt Jamie vor. »Zuerst dachte
ich an Tequila, aber so, wie sich mein Magen anfühlt, ist das
ohnehin keine so gute Idee.«

Ich rutsche vom Sofa und schleiche mich hinter seinem Rücken zum Gefrierschrank. Als ich ihn gerade öffnen will, legt er
die Hand auf die Tür und hält sie zu. Zwischen ihm und dem
Kühlschrank eingequetscht, schaue ich zu ihm hoch. »Jamie,
was hortest du da drin?«

»Das …« Er starrt auf den Boden. »Das ist Suppe.«

»Okay? Es ist kein Verbrechen, große Mengen Suppe vor-
zukochen.«

Sein Blick bleibt auf den Boden gerichtet. »Sie ist für dich«,
fügt er mit gedämpfter Stimme hinzu.

»Für mich?« Mein Herz tanzt in meiner Brust. Er hat Suppe für mich gekocht?

Jamie errötet und räuspert sich. »Ich habe mit meinem neuen Hightech-Mixer vier verschiedene Gemüsesuppen gekocht und eingefroren. Ich wollte sie dir mitbringen, aber dann war ich mir nicht sicher, ob das nicht etwas übergriffig ist und ob sie dir überhaupt schmecken. Also sind sie jetzt … im Gefrierschrank. Und geben mir jedes Mal, wenn ich Eiswürfel heraushole, das Gefühl, ein anmaßender Vollidiot zu sein. Also jeden Morgen, wenn ich mir meinen Frühstückssmoothie zubereite.«

»Jamie.« Mein Herz fühlt sich an, als ob darin etwas erwacht wäre, das mehr Platz braucht.

Jamie sagt nichts, aber seine Wangen werden immer röter. Eine Haarsträhne ist ihm in die Stirn gefallen und verdeckt halb sein rechtes Auge. Ich streiche sie zurück und lasse meine Hände durch sein Haar gleiten, genieße die seidige Weichheit. »Du hast vier verschiedene Gemüsesuppen gemacht. Für mich.«

»Du brauchst Gemüse«, sagt er leise. Seine Fingerspitzen fahren über meinen Nacken und zeichnen meine Hummel-Tätowierung nach. »Und ich dachte, mein Hochleistungsmixer könnte es, zumindest von der Konsistenz her, genießbarer für dich machen.«

»Hey, du bist doch nur vor den anderen mein Freund. Du darfst mich nicht so verwöhnen, dass ich keinen anderen mehr will«, flüstere ich.

Jamie schließt die Augen, als er seine Stirn an meine legt. »Manchmal, Beatrice, ist vielleicht genau das meine Absicht.«

Mein Herz springt aus meinem Körper und tanzt über den sternenübersäten Himmel.

»Wirklich?«

Er nickt. »Mir ist schon klar, dass ich das nicht sollte.«

Ich starre zu ihm hinauf, entsetzt über das, was er da sagt. Vor allem, weil es genau das ist, was ich hören will.

»Ich sollte nicht mit dir allein sein wollen«, sagt er langsam, legt einen Arm um mich und nimmt meine Hand. »Ich sollte dich nicht so halten und in der Küche mit dir tanzen wollen, während das Teewasser kocht. Aber ich kann nicht anders.«

Er versucht, mich zu drehen, aber ich stolpere über seinen Fuß und ramme ihm mein Knie in den Oberschenkel. Die Romantik ist dahin. »Versuchen kannst du es gern, James«, entgegne ich gereizt. Das Ganze ist mir unendlich peinlich. »Aber ich kann definitiv nicht tanzen.«

Jamie sieht mich unbeeindruckt an. »Das war gar nicht schlecht. Lass mich einfach führen.« Wir wiegen uns weiter, er legt sein Kinn auf meinen Kopf und seufzt. »Wir üben schon mal für den Geburtstag meines Vaters.«

»Was soll das heißen?«

»Das wird eine steife Angelegenheit. Wie immer. Smoking-pflicht. Live-Orchester. Walzer.«

Ich erstarre. »Jamie, ich mache keine Witze. Ich kann wirklich nicht tanzen.«

»Gar nicht?«

»*Gar* nicht. Ich bin völlig unkoordiniert.«

Er hält inne und schaut mich an. »Für einen Walzer braucht man keine Koordination, man muss die Schritte nur auswendig lernen. Willst du es mal versuchen?«

»Ja?« Die Antwort rutscht mir heraus, bevor ich sie unter-drücken kann wie all den anderen Unsinn, der aus mir heraus-zusprudeln droht.

Ich möchte jede Nacht so lachen, Sex auf der Küchenan-richte haben, im Bett kuscheln, Schach spielen, Cupcakes mit-einander teilen und nie wieder aufhören.

So gesehen ist ein unüberlegtes *Ja* vielleicht nicht das Schlimmste, was mir hätte rausrutschen können.

Jamie nimmt meine Hand und führt mich ins Wohnzimmer. Über eine Fernbedienung, die er mit seinem Handy verbindet, wählt er eine Playlist mit klassischer Musik aus.

»Ooookay«, stöhne ich. »Wir tun das also wirklich. Das wird ein Albtraum. Ich warne dich.«

»Ich mache mir keine allzu großen Sorgen.« Streichmusik erfüllt die Wohnung. Er zieht mich näher zu sich. »Wird nicht lang dauern, versprochen.«

Ich habe Jamies Kompetenz als Kinderarzt nie infrage gestellt, aber nun ist es offiziell: Er weiß, wie man mit bockigen Kleinkindern umgehen muss.

Denn genau so benehme ich mich gerade.

Ich stampfe mit dem Fuß auf und jaule so laut, dass die Streichinstrumente Probleme haben, mitzuhalten.

»Bea, ist schon in Ordnung. Tanzen braucht Zeit und Übung …«

»Wir üben jetzt seit über einer halben Stunde, und ich bin nur noch schlechter geworden.«

Jamie kann nicht gut lügen. Deshalb kneift er die Lippen zusammen und sagt erst mal für ein paar sehr lange, sehr peinliche Sekunden nichts. »Du bist nicht schlechter geworden. Du bist …«

»Grauenhaft. Tollpatschig. Untalentiert. Ich bin dir zigmal auf die Füße getreten. Ich habe dir bestimmt einen Zeh gebrochen …«

»Beatrice.«

Jamies strenger Tonfall lässt mich verstummen, und gleichzeitig wird mir an gewissen Stellen sehr, sehr warm. »J-Ja?«

Seine Hand liegt schwer auf meinem unteren Rücken. »Durchatmen. Am besten gleich mehrmals.«

Ich gehorche. Hole lang und tief Luft und atme langsam wieder aus. Dann noch mal.

»Gut.« Er räuspert sich. »Ich mache es dir jetzt gleichzeitig leichter und schwerer.«

»Was? Das ergibt keinen Sinn.«

»Wird es.« Er drückt mich fest an sich, sodass unsere Körper sich berühren. Brust. Hüften. Oberschenkel.

Mit einem Mal bin ich mir jedes einzelnen Zentimeters seines Körpers bewusst.

»Ah. Okay. Verstehe.«

Jamie atmet tief ein und sieht mir tief in die Augen.

»Stell dir vor, wir würden Liebe machen.«

»Was?«, piepse ich.

Ein tiefes Rot färbt seine Wangen. »Wie ich gesagt habe. Es wird leichter und schwieriger. Lass dich auf mich ein. Wenn zwei Menschen zusammen sind …«

»Ja«, flüstere ich.

»Genauso ist es beim Tanzen«, sagt er leise, seine Hand liegt fest auf meinem Rücken. Meine Finger krallen sich in sein Hemd. Ich bestehe nur noch aus purer Sehnsucht. »Ihre Körper finden einen Rhythmus. Es ist ein Geben und Nehmen. Verstehst du?«

Ich nicke schnell. »Ich glaube schon. Ich meine, ja.«

»Lass mich anfangs führen. Folge meinem Rhythmus, dann wirst du deinen eigenen finden, ich werde mich daran anpassen, und dann werden wir … tanzen.«

Mein Griff auf seiner Schulter wird fester. »Versprochen?«

Er sieht mir tief in die Augen, während er mit dem Daumen sanft über meine Wirbelsäule streicht. »Versprochen.«

Jamie scheint auf den richtigen Moment in der Musik zu warten, und wir stehen still. Sehen uns an. Körper verschmolzen.

»Normalerweise wären wir nicht ganz so nah aneinander«, sagt er, als ob er meine Gedanken lesen könnte. »Aber das wird dir beim Lernen helfen.«

Sein linker Oberschenkel drückt gegen mein rechtes Bein, und ich trete einen Schritt zurück, um mich an die Schritt-abfolge zu erinnern. *Zurück, zur Seite, ran. Vor, zur Seite, ran.*

»Bea.«

Mein Blick schießt zu ihm hoch.

»Hör auf, zu denken«, sagt er leise. »Folge einfach meinen Bewegungen.«

»Okay.« Ich halte mich an ihm fest und warte nervös auf den Moment, in dem ich ihm wieder auf seine Zehen trample. Aber Jamie hält mich, zieht mich im Rhythmus mit sich, bis es mir immer schwerer fällt zu denken und immer leichter zu fühlen.

Jamies Finger spreizen sich über die Rundung meines Rü-ckens.

Seine langen, starken Beine führen meine.

Seine kräftigen Arme ziehen mich vor, zur Seite, zurück.

Ich starre auf seinen Mund und spüre, wie mir die Kontrolle entgleitet. Ich möchte, dass aus dem Tanzen mehr wird. Ich möchte, dass Jamie mich genauso will wie ich ihn. Aber ich kann nicht riskieren, alles zu sabotieren – weder unsere Ra-chepläne noch die zarte Freundschaft, die sich zwischen uns entwickelt hat.

Also versuche ich, mich abzulenken. Abgesehen davon, Jamie anzusehen, bleibt mir nur, nach unten zu schauen, wo sich unsere Körper in einem gleichmäßigen, wellenförmigen Rhythmus bewegen. Das hilft überhaupt nicht.

Jamie hilft auch nicht. Er schweigt. Und als ich aufschaue, ist sein Blick auf mich gerichtet und so intensiv, so heiß, dass ich ihm fast auf den Fuß trete. Er spürt es und führt meinen nächsten Schritt, ohne den Blick von mir zu wenden.

»Gibt es, ähm …« Ich räuspere mich. »Gibt es noch eine Tanz-Etikette, die ich beherrschen sollte?«

Er neigt den Kopf leicht zur Seite und sieht mich fragend an.

»Na ja, bei einem intimen Tanz wie dem Walzer schaut man dem Partner normalerweise in die Augen. Aber ich weiß, dass das für dich nicht einfach ist. Du kannst anderswo hinschauen.«

»Anderswo?«, frage ich und wackle mit den Augenbrauen.

Jamie lächelt nicht, während sein Blick über mein Gesicht streift. »Ja, solange ich es bin, den du ansiehst.«

Die Welt erglüht in einem rotgoldenen Schimmer, während Jamies Worte in mein Bewusstsein sickern und er uns im eleganten Takt des Walzers wiegt.

»Das sollte ich hinbekommen.« Ich blicke auf seinen Mund.

»Manchmal«, sagt er so leise, dass ich ihn kaum höre, »manchmal küsst man sich auch beim Tanzen.«

Ich fahre mir mit der Zunge über die Lippen, wandere mit der Hand von seiner muskulösen Schulter zu seinem Nacken. Meine Finger gleiten durch seine Haare. »Dann zeig mir das doch auch.«

Seine Lippen streifen meine, zuerst so sanft, dass ich nicht sicher bin, ob ich sie wirklich gespürt habe. Dann findet sein Mund meinen, fester und hungriger. Ich öffne die Lippen, und sein Stöhnen erfüllt meinen Mund. Seine Hand gleitet über meinen Rücken, zieht mich an ihn, bis es keine Zweifel mehr gibt, wohin das Tanzen führen wird. Meine Brüste pressen sich gegen seinen breiten Oberkörper, meine Brustwarzen hart und erregt, als sie an ihm reiben, und ein süßes, heißes Verlangen erfüllt mich. Drängend, rastlos drücke ich mich an ihn und will so viel mehr.

Ich schlinge die Arme um Jamies Hals, wir halten inne, und

als ob es Teil unserer Choreografie wäre, legt er seine Hände um meine Taille und zieht mich an sich. Unsere Münder öffnen sich, und anstelle unserer Körper tanzen unsere Zungen – ein rhythmisches Gleiten, das mich in seinen Armen schmelzen lässt.

»Bea«, murmelt er in unseren Kuss.

Ich küsse ihn härter, vergrabe meine Finger in seinen wunderschönen Haaren. »Jamie.«

»Was möchtest du?«, fragt er heiser.

Die Frage trifft mich wie ein Schlag. Nicht, weil ich keine Antwort weiß, sondern weil sie mir auf der Zunge liegt – klar und deutlich. Ein einziges Wort, von dem man meinen sollte, es wäre einfach auszusprechen. Aber es erfordert Mut, einen tapferen, tiefen Atemzug, bevor ich den Raum zwischen uns damit fülle und zum Leuchten bringe. »Dich.«

Kaum hat es meine Lippen verlassen, hebt Jamie mich hoch, trägt mich zum Sofa und setzt mich behutsam ab. Meine Beine öffnen sich ohne Scham, als er sich mit seinem ganzen Gewicht auf mich legt und küsst.

O Gott. Das ist es, was ich gebraucht habe. Jamie zu küssen. Seinen langen, kräftigen Körper schwer auf mir zu spüren. Ich seufze, bewege mich mit ihm, bis wir miteinander verschmelzen, unsere Hände wandern, unsere Küsse gierig und feucht werden.

Diese Jamie-Küsse sind neu, ungehemmt und hungrig. Seine Zunge bewegt sich in meinem Mund, genau so, wie ich jeden Zentimeter von ihm in mir spüren will – tiefe, langsame Stöße, dass sich die Zehen in meinen Socken krümmen.

»Ist das okay?«, flüstert er.

»So was von okay.« Ich ziehe die Hände aus seinem Haar, lasse sie über seinen Rücken bis zu seinem festen, warmen Hintern wandern. Sein Stöhnen hallt in meinem Mund wider, als ich ihn fester an mich ziehe. »Hör nicht auf«, flehe ich. »Hör bitte nicht auf.«

»Gott, Bea.« Seine Hand fährt meinen Oberschenkel hinauf, wobei mein Kleid sich wie eine weinrote Pfütze um meine Hüften ergießt. »Ich will dich so sehr.«

»Ich dich auch.«

Ich schlinge ein Bein um seine Taille und spüre die köstliche Härte seiner Erektion, die seine Hose spannt. Ich bewege meine Hüften, sterbe vor Sehnsucht nach Reibung, nach Berührung, danach, dass jede Faser meines Körpers ihn findet. Ich zerre sein Hemd aus der Hose, fahre mit den Händen unter die glatte Baumwolle und seufze, als ich seine Haut spüre – warm und straff über den harten Konturen seiner Taille.

Ich schiebe ihn ein Stück zurück und knöpfe hektisch sein Hemd auf, reiße es ihm von den Schultern und zerre ihm das Unterhemd über den Kopf. Bevor ich seinen Körper richtig bewundern kann, zieht er mir mein Kleid aus, drückt mich zurück auf das Sofa und legt seine Lippen auf meine Brustwarze. Durch die weiche Baumwolle meines Bralettes ziehen seine Zähne sie sanft, quälend perfekt, zu harten, empfindlichen Spitzen.

Der zarte Schmerz ist überall. In meinen Fingerspitzen, meinen Zehen, tief in mir und erregend dicht unter der Oberfläche. Der pochende Puls zwischen meinen Schenkeln drängt mich gegen seine Hüften. Unsere Lippen finden sich erneut, und als sich unsere Zungen berühren, biegt sich mein Rücken, sodass meine Brüste seinen Oberkörper streifen.

Von da an ist die Frage nur noch *wann*, nicht *ob* die Erlösung kommt.

Ich presse mich gegen Jamie, während er sich gleichmäßig auf mir bewegt, die harte Spitze seines Penis durch unsere Kleidung meine Klitoris reibt. Ich greife zwischen uns und reibe ihn durch seine Hose, genieße, wie hart und groß er ist, straff und schwer. Ich genieße diesen Moment zu sehr, um ihn um mehr zu bitten, aber ich schwöre mir, dass beim nächsten Mal nichts mehr zwischen uns sein wird.

Wir sind völlig außer Kontrolle, genau wie ich es mir vorgestellt habe, als wir in der Bowlingbahn etwas wild wurden. Das atemlose Keuchen und die fieberhaften Stöße, die entfesselte Lust, die viel zu lange zwischen uns in der Luft lagen. Lachen und Begierde lösen sich ab, während wir uns küssen, ich seinen Kiefer, seine Wange, seine Lippen schmecke.

»Du bist fast so weit«, sagt er, während er sanft meinen Hals küsst.

»Ja. Ja.«

»Ich will dich zum Höhepunkt bringen.« O Gott. Ein schlichter Satz, aber er lässt meine Klitoris anschwellen, meine Brüste sich schamlos nach seiner Berührung verzehren. »Sag mir, was du brauchst.«

Ich erröte, als ich es ihm sage. Nicht weil ich mich schäme, sondern weil es so heiß ist, ihm Anweisungen zu geben. Zu wissen, dass er es tun wird. »Mehr. Härter.«

Er stöhnt, als würden meine Worte ihn ebenso so sehr entfesseln wie meine Hände, die seinen Körper erforschen. Seine Bewegungen auf mir werden heftiger.

Seufzend zieht er meine Unterlippe zwischen seine Zähne. Als er sie loslässt und direkt über meiner Tätowierung in meinen Hals beißt, entfährt mir ein unmenschliches Geräusch der Lust. Er spielt mit dem Daumen an meiner Brustwarze und kneift sie dann kräftig. Als hätte jemand einen Schalter umgelegt, stehe ich plötzlich an der Klippe, schnappe nach Luft.

»Jamie«, keuche ich.

»Bea«, flüstert er. Ich kann sein Lächeln auf meinen Lippen spüren.

Verzweiflung wird zu zitternder Erleichterung, als ich komme, und Jamie mich mit seinen dunklen Augen und geöffnetem Mund beobachtet. Ich schiebe meine Hand zwischen uns, umfasse ihn fest durch seine Hose, damit er in meine Berührung stoßen kann, bis auch er kommt, ein warmes, feuchtes Zucken der Erlösung, das durch seine Kleidung sickert und meinen Bauch durchnässt.

Wir starren uns an, ringen nach Luft. Dann senkt Jamie den Kopf in die Kuhle an meinem Hals und drückt einen langen, langsamen Kuss genau über eine süß pochende Bissstelle.

»Nur, dass du es weißt«, sage ich atemlos. »Hättest du gleich gesagt, dass Walzer tanzen hierzu führt, hätte ich nicht so ein Theater gemacht.«

Sein Lachen tanzt über meine Haut. Ich schlinge die Arme um ihn, und ein Lächeln breitet sich auf meinem Gesicht aus. Ich kann nicht sehen, wie hell es ist, aber so wie er mich ansieht, kann ich es erahnen.

Ich strahle.

24
Jamie

Wir mögen zwei Erwachsene sein, die sich letzten Freitag in gegenseitigem Einvernehmen zum Orgasmus gebracht haben, aber ich kann nicht behaupten, dass wir uns seitdem auch wie Erwachsene benommen haben.

Als ich aufgewacht bin, war die Couch leer – von Bea keine Spur. Ich habe ihr eine Nachricht geschickt, ob sie heil nach Hause gekommen sei, die sie mit *Ja* beantwortet hat. Mehr nicht.

Sofort habe ich an allem gezweifelt, was zwischen uns passiert ist – vielleicht habe ich etwas falsch gemacht, sie nicht richtig verstanden, oder sie bereut bereits alles.

Seitdem haben wir nur kurze, minimale Nachrichten ausgetauscht.

Wir treffen uns wie verabredet direkt nach der Arbeit am Malstudio. Zum ersten Mal, seit das mit uns angefangen hat, schleichen Bea und ich irgendwie umeinander herum.

Mir gefällt das gar nicht.

Aber Bea anscheinend noch weniger. Als wir gerade hineingehen wollen, macht sie abrupt halt und dreht sich zu mir um. »Warum machen wir das hier eigentlich?«, fragt sie.

»Weil eine auf Instagram festgehaltene Stunde mit billigem Wein und Amateurmalerei uns auf unserem Rachefeldzug ein gutes Stück weiterbringen wird.« Ich schiebe meine Brille höher auf die Nase und drehe mich wieder zur Eingangstür.

Bea sagt eine Weile gar nichts, aber als ich einen Blick auf sie werfe, merke ich, dass sie mich anstarrt. Schnell sieht sie zur Seite. »Okay«, sagt sie. »Wir gehen rein, malen, fotografieren, gehen wieder raus. Sehr Instagram-tauglich.«

»Genau.«

Das ist aber nicht der einzige Grund, warum ich auf dieses Date bestehe. Bea hat eine kreative Blockade. Sie hat nichts mehr gemalt, seit sie sich von ihrem beschissenen Ex getrennt hat. Nachdem sie mir erzählt hat, was er ihr angetan hat, wie sehr er sie verletzt hat, hätte ich ihr fast angeboten, dieses Date abzusagen.

Aber dann dachte ich, wenn wir für diesen bescheuerten Kurs beide einen Pinsel in die Hand nehmen, fasst sie vielleicht Mut und hat wieder Freude an dem, was ihr so sehr fehlt.

Habe ich sie zu sehr gedrängt? Vielleicht ist es ihr auch zu viel. So wie ich ihr letzten Freitag vielleicht zu viel war. Bereut sie es?

Mich?

Das alles?

»Bea.« Ich sehe sie an und spreche dann schließlich aus, was mir schon seit Tagen durch den Kopf geht. »Wenn du nicht willst, müssen wir das hier nicht machen. Wenn ich dich zu sehr dränge …«

»Jamie, *bitte*, hör auf, dich andauernd zu entschuldigen. Ich ertrage das nicht.« Seufzend starrt sie auf das handgemalte Schild, auf dem in schnörkeliger Schreibschrift *MALEN NACH HERZENSLUST* steht. »Ich hätte Nein sagen können«, bemerkt sie finster. »Habe ich aber nicht. Also gehen wir rein.«

Ich beobachte, wie Bea ihren Lippenbalsam herausnimmt und über ihren Mund fährt, während sie immer noch auf das Schild starrt.

»Stimmt etwas nicht?«, fragt sie und sieht mich an. »Habe ich was zwischen den Zähnen?«

Ihre Jacke ist kanariengelb, ihr Kleid ein Blaugrün, das ihre Augen glänzen lässt wie Edelsteine, und ihre lilafarbenen Strumpfhosen sind mit winzigen, goldenen Ananas bedruckt. Das ist alles so typisch *sie*, dass sich mein Herz zusammenzieht.

»Nein, Beatrice. Du siehst nur sehr schön aus.«

Sie zieht eine Augenbraue hoch. »Du schleimst dich jetzt aber nicht etwa ein, indem du mir sagst, was ich ohnehin schon weiß. Blaugrün ist meine Farbe.« Sie rauscht an mir vorbei und reißt die Tür auf. »Bei dieser Scheißveranstaltung spendieren sie hoffentlich mehr als ein Glas Wein.«

Kaum sind wir eingetreten, bremst sie plötzlich ab, sodass ich in sie hineinstolpere. »Beatrice, im Ernst, irgendwann sollten wir ein Treffen ohne körperlichen Frontalschaden hinbekommen.«

Entsetzt verzieht sie das Gesicht, als wir von einem ohrenbetäubenden Lärm begrüßt werden, den man nur ansatzweise Musik nennen kann. »Was ist *das* denn?«, fragt sie.

Ich versuche, den seltsamen Klängen, die aus den Lautsprechern dröhnen, irgendeinen Sinn abzugewinnen, aber bereits nach ein paar Sekunden angestrengten Lauschens erscheint eine Frau und strahlt uns an. »Hallöchen!«, ruft sie uns laut entgegen.

»O Gott, bitte nicht«, murmelt Bea.

Vorsichtig schiebe ich sie ein paar Schritte weiter. »Sie freut sich einfach, weil wir heute Abend ihre ersten Kunden sind.«

»James, ich halte solche Leute nicht aus.«

»Herzlich willkommen!«, ruft die Frau fröhlich und winkt

uns hinein. »Hereinspaziert. Hereinspaziert. Ich heiße Grace, mir gehört *Malen nach Herzenslust*. Ach herrje, was seid ihr zwei für ein schönes Paar. Diese erotische Energie. Ich kann sie geradezu fühlen.« Sie schreitet voran, von Kopf bis Fuß in Rot und Pink, das silberne Haar mit passenden herzförmigen Spangen zu einem Knoten hochgesteckt. An ihrer roten Cat-Eye-Brille glitzern pinkfarbene Herzchen.

»Bitte sehr«, sagt sie mit einer ausladenden Handbewegung. »Das ist euer Platz. Jetzt warten wir noch ein Momentchen auf die anderen Gäste. Das macht euch hoffentlich nichts aus?«

Bea schaut sich in dem Malstudio, einer ehemaligen Bäckerei, um, in dem noch der Duft nach Hefe und Zuckerguss in der Luft liegt und den schwachen Geruch der Acrylfarbe überlagert. Eingelullt in die seltsamen Geräusche betrachtet sie sprachlos die opulenten Kunstwerke an den Wänden und die leeren Staffeleien. Ich springe ein. »Danke«, wende ich mich an Grace. »Nein, nein, überhaupt nicht.«

»Bist du aber süß«, sagt sie und klimpert mit den Wimpern. »Und so groß. Meine Güte.« Seufzend tritt sie einen Schritt zurück. »Also, entschuldigt mich. Ich bin gleich zurück und bringe euch ein Glas Wein. Macht es euch erst mal bequem.«

Als Grace verschwunden ist, klopfe ich auf Beas Hocker. »Setz dich. Du siehst völlig erschlagen aus.«

Sie lässt sich fallen. »Jamie, was ist das für ein Lärm?«

Ich blicke auf den Lautsprecher, direkt über uns. »Was immer es ist, es ist ziemlich schrecklich.«

»Ich halte das nicht aus.« Bea legt sich die Hände auf die Ohren, schließt die Augen und wiegt sich vor und zurück.

»Warte kurz. Ich bin gleich zurück.«

Ich bahne mir einen Weg durch die Staffeleien und finde Grace. Sie bereitet eine Leinwand für sich vor, wahrscheinlich als Demonstrationsobjekt. »Grace?«

Sie blickt auf und lässt ihren Pinsel fallen. »Hoppla! Herrje. Ja?«

»Vielleicht könnten Sie diese … Musik?«

»Die Paarungsgesänge der Wale?«, fragt sie.

»Ach so. *Das* ist es.«

»Ja«, antwortet sie und seufzt. »Sind sie nicht fabelhaft?«

»Fabelhaft. Ja. Auf jeden Fall. Aber, sie sind ein bisschen … wie soll ich sagen? Fürs Gehör schwer zu ertragen auf die Dauer?«

Sie runzelt die Stirn. »Ihr seid doch erst drei Minuten hier.«

»Ja, stimmt. Die Sache ist nur die, meine … Freundin.« Ich versuche vergeblich, die Gefühle zu ignorieren, die mich durchfluten, als ich das Wort ausspreche.

Wir tun nur so, sagt meine innere Stimme. *Wir tun nur so.*

»Die Musik macht ihr sehr zu schaffen. Das ist nichts Persönliches. Bea hat nichts gegen Sie oder die Wale, aber sehr hohe und sehr tiefe Töne sind schmerzhaft für sie. Wenn Sie da nichts machen können, müssen wir leider gehen.«

Grace blinzelt mich an. Ihre Augen füllen sich mit Tränen. »Sie mag meine Musik nicht?«

»Das ist keine Frage von Mögen oder nicht Mögen«, erkläre ich sanft. »Es bereitet ihr körperliche Schmerzen. Und die Töne des …«

»Des Nordpazifischen Buckelwals, der nach seiner Partnerin ruft? Der das Meer mit dem Echo seiner Leidenschaft füllt?«, ergänzt Grace. »Sind *schmerzhaft* für sie?«

»Ja. Wie schon gesagt, das hat nichts mit persönlichen Präferenzen zu tun. Sie ist unter diesen Umständen schlicht nicht in der Lage zu malen. Ich weiß, Sie wollen niemandem etwas Böses, und es ist Ihre Entscheidung, ob Sie das Ambiente für Ihre«, ich blicke über die Schulter auf die leeren Staffeleien, »Kunden ändern wollen, aber wenn Sie nicht irgendetwas ebenso ›Romantisches‹, für die Ohren Angenehmeres, finden, sind wir bedauerlicherweise gezwungen zu gehen.«

Grace seufzt. »Also gut. Ich finde schon etwas. Es wird zwar nicht ganz so inspirierend sein, sollte für unser leidenschaftliches Malen heute Abend aber genügen.«

»Wunderbar. Haben Sie vielen Dank.« Ich drehe mich um, halte aber noch einmal inne. »Kann ich den Wein gleich mitnehmen? Ich glaube, meine Freundin könnte ein Glas vertragen.«

»Herzlich willkommen«, sagt Grace, »zu einem Abend, an dem wir unsere Herzen öffnen und über die Kunst eine engere Bindung zu unseren Partnern aufbauen wollen.«

Bea nimmt einen großen Schluck Wein.

»Dieser Abend ist etwas ganz Besonderes«, erfahren wir und das ältere Paar, das noch zu uns gestoßen ist. Die beiden können kaum die Hände voneinander lassen. »*Malen nach Herzenslust* ist eine einzigartige künstlerische Erfahrung. Ihr seid nicht hier, um meine Meisterwerke zu kopieren …«

Bea verschluckt sich an ihrem Wein.

Ich ziehe eine Augenbraue hoch.

»Wie bitte?«, flüstert sie heiser. »*Meisterwerke?*«

Zum Glück sitzen wir ganz hinten, und Grace kann uns wegen der melodramatischen Streichmusik, die sie auf mein Bitten schon zweimal leiser stellen musste, nicht hören.

»Ihr seid hier«, fährt Grace fort, »um aus euren Herzen heraus zu malen und mit meiner Hilfe eurer Vision des geliebten Menschen, der bei euch ist, Ausdruck zu verleihen. Ich werde euch in technischen Fragen unterstützen und den Schaffensprozess an meiner eigenen Muse demonstrieren.«

Diesmal verliere ich fast die Fassung. Ich kann mein Gesicht gerade noch hinter meiner Hand verstecken und mich räuspern. Grace' Muse schlendert in den Raum. Wenn der älter ist als ich, fresse ich einen Besen. Er sieht aus wie ein Unterwäschemodel.

»Heilige Scheiße«, sagt Bea.

»Hey.« Ich ziehe ihren Hocker näher zu mir. »Du bist mit mir hier.«

Sie sieht mich an. »Was?«

»Ich habe gesagt …« Ich senke die Stimme und lehne mich zu ihr hinüber, atme ihren süßen Duft ein und kann gerade noch der Versuchung widerstehen, sie auf den Nacken zu küssen. »… du bist mit mir hier.«

»Oh.« Sie lächelt. »Kein Grund zur Sorge. Der ist nicht mein Typ.«

Ich kneife die Augen zusammen. »Und was *ist* dein Typ?«

Sie mustert mich von oben bis unten. »So wie's aussieht, groß, dunkelblond und überheblich.«

Mein Herz fängt an zu rasen, bevor mein Hirn an ihrem letzten Wort hängen bleibt. »Ich bin nicht überheblich.«

»Bist du wohl, sogar sehr.« Sie nippt an ihrem Wein. »Und steif. Und zugeknöpft. Echt goldig.«

»Goldig«, murmle ich und ziehe ihren Hocker noch ein bisschen näher zu mir.

»Und jetzt«, sagt Grace, »fangen wir an.«

Die Einführung haben wir ganz offensichtlich verpasst. Grace hat ihre Farben vor sich ausgebreitet und erklärt gerade, wie man sie mischt. Ihr Model schaut lächelnd in die Runde, und sein Blick verweilt auf Bea. Ich räuspere mich. Laut. Als er die Mordlust in meinem Blick bemerkt, schaut er schnell weg.

Bea stupst mich.

»Was ist?«, frage ich kurz angebunden.

Sie hebt ihr Handy hoch, macht ein Foto und zeigt mir das Display. »Schau mal, wie du ihn anstarrst. Also wenn das nicht überheblich ist?«

»Da bin ich gereizt«, erkläre ich ihr. »Das ist was ganz anderes.«

»Ach wirklich? Und du bist nicht etwa eifersüchtig, James? Darf ich dich daran erinnern, dass du hier auf einem *vorgetäuschten* Date mit deiner *vermeintlichen* Freundin bist?«

»Meinst du die, der ich letzten Freitag die Klamotten vom Leib gerissen und zu einem atemberaubenden Orgasmus verholfen habe?«

Ihr Kiefer klappt herunter.

Meiner auch.

»Was soll das?«, flüstert sie. »Wenn du mir etwas sagen willst, James, sag es einfach.«

»Na gut, Beatrice. Warum haben wir in den letzten fünf Tagen kaum miteinander gesprochen? Warum bin ich allein aufgewacht, nachdem wir Sex hatten und du an mich gekuschelt eingeschlafen bist?«

Bea starrt mich an. »Ich … Ich dachte, du wolltest, dass ich gehe.«

»Dass du gehst?«, zische ich, während Grace weiterredet. »Glaubst du, ich habe freitagabends immer Sex mit irgendjemandem und setze ihn dann um Gott weiß was für eine Uhrzeit vor die Tür?«

»Keine Ahnung«, kontert sie. »Du hast dich nicht gerade klar ausgedrückt.«

»Was war denn nicht klar daran, dass ich dich in meinen Armen gehalten und geküsst habe, bis wir eingeschlafen sind?«

Sie errötet. »Ich wusste nicht, was das zu bedeuten hatte, okay, Jamie? Wir waren beide etwas übermütig. Eine Sache hat zur anderen geführt, und du bist vieles, mein Lieber, aber impulsiv sicherlich nicht. Ich hatte keine Ahnung, wie du am nächsten Morgen drauf sein würdest, und wollte auf gar keinen Fall auch nur den leisesten Anflug von Reue in deinen Augen sehen.«

»Bea.« Ich muss schlucken. »Ich würde das niemals bereuen.«

Das scheint sie zu überraschen. »Würdest du nicht?«

»Nein, und ich habe es auch nicht bereut. Kein bisschen.« Ich lehne mich zu ihr und senke meine Stimme. »Bereust du es denn?«

Ihr Blick wandert zu meinem Mund. Sie beißt sich auf die Lippe. »Nein, tue ich nicht.«

»Und du bist nicht sauer?«

»Jamie, nein. Ich … Ich dachte, *du* wärst sauer.«

»Nein, natürlich nicht«, sage ich und versuche nicht zu zeigen, wie verletzend diese Unterstellung ist.

Sie schluckt nervös. »Okay. Gut.«

Ich nicke. »Gut.«

Zwischen uns herrscht plötzlich eine seltsame Stille.

»Könnt ihr mir folgen?«, ruft Grace.

Bea und ich drehen uns gleichzeitig auf unseren Hockern wieder nach vorn. Ich rücke meine Leinwand gerade. Bea spielt mit ihren Pinseln herum und driftet mit den Gedanken langsam ab, während Grace uns zeigt, wie man die Farben mischt und eine Farbpalette kreiert.

»Beatrice, folgst du gar nicht ihren Anweisungen?«, frage ich.

Sie lässt den Pinsel fallen und schaut mich konsterniert an. »Mein bescheidenes Wissen in den bildenden Künsten reicht für die Grundlagen der Farblehre gerade noch aus.«

»Ooh, ist da etwa jemand ein wenig überheblich?«

Sie zieht scharf die Luft ein. »Ich bin nicht überheblich!«

»Dann eben elitär. Das ist im Grunde das Gleiche.«

»Ich bin auch nicht elitär.« Bea öffnet eine der kleinen Farbflaschen, die in unserem Set enthalten sind, und spritzt etwas Farbe auf ihre Palette. »Ich weiß, verdammt noch mal, was ich tue. Ich lasse mir von einer Frau, die aussieht wie ein schweinchenrosa Marshmallow und auch ungefähr genauso viel Ahnung von Kunst hat – ihren Bildern nach zu urteilen –, doch nicht sagen, was ich zu tun habe.«

Ich spritze mehr Farbe auf meine Palette, folge Grace' Beispiel und mische Farbtöne für die Haut und Augen unserer Porträts.

»Klingt schon sehr nach Überheblichkeit.«

Bea knurrt und kämpft mit der blauen Farbflasche, aus der sie nichts herausbekommt. »Verdammt«, murmelt sie und klopft die Flasche an die Seite unseres Tisches, auf dem auch ihr Weinglas steht.

»Bea, pass auf.«

»Jamie«, faucht sie. »Ich krieg das schon … oh!« Blaue Farbe spritzt aus der Flasche und klatscht links auf meine Brust. »Scheiße. Tut mir echt leid.«

Ich schaue an mir runter. »Ein tödlicher Treffer. Direkt ins Herz.«

»Warte. Ich hol Papiertücher.« Bea springt von ihrem Hocker und stolpert über das Tischbein. Ich versuche noch, sie aufzufangen, aber zu spät. Sie landet mit dem Gesicht voraus in der Farbpalette auf meinem Schoß.

Die Augen fest geschlossen, die Lippen zusammengekniffen, das Gesicht voll Farbe, nehme ich sie instinktiv hoch und trage sie zwischen unseren Staffeleien hindurch, vorbei an dem anderen Paar, Grace und ihrem Model, zur Toilette. Mit der Schulter stoße ich die Tür auf, schiebe den Riegel vor und drehe den Wasserhahn auf.

Bea schweigt, als ich sie absetze.

»Moment noch«, sage ich.

Als das Wasser lauwarm läuft, stelle ich mich direkt hinter sie und streiche ihr das Haar aus dem Gesicht.

»Zwei Schritte nach vorn und du bist am Waschbecken. Spül die Farbe erst mal ab.«

Bea beugt sich über das Waschbecken, mit dem leider sehr angenehmen Effekt, dass ihr Hintern sich gegen meinen Schritt drückt. Ich schnappe mir eine Handvoll Papiertücher und wische die Farbe von meinem Hemd. Nachdem ich sie in den Müll geworfen habe, versuche ich, etwas Abstand von Bea zu gewinnen, wobei mir fast ihr Haar aus den Händen gleitet. »Verdammt, Beatrice. Warum hast du kein Rapunzelhaar?«

Sie wäscht ihr Gesicht und spuckt dabei aus, um keine Farbe in den Mund zu bekommen. »Warum sollte ich Rapunzelhaar haben?«

»Weil ich dann nicht in einer zweideutigen Position direkt hinter dir stehen und eine Reaktion unterdrücken müsste.«

»Jamie.« Ein Auge zugekniffen sieht sie mich im Spiegel an. »Ich habe blaue Acrylfarbe im Gesicht. Ich sehe aus wie ein Schlumpf. Du kannst das doch nicht ernsthaft …« Ihre Augen weiten sich. »Okay, vielleicht doch. Wow.«

Ich räuspere mich und spüre, dass ich rot werde. Ich habe keine Erklärung. Zumindest keine, von der ich sicher weiß, dass sie sie hören möchte.

Bea beugt sich wieder über das Waschbecken, spritzt sich Wasser ins Gesicht, nimmt Seife aus dem Spender und schrubbt ihre Haut.

»Ich muss zugeben, es beunruhigt mich schon, dass du beim Anblick eines Schlumpfs einen Ständer kriegst.«

Ich fange ein paar seidige, dunkle Haare auf, die mir entglitten sind. »Eines sehr hübschen Schlumpfs.«

»Rede nur weiter so, dann komme ich auch noch auf dumme Gedanken.«

Ich wünschte, es wäre so. »Was für dumme Gedanken?«

»Wie Freitag. Nur ohne die furchtbare Peinlichkeit danach, weil wir vorher darüber sprechen.«

»Wie meinst du das?«

»Auch wenn unsere Beziehung nur vorgetäuscht ist, heißt das ja noch lange nicht, dass es uns nicht erlaubt ist, *echten* Sex zu haben. Wir könnten trotzdem miteinander schlafen.«

Mein Herz stottert wie ein Motor, der aus dem letzten Loch pfeift. »Miteinander schlafen.«

Aber dennoch nicht *zusammen* sein. Nicht wie ein echtes Paar, das sich nicht auf das Abhaken einer Liste von Instagram-tauglichen To-dos beschränkt oder auf gelegentliche Liebesspiele auf dem Sofa. Ein Paar, das trotz der widrigen Umstände und über eine unerwartete Freundschaft hinaus eine Beziehung entwickelt, die mehr ist als das, tiefer als die Verbundenheit, die ich zwischen uns spüre und die förmlich danach schreit, endlich benannt zu werden.

Plötzlich herrscht Stille. Bea hat das Wasser abgedreht und verbirgt ihr Gesicht in Papiertüchern. »Vergiss, was ich eben gesagt habe«, murmelt sie in die Tücher.

»Bea …«

Sie ist blitzschnell an mir vorbei, aber ich bemerke trotzdem die Röte auf ihren Wangen, als sie mit gesenktem Blick die Tür entriegelt und aufreißt.

»Bea, warte.« Im Flur erwische ich sie am Handgelenk und halte sie fest.

»Jamie«, flüstert sie und dreht ihre Hand, sodass sie in meiner liegt. »Bitte. Das hätte ich nicht sagen sollen. Ich rede manchmal, bevor ich denke.«

»Bea, ich …« Die Worte bleiben in meinem Hals stecken.

Meine Zunge ist schwer wie Zement. Stumm starre ich sie an, aber sie wartet geduldig. »Und ich«, schaffe ich es schließlich, »wünsche mir manchmal, ich könnte reden, nachdem ich gedacht habe. Ich bin nicht gut in diesen Dingen, aber ich möchte mit dir darüber reden. Direkt nach dem Kurs. Bitte.«

»Okay«, sagt sie leise. »Nach dem Kurs. Und jetzt komm, Instagram ruft.«

25
Bea

Ich konnte nicht anders. Ich musste rauslassen, woran ich seit Freitagnacht denke. Ich hatte nicht *nur* den Sex gemeint, auch wenn ich nicht genau weiß, was ich sonst gemeint habe. Wahrscheinlich habe ich Angst, zuzugeben, dass ich ständig davon träume, mit Jamie zusammen zu sein. Dass er wirklich mir gehört. Nicht nur auf Instagram, Partys, bei Malkursen, in überheizten Gewächshäusern oder beim Bowling. Sondern vierundzwanzig Stunden am Tag.

Gott sei Dank habe ich rumgestottert. Und Gott sei Dank hat er so und nicht anders reagiert. Denn nachher wird er mir erklären, Freundschaft Plus sei nicht sein Ding. Und mehr will er sicher nicht, was beschissen ist. Aber wenigstens habe ich mich vor einem Mann, der definitiv nicht der Richtige für mich ist, nicht zum Affen gemacht. Nicht schon wieder.

Ganz ehrlich, ich wünschte, ich könnte unsere Vereinbarung einfach für bare Münze nehmen. Schuld an meinem Fehlurteil ist Grace mit ihrer romantischen Aura, die die Jasminduft und Räucherstäbchen geschwängerte Luft hier drin noch stickiger macht, als sie ohnehin schon ist.

»Seht eurem Partner oder eurer Partnerin tief in die Augen!«, ruft sie, als wären wir in der Carnegie Hall und nicht in einem winzigen Atelier.

Jamie sieht mich an und schiebt seine Brille höher auf die Nase.

Ich starre zurück.

»Ausgezeichnet«, sagt Grace. »Das ist ein ganz entscheidender Schritt. Jetzt öffnen wir uns und lassen die Verbindung entstehen, die unsere erotische Energie vertiefen wird.«

Jamies Augen weiten sich, dann schließt er sie und atmet tief durch die Nase ein. Ich beiße mir auf die Lippe und rufe mir ins Gedächtnis, wie meine kleine Schwester Kate einmal scharfe Soße in das Ketchup auf meinem Teller gemischt und meine Zunge danach stundenlang gebrannt hat wie Feuer. Aber noch nicht einmal das hilft mir, das Lachen zu verkneifen.

»Wir öffnen uns«, fährt Grace fort, »für die Liebe unseres Partners, indem wir tief aus unserem Herzchakra atmen.« Sie legt eine Hand auf ihre Brust und hält den Blick ihres Partners. Der hat zwar vorhin noch in meine Richtung geschielt, hat jetzt aber nur noch Augen für sie.

»Das Herzchakra«, erklärt Grace, »oder Anahata, lässt sich ungefähr mit ›unverletzt‹ übersetzen. Es ist der Ort, der uns befähigt, zu lieben und zu verzeihen – uns selbst und anderen.«

Jamie sieht mich an, und jeder Tropfen Unbeschwertheit zwischen uns versiegt.

»Wenn wir unsere Partner ansehen«, sagt Grace, »und uns Gedanken machen, wie unser Herz unseren Pinsel führen wird, öffnen wir uns einer tieferen Wertschätzung für unser Gegenüber und der heilenden Energie, mit der es unser Leben bereichert. Alte Wunden haben keinen Platz mehr in unseren Herzen. Der Schmerz hat an diesem ›unverletzten‹ Ort kein Zuhause.«

»Natürlich ist uns allen der Schmerz nicht fremd«, fährt sie fort, »aber heute Abend schöpfen wir aus einem neuen, offenen Herzen, das nicht aus Angst schlägt, sondern bereit ist, durch die Liebe verändert zu werden. Fangen wir also an.«

Jamie und ich hören auf uns anzustarren, und wenden uns den Leinwänden zu.

Eine leere Leinwand ist immer beängstigend. Aber im Moment ist dieses weiße Rechteck sogar mehr als das – es ist wie ein Riss im Universum, der mich gleich einsaugen wird. Der Neuanfang, von dem Grace gesprochen hat, starrt mich daraus an, und ich habe eine Heidenangst davor. Mein Herz schlägt schneller und schneller. Kalter Schweiß liegt auf meiner Haut.

»Bea?«, fragt Jamie. »Alles okay?«

Ich nicke und starre die Leinwand an. »Ich überlege mir gerade meinen … Ansatz.« Gelogen. Das ist so was von gelogen. Ich bin wie versteinert, von Überlegen kann keine Rede sein.

Ich sitze eine lange Zeit da und spiele mit den Farben, mische unzählige Schattierungen von Bernsteingelb und Pfirsich und Grün zusammen. Aber ich bringe nichts auf die Leinwand. Ein paarmal schwinge ich den Pinsel, tunke ihn in die Farbe und setze ihn an. Doch dann hängt mein Arm bewegungslos in der Luft, und mein Herz fängt wieder an zu rasen. Also mische ich noch mehr Farben, bis kein Platz mehr auf meiner Palette ist.

Ich warte nur darauf, dass Jamie wissen will, was los ist. Dass er sauer ist, weil ich nicht mitmache, oder eine Erklärung verlangt. Aber er sieht nur ein paarmal in meine Richtung, bevor er sich schnell wieder seiner Leinwand zuwendet.

»Na, wie geht es uns denn?«, fragt Grace. »Kommt ihr voran? Bringt ihr auf die Leinwand, was euer Herz bewegt?«

Diese Frau macht mich noch alle.

Jamie hat recht. Ich bin ein kleiner Snob, was Kunst angeht, aber ich bin nicht grausam. Grace liebt ihre Arbeit. Es ist ihr eine Herzensangelegenheit, Menschen durch Malerei zusammenzubringen, und das verübele ich ihr nicht. Mein Gott, eigentlich bewundere ich sie sogar dafür. Ich bin zu einer Zynikerin geworden, die seit fast zwei Jahren keinen Pinsel mehr angerührt hat und jetzt richtig Schiss davor hat, weil sie nicht weiß, was danach kommt.

Was, wenn das Malen sich wieder anfühlt wie davor? Wenn ich mit jedem Pinselstrich mein Herz auf die Leinwand ausschütte. Wenn ich das Gefühl habe, die tiefsten Bedeutungen und Wahrheiten des Lebens in Licht und Schatten einzufangen, in der perfekten Perspektive. Was, wenn dieses Gefühl mein Herz wieder so weich und zart werden lässt, wie es einmal war? Und was, wenn wieder jemand kommt, und es mir bricht?

»Es läuft gut, danke«, sagt Jamie, nachdem ich nur betreten schweige. Dieser Mann ist im Grunde seines Wesens komplett unfähig, unhöflich zu sein.

»Deine Bemühungen sind …« Grace räuspert sich und betrachtet Jamies Leinwand, die ich nicht sehen kann.

»Sehr beachtlich.«

Jamie rückt seine Brille zurecht und schaut sein Bild zweifelnd an. »Sie können es ruhig sagen, Grace. Ich bin nicht gerade der geborene Künstler.«

»Nein«, stimmt Grace zu, »aber du legst dein Herz in jeden Pinselstrich. *Das* ist echtes Talent. Und du?«, wendet sie sich an mich und tritt hinter meine Leinwand.

Meine leere Leinwand.

»Oh.« Erschrocken sieht sie mich über den roten Rand ihrer Cat-Eye-Brille an, wobei die kaugummirosa Herzchen an den Scharnieren im Deckenlicht blitzen. »Was ist los, meine Liebe?«

»Es ist …« Ein Kloß bildet sich in meinem Hals. »Es ist

schon eine Weile her, seit ich es das letzte Mal probiert habe«, flüstere ich.

Ich bin kein Fan von längeren Blickkontakten, schon gar nicht, wenn sie so durchdringend sind wie der mit Grace. Es ist ein Gefühl, als würde meine Seele von Bienen zerstochen. Ich senke den Blick und starre auf meine Stiefel.

»Verbindest du Schmerz mit dem Akt des Malens?«, will sie wissen.

»Es kommen einfach … eine Menge Gefühle wieder hoch.«

»O ja«, sagt sie einfühlsam. »Wir malen mit dem Herzen. Und wenn das Herz verletzt ist, kann Kunst auch wehtun.«

»Ja«, presse ich hervor, während der Kloß in meinem Hals immer größer wird.

Melodramatische Streichmusik erfüllt den Raum, bis Grace schließlich vorschlägt: »Bist du bereit, es noch einmal zu versuchen?« Sie nimmt meinen Pinsel, mit dem ich eigentlich etwas hätte malen sollen, anstatt drei Dutzend Schattierungen der Primärfarben herzustellen, und schaut ihn sich genau an.

Mit Tränen in den Augen blicke ich zu ihr auf. »Ich denke schon. Es ist der Anfang … der erste Schritt, der mir Angst macht.«

»Das verstehe ich gut.« Sie nickt und lächelt mitfühlend. »Ich kenne das zu Genüge. Aber wenn dein Herz es wirklich will, dann schaffst du es auch. Versprochen.« Sie legt den Pinsel in meine Hand. »Eine weiße Leinwand. Frische Farben. Ein mutiges Herz. Du schaffst das.«

Grace tätschelt mir aufmunternd die Schulter. »So, jetzt muss ich aber wieder zu meiner eigenen weißen Leinwand«, sagt sie mit einem koketten Lächeln.

»Danke«, antworte ich.

»Bedanke dich nicht bei mir. Bedanke dich bei dem Menschen, der offensichtlich genau wusste, was du brauchst.«

Als sie geht, steht vor mir wieder der Mann, der hinter allem steckt, hinter diesem ganzen Abend.

»James Benedick Westenberg.«

Er meidet meinen Blick und mustert eindringlich sein Werk. »Zu Ihren Diensten.«

»Du hast alles mit angehört, stimmt's?«

Er räuspert sich. Seine Wangen werden plötzlich rot. »War kaum zu verhindern. Grace hat ein sehr lautes Organ.«

Mein Lachen wird fast zu einem Schluchzen. »Jamie, schau mich an.«

Er tut es. Und als sich unsere Blicke treffen, öffnet sich mit einem leisen, überwältigenden Klicken mein Herz.

»Ist …«, er zögert. »Ist alles in Ordnung? Möchtest du aufhören? Wir können gehen, wenn es dir zu viel wird …«

»Nein«, entgegne ich und atme etwas zittrig aus. »Und ja.«

Er legt seine Stirn in Falten. »Das verstehe ich nicht.«

Wie soll ich Jamie klarmachen, dass nichts in Ordnung ist, wenn ich ihn anschaue und diese Gefühle habe?

Wie kann ich ihm gestehen, dass ich auf keinen Fall aufhören möchte, obwohl ich Angst habe, was als Nächstes kommt?

Wie erkläre ich ihm, dass alles zu viel ist? Ihn anzusehen und zu wissen, dass ich wieder einmal vor einer leeren Leinwand stehe, mit offenem Herzen, und mich danach sehne, dass die Liebe sie wieder mit Farbe füllt.

Ich will ihm sagen, dass ich gerade sehr wenig weiß, darüber, wohin mein Leben führen soll. Aber was ich weiß, ist, dass ich heute Abend genau hier sein will, mit ihm. Ich will, dass Jamie weiß, dass ich ihn malen muss. Ich will, dass er stundenlang für mich in meinem Atelier sitzt, das ich so lange nicht benutzt habe. Ich will die Heizung aufdrehen, ihn ausziehen, seinen Blick einfangen, wie er geradewegs in mein Herz sieht. Genau wie jetzt.

Aber eins nach dem anderen.

Ich nehme meinen Pinsel, tauche ihn in die Farbe und beginne mit unsicherer Hand zu malen.

»Bea«, sagt Jamie. Seine Haltung ist perfekt. Er hat die Hände zwischen seinen langen Beinen verschränkt. Ein Porträt mit dem Titel *Geduld*.

»Hmm?«

»Grace will gehen. Der Workshop ist zu Ende.«

»Nur noch zwei Minuten«, bettle ich und wechsle von einem Bein aufs andere. Ich habe, seit ich angefangen habe, die ganze Zeit gestanden. Ich sitze beim Malen nie. Ich bewege mich viel zu viel, wenn ich arbeite.

»Wir nehmen deine Leinwand mit nach Hause«, sagt er sanft, »aber jetzt müssen wir gehen.«

»Keine Sorge!«, ruft Grace vorn aus dem Atelier. »Lass dir Zeit!«

»Ich bin gleich fertig«, sage ich, ohne die Augen von meinem Bild zu nehmen. »Also fürs Erste, meine ich.«

Er atmet lange aus und schaut zu mir. »Langsam werde ich nervös.«

»Weswegen?«

»Na, wegen der großen Enthüllung. Du zeigst mir deins, ich zeig dir meins.«

Lächelnd sehe ich zwischen ihm und der Leinwand hin und her. »Jamie, du hast ein Vokabular, als hättest du ein Wörterbuch verschluckt. Du bowlst wie ein Profi. Du bist ein Babyflüsterer. Du pflegst senile Katzen. Du bist ein Rockstar-Mensch. Bitte lass mich wenigstens in dieser einen Sache besser sein als du.«

Er blinzelt. »In einer Sache? Bea, du bist in vielem besser als ich – das ist doch kein Wettbewerb.«

Ich hole tief Luft. »Sicher.«

»Wirklich!«, sagt er. »Du bist nicht nur eine talentierte Künstlerin. Du bist auch unheimlich gut im Schach. Du liebst alle stacheligen Lebewesen dieser Welt. Du bist authentisch und kreativ. Du schaffst es, dass Menschen sie selbst sind und nicht das, was ihnen die Welt vorschreibt. Das steht vielleicht in keinem Lebenslauf oder Zeugnis so wie meine Stärken, aber du hast Begabungen, Bea, Begabungen, auf die es wirklich ankommt.«

Ich lasse den Pinsel sinken, während sein Lob sich setzt und mich strahlen lässt wie ein Honigkuchenpferd. »Meinst du das ernst?«

»Habe ich jemals etwas zu dir gesagt, das ich nicht ernst gemeint hätte?«

»Ähm, na ja, ich kann deine Gedanken nicht lesen, aber du würdest mich wahrscheinlich schon wegen deiner obermoralischen Steinbock-Regeln nicht anlügen. Also tippe ich mal auf Nein.«

»Genau. Also …« Er deutet mit seinem Pinsel, den er natürlich schon sauber gemacht hat, auf seine Staffelei. »Ich bin bereit. Aber wenn du noch länger brauchst, ist das in Ordnung. Ich kann warten. Oder wenn du nicht möchtest, dass ich dein Bild sehe, ist das auch in Ordnung. Ich wollte dich nicht unter Druck setzen, Bea. Ich dachte, das hier würde dir Spaß machen. Nicht, dass ich im Spaßhaben unbedingt Experte bin, aber …«

»Jamie.« Ich lege meinen Pinsel beiseite und gehe zu ihm. Mit einem Finger hebe ich sein Kinn an, sodass wir uns in die Augen sehen. Da er auf dem Hocker sitzt, bin ich auf einmal größer als er und genieße die neue Perspektive. Das Licht trifft seine Wangenknochen, die lange, messerscharfe Linie seiner Nase. Sein Mund, der so oft angespannt und ernst ist, wird weich und öffnet sich langsam.

»Danke«, sage ich und streiche mit meinen Fingerspitzen über die Konturen seines Gesichts.

Er schluckt und sieht mich fragend an. »Wofür?«

Ich bin kurz davor, etwas zu tun, das ich wirklich nicht tun sollte. Etwas, das die Grenzen verschwimmen lässt. Ich weiß nicht, was Jamie von mir denkt oder will. Aber wenn das hier meine letzte Chance ist, seine Nähe zu genießen, bevor er mich höflich abblitzen lässt und wir uns wieder benehmen, dann riskiere ich es einfach, verdammt noch mal.

»Für das hier«, flüstere ich und küsse ihn sanft auf die Schläfe. »Für alles.« Ein Kuss auf seinen markanten Adamsapfel.

Er atmet langsam aus und legt die Hände auf meine Hüften. »Oh.«

»Ich bin jetzt fertig.« Ich zwinge mich, ihn loszulassen.

»Bist du sicher?«

»Ja.« Ich greife nach meiner Leinwand und hole tief Luft.

»Auf drei?«

Er nickt und nimmt sein Bild von der Staffelei.

»Eins. Zwei. Drei.«

Wir drehen gleichzeitig unsere Leinwände um. Als ich Jamies sehe, bekomme ich Gänsehaut. Sie ist fast schwarz und mit kleinen weißen Punkten übersät – Sterne? Darunter, so gut er es eben hinbekommen hat, im Profil mein Gesicht, das zum Himmel aufschaut.

»Bea«, sagt er.

Ich reiße mich von seiner Leinwand los und sehe ihn an. »Ja?«

»Das ist …« Er sieht von meinem Bild zu mir. »Unglaublich.«

Ich betrachte es von der Seite und analysiere mein Gemälde – Jamie, als ich ihn das erste Mal gesehen habe, nur ohne die Löwenmaske. Er sieht über die Schulter, wunderschöne, ernste Augen, den Anflug eines Lächelns im strengen Gesicht.

»Hmm. Ich bin etwas eingerostet. Und es ist noch nicht fertig. Aber ... es hat eine gewisse Ähnlichkeit mit dir. Ich bin ganz zufrieden damit.«

Jamie schneidet eine Grimasse. »So siehst du mich?«

»Was meinst du?«

Einen Moment lang sagt er gar nichts. »Es fühlt sich einfach so an, als wäre es eine bessere Version von mir als die, die ich sehe.«

»James«, seufze ich.

»Beatrice.«

»Du weißt schon, dass es okay ist, wenn jemand das Beste in dir sieht, oder? Wenn jemand genau die Dinge an dir mag, die du immer kritisch siehst.«

Er blinzelt verwirrt, als hätte ich ihn überrascht. Als hätten meine Worte ihm die Sprache verschlagen. Ich kann nicht ertragen, dass Jamie sich selbst nicht so sehen kann, wie ich ihn sehe. Ich weiß, dass er nicht perfekt ist, und ja, natürlich hat er ein paar Eigenheiten, die mich einfach nur nerven. Aber genau das macht ihn menschlich.

Seit wann ist er so? Liegt es an seiner Kindheit? Seiner Ex? Am liebsten würde ich alle, die ihn je an sich haben zweifeln lassen, packen und ihre Köpfe zusammenstoßen.

Aber fürs Erste reicht es vielleicht, Jamie einfach zu zeigen, was ich ihm mit Worten nicht glaubhaft machen kann. Hier zu sein, gemeinsam, und ... zu tun, was immer es ist, das diesen Abend so anders, so besonders und so beängstigend macht.

»Ich liebe dein Bild«, sage ich.

Er betrachtet seine Leinwand. »Es ist furchtbar. Künstlerisch gesehen, meine ich. Aber als ich es gemalt habe, war ich glücklich. Ich mache eigentlich nicht gern Dinge, die ich nicht gut kann. Aber dich aus der Erinnerung zu malen, mir vorzustellen, wie du in den Nachthimmel schaust, war schön.«

Vorsichtig nehme ich sein Bild, und er meins. Wir legen die Köpfe schief und begutachten unsere Porträts. »Du bist echt über dich hinausgewachsen«, kommentiere ich.

»Du aber auch«, sagt er und starrt auf meine Leinwand. »Schon allein dadurch, dass du überhaupt gekommen bist. Für mich war das hier im Vergleich eine relativ einfache Übung.«

»Warum der Nachthimmel?«, frage ich.

»Was denkst du?«

Ich schaue ihn an. »Weil ich Astrologie mag?«

Er zupft an seinem Kragen, und wieder steigt ihm die Röte in die Wangen. »Das ist mir jetzt irgendwie peinlich.«

»Du machst dir ernsthaft Gedanken, dich vor *mir* zu blamieren? Hast du vergessen, mit wem du es zu tun hast?«

»Da hast du auch wieder recht. Während des Malens habe ich darüber nachgedacht, wie wir vom *Pho Ever* zusammen nach Hause gelaufen sind. Wie du in deine eigene Welt abgetaucht bist. Wie du die Sterne angesehen hast, gestaunt hast … das war eins der schönsten Dinge, die ich je gesehen habe.«

Mir kommen die Tränen, als ich sein Bild noch einmal betrachte. »Keine Ahnung, ob es schön ist, den Kopf ständig in den Wolken zu haben, wenn ich deswegen ständig hinfalle.«

»Dafür bin ich ja da. Um dich aufzufangen. Und meine Hemden sind pflegeleicht. Meine Hosen auch.«

»Erinnere mich bitte nicht daran!« Ich versuche, ihn an der Seite zu kitzeln. »Ich wäre fast gestorben vor Scham.«

»Hör auf damit!« Er weicht meiner Kitzelattacke aus und hält mein Porträt wie ein Schild vor sich. Dann lässt er es langsam wieder auf die Staffelei sinken. »Ich habe das nicht gesagt, um dich zu ärgern. Ich habe es gesagt, weil es uns hierhergebracht hat.« Jamie sieht mir tief in die Augen. »Bea …«

Grace' freudig erregte Stimme schneidet ihm das Wort ab. »Seid ihr zwei nicht ein Bild absoluter Glückseligkeit!«

Jamie reibt sich unter der Brille die Augen. Am liebsten würde ich Grace – so behutsam wie möglich – in eine andere Ecke des Ateliers schubsen und Jamie befehlen, weiterzusprechen. Aber stattdessen wende ich mich Grace zu, die mich daran erinnert hat, warum wir überhaupt hier sind.

»Wenn Sie es gerade aussprechen, Grace«, sage ich und hole mein Handy aus der Hosentasche, »könnten Sie bitte ein Foto von uns machen?«

Jamie schlingt pflichtbewusst den Arm um meine Taille, lässt die Hand aber sofort wieder fallen, als das Foto gemacht ist. Schweigend helfen wir beim Aufräumen unserer Arbeitsplätze und Utensilien – trotz Grace' Protest – und gehen dann nach draußen, wo wir uns als Schutz gegen den Wind hinter unsere noch feuchten Leinwände stellen, während Jamie, noch immer schweigend, über sein Handy ein Taxi ruft.

Meine Nerven liegen blank. Ich sehe in den Himmel und suche verzweifelt nach Sternenbildern, um mich abzulenken. Wird er den Satz, den er gerade angefangen hat, jemals beenden? Vielleicht bereut er bereits, dass er überhaupt den Mund aufgemacht hat. Vielleicht hat Grace' Gerede über Herzchakras und erotische Energie ihn völlig verwirrt, und er hat gemerkt …

»Bea.« Jamie nimmt meine Hand, und ich sehe zu ihm auf.

»Ja?«

Bitte, lass den Moment endlich gekommen sein. Bitte lass ihn mich aus meinem Elend erlösen und mir sagen, was er vorhin sagen wollte, damit ich endlich aufhöre, wie eine Närrin auf etwas zu hoffen, was nicht sein soll.

»Vorhin«, sagt er, »als Grace uns unterbrochen hat, was ich eigentlich sagen wollte, war ... also, ich möchte es nicht noch unangenehmer machen, als es ohnehin schon ist ...«

»Jamie. Ich bin's nur.«

»*Nur?*« Einen kurzen Augenblick lang sagen wir beide nichts. Dann macht Jamie einen Schritt auf mich zu und legt sanft seine Hand auf meine Wange.

»Und ich hätte schwören können, dass es mehr als offensichtlich war, was ich fühle.«

»Dass du *was* fühlst?«

Mit den Fingerspitzen streicht er meinen Kiefer entlang, gleitet durch die zerzausten Haarsträhnen, die der Wind in mein Gesicht weht. »Dass ich den Cocktail auf meinem Hemd und das halbe Dutzend Champagnergläser auf meiner Hose liebend gern in Kauf genommen habe, um jetzt mit dir hier zu sein. Dass ich unser Kennenlern-Desaster gegen nichts auf dieser Welt eintauschen würde, weil damit alles angefangen hat.«

Er sieht mich eindringlich an und spricht weiter. »Wenn wir uns nur belanglos unterhalten hätten, du nichts verschüttet hättest, hätten wir uns getrennt und wären unsere einsamen Wege weitergegangen. Unsere Freunde hätten vielleicht gar nicht erst versucht, uns zu verkuppeln. Wir hätten uns in dieser Besenkammer nie fast geküsst, ich hätte dich nie über ein Schachbrett und einen Kaffee hinweg angestarrt und mich nie auf den besten und verrücktesten Monat meines Lebens eingelassen.«

Ich starre Jamie an. Mein Herz explodiert wie ein glitzerndes Feuerwerk.

»Was meinst du damit?«

»Dass du die beste Art von Chaos bist, die mir je begegnet ist. Früher hat Chaos mir Angst gemacht, jetzt bin ich süchtig danach. Die Situation, in die wir uns manövriert haben, ist zwar absurd … aber ich würde es sofort wieder tun. Weil ich jetzt dich habe.«

Das Feuerwerk in meiner Brust erreicht seinen Höhepunkt und taucht die Welt in ein rosarotes und goldenes Funkeln. »Wirklich?«

»Ja, Beatrice. Denn ich habe in dir wider Erwarten nicht nur eine Freundin, sondern sehr viel mehr als das gefunden.«

Ich greife nach seinem Mantel, so viel Angst habe ich, dass er plötzlich vor meinen Augen verschwindet und ich mit gebrochenem Herzen aufwache. Dass das alles nur ein quälend lebensechter Traum ist.

»Meinst du das ernst, Jamie?«

Sanft legt er seine Hand an meinen Kiefer. Seine Augen wandern über mein Gesicht. »So ernst man es nur meinen kann. Für mich hat sich alles, was wir vorgetäuscht haben, immer … echt angefühlt. Freitag war kein Ausrutscher, Bea. Es war ein winziger Teil dessen, was ich mit dir erleben will. Jede Minute, die wir nicht zusammen sind, versuche ich eine Ausrede zu finden, um dich wiederzusehen. Ich suche nach Dingen, die wir unternehmen könnten, nicht, weil ich ein paar fehlgeleiteten, wenn auch wohlmeinenden, Menschen eine Lektion erteilen will, sondern weil ich mit dir zusammen sein möchte.«

»Mit mir?«

»Ja. Mir ist bewusst …« Er holt tief Luft. »Dass du das vielleicht gar nicht willst. Wir können auch weitermachen wie geplant. Wenn es das ist, was du möchtest, werde ich mich an die Abmachung halten. Das wird nicht leicht, aber ich kann es aushalten, wenn du nicht das Gleiche fühlst wie ich …«

»Jamie.« Ich ziehe ihn an mich und halte ihn einfach fest, während ich versuche, meine Gedanken zu sortieren. »Jamie, das wusste ich nicht.«

Er lächelt vorsichtig. »Das verstehe ich jetzt. Ich dachte, am Freitag wäre es vielleicht klar geworden.«

»Das dachte ich umgekehrt auch. Aber ich hatte Angst, dass du mich vielleicht doch nicht willst.«

»Wie könnte ich dich nicht wollen?«, fragt er und beugt sich zu mir, um mich sanft zu küssen. Dann flüstert er ganz nah an meinen Lippen: »Du bist alles, von dem ich nicht wusste, dass ich es will.«

Ich erwidere seinen Kuss, will darin versinken und nie wieder auftauchen, aber die Realität reißt mich zurück an die Oberfläche und flüstert mir Zweifel zu, die ich nicht wegschieben kann.

»Aber es war nicht echt«, sage ich und entziehe mich seiner Umarmung. »Was, wenn wir uns nur etwas vormachen? Wenn wir einfach einsam sind? Wenn wir nur unsere Schokoladenseiten kennen und jetzt glauben, dass zwei so grundverschiedene Menschen zusammen funktionieren können?«

Jamie neigt den Kopf zur Seite und lässt seinen Daumen über meinen Mund gleiten, die raue Haut seiner Fingerspitze an meinen empfindlichen Lippen. »Daran habe ich auch schon gedacht. Aber ich glaube, wir haben einfach nur Angst. In Gesellschaft haben wir uns nur von unserer besten Seite gezeigt, aber was ist mit all den Stunden, in denen wir allein waren, du und ich? Wir haben nie versucht, einander zu beeindrucken oder den anderen rumzukriegen. Ganz im Gegenteil, manchmal war ich unerträglich, weil ich mich bei dir sicher fühle, weil ich ich selbst kann.«

»Sicher«, flüstere ich. »Du hast recht. Trotzdem ist alles irgendwie … verkorkst.«

»Stimmt.« Er legt eine Hand auf meine Hüfte und zieht mich zu sich. »Wir müssen nichts überstürzen. Es gibt keinen Grund zur Eile, Bea.«

Für eine Sekunde schließe ich die Augen und genieße die Wärme, Größe und Kraft seines Körpers. »Ich habe es schon eilig. Ich wüsste keinen Grund, warum wir uns Zeit lassen sollten.«

Sein Mund verzieht sich zu diesem Jamie-Schmunzeln, das mein Herz entzündet wie eine Wunderkerze.

»Heißt das ... du willst es auch?«, fragt er. »Eine echte Beziehung?«

»Ja.« Die Antwort bricht aus mir hervor und hinterlässt eine offene Stelle, mit der ich mich sofort verletzlich fühle. »Aber ich habe Angst, dass du morgen aufwachst und feststellst, dass wir zwar wie die Weltmeister knutschen und eine Menge Spaß daran haben, uns gegenseitig aufzuziehen, du aber niemanden, der so chaotisch ist wie ich, auf Dauer in deinem Leben haben möchtest.«

»Ich habe auch Angst. Angst, dass du mich bald satthast und meine neurotische Steifheit nicht mehr erträgst«, gesteht er.

Mit einem koketten Lächeln streiche ich ihm über die Brust. »Ich mag deine Steifheit.«

»Beatrice.«

»James.«

Er seufzt. »Ich meine das ernst.«

»Du *bist* ernst, Jamie. Genau darauf fahre ich ja ab.«

Jetzt sieht Jamie plötzlich aus, als ob er mich festhalten müsste, weil ich sonst aus seiner Umarmung verschwinden und mich in Luft auflösen könnte. »Was meinst du?«

Ich gehe auf die Zehenspitzen und gebe ihm einen langen, leidenschaftlichen Kuss. »Ich *frage* dich, ob du auch mit mir zusammen sein willst. In echt.«

Er sieht mich eindringlich an, sein Ausdruck ernst und angespannt. »Und was ist mit deinem Plan, uns später zu trennen, um es den anderen heimzuzahlen? *Unsere* Rache? Darauf würdest du … verzichten?«

»Hmm …« Ich lege nachdenklich den Kopf zur Seite. »Ich glaube, unser Glück ist Rache genug.«

»Wie das?«

Ein Lächeln huscht über meine Lippen. »Unsere Freunde haben uns verkuppelt. Juliet und Jean-Claude haben dafür gesorgt, dass wir miteinander chatten. Aber was daraus geworden ist, haben wir entschieden, Jamie. Wir haben entschieden, Zeit zusammen zu verbringen, Freunde zu werden, und … mehr als Freunde. Wir haben eine echte Beziehung daraus gemacht, nicht wegen ihnen, sondern trotz ihnen.« Ich nehme sein Gesicht in meine Hände und reibe mit dem Daumen vorsichtig über sein Kinn. »Das ist Rache genug für mich.«

Er gibt meiner Berührung nach, sein Blick ist fest auf mich gerichtet. »Gut.«

»Also …« Ich lächele ihn an. »Willst du, dass wir offiziell damit aufhören, nur so zu tun, als ob?«

»Mehr als alles andere auf der Welt«, entgegnet er mit einem Lächeln, das heller strahlt als die Sterne.

26

Jamie

Diese Taxifahrt ist die beste meines Lebens. Bea lockert ständig ihren Gurt, lehnt sich zu mir und küsst mich. Ich küsse sie zurück. Weil wir endlich das Gleiche wollen.

Zum ersten Mal seit Langem kann ich wieder durchatmen.

Kaum sind wir aus dem Taxi gestiegen, springt Bea zur Haustür und reißt sie auf. »Willst du raufkommen und mit meinem Igel spielen?«, fragt sie.

Ich kann das Lachen unterdrücken und schaue sie stattdessen ernst an. »Ein etwas verstörender Euphemismus.«

»Hey!« Sie lässt die Tür wieder ins Schloss fallen. »Musst du immer alles sofort durchschauen?«

Ich ziehe den Kragen ihrer Jacke etwas höher. Sie zittert vor Kälte. »Das war nur eine Vermutung.«

»Es war ernst gemeint. Ich hatte gehofft, der Vorschlag, mit Cornelius zu spielen, würde dich herauflocken, und ich könnte dich nach allen Regeln der Kunst verführen.«

»Und die wären?«

»Ähm. An den Details arbeite ich noch. Vielleicht eine Kitzelattacke, aus der sich mehr entwickelt.«

»Mit Kitzeln kann man mich nicht verführen.«

»Womit dann?«, fragt sie.

Jetzt muss ich doch lächeln. »Ich kann dir doch nicht alle meine Geheimnisse verraten.«

Bea macht traurige Hundeaugen. »Du kommst nicht mehr mit rauf, oder?«

»Ich möchte schon, aber nein.« Ich fahre mit den Fingern durch ihre Haare. »Ich möchte mit dir allein sein, Beatrice. Ich will alle Zeit der Welt und Privatsphäre, damit du so laut sein kannst, wie du willst.«

Mit offenem Mund starrt sie mich an. »Ich habe Zeit. Und ich werde leise sein. Los, komm.«

»Nein, hast du nicht und wirst du nicht.« Ich drücke ihr einen Kuss auf die Wange, greife an ihr vorbei zur Tür und öffne sie wieder. »Und genau dafür lohnt es sich, zu warten.«

»Jamie«, jammert sie und hält mich an der Jacke fest. »Freitag hat mir nicht gereicht.«

»Mir auch nicht.«

»Dann lass uns das ändern.«

Dieses Mal küsse ich sie auf die Nase, dann auf die Stirn. »Geh rein und wärm dich auf.«

»Oh, da mach dir mal keine Sorgen«, sagt sie und beißt sich auf die Unterlippe. »Ich werde heute Nacht im Bett an dich denken und selbst dafür sorgen, dass mir heiß wird, sehr heiß.«

Ich stöhne. »Hör auf, mich in Versuchung zu bringen, und mach, dass du reinkommst. Ich habe schon einen Plan, wie wir uns nach der Feier meines Vaters belohnen und da weitermachen, wo wir aufgehört haben.« Mein Magen zieht sich zusammen. »Natürlich nur, wenn du immer noch …«

»Wenn du mich noch ein einziges Mal fragst, ob ich auf diese Party mitkomme, werde ich sauer. Ich komme mit, James. Schon allein wegen der winzigen Tapas, dem teuren Schampus und der Gelegenheit, dir vor zweihundert Fremden auf die Zehen zu treten. Ich habe sogar schon ein neues Kleid.« Dann sagt sie kokett: »Es geht bis knapp unter meinen Hintern.«

»Das ist nicht lustig.«

»Ein bisschen lustig schon. Also …« Sie tänzelt zu mir und senkt ihre Stimme. »Du hast schon *Pläne* für danach?«

»Ja, du Teufelchen.« Ich schiebe sie in den Flur und gebe ihr einen sanften Klaps auf den Hintern. »Ich habe mir etwas überlegt. Also. Rauf mit dir.«

Sie dreht sich zu mir um und küsst mich leidenschaftlich. »Wusst ich's doch! Du stehst auf Spanking!«

»Beatrice!« Ich werde rot. »Das war kein Spanking, das war ein … liebevoller Klaps.«

Sie kichert, während sie die Treppe hinaufläuft und fast stolpert. »War es wohl!«, ruft sie. »Und zumindest ich steh total drauf!«

Ich lasse den Kopf in den Nacken fallen und starre zum Himmel. »Lieber Gott, steh mir bei.«

Ich bin spät dran. Aber war ja nicht anders zu erwarten. Ausgerechnet heute zur Geburtstagsfeier meines Vaters, wenn ich Bea pünktlich um sechs Uhr abholen muss, steht die seit Monaten längste Schlange an hilfebedürftigen Menschen vor dem Obdachlosenheim. Die Erkältungswelle strebt rasant ihrem Höhepunkt entgegen, daher sind die gestiegenen Patientenzahlen keine echte Überraschung, aber so viel los wie heute war noch nie. Und jetzt rennt mir die Zeit davon.

»West«, mokiert sich Jean-Claude und schaut demonstrativ auf seine Uhr, »du kommst zu spät.«

Ich sprinte an ihm vorbei in mein Zimmer, schäle mich aus

meinem Sweater und knöpfe mein Hemd auf. »Danke für diese scharfsinnige Beobachtung.«

Sein Lachen verstummt, als ich die Dusche aufdrehe, mir die restlichen Klamotten vom Leib reiße und mich unter dem brühheißen Wasser sauber schrubbe. Ich rasiere mich schnell, aber gründlich, bändige meine Haare mit Haarwachs, steige in meinen Smoking, schlüpfe in einen Schuh und hüpfe einbeinig ins Wohnzimmer zurück, wo Jean-Claude gerade seine Schlüssel einsteckt.

»Wo willst du hin?«

»Auf dieselbe Party wie du?«, sagt er stirnrunzelnd. »Was dachtest du denn?«

Ich deute auf seine Schlüssel und ziehe mir den zweiten Schuh an. »Wir fahren doch mit Juliet und Beatrice.«

»Danke für das Angebot, aber ich habe es mir anders überlegt.«

Ich komme vom Schuhbinden hoch. »Warum?«

»Ich werde meine wunderschöne Verlobte den ganzen Abend teilen müssen, da möchte ich sie wenigstens davor ganz für mich allein.«

»Jean-Claude, du klebst förmlich an ihr. Wäre eine Fahrt in der Limousine mit uns so schlimm?«

»Ich habe Juliet die letzten Tage kaum gesehen.« Er rückt seine Krawatte im Spiegel zurecht und fummelt an seinem Haar herum. »Christopher sei Dank. Er hat mich mit Arbeit überhäuft, der Drecksack.«

Ich ziehe die Augenbrauen hoch. »So sprichst du über deinen Freund?«

»Er ist in erster Linie mein Boss, und das hat er mich auch deutlich spüren lassen mit der ganzen Extraarbeit.«

»Eine Beförderung bedeutet doch immer auch mehr Verantwortung.«

Er seufzt und sieht sich im Spiegel an. »Sei nicht so naiv, West. Er macht das mit Absicht, um mich von Juliet fernzuhalten. Er ist ihr gegenüber extrem besitzergreifend.«

»Was redest du denn da?«

Jean-Claude dreht sich um und sieht mich an. »Verdammt, er hat sogar ein Bild von ihr auf seinem Schreibtisch.«

»Und ich wette, da ist sie nicht allein drauf.«

Er reibt sich das Kinn. Dann schenkt er sich zwei Fingerbreit Whisky in einen Tumbler. »Das tut nichts zur Sache.«

»O doch, Jean-Claude. Ich bin mir sicher, dass er Fotos von allen Wilmots hat, seiner Familie. Juliet und Bea sind für ihn wie Schwestern. Bea hat mir erzählt –«

»Natürlich hat sie das. Weil sie nicht will, dass Juliet mir gehört. Sie will ihre Schwester ganz für sich allein.«

»Hörst du dir eigentlich zu?« Ich starre ihn an, mir fehlen die Worte. »Was ist denn in dich gefahren?«

»Sie gehört mir«, faucht er. »Und ich werde nicht zulassen, dass Christopher sie hinter meinem Rücken verführt, während ich mich für ihn zu Tode schufte wie irgendein erbärmlicher Handlanger.«

»Jean-Claude. Ich glaube, du bist müde. Oder gestresst. Du bist paranoid.«

Er lacht hohl und schwenkt seinen Whisky. »Ich bin nicht paranoid. Es ist, wie ich sage.«

»Woher willst du das denn wissen? Hast du mal mit Juliet gesprochen? Sie gefragt, wie sie zu Christopher steht?«

»Um sie mache ich mir keine Gedanken«, murmelt er mit Blick auf seinen Drink. »Die anderen sind das Problem. Wenn wir unter uns sind, ist alles super. Es ist nur …« Er setzt das Glas an die Lippen. »Mit ihr läuft alles perfekt. Sie ist perfekt.« Er leert das Glas in einem Zug.

»Du fängst jetzt schon an und auf der Party trinkst du noch

mehr«, ermahne ich ihn. »Du kannst nachher nicht mehr fahren.«

Er rollt mit den Augen.

»Jean-Claude, ich meine es ernst.«

»Ich auch.« Er lässt das Glas auf die Küchenanrichte knallen und greift nach seinem Handy.

»Sei doch vernünftig. Fahrt mit uns. Du hast es dir zwar anders vorgestellt, aber Beatrice und Juliet verbringen so gern Zeit miteinander. Zumindest Juliet wird sich freuen –«

»Erklär du mir nicht, was meine Verlobte glücklich macht«, sagt er mit gefährlich leiser Stimme. »Denkst du etwa, ich merke nicht, dass die beiden wie Pech und Schwefel sind? Das ist der einzige verdammte Grund, warum ich möchte, dass du Bea datest – damit wir sie endlich los sind.«

Ich blinzele fassungslos. »Ach, und wie war das mit ›Du bist einsam, dir geht es schlecht, du brauchst jemanden, der dich glücklich macht‹? Oder hast du das nur so dahin gesagt?«

Er geht Richtung Tür auf mich zu, kommt mir allerdings nicht zu nah. Jean-Claude mochte es noch nie, dass er den Hals recken muss, um mir in die Augen zu sehen, wenn wir dicht beieinanderstehen. Er zuckt mit den Schultern.

»Dein potenzieller Spaß mit ihr war ein netter Nebeneffekt, aber nicht meine eigentliche Motivation. Mein Ziel war es, Bea aus dem Verkehr zu ziehen. Weißt du, was für einen Schwachsinn Juliet mir erzählt hat, als ich sie kennenlernt habe und unbedingt haben wollte? *Lass es uns locker angehen. Ich brauche mehr Zeit. Meiner Schwester geht es sauschlecht, ich weiß nicht, ob sie es verkraftet, wenn ich eine richtige Beziehung mit dir anfange.«* Er zieht ein angewidertes Gesicht. »Dieses durchgeknallte Huhn von Schwester wird sich verdammt noch mal nicht zwischen mich und dem, was mir gehört, stellen, nur weil sie sitzen gelassen wurde.«

»Es reicht«, sage ich wütend und starre ihn an.

Jean-Claude zieht arrogant seine Augenbrauen hoch. »Ach ja?«

Plötzlich verstehe ich nicht mehr, warum ich mir mit ihm eine Wohnung teile. Weil unsere Familien eng befreundet sind? Weil er die Hälfte der Miete bezahlt und mich sonst in Ruhe lässt? Weil ich – dank meines Vaters – Erfahrung im Zusammenleben mit launischen, scharfzüngigen Männern habe?

»Du beleidigst Bea nicht noch mal«, entgegne ich kalt. »Haben wir uns verstanden?«

»Aber natürlich.« Er dreht sich lässig auf dem Absatz um, reißt die Tür zu unserer Wohnung auf und lässt sie ins Schloss knallen.

»Scheiße.« Stöhnend reibe ich mir das Gesicht. Ein Teil von mir will ihm hinterherlaufen und sagen, dass er seinen Arsch in die Limousine setzen soll, die draußen auf uns wartet.

Der andere Teil – der gewinnt – hat ihn bereits abgeschrieben.

Ich hole mein Handy raus und schreibe Bea.

> Bin auf dem Weg. Freu mich sehr auf dich.

Ihre Antwort leuchtet einige Sekunden später auf dem Display auf.

> Super! Bin bereit. Hab meine schickste Jogginghose angezogen.

Lächelnd verdrehe ich die Augen und gehe aus der Tür.

Ich habe mir drei RomComs angesehen, also drei mehr als die meisten zynischen, unromantischen Seelen von sich behaupten können. Ich kenne den dramatischen Höhepunkt dieser Filme, jenen ergreifenden Moment, in dem das wunderschöne Objekt der Begierde seinen atemberaubenden Auftritt hat, alle Umstehenden in ehrfürchtiges Schweigen verfallen und der Hauptdarsteller endlich begreift, dass sie die Richtige für ihn ist. Ich hätte also vorbereitet sein sollen.

Ich war es nicht.

Nichts hätte mich auf diesen Moment, in dem Bea die Tür zu ihrer Wohnung aufreißt, vorbereiten können – außer Atem, lächelnd, in schwarzer Seide, die sich an jede ihrer Kurven schmiegt und über ihren Körper ergießt wie schwarze Tinte.

Sprachlos sinke ich gegen den Türrahmen.

Bea grinst. »So schlimm?«

»Noch schlimmer.« Ich drücke mich vom Türrahmen ab und gehe auf sie zu. »Gott. Sieh dich an.«

Sie beißt sich auf die Unterlippe. »Was denn?«

Ich nehme ihre Hand, verschränke unsere Finger ineinander und küsse jeden einzelnen Fingerknöchel, bevor ich ihre Hand auf meine Wange lege. »Du bist wunderschön.«

Sie errötet leicht. »Danke, Jamie.« Ein Schritt näher, dann berühren sich unsere Körper. Widerwillig lasse ich zu, dass sie ihre Hand aus meiner zieht, um meine Fliege zurechtzurücken. »Der Smoking steht dir unglaublich gut. Jeder normale Mensch würde darin wie ein Riesenpinguin aussehen.«

Ich muss lachen. Bea legt den Kopf schief und streicht mit ihrem Daumen über meine Wange. »Weinst du?«

Ich blinzle die verräterische Feuchtigkeit weg. »Heuschnupfen.«

»Natürlich.« Sie nickt. »Die Pollenbelastung in dieser Wohnung ist echt übel.«

»Stimmt. Ich werde mal ein ernstes Wort mit deinem Vermieter reden.« Ich ziehe sie näher an mich, drücke einen sanften Kuss auf ihre Lippen und atme ihren Duft ein.

Du bist das Beste, was mir je passiert ist, möchte ich sagen. *Du bist echt und wunderbar unvollkommen. Wir haben als Lüge begonnen und sind jetzt das Wahrste, das ich je erlebt habe.*

Aber ich sage es nicht, dazu ist es noch zu früh. Es wird genug Zeit geben, es ihr zu sagen. Wenn wir diesen Abend überstanden haben. Wenn es ruhig und dunkel ist, wir allein sind und Bea in meinen Armen liegt.

Für den Moment begnüge ich mich damit, es ihr auf jede andere erdenkliche Weise zu sagen – mit meinen Händen, die über ihre Taille wandern, der Leidenschaft in meinem Kuss. Ich schiebe sie durch die Tür, trete sie zu, drücke Bea an die Wand, sie zieht sanft an meinen Nackenhaaren.

»Jamie«, haucht sie und biegt sich zu mir, als ich ihren Hals hinunterküsse und die weiche Wölbung ihrer Brust und schließlich ihre spitze Brustwarze finde. Ihre Hand gleitet meinen Rücken hinunter und wandert dann zwischen uns, streichelt mich, während ich immer härter werde. »Ich kann nicht glauben, dass ausgerechnet ich das sage«, flüstert sie leise, »aber wir werden zu spät kommen, wenn wir nicht …«

»Ja. Du hast recht.« Schwer atmend ziehe ich mich von ihr zurück. Ich richte den Träger ihres Kleides und betrachte sie von Kopf bis Fuß.

»Aber mal im Ernst«, sagt Bea und wirkt plötzlich nervös. Ihre Hände fahren unruhig über ihr Kleid. »Ist mein Outfit in Ordnung? Ich habe ein Schultertuch, das ich tragen kann, falls du meinst, dass die Tattoos ein Problem sind …«

»Beatrice.«

Sie beruhigt sich. »Ja?«

Ich streiche mit den Fingerspitzen am Ausschnitt ihres

Kleids entlang, bis zu der Stelle, an der die zarten Träger beginnen, über ihr Schlüsselbein, ihren Hals, die weichen Strähnen ihrer hochgesteckten Haare. Bea gibt meiner Berührung nach, lehnt sich an mich, bis mein Mund ihr Ohr streift.

»Deine Tattoos sind alles andere als ein Problem.«

Sie schluckt. Ich gebe ihr einen Kuss auf den Hals und werde mit einem Seufzer belohnt. »Sie verunsichern die Leute«, sagt sie mit zitternder Stimme. »Nicht jeder weiß, wie er damit umgehen soll. Es ging dir doch genauso, als du mich zum ersten Mal gesehen hast.«

»Oh, nein, ich wusste genau, wie ich damit umgehen muss.« Ich drücke zarte Küsse auf die tätowierten Pünktchen auf ihrem Hals. »Ich wusste, dass ich jede Stelle deines Körpers erkunden wollte, die du mit diesen rätselhaften Designs verziert hast. Jeden süßen, weichen Winkel deines Körpers entdecken und genießen, bis du dich windest und keuchst und nach mehr verlangst.«

Sie umklammert meine Anzugjacke und schwankt etwas. »Die Botschaft ist an dem Abend definitiv nicht bei mir angekommen.«

»Weil ich ein sprachloser, sorgenvoller Trottel war, der gerade zum ersten Mal die umwerfendste Schönheit der Welt gesehen hatte. Natürlich habe ich mich wie ein kompletter Armleuchter benommen.«

Ein Lachen perlt über ihre Lippen, so prickelnd wie der teure Champagner, an dem sie heute Abend nippen wird, während ich permanent daran denken werde, wie ich ihr das Kleid vom Körper streife, bis es in einer Lache aus blauschwarzer Seide auf dem Boden liegt.

»Vergiss das Schultertuch«, flüstere ich an ihrem Hals. »Ich liebe die Kunst, die du auf deinem Körper trägst. Sie ist wunderschön, und du bist stolz darauf.«

Sie lächelt. »Das bin ich wirklich.«

»Ich auch.«

Bea drückt mir einen zarten Kuss auf die Wange, legt beide Hände auf meine Brust und schiebt mich sanft zurück. »Vielleicht sollte ich dir noch eine letzte Chance geben, dich doch für das Tuch zu entscheiden«, sagt sie und beginnt sich zu drehen. »Schließlich hast du noch nicht das ganze Kleid gesehen.«

Mit gerunzelter Stirn stecke ich meine Hände in die Taschen. »Ich kann mir nicht vorstellen … *Fuck*.«

»Ihre Ausdrucksweise, Mr Westenberg!«

Mein Blick ist auf das Rückenteil ihres Kleids fixiert oder genauer gesagt, auf das fehlende Rückenteil, denn hinten besteht das Kleid nur aus einer herabhängenden Bahn aus Seide, die in einer weichen Kurve von ihren Schultern bis zu ihrem Steißbein fließt. »Tut mir sehr leid.«

Sie lächelt über ihre Schulter. »Nein, tut es nicht.«

»Stimmt, tut es nicht. Komm her.« Ich greife ihre Hand, schnappe mir ihre schwarze Handtasche und reiße die Tür auf. »Bring das Tuch doch mit, aber nur, weil es draußen kühl ist.«

»Huch!« Sie schnappt das Tuch gerade noch rechtzeitig, bevor ich sie über die Schwelle schiebe. »Wozu die plötzliche Eile?«

Ich schließe mit ihrem Schlüssel ab und hebe sie hoch, was sie quietschen lässt. Lachend wirft sie die Arme um meinen Hals, und ich trage sie die Treppe hinunter. »Wenn ich noch eine Minute länger mit dir in diesem Kleid allein in der Nähe deines Schlafzimmers bin, besteht keine Chance, dass wir es aus der Tür schaffen.«

Die Fahrt in der Limousine ist eine Übung in Selbstbeherrschung, ein ständiger Kampf, mir nicht alle möglichen Arten vorzustellen, wie ich Bea nehmen könnte: vornübergebeugt, auf dem Rücken, die Beine gespreizt, ihre Hände in meinem Haar, an der Scheibe, wimmernd und keuchend, während ich sie immer wieder zum Höhepunkt bringe.

Ich verdränge diese Gedanken, indem ich mich erinnere, dass wir bereits eine überhastete sexuelle Begegnung hatten. Beim nächsten Mal will ich alle Zeit der Welt haben.

Außerdem würde ich ihr Kleid ruinieren, und dann müsste ich den Fahrer bitten, umzukehren, und wir würden die Party verpassen. Nicht, dass ich darauf brenne, hinzugehen. Aber ich habe mich damit abgefunden. So mache ich es immer. Ich stimme meinen Vater milde, lächle, bin höflich und zuvorkommend, um dann so schnell wie möglich wieder zu verschwinden, bis ich das nächste Mal mein Gesicht zeigen und so tun muss, als wäre mein Vater kein herzloses Arschloch und meine Mutter an seiner Seite glücklich.

Aber heute Abend spüre ich trotz allem einen kleinen Funken Freude in mir. Es wird in vielerlei Hinsicht schrecklich werden, umgeben von meiner Familie und all den Erinnerungen an meine furchtbare Kindheit, aber Bea ist hier, neben mir in der Limousine, nach ihrem Parfum duftend, ihre Beine auf meinem Schoß ausgestreckt. Wir werden zusammen hineingehen, sie an meinem Arm. Lächelnd und neugierig, ganz sie selbst. Das macht es erträglich.

Der Fahrer öffnet meine Tür, ich steige aus, ziehe meinen Smoking glatt und reiche Beatrice die Hand, um ihr aus dem Wagen zu helfen. Als sie sich aufrichtet, unser Familienanwesen sieht und die Augen aufreißt, bin ich so glücklich wie seit Monaten nicht.

»Okay.« Sie schiebt ihren Arm unter meinen und drückt

ihn. »Im Vergleich zu deinem Elternhaus sieht meins aus wie ein Lebkuchenhaus.«

Ich lache leise. »Ich mag euer ›Lebkuchenhaus‹. Es fühlt sich an wie ein Zuhause.«

»Das stimmt«, sagt sie. »Ich mag es auch. Ach herrje. Das ist deine Mom, habe ich recht?«

Ich sehe zu meiner Mutter, die ruhig und würdevoll an der Eingangstür steht und die Gäste mit europäischen Küsschen auf die Wangen begrüßt. »Ja.«

»Sie ist … etwas einschüchternd«, sagt Bea. »Und sehr groß.«

»Groß sind wir alle. Aber keine Sorgen, ich werde mich darum kümmern, dass auch du an ein paar Aperitif-Häppchen herankommst.«

Sie boxt mich in die Seite, aber sie grinst. »Sehr witzig.«

»James«, begrüßt mich meine Mutter in ihrem stark französischen Akzent und schließt mich in die Arme. »Du kommst zu spät. Aber wenigstens siehst du sehr schick aus, *mon biquet*.« Sie dreht sich zu Bea. »Und wer ist dieses zauberhafte Wesen?«

»Maman, darf ich dir Bea Wilmot vorstellen, meine Freundin.« Bea krallt ihre Finger in meinen Arm. »Bea, meine Mutter, Aline Westenberg.«

Bea lächelt nervös. »Schön, Sie kennenzulernen.«

»*Enchantée.*« Meine Mutter zieht Bea an ihre stark parfümierte Brust, küsst sie auf beide Wangen und wendet sich wieder mir zu. »Sag bitte zuallererst deinem Vater Guten Tag«, instruiert sie mich auf Französisch. »Er fühlt sich sonst auf den Schlips getreten. Mach die Runde, sprich mit den wichtigen Gästen und mache sie mit ihr bekannt. Ansonsten kannst du tun und lassen, was du willst. Es gibt Champagner. Dinner in einer Stunde.«

»Ja, Maman. Ich kenne die Spielregeln«, antworte ich ebenfalls auf Französisch, wie immer, wenn ich mit ihr spreche. »Du musst dir keine Sorgen machen.«

Sie zuckt mit den Achseln, während sie bereits zu den Gästen sieht, die nach uns angekommen sind. »Ich möchte nur, dass du keinen Ärger bekommst.«

Als ob das je funktioniert hätte. Ich küsse sie auf die Wange. »Ich wünsche dir einen schönen Abend.«

Sobald wir an ihr vorbeigegangen sind, zerrt Bea fest an meinem Arm und hat sofort meine Aufmerksamkeit.

»Was zum Teufel, Jamie?«, zischt sie.

»Was ist?«, frage ich zurück, vollkommen verwirrt. »Was habe ich denn getan? Habe ich –«

»Du sprichst *Französisch*?«

Meine Lippen öffnen sich leicht, aber ich weiß nicht, was ich darauf antworten soll. »Ähm … Ja?«

»Und wann wolltest du mir das erzählen?«

»Ich … tut mir leid?«

»Das verzeihe ich dir nie.« Sie zieht mich auf die Seite des Foyers und gibt mir einen Kuss, der jede Verwirrung und Sorge in mir schmelzen lässt. »Französisch aus deinem Mund … jetzt will ich schmutzige, sehr schmutzige Dinge mit ihm anstellen.«

Himmel. Mir wird heiß. Ich sehne mich so sehr nach dem, was Beatrice mit meinem Mund anstellen will, dass es wehtut.

»Ich … ja, also dann … verschwinden wir von hier.«

Bea lacht, schiebt mich sanft von sich und verschränkt ihre Finger mit meinen. »Zuerst Champagner und die Tanzkatastrophe, dann Französisch.«

Ich küsse sie, fest, fordernd, fieberhaft. »Wie du willst, *mon cœur*.«

27

Bea

»*Mon Cœur?*« Ich werfe Jamie, der meine Hand zu seinen Lippen führt und meine Fingerknöchel küsst, einen fragenden Blick zu. »Was heißt das?«

Er grinst. »Sag ich dir später.«

»Wie unbefriedigend.«

Er grinst noch breiter und legt seinen Arm um meine Taille. »Wie du mir, so ich dir.«

Eine Frau in einem silbernen Kleid streift mich und erinnert mich plötzlich an Jules. Ich muss sie unbedingt finden und mich vergewissern, dass es ihr gut geht. Bevor Jamie an meine Tür geklopft und sein Anblick mich fast umgehauen hat, hatte ich mir Sorgen um meine Schwester gemacht. Wir wollten den Abend eigentlich zu viert beginnen, obwohl ich nicht besonders scharf auf eine 45-minütige Autofahrt mit Jean-Claude war. Doch dann hat sie mir plötzlich erklärt, dass sie allein fahren würden. Jean-Claudes komische Begründung dafür war, dass sie dann gehen konnten, wann sie wollten.

Als ich von der Arbeit nach Hause kam, saß Juliet in ihrem roten Seidenbademantel im Badezimmer, Handtuch-Turban auf dem Kopf und wich meinem Blick aus. Es sah aus, als hätte sie geweint, aber noch bevor ich sie irgendetwas fragen konnte, hatte sie mich bereits mit Make-up und Proben von kussechtem rotem Lippenstift abgelenkt und war in ihrem flatternden, silbernen Chiffonkleid blitzschnell in Jean-Claudes affigem Auto verschwunden.

»Alles in Ordnung?«, fragt Jamie.

Ich lächele zu ihm auf, und mein Herz fährt Achterbahn. Eine einzelne Locke liegt auf seiner Schläfe. Sanft streiche ich sie ihm nach hinten, weil ich weiß, dass er heute Abend so ordentlich wie möglich aussehen möchte. Er sieht mich an. Um seine haselnussfarbenen Augen liegen attraktive Lachfältchen, und das Licht streichelt seine markanten Wangenknochen, die lange Nase und die starke Kieferpartie. Er ist unfassbar hot.

»Alles in Ordnung. Nur würde ich gern … Ich würde gerne nach Jules sehen.«

Er nickt. »Machen wir. Tut mir leid, dass Jean-Claude so ein Arsch war und drauf bestanden hat, getrennt zu fahren.«

»Na ja. Jules schien nichts dagegen gehabt zu haben, im Porsche vorzufahren.«

Jamie zieht mich sanft aus der Schusslinie eines vorbeieilenden Kellners, der Horsd'oeuvres trägt. »Ich würde um nichts in der Welt zu diesem Mann ins Auto steigen. Er ist der reinste Horror hinter dem Steuer.«

Ich bleibe stehen. »Warum hast du nichts gesagt? Ich habe meine Schwester mit ihm fahren lassen!«

Seufzend sieht er mich an. »Er ist eigentlich nicht waghalsig und mit Juliet im Auto bestimmt vorsichtig. Er ist nur in meiner Gegenwart so rücksichtslos, weil er weiß, dass ich es nicht ausstehen kann.«

»Mit jedem neuen Detail, das ans Licht kommt, kann ich den Kerl weniger leiden.«

»Aber wenn es einen Menschen gibt, für den er sich zusammenreißt, dann Juliet. Und selbst wenn nicht ... deine Schwester sitzt nicht das erste Mal bei ihm im Auto. Sie weiß, worauf sie sich einlässt.«

»Tut sie das?« Ich versuche in der Menschenmenge, die den riesigen Raum füllt, meine Schwester auszumachen. Es ist ein richtiger Ballsaal. Jamie hat einen *Ballsaal* in seinem Haus. Seiner Villa. Oder was immer das hier auch ist.

»Ich bin mir da nicht so sicher. Manche Menschen ... zeigen sich anfangs von ihrer besten Seite, um dich zu ködern, und dann ändern sie sich nach und nach – also eigentlich ändern sie sich nicht, sondern offenbaren nur ihr wahres Ich. Aber wenn das der Fall ist, weißt du schon nicht mehr, was du glauben sollst. Worauf kannst du dich noch verlassen? Bildest du dir das alles nur ein? Hat er vielleicht nur eine blöde Woche? Bedeutet, jemanden zu lieben, nicht auch seine schlechten Seiten zu akzeptieren?«

Ich spüre, wie sich ein Kloß in meinem Hals bildet und die beschissenen Erinnerungen an Todd zurückkommen, die ich mit viel Mühe hinter mir gelassen hatte.

»Bea.« Jamie legt sanft eine Hand auf meine Wange und dreht mein Gesicht zu ihm. Er sieht mich forschend an. »Hat er das mit dir gemacht? Dein Ex?«

Ich nicke. »Ich weiß, wovon ich spreche. Ich glaube, Jean-Claude ist genauso. Ich habe mich in seiner Gegenwart nie wohlgefühlt, mit seinem ständigen Lächeln, den Rosensträußen, wie er sie auf Dates entführt und mit Geschenken überhäuft hat. Das ging alles viel zu schnell. Er wollte mich nie in ihrer Nähe haben. So sind manipulative, besitzergreifende Typen. Sie isolieren dich nach und nach von den Menschen, die dich lieben und dich wirklich kennen, Menschen, bei denen du dich wohlfühlst. Und dann erniedrigen sie dich, bis du nur noch ihre Anerkennung willst – bis sie für dich der einzige Mensch auf der Welt sind und du völlig allein bist.«

Jamies Kiefermuskeln zucken. »Ich bin nicht gewalttätig, Bea. Wirklich nicht. Ich habe einen Eid abgelegt, zu heilen, nicht zu verletzen. Aber diesem Kerl will ich wirklich Schmerzen bereiten.«

Ich lehne mich in seine Umarmung, lächele zu ihm auf und nehme seine Hand, die meine Wange streichelt. »Das weiß ich. Und das reicht mir vollkommen. Aber vielleicht werde ich diesbezüglich noch wegen Jean-Claude auf dich zurückkommen.«

Suchend schweift sein Blick über die Gäste. »Sosehr es mich auch in den Fingern juckt, werde ich mich wohl auch bei ihm auf Worte beschränken. Aber egal was passiert, wenn es hart auf hart kommt, du kannst auf mich zählen, okay? Und Juliet auch.« Er beugt sich zu mir und drückt einen langen Kuss auf meine Stirn. »Ich verspreche es.«

»BeeBee!«

Die Stimme meiner Schwester erschreckt mich so, dass ich beinahe mit dem Kopf an Jamies knalle. Aber nach einem Monat hat er ausgezeichnete Selbstschutzreflexe gegen meine unkoordinierten Aussetzer entwickelt und weicht gerade noch rechtzeitig aus, sodass ihm eine blutige Nase erspart bleibt. »Nicht schlecht!«, rufe ich anerkennend und klopfe ihm auf die Brust. »Reflexe wie ein Erdmännchen.«

Lächelnd legt er mir die Hand auf den Rücken, während Jules den Arm um meine Schulter legt. »Da bist du ja!«, ruft sie fröhlich und küsst mich auf die Wange. »Du siehst umwerfend aus. Stimmt's, West?«

Jamies Daumen gleitet sinnlich meine Wirbelsäule entlang bis hinunter zum Ansatz meines Kleids, bevor er seine Hand ganz fallen lässt. »Ja wirklich. Atemberaubend. Du aber auch, Juliet.«

Jules lächelt, mit ihrem silbernen Kleid funkelt sie wie eine ganze Sternenkonstellation. »Danke sehr.«

»Das reicht jetzt.« Jean-Claude schlingt den Arm um die Taille meiner Schwester und zieht sie an sich, während ich mit dem Blick versuche, Löcher in seine Hand zu brennen. »Ständig muss ich irgendwelche Nebenbuhler in Schach halten.«

»Ich bitte dich«, sagt Jules mit einem Lachen. »Nur, weil *du* mich so sehr magst, heißt das noch lange nicht, dass es alle anderen auch tun.«

»Das glaubst aber auch nur du«, entgegnet er und verstärkt seinen Griff um ihre Taille. »Versetz dich mal in meine Lage. Ich habe mindestens doppelt so viel Konkurrenz wie du.«

Ich fasse es nicht. Hat er das gerade im Ernst gesagt? Meine Hände ballen sich zu Fäusten. Jamie reibt sich stöhnend das Gesicht.

»Jean-Claude«, Jules zieht eine Augenbraue hoch. »Wir haben doch schon darüber geredet, dass das lächerlich ist.«

»Um nicht zu sagen, beleidigend«, murmele ich.

»Rein rechnerisch gesehen ist es das ganz und gar nicht«, sagt er, ohne darauf einzugehen.

»Jean-Claude«, warnt ihn Jamie.

Er ignoriert ihn ebenfalls und richtet seine Aufmerksamkeit ganz auf Jules. »Du magst Männer und Frauen. Ich mag nur Frauen. Das heißt, du könntest doppelt so −«

»Hör auf«, sage ich scharf. »Ich kann das nicht länger mit anhören …«

»Entschuldigt uns.« Jules greift mich am Ellenbogen und schleust uns durch die Menge zur Damentoilette, wo jemand in Dienstkleidung auf einem Hocker sitzt und ein Tablett mit Handtüchern und Toilettenartikeln bereithält. Jules zieht mich auf eine Chaiselongue in einer Nische. »Hör zu«, zischt sie. »Das ist nicht gerade hilfreich, was du da machst.«

»JuJu, er hat gerade gesagt –«

»Ich *weiß*, was er gesagt hat, Bea. Und es ist nicht okay. Trotzdem ist es nicht deine Aufgabe, so auf ihn loszugehen und ihn zurechtzuweisen. Lass mich das allein regeln.«

Ich bin verletzt, was meine Sorge um sie kurzfristig in den Hintergrund rücken lässt. »Ach, so wie du *mich* meine Angelegenheiten regeln lässt? *Du* darfst dich in mein Leben einmischen, aber ich darf deinen Freund nicht in die Schranken weisen, wenn er sich wie ein biphober Arsch benimmt?«

Meine Stimme hallt durch den Raum und lässt jede andere Unterhaltung verstummen. Jules schließt die Augen und atmet langsam aus. »Danke, Bea.«

»Tut mir leid, ich wollte nur –«

»Können wir das *bitte* lassen?«, flüstert sie und blinzelt ihre Tränen weg. »Kein Mensch und keine Beziehung ist perfekt, okay? Er hat gerade wirklich nicht mit Sozialkompetenz geglänzt, und wir haben im Moment tatsächlich eine schwierige Phase, aber Jean-Claude hat Stress bei der Arbeit, und manche Menschen sind einfach nicht sie selbst, wenn sie derart unter Druck stehen. Mach es mir also bitte nicht noch schwerer, als es ohnehin schon ist. Bitte!«

Ich würde so gern mit ihr darüber reden, ihr von Todd erzählen. Wahrscheinlich hat sie keine Ahnung, wie es mit ihm anfing und wozu es geführt hat. Sie erkennt die Parallelen nicht so, wie ich das tue. »Jules …«

»Bea.« Sie drückt meine Hände und schaut mich flehend, mit Tränen in den Augen, an. »Bitte, lass es gut sein.«

Ich schlucke den Kloß in meinem Hals runter und nicke.

»Danke«, sagt sie, atmet einmal tief durch und lächelt wieder. Ihre *Alles-bestens*-Maske ist wieder an Ort und Stelle.

»Dann mal los. Amüsiere dich mit West. Und viel Glück für die Begegnung mit seinem Vater.«

Wir stehen auf, und Jules hakt mich unter. »Ist sein Vater wirklich so schlimm?«

Als wir das Badezimmer verlassen, hebt sie das Kinn, nimmt die Schultern zurück und ist wieder ganz die Alte, schön und selbstbewusst wie eh und je. »Fast so schlimm wie der von Jean-Claude.«

Draußen wimmelt es von Menschen, Lärm hallt im Raum wider, eine einzige Kakofonie, als schrien mir ein Dutzend Leute direkt ins Gesicht. Ich spüre die gesteigerte Anspannung, die einer Reizüberflutung vorausgeht. Meine Haut fängt an zu sirren und zu kribbeln, als ob ein Bienenschwarm daruntersäße, und mir wird die Brust eng. Ich atme einmal tief durch und blicke in Richtung Bar. Ich brauche jetzt einen Schnaps, ein paar ruhige Minuten für mich, frische Luft, und dann werde ich diese Scheißveranstaltung hoffentlich gemeinsam mit Jamie durchstehen.

»BeeBee?«, fragt Jules. »Ist alles okay?«

Ich drücke meinen Arm gegen ihren. »Nichts, was ein Schnaps und eine kleine Auszeit an der frischen Luft nicht beheben könnten.«

Sie nickt und schleust uns durch das Gewühl an die Bar. Mit ihrem typischen Jules-Lächeln hat sie mir einen Schnaps organisiert, noch bevor ich das Glas Wasser leeren kann, das sie zuerst für mich bestellt hat.

»Besser?«, fragt sie.

»Etwas.« Ich setze das Schnapsglas ab und atme langsam aus. »Ich schleiche mich mal kurz raus. Kommst du mit?«

Noch bevor sie den Mund öffnet, weiß ich, was sie antworten wird. Über meine Schulter sieht sie zu *ihm* und wird rot. »Nein.« Sie sieht mich an. »Es sei denn natürlich, es geht dir noch nicht wieder besser. Ansonsten würde ich zurück zu –«

»Mir geht's gut.« Ich kann den Namen dieses Arschlochs

nicht mehr hören. Es ist unerträglich, wie vernarrt sie immer noch in ihn ist. Mit Todd war es genauso. Es dauerte ewig, bis ich begriffen hatte, wie verheerend unsere Beziehung für mich war – bis ich ihn so sehen konnte, wie er wirklich war, und erkannt habe, dass ich dringend Schluss machen muss. Wieder nagen die Schuldgefühle an mir. Hätte ich ihr bloß alles erzählt. Ich hätte sie warnen können. Dann wäre ihr dieses Fiasko vielleicht erspart geblieben. Vielleicht hätte ich sie davor schützen können.

»Schick mir eine Nachricht, wenn du mich brauchst, okay?«, sagt sie leise und kneift mir in die Wange. »Ich bin ganz in der Nähe.«

Ich nicke und sehe zu, wie sie mit großen Schritten zu ihm eilt. *Sobald das hier vorbei ist*, schwöre ich mir, *erzähle ich ihr alles*. Dann bahne ich mir einen Weg zur Terrassentür, die eine Flucht in die kühle Oktobernacht verspricht.

Wieder im Ballsaal entdecke ich Jamie in einem Halbkreis aus Männern mittleren Alters. Er ist größer als die meisten, hält den Kopf aber gesenkt und starrt in seinen Cocktail, als würde er am liebsten darin ertrinken.

Ich komme!, hätte ich beinahe laut gerufen und wünschte, ich hätte keine so extrem niedrige Toleranzschwelle für Veranstaltungen dieser Art, dass ich mich davonstehlen und meine Batterien aufladen musste, obwohl ich davor schon mit Jules im Badezimmer verschwunden war.

Und dann passiert etwas Seltsames. Als ob er meine Gedanken gehört hätte, blickt Jamie auf, sieht mich direkt an und lächelt – langsam, zärtlich und ein klein wenig schief. Mein Herz hämmert gegen meine Rippen. Im Gleichschritt mit meinem

Herzschlag gehe ich auf ihn zu, bis ich an seiner Seite bin und sich alles wieder goldrichtig anfühlt. »Hi«, sage ich zu ihm.

Er schluckt, legt den Arm um mich und drückt einen langen, weichen Kuss auf mein Haar. »Ich habe dich vermisst«, flüstert er. »Alles in Ordnung?«

Ich lege ihm ebenfalls den Arm um die Taille. »Ja. Jetzt geht's mir wieder gut.«

Er nickt.

»Erklär du es ihm, Hawthorne«, sagt einer der Männer, und ich weiß sofort, dass er Jamies Dad ist. Nicht nur wegen seines vornehmen britischen Akzents, sondern weil Jamie *genau* aussieht wie er – groß, schlank, gewelltes Haar, die gleiche lange, stolze Nase. Aber irgendwie auch wieder nicht. Als Arthur Westenberg mich ansieht, fröstle ich. Es liegt etwas Kaltes in seinem Blick, das mich in Jamies Umarmung zurückweichen lässt. Während Jamies Augen warm und freundlich sind, ist der Blick dieses Mannes kalkulierend und eiskalt. Er legt den Kopf schief. »Und wer ist das, James?«

Jamie lässt meine Taille vorsichtig los und legt mir beruhigend die Hand auf den Rücken. »Darf ich vorstellen, Bea Wilmot, meine Freundin. Bea, mein Vater, Arthur Westenberg.«

»Sehr erfreut, Sie kennenzulernen«, lüge ich.

Mit einem kurzen Schniefen legt Arthur den Kopf auf die andere Seite und mustert mich, ohne etwas zu sagen. Jamies Druck auf meinen Rücken wird fester, dann stellt er mich dem Rest der Gruppe vor. »Dr. Lawrence Hawthorne, ein alter Freund und Kollege meines Vaters …« Der ältere Herr nickt höflich in meine Richtung. »Und meine Brüder, Henry, Edward und Sam.«

Die beiden Ersteren, die wie eine Mischung aus Jamies Eltern aussehen, unterziehen mich ganz unverhohlen einer kritischen Inspektion. Nur Sam, der ebenso warme Augen, aber wesentlich kürzere Haare hat als Jamie, gibt mir die Hand und grinst. »Schön, dass wir uns endlich kennenlernen. Ich habe schon sehr viel Gutes über dich gehört.«

»Benimm dich«, warnt Jamie mit einem Lächeln.

»Schön, Sie alle kennenzulernen«, sage ich in die Runde. *Außer dich, dich und dich*, denke ich, und meine damit seinen abweisenden, arroganten Vater und die versnobten Brüder. »Bitte, entschuldigen Sie die Unterbrechung.«

»Das macht doch nichts«, entgegnet Dr. Hawthorne.

Jamies Vater schwenkt seinen Drink, leert ihn in einem Zug und wirft mir noch einen kritischen Blick zu, bevor er das Glas auf einem Tablett, das gerade vorbeigetragen wird, abstellt. »Ich habe Hawthorne hier gerade gebeten, Jamie zur Vernunft zu bringen.«

Sam seufzt und nippt an seinem Cocktail. Jamie neben mir ist plötzlich wie erstarrt.

Arthur beugt sich zu mir. »Und, wollen Sie denn gar nicht wissen, wovon ich spreche?«

»Oh, Sie werden mich bestimmt gleich aufklären.«

Jamies Griff um meine Taille wird fester, während er sein Grinsen hinter einem vorgetäuschten Husten versteckt. Die Augen seines Vaters verengen sich. »Es war gerade die Rede davon, dass Jamie in die pädiatrische Chirurgie wechseln sollte. Wenn er sich schon mit Kindern abgeben *muss*, dann wenigstens auf einem Gebiet, das in unserer Familie Tradition hat.«

Jamie wirkt zunehmend angespannt. »Hawthorne ist führend in dem Bereich. Die Chance, mit ihm zu arbeiten, kommt nur einmal im Leben.«

Dr. Hawthorne wendet sich an Jamie. »Mit Ihrer Erfahrung wären Sie sicher eine fabelhafte Ergänzung für unser Team. Aber natürlich ist die Chirurgie nicht jedermanns Ziel …«

»Unsinn.« Arthur nimmt sich ein Glas Champagner von

dem Tablett, das ein vorbeikommender Kellner ihm anbietet, und starrt Jamie unverhohlen an. »Wir Westenbergs können uns gar nichts anderes vorstellen. Habe ich recht, Jungs?«

Henry, der ältere Bruder, der mich bei meiner Ankunft so kritisch beäugt hat, hebt sein Cocktailglas. »Darauf trinken wir.« Der jüngere Bruder, Edward, lächelt spöttisch und stößt mit ihm an. »Verdammt richtig.«

Sam macht bewusst nicht mit. Sein Blick gleitet besorgt in unsere Richtung.

Aber Jamies Gesicht bleibt ruhig und beherrscht, als wäre das hier so normal wie die Wolken am Himmel und der Boden unter seinen Füßen. Mir wird das Herz schwer.

Mit einem Räuspern wendet er sich an Dr. Hawthorne. »Ihr Angebot und dass Sie mich für qualifiziert genug halten, mit Ihnen zu arbeiten, schmeichelt mir sehr. Ich habe den allergrößten Respekt vor dem, was Sie leisten. Aber die Chirurgie ist tatsächlich nicht meine Berufung.« Arthurs Kiefermuskeln zucken. Er sieht aus, als würde er jeden Moment die Fassung verlieren.

»Hier bist du, Darling.« Jamies Mutter gleitet an Arthurs Seite und hakt sich bei ihm ein. Sie ist groß und schlank wie ein Filmstar aus den Zwanzigerjahren. Strahlend schön in ihrem elfenbeinfarbenen Kleid, in dem ich wie ein zerlaufenes Stück Sahnetorte aussehen würde. Nicht eine vergrößerte Pore in Sicht, makellose Haut. Ihr seidig glänzendes, braunes Haar ist ein paar Nuancen heller als meins, perfekt gestylt, keine graue Strähne weit und breit.

Während die anderen Small Talk machen, wandert mein Blick durch die Runde. Neben all den Riesen werde ich mir meiner geringen Körpergröße plötzlich schmerzlich bewusst, genauso wie meiner wilden Locken, die Jules in einer kunstvollen Hochsteckfrisur gebändigt hat, und meiner bestimmt schon fettigen Nase, die mit Kinn und Stirn um die Wette glänzt. Ich würde niemals versuchen, oder hoffen, perfekt auszusehen, und eigentlich mag ich mein Aussehen. Aber im Moment fühle ich mich wie ein bunter Hund. Ich will Jamie mit meinen Tattoos und meiner ganz offensichtlich nicht sonderlich vornehmen Herkunft auf keinen Fall blamieren.

Als ich zu ihm aufsehe, liegt ein sanftes Lächeln auf seinen Lippen. Er beugt sich zu mir und flüstert: »Du siehst bezaubernd aus.«

»Gedankenleser.«

Er grinst. »Es steht dir auf die Stirn geschrieben. Jeder deiner Gedanken war ge… Aua!«

Ich ramme ihm den Ellenbogen in die Rippen, und es tut mir überhaupt nicht leid. »Es ist äußerst unhöflich von dir, mich daran zu erinnern, dass ich beim Nachdenken bescheuerte Grimassen ziehe.«

»Sie sind nicht bescheuert, du Dickschädel. Sie sind …« Er zuckt mit den Achseln. »… wie du. Entzückend.«

»Pfff.«

»Nun«, sagt Jamies Mutter, »es ist Zeit, mit dem Dinner zu be–«

»Zuerst ein Tanz«, unterbricht sein Vater sie.

Sie runzelt die Stirn. »Ein Tanz, jetzt? Warum um alles in der Welt …«

»Einen Walzer, Aline.« Er dreht sich zu ihr. »Ich möchte mit meiner wunderschönen Frau einen Walzer tanzen.«

Geschmeichelt von seinem Kompliment lenkt sie ein. »Nun, ein Walzer ist sicher nicht das Ende der Welt.«

28

Jamie

Wie immer geht Maman auf die Wünsche meines Vaters ein und verkündet den Gästen, dass sich der Ablauf des Abends leider etwas ändern wird, dass sie jetzt einen Toast auf meinen Vater ausbringen und anschließend vor dem Dinner ein Walzer getanzt wird.

Ich weiß nicht, was genau mein Vater im Schilde führt, aber ich bin mir sicher, dass er mich bestrafen wird. Mich bloßstellen. Denn in seinen Augen habe ich genau das gerade auch getan. Obwohl ich ihm schon hundertmal erklärt habe, dass ich kein Chirurg sein will. Dass ich nicht dafür gemacht bin, Menschen aufzuschneiden, sondern dafür sorgen möchte, dass sie unversehrt bleiben. Für ihn bin ich eine Schande, des Familiennamens nicht würdig, und als er mir gerade eine Chance gegeben hat, das zu ändern, habe ich ihn zurückgewiesen.

Und dafür werde ich jetzt büßen.

»Auf Arthur!«, ruft meine Mutter und hält ihr Champagnerglas hoch.

Bea und ich heben pflichtbewusst unsere Gläser, aber wir trinken nicht. Sie dreht sich zu mir. »Hey. Möchtest du gern –«

»James.«

Die Stimme meines Vaters schneidet in unsere Unterhaltung wie ein Messer. Streichmusik erklingt. Er lächelt mich mit kalten Augen an. »Mach doch auf der Tanzfläche bitte den Anfang, mein Junge.«

Die Panik sinkt wie Zement in meinen Magen und drückt auf meine Lunge. Ich zupfe an meiner Fliege, während mir die Brust immer enger wird. Ich hasse es, im Mittelpunkt zu stehen, und das weiß er genau. Meine Strafe ist verhängt. Bea sieht zwischen uns hin und her und dann mit zusammengekniffenen Augen auf meinen Vater.

Ich nicke. »Selbstverständlich, Sir.«

»Was zum Teufel war das?«, zischt Bea, sobald er sich umdreht.

»Er möchte mich bloßstellen«, erkläre ich ihr. Dann ziehe ich wieder an meiner Fliege, justiere meine Manschetten nach, bis die Knöpfe in der Mitte sitzen, und hole einmal tief Luft, um mich mental vorzubereiten. »Er weiß, wie sehr ich es hasse, im Mittelpunkt zu stehen.«

»Scheiß auf ihn«, flüstert sie. »Verschwinden wir einfach.«

Ich lächele sie an und nehme ihre Hand. »Dann hätte er gewonnen.«

»Na und? Wenn dir das so zusetzt, mache ich da nicht mit.«

Ich sehe sie fest an. »Früher wäre so etwas grauenhaft für mich gewesen, aber heute Abend wird es nicht so schlimm werden.«

Sie legt den Kopf schief und drückt meine Hand. »Warum?«

»Weil ich heute Abend mit dir tanzen werde.« Ich drücke ihre Hand ebenfalls. »Natürlich nur, wenn das für dich okay ist.«

»Ist es«, sagt sie leise und lächelt zu mir auf. »Aber ich kann nicht versprechen, dass es keine Blamage wird. Und ich trete dir garantiert auf die Zehen.«

Ich ziehe sie langsam auf die Tanzfläche. »Trete auf so viele Zehen, wie du willst.« Sie schnappt nach Luft, als ich sie an mich ziehe und die empfindliche Stelle hinter ihrem Ohr küsse. »Solange du nur bei mir bist.«

Die Musik setzt ein, ein Walzer, den ich sehr gut kenne. Ich habe ihn schon öfter getanzt, als ich zählen kann. Aber dieses Mal ist es anders. Denn ich halte Bea in meinen Armen.

Ich sehe sie an. Sie ist so wunderschön, dass es wehtut.

Sie blickt zu mir auf und beißt sich auf die Lippe. Ihr Haar ist zu einer kunstvollen Frisur hochgesteckt, ihre goldenen Ohrringe mit Onyx-ähnlichen Steinen funkeln fast so hell wie ihre Augen. Sie hat sich kaum geschminkt, trägt nur roten Lippenstift. Die Farbe lässt ihre Haut strahlen und bildet einen faszinierenden Kontrast zu ihren blau-grünen Augen. Ich könnte sie jahrelang ansehen. Mein ganzes Leben.

»Was ist?«, fragt sie leise.

Ich fahre mit der Hand über ihren Rücken, genieße die samtige Weichheit ihrer Haut, ihre zarte Wärme unter meiner kühlen Hand. »Ich bin so froh, dass du mitgekommen bist. Obwohl ich anfangs so stur war und dich unbedingt davon abbringen wollte.«

»Ja, zum Glück bin ich genauso stur wie du.« Sie sieht mir tief in die Augen, lässt ihre Hand nach oben wandern und spielt gedankenverloren mit den Haaren in meinem Nacken. »Ich bin auch froh, dass ich mitgekommen bin.«

Wir sind allein auf der Tanzfläche. Mein Vater beobachtet uns verächtlich und kostet seine Vergeltung aus. Aber ich bemerke es kaum. Die Welt schrumpft zusammen, und es gibt nur noch uns beide – Bea, warm und weich in meinen Armen, die nur Augen für mich hat.

Ich liebe sie. O Gott, ich liebe sie. Das ist das Einzige, was ich sehe und fühle – mit jedem Herzschlag, jedem erneuten

Anschwellen der Streichmusik – ich liebe sie. Habe ich sie je nicht geliebt?

»Weißt du, was lustig ist?«, fragt sie lächelnd, ohne auch nur zu ahnen, was ich gerade denke. Ich ziehe sie enger an mich, schon jetzt panisch, dass ich sie, nun, da ich weiß, dass ich sie liebe, verlieren könnte.

»Nein, was?« Ihre Finger gleiten zärtlich in mein Haar, und ich seufze zufrieden.

»Das hier wäre die perfekte Gelegenheit, Jules und Jean-Claude eins auszuwischen. Wir könnten tausend glamouröse Fotos auf Instagram posten, und alle, die uns verkuppeln wollten, würden sich hoffnungslos in uns als Paar verlieben.«

Mein Magen krampft sich voll böser Vorahnung zusammen. Hat sie es sich anders überlegt? Will sie unseren Racheplan doch nicht aufgeben?

Bea zerstreut meine Ängste sofort wieder, indem sie mir die Hand in den Nacken legt und mich für einem Kuss zu sich hinunterzieht. Sie strahlt mich an. »Anfangs wollte ich nur Rache«, sagt sie leise, ihre Hand auf meinem Herzen, »und jetzt will ich nur noch dich.«

Ich küsse sie wieder und wieder. Wir schwanken ein wenig, geraten aus dem Takt, aber es ist perfekt. Weil sie es ist, mit mir. Wir. Zusammen.

Als ich mich von ihr löse, und wir wieder in den Rhythmus des Walzers finden, sehe ich aus den Augenwinkeln, dass mein Vater wohl beschlossen hat, ich hätte genug gelitten. Er ist mit Maman auf der Tanzfläche. Meine Brüder kommen mit ihren Partnerinnen dazu. Dann Jean-Claudes Eltern, Jean-Claude und Juliet. Es werden immer mehr Paare, aber ich nehme sie gar nicht wahr. Ich habe nur Augen für Bea.

»Du starrst mich an«, sagt sie.

»Stimmt.«

Sie lächelt und wird rot. »Habe ich einen Clownsmund?«

Ich muss lachen. »Nein. Warum?«

»Dann hat Jules nicht gelogen. Sie hat mir diesen Lippenstift geliehen und geschworen, dass ich ihn selbst dann nicht mehr abbekommen würde, wenn ich wollte.«

Bea leckt sich über die roten Lippen, und mein Körper fängt an zu glühen. Der Gedanke an ihren vor Lust leicht geöffneten Mund, während ich sie schmecke und liebkose, und wie er danach *meinen* Körper erforscht, sich um meinen …

»Jamie?«

Ich zucke zusammen. »Hmmm?«

Bea legt den Kopf schief. »Ich bin dir auf die Zehen getreten. Zweimal. Und du hast nichts gesagt.«

Ich lächle und küsse sie. »Ich habe es gar nicht bemerkt.«

Sie sieht mich argwöhnisch an, während der Walzer sich seinem dramatischen Ende zuneigt und ich uns schneller und schneller zur Musik drehe. »Was denkst du gerade?«

»Dass wir nach diesem Walzer-Schwachsinn so schnell wie möglich von hier verschwinden sollten.«

Ihre Augen strahlen. »Wirklich?«

Ich küsse sie und beuge sie in meinem Arm so dramatisch nach hinten, dass sie lachen muss. »Wirklich.«

Lachend und kichernd flüchten wir über die Vordertreppe meines elterlichen Anwesens in unsere Limousine. Bea quietscht vor Vergnügen, als ich sie ungestüm auf meinen Schoß ziehe und dann mit einem Knopfdruck die Trennwand zur Fahrerkabine hochfahren lasse. Ich küsse sie wild, meine Hände in ihrem Haar, unsere Zungen in einem ekstatischen Tanz, der unseren Walzer weit in den Schatten stellt.

»Warte«, sagt sie und löst sich von mir. »Würden Sie bitte hupen«, sagt sie zum Fahrer und lässt das Fenster runter. »Bis später, ihr Arschlöcher!«, schreit sie.

Lachend strecke ich mit hochgestrecktem Mittelfinger den Arm raus.

Bea johlt vor Begeisterung, küsst mich wieder, noch immer rittlings auf meinem Schoß. Dann wird sie plötzlich still, fährt mit einem Finger in den Knoten meiner Fliege und löst ihn. Dann öffnet sie die obersten Knöpfe meines Hemdes, und ich atme tief durch. Eine Welle von Zärtlichkeit überkommt mich. Sie hat gespürt, wie es mir da drinnen die Luft abgeschnürt hat und ich nicht mehr frei atmen konnte.

»Besser so?«, fragt sie und fährt mir mit den Fingerspitzen über Schlüsselbein, Hals und Kiefer.

Ich umfasse sie fester, ziehe sie an mich und nicke. »Viel besser.«

Ihr Finger zieht weiter über meine Wangenknochen, Nase, Stirn und Schläfen. Als sie bei meiner Ohrmuschel anlangt, stöhne ich vor Lust. »Was machst du?«

»Dich zeichnen.« Ihr Blick folgt ihrem Finger. »In meinem Kopf habe ich dich schon tausendmal gezeichnet. Und in meinem Skizzenbuch auch. Aber so ist es am schönsten.«

Meine Hand gleitet ihren Rücken hinunter und über den Stoff, der sich direkt über ihrem Hintern auffaltet. »Wie sehe ich denn aus in diesen Zeichnungen?«

»Wunderschön«, flüstert sie. »Du bist oft nackt.«

Ich muss schlucken. »Ich hoffe, die Realität kann mit deinen Fantasien mithalten.«

Sie sieht mich an, ihr Blick warm und weich im schummrigen Licht der Limousine. »Ich bin sicher, sie wird sie sogar noch übertreffen.«

»Woher willst du das wissen?«

Sie drückt den sanftesten Kuss auf meine Lippen. »Weil du *du* bist, Jamie. Du bist großartig. Ein wirklich guter, schöner, wunderbarer Mensch, von dem ich nicht genug bekommen kann.« Sie sieht mir tief in die Augen und spürt meine Unsicherheit. »Ich hasse deinen Vater dafür, dass er dir als Kind nie vermittelt hat, wie unglaublich du bist. Und deine Familie, außer Sam natürlich, weil sie da mitspielt. Scheiß auf diese Arschlöcher, okay? Du genügst, so wie du bist – mehr als das.«

Ich muss schlucken. »Danke, Bea.«

Als sie mich wieder küsst, zart und voller Zuneigung, pocht mein Herz im Gleichklang mit den Worten, die ich in meinem Kopf unablässig wiederhole.

Ich liebe dich. Ich liebe dich. Ich liebe dich.

Der Wagen holpert von unserem Privatweg auf die Straße und holt mich zurück. »Anschnallen, Beatrice.«

»Jamie …«

»Sicherheit geht vor«, ermahne ich sie und hebe sie von meinem Schoß.

»Na gut«, schmollt sie.

Behutsam schiebe ich sie auf den Sitz neben mir, schnalle sie an und fahre mit der Hand über ihre Rippen. Mein Daumen streift über die warme, tintenschwarze Seide die weiche Unterseite ihrer Brust entlang. Ich umfahre ihre Brustwarze mit dem Daumen und fühle, wie sie sich herrlich spitz zusammenzieht. »Das schließt ja nicht aus, dass wir uns unterwegs ein bisschen amüsieren.«

»Jamie Westenberg«, sagt sie mit einem koketten Lächeln. »Es geschehen noch Zeichen und Wunder!«

Ich lächele zurück und küsse ihre Halsgrube.

»Warte nur, was ich als Nächstes geplant habe.«

29

Bea

»Karaoke?« Entgeistert starre ich auf den Leuchtschriftzug, der über dem Eingang zur Bar in den Nachthimmel blinkt.

Während die Limousine davonrollt, falte ich mein dünnes Tuch auseinander und lege es mir um die Schultern. Jamie öffnet einen weiteren Hemdknopf und beäugt das Gebäude. »Karaoke macht doch Spaß, oder nicht? Karaoke findet jeder toll.«

Ich beiße mir auf die Lippe. »Ich kann überhaupt nicht singen.«

Er lacht. »Ich auch nicht.«

»Dann kann ja nichts schiefgehen.«

Er macht einen Schritt auf mich zu, nimmt mein Gesicht in die Hände und gibt mir einen flüchtigen Kuss.

»Wir müssen nicht. Ich wollte nur …« Er streicht mit dem Daumen über meine Unterlippe. »Ich wollte einfach, dass du ein bisschen Spaß hast nach diesem Trauerspiel mit meiner grässlichen Familie in ihrem grässlichen Haus und den ganzen anderen aufgeblasenen Affen.«

»*So* schlimm war es doch gar nicht.«

Er zieht eine Augenbraue hoch. »Doch. Und ich wusste

schon vorher, dass es das werden würde, deshalb habe ich das hier für dich geplant.«

Mein Herz bricht auf, und Glück durchflutet mich wie Sonnenschein und verleiht diesem Moment ein goldenes Strahlen. »Für mich?«

Er nickt und steckt eine lose Haarsträhne zurück in meine Frisur.

»Ich hätte dich natürlich fragen können, was dir Spaß macht, aber ich wollte dich überraschen. Und da ich nicht gerade Spaßexperte bin, habe ich mich für das entschieden, was mir als Erstes in den Sinn kam, und hier sind wir nun. Aber wir können auch woanders hingehen. Nach Hause. Ins Kino. Zum Essen. Allerdings haben wir später noch einen Termin im Tattoo-Studio. Aber den könnte ich wahrscheinlich auch absagen.«

Ich reiße die Augen auf. »Moment mal, *was*?«

Jamie runzelt die Stirn. »*Was?*«

»Du. In einem Tattoo-Studio. Was willst du denn in einem Tattoo-Studio?«

Etwas brüskiert fährt er sich durch die Haare und zerzaust die sonst so perfekten Wellen. »Deine Skepsis irritiert mich ein wenig, Beatrice. Was, glaubst du, wird passieren, wenn ich ein Tattoo-Studio betrete? Dass ich mich in einer Wolke aus Prüderie verflüchtige?«

Ich lache. Langsam wird es kalt, und ich fange an zu zittern. Mein Tuch besteht nur aus dünnem, schwarzem Stoff.

»Vielleicht, aber erst, nachdem du eine Hygienekontrolle durchgeführt hast.«

»Sehr witzig.« Jamie legt mir seinen Mantel um die Schultern. Er ist warm und schwer und riecht nach seinem Aftershave, einem Hauch von Salbei, Sandelholz und nebeligen Morgenstunden. »Besser so?«

Ich nicke. »Danke.«

»Dann bin ich also doch für etwas gut.« Er schnieft und zieht den Mantel enger um mich. »Aber scheinbar nicht für Tattoo-Studios.«

»Hey!« Meine Hand schnellt aus seinem Mantel und zieht ihn am Hemd. »Das war doch nur Spaß. Aber mal ehrlich … wozu willst du in ein Tattoo-Studio?«

Er reckt beleidigt das Kinn, aber als er die Tür zur Karaokebar öffnet, sehe ich, dass er sich ein Lachen verkneift. Der Geruch von frittiertem Essen und billigem Bier weht uns entgegen, begleitet von einer rauen, gefühlvollen Stimme, die Janis Joplin singt.

»Um mir ein Tattoo stechen zu lassen, Beatrice«, entgegnet er und schiebt mich in die Bar. »Wozu denn sonst?«

»Die haben uns ausgebuht!«, ruft Jamie empört. Er legt einen Arm um mich und führt mich aus der Karaokebar direkt in den Oktoberregen. Gott sei Dank wartet schon ein Taxi auf uns. »Die haben allen Ernstes gebuht!« Er kann es nicht fassen.

Meine Wangen schmerzen, Tränen und Regenwasser laufen über mein Gesicht – noch nie habe ich so gelacht. »Na ja, daraus können wir ihnen wirklich keinen Vorwurf machen. Selbst mir, die ich einen jaulenden Hund nicht von einem Opernsänger unterscheiden kann, ist klar, dass wir dadrinnen eine Beleidigung für jedes menschliche Gehör waren.«

Jamie macht die Autotür auf und schiebt mich sanft hinein. »Sie hätten schon etwas gnädiger sein können. Wir haben uns wirklich bemüht.«

Er schnallt sich an, und ich kuschele mich an ihn, genieße seine Wärme. Er glüht wie ein Ofen. »Nun ja, wir haben sie mit einem sechsminütigen Song gequält.«

»*Bohemian Rhapsody* ist noch nicht einmal der längste Song auf dem Album«, verteidigt er sich trotzig, bevor er mich ebenfalls anschnallt und in den Arm nimmt. »Wenn du mich fragst, sollten sie uns dankbar sein.«

Wir brechen erneut in Gelächter aus. Das Taxi fährt los und rast über eine gelbe Ampel. Jamie hält mich fest, kontrolliert meinen Gurt und zieht ein entzückend sorgenvolles Gesicht. Vom Headbangen am Ende unseres Songs stehen seine Haare wild in alle Richtungen, seine markanten Wangenknochen sind rot von der Anstrengung. Er riecht nach Schweiß und Regen und Jamie – und das ist der Moment, in dem ich plötzlich weiß, so sicher, wie ich meinen eigenen Namen kenne: Ich liebe ihn.

Und sofort überkommt mich die Angst. Dass ich die absolut Falsche für ihn bin. Dass er irgendwann feststellt, dass ich gar nicht so witzig bin, und meine seltsame Art, die anders ist als seine, anfängt, ihn zu nerven. Dass ihn zu lieben, eines Tages genauso wehtun wird, wie es das bei Todd getan hat. Und jetzt bekomme ich erst richtig Angst. Weil ich Todd nie so geliebt habe wie Jamie. Ich habe ihn nie so nah an mich herangelassen, ihm nie so sehr vertraut. Jamie zu lieben, ist das absolut höchste Hoch, aber großer Gott, bei Todd war der Sturz in den Abgrund zumindest nicht tödlich.

Wenn irgendwas passiert, wenn es irgendwann vorbei ist … würde ich das nicht verkraften.

Ich drücke mein Gesicht an Jamies Hals, um meine Tränen zu verstecken. Tränen der Erleichterung. Tränen des Glucks. Tränen der Angst. Eine Flut von Gefühlen bricht über mich herein, ähnlich dem Regen, der wie ein Sturzbach an den Fenstern unseres Taxis herunterfließt.

»Bea?«, fragt Jamie leise und streichelt meinen Arm. »Was ist denn los?«

Ich sehe zu ihm auf, und unsere Nasen berühren sich. Dann

unsere Münder. Ich sehe ihn an. Regen glänzt auf seiner Haut, das weiße Hemd klebt an seinem Körper. Er hält meinen Blick fest, und seine Augen werden dunkler, während seine Hand von meinem Arm auf meine Taille wandert, sich um meinen Hintern legt und mich enger an sich zieht. Ich kralle mich in sein Hemd, schiebe ein Bein über seines. Und dann lege ich alles, was ich mich nicht zu sagen traue, in diesen einen Kuss. Ich sage ihm mit meinen Händen, meinem Mund und jedem atemlosen Seufzer, was ich für ihn fühle. Wie ängstlich und aufgeregt und furchtbar verliebt ich bin in den Mann, von dem ich nie gedacht hatte, dass er mich je lieben könnte, oder ich ihn.

Er blinzelt durch die Regentropfen auf seiner Brille, und ich nehme sie ihm vorsichtig von der Nase, um sie mit meinem Tuch, das unter seiner Smokingjacke trocken geblieben ist, zu putzen. Danach setze ich sie ihm wieder auf, fahre genussvoll mit den Händen durch seine selten wilden Haare und denke an all die anderen Arten, mit denen ich dafür sorgen werde, dass er noch wilder, zerzauster und selbstvergessener aussieht.

»Beatrice«, sagt er.

Ich küsse seinen Hals. »Hm?«

»Sieh mich nicht so an.«

Mein Mund verzieht sich zu einem Lächeln. »Und warum nicht?«

»Weil …« Er räuspert sich und richtet seine Hose, als meine Hand seinen Oberschenkel hinaufgleitet. »Weil ich Pläne habe. Die Nacht ist noch jung.«

»Zur Hölle mit deinen Plänen, Jamie.« Ich lasse meine Finger weit unten über seinen Bauch tanzen und spiele an seiner Gürtelschnalle.

Er legt seine Hand auf meine, hält sie fest, doch dann lockert er den Griff, und er verschränkt unsere Finger ineinander. Das Taxi hält, und er wirft grinsend einen Blick über die Schul-

344

ter auf das vertraute Leuchtschild meines Tattoo-Studios. »Bist du dir sicher?«

Ich sehe ihn an. »Wow. Du hast keine Witze gemacht.«

Er zieht eine Braue hoch, bezahlt und reißt die Autotür auf. »Mache ich doch nie.«

Ich krabble aus dem Taxi und halte mich an seinem Arm fest, während er die Tür hinter mir zuwirft. So gut es geht, schützt er mich vor dem Regen, und wir rennen los. Im Studio angekommen schütteln wir uns wie nasse Hunde und treten die Füße auf der Fußmatte ab.

»Bea!« Pat schließt mich zur Begrüßung in die Arme und gibt Jamie die Hand. »Du bist also Jamie.«

»Schuldig.« Er schüttelt ihre Hand. »Danke, dass wir zu dieser späten Stunde kommen dürfen.«

Ich bin sprachlos. »Du machst es also wirklich?«

Mit finsterer Miene schiebt er sich die Brille höher auf die Nase. »Nein, wir sind hier, um Tee zu trinken und Kuchen zu essen. Natürlich mache ich es. Habe ich dir doch gesagt.«

Pat lässt ein heiseres Lachen hören, das mich ein wenig erstaunt. Ich habe sie noch nie lachen hören. »Ich liebe den Kerl jetzt schon. Dann lasst uns mal nach hinten gehen.«

Ich lehne mich zu Jamie. »Es ist einfach etwas unerwartet«, flüstere ich ihm zu. »Das ist alles.«

Er sieht mich böse an. »Und mir ist nicht zuzutrauen, dass ich Unerwartetes tue?«

»Ist ja schon gut.« Ich nehme seinen Arm. »Ich sag schon nichts mehr.«

»Danke.«

Wir folgen Pat in den Flur und bewundern die wunderschönen Tattoo-Designs, die dort an der Wand hängen – manche schon auf Körpern verewigt, andere nur auf Papier. In Pats Zimmer lasse ich mich auf einen Hocker fallen und zapple unruhig hin und her, während Jamie sich auf die Liege legt und sein Hemd aufknöpft. Pat summt mit dem Rücken zu uns vor sich hin und baut einen Apparat auf, den ich noch nie zuvor bei ihr gesehen habe.

»Was ist das denn?«, will ich wissen.

Sie hört auf zu summen. »Das? Nur ein Sichtschutz.«

»Ein was?«

Jamie nimmt meine Hand. »Hast du schon mal einen Kaiserschnitt gesehen?«

»Äh, nein. Gott sei Dank nicht. Warum sollte ich?«

»Na ja, keine Ahnung«, sagt er. »Manche Leute schauen sich diese Geburtssendungen an.«

»Ich nicht. Nein danke.« Allein bei dem Gedanken fange ich an zu schwitzen. »Geburten sind etwas Wunderbares – du weißt schon, ein Hoch auf alle Artgenossen, die das Überleben unserer Spezies sichern –, aber zusehen muss ich dabei nicht.«

Jamie runzelt die Stirn. »Aber du hast gesagt, du magst Kinder. Dass du welche willst.«

»Tu ich auch!«

»Und wolltest du sie dir vom Storch bringen lassen?«

»Damit beschäftige ich mich, wenn es so weit ist. Und keine Sekunde früher.« Ich wedele mir Luft zu. »Die ähm … Natur«, stammle ich, »wird die Sache schon regeln, oder?«

Jamie schüttelt verzweifelt den Kopf und seufzt. Pat beißt sich auf die Unterlippe und versucht, nicht zu lachen.

»Wie dem auch sei«, sagt Jamie mit einem entschuldigenden Blick zu Pat, die den Sichtschutz über sein Brustbein spannt, sodass er den Rest von ihm vor uns abschirmt. »Ich habe Pat gefragt, ob sie damit arbeiten würde, wenn ich ihr den Sichtschutz besorge. Ich habe meine Beziehungen zu Lieferanten von medizinischem Bedarf spielen lassen. War gar nicht mal so schwer.«

Ich grinse. »Dein Dealer hat dir das Ding organisiert?«

»So ist es. Er hat es sich gut bezahlen lassen, aber am Ende habe ich bekommen, was ich wollte.«

»Wozu brauchst du es überhaupt? Hast du Angst vor Nadeln?«

Mit dem Arm, der nicht hinter dem Sichtschutz liegt, schiebt er sich die Brille nach oben. »Das ist es nicht.«

Ich stütze die Ellenbogen auf die Kante seiner Liege und spiele zärtlich mit einer Locke, die ihm immer wieder in die Stirn fällt. »Wozu dann?«

Pat macht die Schranktür zu und legt eine Packung steriler Handschuhe bereit. »Ich muss noch schnell die Handschuhe auffüllen«, erklärt sie schon auf dem Weg zur Tür. »Bin in fünf Minuten wieder da.«

Jamie entspannt sich sichtlich, und jetzt verstehe ich auch, warum Pat kurz rausgegangen ist. Damit wir einen Moment für uns haben.

Er räuspert sich und errötet. »Ich wollte, dass du dabei bist, wenn ich mir das Tattoo stechen lasse. Aber zeigen will ich es dir erst später, wenn die Haut nicht mehr rot und gereizt ist – meine Haut ist sehr empfindlich.« Er seufzt. »Was ich eigentlich sagen will … also …« Er sieht mich an. »Ich will es dir erst in einem etwas … intimeren Moment zeigen.«

Meine Augen füllen sich mit Tränen. Ich lege meine Stirn auf seine Schulter und rolle sie hin und her. »Jamie«, flüstere ich.

Er berührt mein Haar und steckt zärtlich ein paar lose Strähnen zurück an ihren Platz. »Stimmt etwas nicht?«

»Nein, alles ist gut«, sage ich mit erstickter Stimme, hebe meinen Kopf und gebe ihm einen langen, intensiven Kuss, der ihn zufrieden grinsen lässt. »Mehr als gut.«

»Ich bin unbesiegbar!« Jamie steht wie Superman vor dem Tattoo-Studio, die Fäuste in die Hüften gestemmt. »Ich bin ein Badass.«

Lachend lege ich meinen Arm um seine Taille. »Das bist du wirklich. Außerdem gerade voll auf Endorphinen und Adrenalin, und falls du dir auf der Feier nicht heimlich den Bauch mit Tapas vollgeschlagen hast, als ich mit Jules im Bad war, hast du nicht genug im Magen. Du wirst gleich anfangen zu zittern.«

Jamie zieht seinen Kragen zurecht und sieht zwischen der Straße, auf der gleich unser Taxi vorfahren sollte, und mir hin und her. »Hmm.« Wie ich vorausgesagt hatte, sieht er etwas verschwitzt und blass aus. »Ich glaube, du hast recht.« Er ist etwas unsicher auf den Beinen. »Ich sollte etwas essen.«

»Unbedingt.« Ich halte ihn fest, und diesmal bin ich an der Reihe, die Tür zu öffnen, als das Taxi vorfährt. »Mit etwas im Magen wirst du dich gleich besser fühlen. Worauf hast du Lust?«

»Auf einen Burger so groß wie mein Kopf«, sagt er müde und lässt den Kopf gegen die Nackenstütze fallen.

Mein Herz schlägt schneller. Ich bin nicht nur eine miserable Köchin, sondern kann zudem auch noch kein rohes Fleisch anfassen. Mit dem Versuch, einen Burger zu braten, würde ich nicht nur einen sensorischen Anfall riskieren, sondern wahrscheinlich auch noch meine Wohnung in Brand stecken. Und nach diesem Abend – der lauten Party, dem Chaos in der Karaokebar und dem monotonen Summen der Tattoo-Nadel – halte ich einen weiteren Zwischenstopp schlicht nicht aus.

Damit bleibt nur eine Möglichkeit, von der ich kaum glauben kann, dass ich sie überhaupt in Betracht ziehe.

»Ihr wollt zu einem Burger-Laden?«, fragt der Fahrer. »Zu welchem?«

»Also eigentlich …« Ich drehe mich zu Jamie und verschränke meine Finger in seinen. »Hey, Jame.«

»Hmm?« Seine Augen öffnen sich einen Schlitz breit und fallen sofort wieder zu.

»Ich hab da eine Idee. Ich weiß, wo es die besten Burger der Stadt gibt.«

Er nickt mit geschlossenen Augen. »Und wo ist der Haken?«

Ich räuspere mich nervös und ignoriere das genervte Stöhnen des Fahrers, der auf eine Entscheidung wartet. »Die Sache hat tatsächlich einen kleinen Haken.«

Als er die Nervosität in meiner Stimme bemerkt, macht Jamie die Augen ganz auf und sieht mich fragend an. »Und der wäre?«

Ich drücke seine Hand. »Was würdest du davon halten«, frage ich ihn, »meine Eltern kennenzulernen?«

30

Jamie

»Und du bist dir sicher, dass das in Ordnung ist?« Wir stehen Hand in Hand vor Beas Elternhaus, und ich streichele mit dem Daumen ihre Handfläche.

»Klar«, sagt sie fröhlich. Ein bisschen *zu* fröhlich – als wäre sie nervös. Macht es sie nervös, mich ihren Eltern vorzustellen?

Bevor ich noch etwas sagen kann – oder vorschlagen, dass ich auch einfach eine Flasche Gatorade leeren, ein paar Kräcker futtern und ins Bett gehen könnte –, steckt sie schon den Schlüssel ins Schloss und schließt die Tür auf.

Sofort bricht eine Flut von Erinnerungen über mich herein. Als ich das letzte Mal hier war, hat alles angefangen. Ich sehe es noch genau vor mir – die Menschenmenge, als ich das Haus betrat, das Gesicht hinter dieser grässlich juckenden Löwenmaske. Wie ich mich in das Urwald-Chaos gemischt habe, obwohl es mir vor Angst eiskalt den Rücken hinunterlief. Ich höre wieder die Geräusche in diesem Raum – Gelächter, Small Talk, klirrende Gläser, klappernde Vorspeisenteller –, und dann erinnere ich mich an den Moment, als ich zum ersten Mal ihre weiche Stimme gehört habe, einen Hauch ihres betörend erdigen Parfums in die Nase bekommen habe und …

»Bea!« Das muss ihre Mutter sein, und nicht nur, weil wir in ihrem Haus stehen. Mit den gleichen stürmisch funkelnden Augen und dem gleichen strahlenden Lächeln wie ihre Tochter kommt sie uns durch den Eingangsbereich entgegen und breitet die Arme aus. »Kommt rein! Kommt rein! Ach, ist das schön, dich endlich kennenzulernen, Jamie.«

Bevor Bea auch nur ein Wort sagen kann, werde ich in eine nach Lavendel duftende Umarmung gezogen. Über die Schulter ihrer Mutter hinweg sehen wir uns an. Bea lächelt und flüstert ein lautloses *Sorry*.

Ich schüttle den Kopf. Sie hat keinerlei Grund, sich zu entschuldigen. Schon gar nicht für den Kloß in meinem Hals, der mich schlucken lässt, als Mrs Wilmot mich aus ihrer mütterlichen Umarmung entlässt und lächelnd von mir zu Bea sieht. »Und, Bea? Möchtest du uns nicht vorstellen?«

»Stopp! Wartet auf mich!«, ruft Beas Vater, der sich einen Pullover überzieht und die Treppe herunterkommt. Er ist groß, hat einen geraden Rücken und hat Bea sein dunkles Haar vererbt, dass an den Schläfen nun ergraut ist. Mit einem liebevollen Lächeln nimmt er Bea in den Arm und drückt ihr einen Kuss auf den Scheitel, bevor er mich mit einem festen Handschlag begrüßt. »Herzlich willkommen.«

»Vielen Dank, Sir.«

»Meine Güte.« Mrs Wilmot legt eine Hand auf ihre Wange. »Was für entzückende Manieren.«

Bea stellt sich neben mich und nimmt meinen Arm. »Mom, Dad, darf ich vorstellen, das ist Jamie Westenberg, mein Freund.« Sie drückt meinen Arm, wobei sie charmant errötet und mir einen *Wehe-du-lachst*-Blick zuwirft. »Jame, das sind meine Eltern, Maureen und Bill.«

Mein Herz krampft sich zusammen. *Jame.* So hat sie mich im Auto auch schon genannt. Da dachte ich allerdings, ich hätte geträumt, weil mir schwindlig war und ich immer wieder weggedämmert bin.

»Sehr erfreut«, antworte ich. »Ich möchte mich entschuldigen, dass wir zu so später Stunde noch –«

»Um Himmels willen«, ruft Maureen. »Ihr stört überhaupt nicht! Bill und ich wollten gerade essen. Es gibt Burger.«

Ich werfe einen Blick auf meine Uhr und muss gleich zweimal hinsehen. »Es ist … halb zwölf.«

Bill tritt hinter Maureen und bindet die Schleife ihrer Schürze, die sich gelöst hat. »Wir reisen so viel, uns ist das Gespür für Essenszeiten komplett abhandengekommen.«

Maureen lächelt und zuckt mit den Achseln. »Wir essen, wenn wir Hunger haben. Und ich freue mich riesig, dass ihr mitesst. Ich übertreibe es ja sowieso immer beim Kochen!«

Als ich ihnen durch den Eingangsbereich folge, ist da ein merkwürdiges Ziehen in meinem Magen, schlimmer als der Schmerz beim Stechen meines Tattoos. Alles hier ist mir so … fremd. Eine liebevolle Mutter, ein Vater, der freundlich lächelt und seine Frau auf Händen trägt. Eltern, die ihre erwachsenen Kinder und deren Partner nicht sehen wollen, um mit ihnen anzugeben oder gesellschaftlichen Verpflichtungen nachzukommen, sondern weil sie sie lieben und Zeit mit ihnen verbringen wollen.

Ich sehe Bea aus den Augenwinkeln an und frage mich, wie sie die Feier meines Vaters überhaupt ertragen konnte. Das stolze Gehabe, die arrogante Selbstinszenierung und die kühlen, nichtssagenden Gespräche. Angst kriecht in mein Herz. Hat sie bemerkt, wie ähnlich ich ihm sehe? Erinnert sie sich an mein Verhalten bei unserem ersten Treffen? Macht sie sich vielleicht Sorgen, dass ich eines Tages so werden könnte wie mein Vater – mit seiner schneidenden Überheblichkeit und eiskalten Art? Haben sich ihre Erinnerungen an unseren ersten Abend, genau wie meine, mit der Zeit verklärt? Oder ist ihr der erste Eindruck von mir im Gedächtnis geblieben und wie furchtbar unsere erste Begegnung war?

Als ob sie das Rotieren meiner Gedanken hören könnte, gleitet Bea mit der Hand meinen Arm hinunter und verschränkt ihre Finger mit meinen. »Ich bin froh, dass wir gekommen sind«, flüstert sie. Ich drücke ihre Hand, sie gibt mir einen Kuss, und die Welt ist wieder in Ordnung. »Ich auch.«

Nicht, dass ich Bea nicht geglaubt hätte, aber das war tatsächlich der beste Burger, den ich je gegessen habe. Nach unserem spätabendlichen Snack überredet uns Bill zu ein paar Runden Euchre, aus denen dank Beas teuflischem Ehrgeiz und dem großen Gefallen, den ich an alldem finde, sehr viele Runden Euchre werden.

Plötzlich ist es vier Uhr morgens, und wir stehen vor Beas Apartment, ausgelassen und hundemüde.

»Pssst«, macht sie und schließt die Tür auf. »Oder vielleicht eher: halt dir die Ohren zu. Die zwei sind echt laut.«

Ich schüttele mich reflexartig, und Bea lacht sich fast tot.

»Wer ist jetzt laut?«, flüstere ich. »Sei leise!«

Sie zieht die Tür hinter uns zu und lächelt aufreizend. »Dann bring mich doch zum Schweigen.«

Ich kann der Versuchung nicht widerstehen, ihr Lachen mit einem Kuss zu ersticken, während sie mich rückwärts den Gang entlangzieht, meine Hände auf ihrem Gesicht, ihren Haaren, ihrer Taille. Vor ihrer Zimmertür lasse ich von ihr ab, und Bea verzieht das Gesicht. »Nicht das schon wieder.«

»Ich fürchte schon.«

Sie heult auf und lässt sich gegen ihren Türrahmen fallen. »Jamie, *waruuuuum*? Ich brauche kein Kerzenlicht oder Rosenblätter oder Körperschokolade.«

»Körperschokolade?«

Sie zuckt mit den Schultern. »Das ist so ein Erotik-Ding. Aber so was brauche ich wirklich nicht.« Sie stößt sich vom Türrahmen ab, steckt ihre Hände unter mein Hemd und zieht mich zu sich. »Ich brauche nur dich.« Ihre Hände gleiten über meine Hüfte, dann tiefer und noch tiefer …

»Woah, Moment mal.« Ich nehme ihre Hände und küsse zärtlich ihre Fingerknöchel.

»Jamie«, jammert Bea leise. »Der Sexmangel wird mich noch umbringen.«

»Nein, wird er nicht. Dafür wirst du morgen Nacht ein Dutzend kleine Tode sterben, sobald ich alle Zeit habe, die ich brauche und die du verdienst.«

Ihr Mund steht offen. »Sag das noch mal. Was werde ich sterben?«

Ich lache leise und küsse sie mit einem kurzen Zungenschlag. Sie seufzt, und ich küsse mich ihren Kiefer entlang zu ihrem Ohr. »Du wolltest, dass ich Französisch spreche, richtig?«

Sie nickt und legt den Kopf in den Nacken.

Ich küsse sie hinters Ohr und flüstere: *»En français, quand tu jouis, ça s'appelle la petite mort.«*

»Übersetz das, bitte«, krächzt sie. Ich streife mit den Fingerknöcheln leicht über ihre Rippen, woraufhin sie scharf die Luft einzieht und ihre Bauchdecke sich spannt.

»Auf Französisch nennt man einen Orgasmus auch den kleinen Tod.«

Sie sieht mich mit großen Augen an. »Ein *Dutzend* hast du gesagt?«

Begeistert schlingt sie mir die Arme um den Hals, und ich muss grinsen.

»Wenn alles nach Plan läuft.«

»Dann lass uns auf Nummer sicher gehen«, sagt sie und küsst mich. »Was ist überhaupt der Plan?«

Ich lache. »Du wirst heute erst einmal ausschlafen.«

Sie zieht einen Schmollmund. »Ohne dich.«

»Und ich schlafe auch aus.«

Ihre Mundwinkel wandern noch weiter nach unten. »Ohne mich.«

Ich tröste sie mit einem Kuss. »Und dann wirst du Punkt fünf Uhr bereit sein, wenn ich dich hier abhole.«

Sie lächelt. »Okay. Und weiter?«

»Du hast eine Tasche für die Nacht gepackt.«

»Oh, jetzt wird's interessant.«

»In der alles drin ist, was du brauchst, um in meinem Bett gut zu schlafen.«

Sie wackelt mit den Augenbrauen. »Und wenn ich dir nun sagen würde, dass ich gar nicht vorhabe, viel zu schlafen?«

Ich küsse sie, diesmal sehr lange. »Dann würde ich sagen, dass es mich außerordentlich freut, das zu hören.«

31
Bea

Beide Aushilfen, die normalerweise am Wochenende im *Edgy Envelope* arbeiten, haben die Grippe, und weil ich Toni liebe, hieve ich meinen Hintern um zehn Uhr aus dem Bett und springe ein. Ich hatte bereits Kaffee und einen Espresso, um meinen Schlafmangel zu kompensieren, aber eigentlich brauche ich kein Koffein. Mein Adrenalinspiegel ist so hoch wie bei einem Kind am Weihnachtsabend.

Zwei Minuten vor Ladenschluss stehe ich an der Vitrine, fahre die iPads runter und tippe mit dem Fuß den Takt von Tonis Elektro-Funk mit. In dem Moment, in dem die Bildschirme schwarz werden, bimmelt die Glocke über der Ladentür. Ich sehe auf, und mein Herz schlägt einen Purzelbaum.

»Jamie.«

Toni kommt sofort aus dem Hinterzimmer und sieht interessiert zwischen uns hin und her. Auffälliger geht's wirklich nicht.

Den ultimativen Racheplan haben wir zwar aufgegeben, aber meine kleinen Momente der Vergeltung lasse ich mir nicht nehmen. Über die Schulter werfe ich Toni einen bösen

Blick zu. »Du hast ihn gesehen, und jetzt gehe ich. Die Show ist vorbei. Auf Wiedersehen.«

Toni schüttelt traurig den Kopf. »Und ich habe extra Kekse für dich gebacken.«

Demonstrativ stecke ich mir einen in den Mund. »Mein Preis ist gestiegen. Ich verlange jetzt Cupcakes.«

»Frechheit!«, ruft er und verzieht sich ins Büro.

Ich wende mich Jamie zu, der mich sanft anlächelt.

»Was machst du denn hier?«, frage ich.

Er zuckt mit der Schulter. Ein knappes einschultriges Jamie-Zucken. »Du hast mir geschrieben, dass du doch arbeiten musst, also bin ich bei dir vorbeigefahren, habe deine Übernachtungssachen geholt und Cornelius mit Futter und Streicheleinheiten versorgt. Und jetzt bin ich hier, um dich zu mir nach Hause zu begleiten.«

»Oh.« Mein Herz schmilzt. »Okay.«

Ich räume noch schnell die Vitrine auf, und plötzlich wird meine Vorfreude auf den Abend von Nervosität überschattet. Jamie ist bei allem, was er tut, so präzise und perfektionistisch – was, wenn ihm meine Art im Bett nicht gefällt? Was, wenn die letzten Tage die besten waren, die ich je mit irgendjemandem erlebt habe, es aber beim Sex überhaupt nicht passt? Oder ich einen meiner tollpatschigen Tage habe und ihm aus Versehen die Nase breche oder ihm zwischen die Beine trete oder …

»In deinem Kopf rattert es wieder.« Jamie lehnt an der Vitrine und beobachtet mich. Er ist im Gedankenlesen fast so gut wie Juliet, und ich weiß nicht, ob mir das gefällt.

»Sorry. Alles gut. Wirklich.«

Er lächelt – ebenfalls ein klein wenig nervös – und drückt sich von der Vitrine ab. »Dann komm.«

Ich streife mir meine Jacke über, sage Toni Tschüss, und gemeinsam verlassen wir das *Edgy Envelope*.

Jamie besteht darauf, meine Tasche zu tragen, und schiebt sich den Riemen auf die Schulter. Dann nimmt er meine Hand, und wir gehen schweigend los. Auf dem Gehsteig tanzen die Blätter, und der kalte Oktoberwind fährt in meine Kleidung. Ich kuschele mich enger an Jamie und genieße das angenehme Schweigen. Ich liebe es, dass er die Stille ebenso schätzt wie ich. Dass sie irgendwie uns gehört, einfach nur weil wir sie teilen.

»Wie läuft es zwischen dir und Juliet?«

Ich schaue zu ihm auf. »Was meinst du?«

Er stupst mich leicht an. »Man musste kein Wissenschaftler sein, um die Spannungen zwischen euch gestern Abend auf der Party zu bemerken, nachdem Jean-Claude sich wie ein beschissenes Arschloch aufgeführt hat.«

»Als ich aufgewacht bin, war sie schon weg. Anscheinend wollte Jean-Claude sie irgendwohin ›entführen‹.«

Der Wind wird stärker, und Jamie zieht den Kragen seiner Jacke höher. »Tut mir leid, dass es mit euch beiden gerade so schwierig ist.«

»Ich kann's nicht ändern. Sie hat mir gesagt, ich soll meine Nase nicht in ihre Angelegenheiten stecken.«

Jamie seufzt. »Ich erkenne Jean-Claude überhaupt nicht wieder. Ich weiß nicht, ob es Stress im Job ist oder irgendetwas anderes, aber irgendwie ist es schlimmer geworden, seit er …«

»Seit er mit meiner Schwester zusammen ist?«

Jamie sagt für einen Moment lang nichts. »Ich fürchte, ja.«

»Ich glaube auch, dass er ihr nicht guttut. Aber davon will sie nichts wissen. Also muss ich mich fürs Erste wohl raushalten.«

Jamie schlingt einen Arm um mich. »Ich weiß, wie schwer das ist … insbesondere, wenn man sich so nahe ist und irgendwie daran gewöhnt, sich beim anderen einzumischen.«

»Ja, bei uns ist das ganz bestimmt so. Wir sind eben Zwillinge.« Zwischen uns herrscht wieder Stille, und ich atme Jamies Geruch ein, den Duft nach frischem Holz und die Wärme seines Körpers. »Ich will nicht mehr über die beiden sprechen, okay? Der heutige Abend gehört nur uns.«

Jamie lächelt mich an und drückt mir einen Kuss auf die Stirn. »So ist es. Nur dir und mir.«

Als wir Jamies Wohnung betreten, schlägt uns eine wohltuende Wärme entgegen. Er schließt die Tür hinter uns, hängt meine Tasche und meinen Mantel auf und dann umarmt er mich lange und fest. Ich sinke in seine Arme wie eine Stoffpuppe. Ich brauche diese festen Umarmungen wie die Luft zum Atmen.

Sanft massiert er meine Schultern, und mir entfährt ein fast unmenschlicher Laut. »O Gott«, stöhne ich. »Genau da.« Jamie presst seine Finger in meine völlig verspannte Nackenmuskulatur. »Wir mussten heute die Regale auffüllen. Jede Menge Bücken, Auspacken und Schwitzen. Ich fühle mich richtig eklig.«

»Möchtest du duschen und es dir bequem machen? Ich muss noch ein paar Dinge erledigen.«

Ich sehe mich in seinem Wohnzimmer um, weiß gestrichene Wände, cognacfarbene Ledermöbel und jede Menge glänzende Grünpflanzen, die bei mir schon längst eingegangen wären. Es ist so ruhig und aufgeräumt wie immer, aber es brennt nirgendwo Licht. Nichts weist darauf hin, dass wir viel Zeit in diesem Raum verbringen werden. Meine Neugier wächst. »Okay?«

»Zieh dich nach dem Duschen im Bad um«, sagt er weiter. »Und falls du irgendetwas aus meinem Schrank brauchst, eines meiner College-Sweatshirts beispielsweise, von denen du schon einmal eines geklaut hast –«

»Geliehen«, korrigiere ich.

»Mhm.« Er zieht streng eine Augenbraue nach oben, aber sein Lächeln verrät ihn. »Also wenn du irgendetwas brauchst, sag mir Bescheid, dann hole ich es dir. Du darfst nicht in mein Schlafzimmer, okay?«

»Warum nicht?«

Jamie dreht sich um und fängt an, im Kühlschrank nach etwas zu suchen. »Keine weiteren Fragen. Ich bereite nur eine Kleinigkeit vor. Siehst du dann gleich.«

Obwohl ich vor Neugier fast platze, bin ich so verschwitzt, dass ich mich ins Badezimmer verziehe und ausgiebig heiß dusche. Ich benutze sein Duschgel und schwelge in den nach Jamie duftenden Schaumblasen. Danach rasiere ich mir mit meinem mitgebrachten Rasierer die Beine und schrubbe meine Kopfhaut, bis sie brennt. Als ich fertig bin, putze ich mir fest die Zähne und ziehe mir eine Jogginghose, warme Socken und Jamies Hoodie an, den ich tatsächlich geklaut – also geliehen – habe. Aber nur, um ihn ein bisschen zu ärgern.

»Ich bin wieder unter den Lebenden!«, rufe ich auf dem Weg ins Wohnzimmer, in dem sich auch die offene Küche befindet.

Jamie lacht. »Gut zu wissen. Ich bin hier.«

Als ich um die Ecke biege, überrascht mich eine großartige Sicht auf Jamie Westenbergs runden und festen Hintern in Jogginghosen, der sich gerade bückt, um etwas aus dem Schrank zu holen. Ich bin so fasziniert, dass ich über meine eigenen Füße stolpere.

»Hoppla!« Jamie dreht sich blitzschnell um und schafft es gerade noch, mich aufzufangen, ehe ich mit dem Gesicht auf die Kante der Küchenanrichte knalle. Meine Handflächen gleiten über seinen Oberkörper, und es fühlt sich an wie damals im Besenschrank, als wir uns zum ersten Mal begegnet sind –

unsere Körper eng aneinandergepresst, ein heißes Ziehen in meinem Bauch –, nur, dass ich mich dieses Mal nicht frage, *wie* es wohl wäre, mit ihm zu schlafen, sondern nur noch, *wann* es so weit ist.

Seine Hände streicheln sanft über meinen Rücken. »Was war das denn?«

»Du.« Ich blinzele ihn an. »Du warst das. Du trägst bequeme Klamotten.«

Jamie sieht an sich herunter. »Nur Jogginghosen und ein Sweatshirt.«

Nur Jogginghosen und ein Sweatshirt. Was für ein absurder Satz. Ich habe gesehen, was die blaue Jogginghose mit seinem Knackarsch macht, und jetzt sehe ich zudem, wie sie sich um seine langen Beine und Oberschenkelmuskeln schmiegt. Sein Sweatshirt hat einen klassischen, runden Ausschnitt und auf der Brust ist in großen Buchstaben *I ♡ MY CATS* gedruckt. Die Ärmel hat er hochgeschoben, was seine Unterarme perfekt in Szene setzt. Und das Schlimmste daran ist, dass er keine Ahnung hat. Er ist sich nicht im Mindesten bewusst, wie obszön erotisch sein Anblick ist.

»Du siehst gerade verdammt sexy aus.«

Er wird knallrot. »Beatrice, also wirklich.«

Ich trete einen Schritt zurück und betrachte ihn. Er ist so wunderbar zerzaust, weich und kuschelig, dass mir die Luft wegbleibt, und er gehört nur mir allein. »Ich könnte dich gleich hier auf der Küchenanrichte vernaschen.«

»Jetzt hör aber auf. Nimm mir nicht gleich den Wind aus den Segeln.« Er hebt mich hoch, und ich quietsche erschrocken, als er meine Beine um seine Hüfte legt und mich in Richtung seines Zimmers trägt.

»Wohin gehen wir?«, frage ich nach einem schnellen Kuss.

Er küsst mich zurück. »Eigentlich hatte ich vor, dich an

einen ganz besonderen Ort zu entführen, aber als wir gestern, oder besser heute früh, im Taxi darüber geredet haben, was für ein langer Tag es war, dachte ich, wie schön es wäre, einfach …«

»Zu Hause zu bleiben«, flüstere ich, streiche durch seine wunderschönen Haare und küsse seinen Hals, »und eine Jogginghose zu tragen, die deinen spektakulären Hintern optimal zur Geltung bringt.«

Das Kompliment lässt Jamie sogar noch röter werden, er sagt aber sonst nichts dazu. »Ich hab mir überlegt, anstatt etwas Besonderes zu machen, könnte ich auch einfach *etwas Besonderes* zu uns nach Hause holen.«

Er öffnet die Tür, und als ich über die Schulter kurz hineinlinse, beginnt mein Herz so heftig gegen meine Rippen zu hämmern, dass sie schmerzen. Jamie lässt mich langsam auf den Boden gleiten, ich drehe mich um und starre ungläubig in sein Schlafzimmer. In der Mitte ist auf dem Boden ein Picknick mit Bánh bao und Pho ausgebreitet, umgeben von kuschligen Decken und Kissen. In seinem schicken Kamin tanzen lautlos züngelnde Flammen, und in vereinzelten Laternen leuchten Teelichter. Das Licht ist gedämpft, und als ich aufschaue, weiß ich auch warum. An die Zimmerdecke sind alle Sternbilder projiziert, die man derzeit auf der Nordhalbkugel sehen kann. Sobald es richtig dunkel ist, werden sie so hell sein wie die Sterne draußen.

»Wie romantisch«, flüstere ich.

Jamie schlingt von hinten die Arme um mich und legt das Kinn auf meinen Kopf. »Ich bin froh, dass es dir gefällt. Ich wollte etwas Besonderes, aber nicht übertreiben. Kerzenlicht und Kaminfeuer, aber – genau wie du – keine Rosenblätter. Ich bin allergisch. Und auch keine Körperschokolade.«

»Viel zu klebrig, habe ich recht?«

Ich spüre sein Lächeln, während er mich fest an sich drückt. »Genau. Hoffentlich bist du nicht enttäuscht.«

Ich lache trotz des Kloßes in meinem Hals. »Warum sollte ich enttäuscht sein, Jamie? Es ist perfekt.« Ich wische mir die Tränen aus den Augen und drehe mich zu ihm um. »*Du* bist perfekt«, sage ich und sehe ihm dabei tief in die Augen.

32

Jamie

Ich sehe ihr zu, wie sie beim Essen zufrieden vor sich hin summt und ihre Finger ableckt. Als wir fertig sind, werfe ich die Plastikbehälter kurzerhand ins Spülbecken und gehe zurück ins Schlafzimmer. Dort setze ich mich am Fußende meines Betts auf den Boden und ziehe Bea zu mir, zwischen meine Beine.

»Gott sei Dank gibt es Jogginghosen«, seufzt sie und reibt sich den vollen Bauch. Sie sieht zu den Sternbildern an meiner Zimmerdecke. »Ich hab die ganzen Dumplings gegessen.«

Inzwischen hat sie mein Sweatshirt ausgezogen, weil es so warm ist, und sitzt nun in einem weichen, smaragdgrünen T-Shirt da, das locker über ihren Körper fällt. Ich schiebe einen Ärmel hoch und fahre mit dem Finger das kunstvolle Blumentattoo auf ihrer Schulter nach. Zum ersten Mal fällt mir auf, dass es sich bei den Blütenblättern eigentlich um Buchseiten handelt.

»Stehen die für etwas Bestimmtes?«, frage ich sie.

Bea dreht den Kopf und sieht zu, wie mein Finger über ihre Haut gleitet. »Für meine Eltern. Die Blumen für meine Mutter, weil sie Pflanzen über alles liebt, und die Bücher stehen für meinen Vater. Du solltest seine Bibliothek sehen. Am Abend nach der Party war die Tür zu, und ich hatte keine Gelegenheit, sie dir zu zeigen.«

»Du und deine siegeshungrige Mutter waren nur zu beschäftigt, uns beim Kartenspielen zu vernichten.«

Sie prustet. »Beim Spielen versteht meine Mom keinen Spaß. Tut mir leid, falls wir es ein bisschen übertrieben haben.«

Ich schüttle den Kopf. »Es war grandios. Ich wollte den Abend um nichts in der Welt missen.«

»Trotzdem hätte ich dir die Bibliothek zeigen sollen. Du wärst begeistert gewesen.«

Ich streiche eine lose Haarsträhne hinter ihr Ohr und sehe ihr tief in die Augen. »Dazu werden wir bestimmt an einem der anderen Abende dort noch Gelegenheit haben … hoffe ich.«

Sie strahlt über das ganze Gesicht und küsst meine Handfläche, die auf ihrer Wange liegt. »Das hoffe ich auch.«

Wir sehen uns an, während meine Fingerspitze der gepunkteten Linie ihren Nacken hinunter zu ihrer anderen Schulter folgt. Zwischen Ranken und Blüten entdecke ich einen Stapel Bücher, eine Kamera, eine Farbpalette mit Pinsel sowie drei zierliche blaue Vögel, die sich auf einem Ast drängen. Dieses Mal muss ich Bea gar nicht erst um eine Erklärung bitten.

»Die Bücher stehen für Jules. Sie ist eine Leseratte wie Dad. Sie steht total auf Liebesromane. Ich bin sicher, eines Tages wird sie selbst einen schreiben.« Sie zieht eine Augenbraue hoch. »Damit hast du nicht gerechnet, oder? Unsere Kupplerin liebt Romanzen.«

Ich lache leise, während mein Finger weiter den Tätowierungen folgt.

»Die Kamera«, erklärt sie, »steht für Kate. Sie ist Fotojournalistin. Die erste Kamera hat sie mit fünf Jahren bekommen, und seitdem hat sie das Ding permanent um den Hals. Und Palette und Pinsel stehen natürlich für mich.«

»Und die Vögel?«, frage ich.

Bea lächelt. »Für mich und meine Schwestern. Unsere Eltern nennen uns die ›Vögelchen‹. Keine Ahnung, warum. Das war schon immer so.«

Ich lege die Hände wieder auf ihre Schultern und massiere die verspannten Muskeln. Mit einem zufriedenen Seufzen lässt Bea den Kopf gegen meine Brust sinken.

»Und wann darf ich *dein* Tattoo sehen?«, fragt sie leise. Ihre Finger zeichnen auf meinen Oberschenkeln Achten nach, wobei die Bögen immer weiter werden und ihre Hände immer weiter nach oben wandern.

»Heute Nacht.«

Bea schaut zu mir auf und lächelt, ungeschminkt nach der Dusche und wunderschön. »Wirklich?«

»Wirklich.« Ich drücke sie an mich und fühle mich dabei verwundbar und verliebt zugleich.

Mit einem fragenden Blick legt sie den Kopf schief. »Was ist?«

»Ich … sehe dich einfach nur an«, entgegne ich.

Sie lächelt. »Warum?«

»Weil du wunderschön bist. Und weil ich es möchte.«

Sie dreht sich um, setzt sich rittlings auf meinen Schoß und schlingt ihre Beine um meine Taille. Dann legt sie die Hand auf mein Herz. »Gut.«

»Ich möchte mehr tun, als dich nur ansehen«, sage ich, während sie mit den Fingern durch meine Haare fährt.

»Ich möchte auch, dass du mehr tust«, flüstert sie. Sie lehnt sich zu mir und küsst mich sanft. »Obwohl es auch Spaß machen könnte, wenn du mir zusiehst.«

Ich stöhne. Der Gedanke, Bea dabei zuzusehen, wie sie sich

selbst berührt, erregt mich so stark, dass es mir nicht gelingt, meine Reaktion im Zaum zu halten, bevor sie sie spürt. Sie bewegt sich auf meinem Schoß, reibt sich an meiner Jogginghose, während ich ihren Anblick in mich aufsauge. Ihr Blick wandert über mein Gesicht und meinen Körper, dann wird er ernst, und sie gleitet mit den Händen unter mein Sweatshirt. »Ich bin nervös.«

Ich küsse ihre Wange, ihre Nasenspitze und das Muttermal unter ihrem Auge. »Sag mir, was dich nervös macht.«

Ihre Finger vergraben sich in meinem Sweatshirt, und sie legt ihre Stirn an meine. »Ich möchte, dass es für uns beide gut wird, und habe Angst, es zu vermasseln.«

»Das wirst du nicht, Bea. Das kannst du gar nicht.« Ich zögere einen Moment, dann sage ich: »Aber wenn es dich beruhigt, ich bin auch nervös.«

Sie runzelt verwirrt die Stirn. »Weshalb?«

»Ich habe Angst, dass ich sofort abgehe wie eine Rakete, wenn du mich berührst.«

Bea lacht laut. Dann schlingt sie die Arme um meinen Nacken und küsst mich leidenschaftlich. »Und selbst wenn, es gibt immer ein nächstes Mal. Und dann noch eins und noch eins, bis die Sonne aufgeht. Du hast mir zwölf kleine Tode versprochen, schon vergessen?«

»Wie könnte ich das vergessen?« Ich küsse sie und ziehe sie fester an mich.

»Und wenn mir zufällig ein Ellenbogen ausrutscht?«, gibt sie zu bedenken. »Oder ich merkwürdige Laute ausstoße, wenn ich komme ...«

»Dann ist es genau so, wie es sein soll«, sage ich unter Küssen. »Weil das wir sind. Nichts könnte richtiger sein.«

»Siehst du«, flüstert sie glücklich. »Dann ist der Spruch, dass Gegensätze sich anziehen, doch nicht so falsch.«

»Wie meinst du das?«

»Als wir unseren Rachefeldzug geplant haben, haben wir noch gedacht, wir wären viel zu verschieden, als dass aus uns jemals ein Paar werden könnte.« Sie lächelt. »Aber ich würde mal sagen, da haben wir uns gründlich geirrt.«

Lachend verschränke ich die Finger mit ihren und küsse ihren triumphierend lächelnden Mund. »Und ich war noch nie so froh darüber, mich geirrt zu haben, wie in diesem Fall.«

Bea geht auf die Toilette, und ich räume das Schlafzimmer auf, mache den Kamin aus und putze mir über der Spüle in der Küche die Zähne. Als sie zurückkommt, sitze ich auf der Bettkante und erwarte sie.

»Hi«, sagt sie.

Mein Blick wandert über ihren Körper, der noch immer in T-Shirt und Jogginghose steckt. Ich kann es kaum erwarten, sie ihr vom Leib zu reißen und sie endlich nackt zu sehen.

»Gerade ist mir aufgefallen«, bemerkt sie, »dass ich noch nie eine Nacht von Cornelius getrennt war.«

»Tja.« Ich ziehe sie zwischen meine Beine. »Daran muss er sich wohl gewöhnen.«

»Er könnte auch mitkommen«, schlägt sie vor, »und wir machen Übernachtungspartys!«

Ich ziehe eine Augenbraue nach oben. »Nein.«

»Was? Du hast Probleme damit, es vor dem Igel zu treiben?«

Ich werfe ihr einen strengen Blick zu, muss mich aber zusammenreißen, um nicht zu lachen. »Ich schlafe nicht im Beisein von Cornelius mit dir. Nicht jetzt. Und auch nicht in Zukunft.«

»Er ist also kein Exhibitionist«, murmelt sie vor sich hin.

Ich kitzle sie. Kreischend windet sie sich aus meinen Armen und landet unsanft auf meinem Bett. »Nicht kitzeln!«, ruft sie.

»Ah, sie kann austeilen, aber nicht einstecken!« Ich krabble über die Matratze und drücke einen langen Kuss auf ihren Hals. Meine Küsse wandern ihre Kehle hinauf zu ihrem Mund. Ich lege mich auf ihre Hüften, hart und verzweifelt, und bewege mich sanft auf und ab, als hätte ich dieses Verlangen schon seit Jahren. Sie fühlt sich so gut unter mir an.

»Jamie«, sagt sie schüchtern.

Ich halte inne, verlagere mein Gewicht und sehe sie an. »Was ist?«

Sie räuspert sich. »Ähm. Also, bevor wir …« Sie macht eine Handbewegung, die wohl Sex symbolisieren soll. »Jetzt ist der Zeitpunkt, wo ich dir sagen muss, dass ich zwar erotische Kunst male, aber trotzdem nicht auf Analsex stehe oder mich in eine menschliche Brezel verwandeln kann.«

Ich seufze. »Verdammt. Das war das Einzige, warum ich mich hierauf eingelassen habe.«

Ihr Kiefer klappt herunter, und sie wird blass.

»Bea.« Ich halte ihr Gesicht in meinen Händen. »Das war ein Scherz. O Gott, Bea, ich habe wirklich nur einen Witz gemacht, oder es versucht. War schlecht. Ich mach das nie wieder.«

Sie atmet aus und lässt ihren Kopf gegen die Matratze sinken. »Verdammt. Musst du ausgerechnet jetzt witzig sein?«

»Es tut mir leid.« Ich küsse ihre Stirn. »Ich wollte die Situation nur entspannen, was aber ganz offensichtlich schiefgegangen ist. Genau aus diesem Grund mache ich keine Witze.«

Sie lacht leise. »Du bist so süß. Selbst wenn du dafür sorgst, dass mir das Herz stehen bleibt und es mir dabei fast bricht.«

»Ich würde dir niemals das Herz brechen, Bea. Im Gegenteil, ich will es beschützen.«

Bea sieht mir tief in die Augen, legt ihre Arme um mich und drückt mich fest an sich. »Und was willst du noch?«, fragt sie.

»Ich möchte dich küssen. Überall. Ich will wissen, wie du aussiehst, wenn du aufwachst. Ich möchte dir Gemüsesuppe und Cupcakes zum Abendessen machen.« Ich küsse sie und ziehe sanft ihre Unterlippe zwischen meine Zähne, sodass sie leise aufstöhnt.

»Ich möchte dich beim Malen beobachten«, sage ich, »und sehen, wie du über das ganze Gesicht strahlst. Ich möchte Abende mit dir zu Hause verbringen, mit nichts weiter zu tun, als gemeinsam auf der Couch zu liegen. Ich will alles, was du mir gibst, und mehr. Weil ich gierig bin. Weil ich jedes Mal, wenn du mir einen neuen Teil von dir zeigst, noch mehr will.«

Ich sehe ihr in die Augen und erkenne darin meine eigene Verletzlichkeit. »Ich will *dich*.«

»Eigentlich«, sagt sie und lässt ihre Finger durch meine Haare gleiten, »habe ich den Sex gemeint, aber das war viel romantischer.«

Wir lachen, bis unsere Körper sich durch unsere Kleidung hindurch finden, das Lachen zum Stöhnen wird, und ich ihren kurvigen Hüften und der Wärme zwischen ihren Oberschenkeln endgültig verfalle.

Bea spürt mich und stöhnt. »O wow, James.«

»Wow? Was? Was ist?«

»Also … Gleitgel. Ich brauche es immer, aber bei dem Knüppel, den du da hast, werde ich es wirklich brauchen.«

Ich erröte heftig. »Beatrice.«

»Was?«, sagt sie. »Du musst doch wissen, was für ein Geschoss du da unten hast.«

Darauf antworte ich gar nicht erst. »Ich habe Gleitgel besorgt, das gleiche, das du neulich im Laden gekauft hast. Ich habe mir schon gedacht, dass du es vielleicht brauchst.«

»Du hast Gleitgel besorgt?« Sie grinst. »Und du bist dir sicher, dass du dich nicht doch für meinen Hintern interessierst?«

»Ich werde dich mit einem Kuss zum Schweigen bringen, wenn du nicht sofort damit aufhörst.«

»Das ist keine besonders effektive Drohung, James.«

Ich küsse sie leidenschaftlich, sie schlingt die Arme um mich und küsst mich noch leidenschaftlicher zurück, bis ich nach Luft schnappe.

»Siehst du?«, sagt sie. »Hat mich nicht abgeschreckt.« Lächelnd nimmt sie meine Hand und legt sie sich auf die Brust. »Du bist unschlagbar. Du hast für heute Abend extra mein Lieblingsgleitgel gekauft.«

»Nun.« Ich greife an mein Handgelenk, um meine Uhr zurechtzurücken, muss aber feststellen, dass ich sie gar nicht trage. »Ich hatte gehofft, für viele Abende und Nächte. So haben wir zwei, eins bei dir und eins bei mir.«

Bea drückt sanft gegen meine Brust, dreht mich auf den Rücken und setzt sich rittlings auf meinen Schoß. Dann schiebt sie die Hände unter mein Sweatshirt. »Habe ich dir schon gesagt, wie süß du bist? Wie unfassbar aufmerksam und liebevoll und obszön süß?«

»Süß?« Ich krause die Nase. »Ich hatte auf ein robusteres Adjektiv gehofft.«

Sie lacht. »Deinen Scrabble-Wortschatz habe ich leider nicht, Jamie. Aber du hast recht. Ich bin sicher, ich kann das besser.« Ein Kuss auf meinen Hals lässt meinen Griff um ihre Taille fester werden.

»Zärtlich«, flüstert sie an meinem Kiefer. »Stark. Rücksichtsvoll.«

Sie nimmt meine Hände, zieht sie über meinen Kopf, und legt sich auf mich. »Gut aussehend. Lustig. Intelligent. Aufmerksam.«

Sie streicht mit den Lippen über meinen Hals. Ich spüre ihre Zähne, ihre Zunge, und meine Hüfte drängt sich ihr reflexartig entgegen. »Und wirklich. Verdammt. Sexy«, flüstert sie. »Besser so?«

Ihre Finger lösen sich aus meinen, gleiten unter mein Sweatshirt und spielen mit meinen Brustwarzen, sodass meine Hüfte erneut unter ihr zuckt. »Ich will das Tattoo sehen, Jamie.«

Lächelnd setze ich mich mit ihr auf. Bea quietscht überrascht und hält sich an meinen Schultern fest. Dann ziehe ich mir das Sweatshirt über den Kopf, lasse das T-Shirt aber an.

Sie zieht eine Grimasse. »Das war ein billiger Trick.«

Ich grinse. »Ha! Dein Gesicht. Du warst so sicher, dass du es gleich zu sehen bekommst!« Ich schiebe ihre Hand aus meiner Achselhöhle. »Stopp! Nicht kitzeln!«

»Dann hör du auf, mich auf die Folter zu spannen«, grummelt sie und windet sich auf meinem Schoß.

Ich halte ihre Hüften fest, damit sie sich nicht mehr bewegen kann. »Mach nur weiter so, und die Rakete wird tatsächlich losgehen.«

Beas Lachen erfüllt den Raum.

Aber sobald ich mein T-Shirt ausgezogen habe, lacht sie nicht mehr.

33

Bea

Ich starre auf die dunkle Tinte auf seiner Haut, die feinen Linien direkt über seinem Herzen, und meine Fingerspitzen schweben über der zarten Blume, der Biene, die sich auf den Blütenblättern niederlässt und den Worten darüber, die ich nicht übersetzen kann. »La vie …« Ich blicke zu Jamie auf, der mich aufmerksam beobachtet.

»*La vie est une fleur dont l'amour est le miel*«, sagt er leise. Die Worte klingen voll und weich aus seinem Mund. Sein Französisch ist wunderschön. »Das Leben ist die Blume, deren Honig die Liebe ist.« Seine Hände gleiten über meine Taille, meinen Rücken hinunter. »Mir ist endlich bewusst geworden, was in dieser Gedichtzeile fehlt, zwischen Blume und Honig … was in meinem Leben gefehlt hat.«

Er nimmt meinen Finger und führt ihn zu der Biene, die direkt über seinem Herzen tätowiert ist. »Du.« Wortlos, von Gefühlen überwältigt, fahre ich sanft um das Tattoo, vorsichtig auf seiner immer noch empfindlichen Haut. »Du hast mich gefragt, was *mon cœur* bedeutet. Warum ich dich letzte Nacht so genannt habe.« Unsere Blicke treffen sich. Er legt die Hand auf meine und drückt sie sich gegen die Brust. »Es bedeutet ›mein Herz‹.«

»Jamie …« Ich küsse seine Brust, und mein Herz schwillt. »Das ist unglaublich romantisch.«

Er macht ein zufriedenes Geräusch, vergräbt die Nase in meinem Haar und atmet tief ein. Dann drückt er mich sanft zurück, um mich sehen und berühren zu können. Ich hebe meine Arme. Er weiß sofort, was ich will, greift den Saum meines T-Shirts und zieht es mir langsam über den Kopf. Dann legt er die Hand auf mein pochendes Herz und die winzige Hummel auf meiner linken Brust.

»Wusste ich's doch.« Er lächelt.

»Ziemlich riskant«, sage ich. »Hätte auch eine Zikade sein können.«

»Du bringst eben meine risikofreudige Seite zum Vorschein.« Er lehnt sich vor und küsst die winzigen Pünktchen entlang, die sich von meinem Nacken um meinen Hals, über Schulter und Rippen bis zu der Stelle ziehen, an der mein Herz schlägt. »Okay, vielleicht konnte ich in der Nacht auf dem Sofa einen flüchtigen Blick erhaschen. Sag mir, was es bedeutet.«

Ich seufze. Die Hitze seines Körpers ist so nah, und er hält mit dem Teil, nach dem ich mich am meisten sehne, so frustrierend weit Abstand. »Der Flug der Hummel führt vom Kopf zum Herzen, um mich an etwas zu erinnern, was ich in der Therapie gelernt habe – Gedanken können uns etwas vormachen, aber unser Herz nicht. Das Tattoo erinnert mich daran, dass ich meinem Herz vertrauen kann.«

Ich spüre sein Lächeln auf meiner Haut, dann küsst er die kleine Hummel.

»Das gefällt mir. Sehr sogar«, flüstert er. Seine Lippen wandern tiefer, über die Rundung meiner Brust, bevor ich seinen Mund warm und feucht auf meiner Brustwarze spüre. Mein

Rücken wölbt sich vor Lust. Es fühlt sich so gut an, Jamie endlich zu spüren.

Ich atme zittrig aus, Verlangen durchströmt meinen Körper.

»Und was sagt dir dein Herz?«, flüstert er, während seine raue Hand meinen Oberschenkel hinaufgleitet, meinen Hintern umfasst und ihn streichelt.

»Dass es dich will«, sage ich. »Mehr als alles andere oder irgendjemanden zuvor.«

Er dreht mich auf den Rücken und stützt sich über mir ab. »Bea?«

»Ja, Jamie.«

Sein Blick trifft meinen. »Ich will dich zum Orgasmus bringen. Ich brauche es. Schon …« Er schluckt, während er den Daumen über meine Unterlippe gleiten lässt. »Schon seit dem letzten Mal. Als du auf dem Sofa unter mir gelegen und meinen Namen gehaucht hast.«

Ich beiße mir auf die Lippe, lasse meine Hände über seinen Rücken gleiten. »Ich brauche es auch. Ich brauche *dich*.«

Unsere Lippen finden sich, er umfasst meine Brüste und spielt mit meinen Brustwarzen. Ich recke mich ihm entgegen, reibe mich an ihm – meine Hüften an seinen, meine nackten Brüste an den feinen Haaren, die seinen kräftigen Oberkörper bedecken. Ich kann kaum atmen vor Verlangen.

Jamie legt seinen Arm unter meinen Rücken und schiebt mich mühelos auf der Matratze nach oben. Ich halte sein Gesicht in den Händen, fahre mit meinen Fingern durch sein Haar. Unsere Münder öffnen sich, als er sich hart und schwer auf mich legt und ich die Beine um seine Taille schlinge.

»Ich konnte an nichts anderes mehr denken, als mit dir zusammen zu sein«, flüstert er gegen meinen Mund. »Ich habe kaum noch funktioniert. Ich war so neben der Spur, dass ich gegen eine Wand gelaufen bin.«

Ein dünnes Lachen entfährt mir. »Was?«

»Ich war heute nur ein paar Stunden im Büro, aber ich konnte nicht aufhören, an dich zu denken. Ich war so abgelenkt, dass ich direkt in eine Wand gelaufen bin. Ich musste ständig daran denken, wie du dich unter mir bewegt hast, jede Atempause und jeden hungrigen Kuss. Wie warm du warst, wie gut du gerochen hast.« Er küsst meinen Hals, die empfindliche Stelle hinter meinem Ohr, und seine Stimme wird dunkel und leise. »Wie sehr ich dich schmecken, dich mit meinen Händen und meinem Mund verrückt machen will, spüren will, wie du um mich herum kommst.«

»Jamie.« Seine ernste Stimme und die unverblümten Worte sind mein Untergang. Ich gleite mit meinen Händen seine Brust hinauf, über die harten Konturen seines Oberkörpers, die Rundung seiner Brustmuskeln. Ich bin unruhig, erregt, sehnsüchtig.

»Was ist los, Liebste?«, fragt er leise, seine Fingerspitzen gleiten unter den Bund meiner Hose.

»Du weißt schon, was«, flüstere ich zittrig.

»Ich will, dass du es mir sagst.« Seine Hände gleiten über meine Haut, immer tiefer, bis kurz vor die feuchte Stelle, die sich so verzweifelt nach seiner Berührung sehnt. »Sag mir, was du brauchst.«

»Ich brauche dich. So sehr«, stammle ich und reibe mich an seiner Hand. »Ich will nackt sein. Ich will, dass du mich berührst. Bitte, bitte …«

Mit einem leisen Knurren zieht Jamie meine Jogginghose und Socken herunter und wirft sie über seine Schulter. Die spitze Bemerkung, die ich über seine ungewohnte Unordentlichkeit machen will, stirbt auf meinen Lippen, als ich sein Gesicht sehe.

»Was ist?«, frage ich nach ein paar Sekunden Stille.

Seine Augen wandern über meinen Körper. »Gott«, flüstert er. »Du bist so wunderschön, dass es wehtut.« Er legt sich die Hand aufs Herz und klopft sanft. »Genau hier.«

Ich halte seinem Blick stand. Wärme strömt durch meine Brust. »Ich will dich auch nackt sehen.«

Nach einem leidenschaftlichen Kuss erhebt er sich von der Matratze und stellt sich ans Fußende des Betts. Er nimmt seine Brille ab und legt sie auf die Kommode. Er sieht so anders aus ohne sie und gleichzeitig so unglaublich vertraut.

»Kannst du mich noch sehen?«, frage ich.

»Von hier aus bist du ein wenig verschwommen«, gibt er zu. »Aber wenn ich näher komme, sehe ich dich wieder klar.«

Mein Herz schlägt schneller. Sein Körper leuchtet im warmen Schein des Kamins und der Teelichter und wie an dem Abend, als ich ihn zum ersten Mal gesehen habe, möchte ich ihn am liebsten zeichnen, formen und malen, um jeden Schatten, jede Lichtreflexion einzufangen. Jamie steigt aus seiner Jogginghose, seine kräftigen Muskeln spielen in seinen Armen und seinem Oberkörper. Ich starre ihn an und spüre, wie meine nackten Beine sich aneinander reiben. »Du bist ein Kunstwerk, James.«

Röte schießt ihm in die Wangen. »Ich …«, er räuspert sich. »Danke.«

Gott, ich liebe es, dass dieser Mann mir schmutzige Worte ins Ohr flüstert und gleichzeitig errötet, wenn ich ihn beim Ausziehen beobachte. Dass er eine Seite hat, die nur ich kenne – eine leidenschaftliche Seite, die er vor dem Rest der Welt hinter seinem Ernst und seiner Beherrschtheit versteckt.

Sein Blick wandert gierig über meinen nackten Körper, und er ist so erregt, dass der Stoff seiner Boxershorts bis zum Äußersten gespannt ist. Ich springe aus dem Bett. Ich halte es keine Sekunde länger aus, ihn nicht zu berühren. Meine Hände erkunden seinen Körper, seine nackte, schimmernde Haut, und ich drücke einen Kuss auf das Tattoo über seinem Herzen. Dann gleite ich langsam mit meinen Händen über seinen Rücken und unter den Bund seiner Boxershorts, über die feste Rundung seines Hinterns. Zitternd stößt er die Luft aus, als meine Hände ihn fest umfassen, tiefer gleiten, wo die straffen Muskeln auf seine Oberschenkel treffen.

»Bea«, sagt er plötzlich und küsst mich. Drängend. Zunge, Zähne. Heiß und fiebrig. »Reiz mich nicht. Nicht jetzt.«

»Dich reizen? Ich?« Ich lächele in seinen Kuss hinein und trete einen Schritt zurück, um meine Finger in den Bund seiner Boxershorts zu schieben. Vorsichtig streife ich sie über seine Hüfte, gehe auf die Knie und beobachte, wie seine Erektion hervorspringt. Bei den Knöcheln angekommen steigt Jamie aus den Boxershorts, und ich drücke einen Kuss auf die feuchte Spitze seines dicken, langen Penis. Er schmeckt salzig und warm.

»Heilige Scheiße«, stöhnt er. Ich schüttle den Kopf. »Deine Ausdrucksweise, James.«

Er starrt auf mich hinunter, Anspannung zeichnet sein Gesicht, während ich seine auf dem Boden liegende Boxershorts und Trainingshosen sorgfältig zusammenlege. »Beatrice«, sagt er genervt.

»Ja, Liebling?«

»Was zum Teufel machst du da?«

Ich reiße unschuldig die Augen auf. »Ordnung. Für dich.«

»Meine Kleidung ist mir momentan völlig gleichgültig, Bea. Wenn du etwas für mich tun willst, dann komm her.«

Ich lege seine Klamotten weg und lasse meine Hände seine Beine hinaufgleiten, genieße die weichen, goldenen Härchen unter meinen Handflächen, während ich seine Oberschenkel mit Küssen bedecke. Schließlich umfasse ich seine wunderschöne Erektion und lasse sie durch meine Hand gleiten. Zischend legt er den Kopf in den Nacken.

»Alles okay?«, frage ich.

»Ja. Nein. Ich komme nur gleich«

»Ist das so schlimm?«

Statt einer Antwort hebt er mich hoch und wirft mich auf das Bett. Ich quietsche vor Freude.

Seine Hand fährt über meine Wade, dann meinen Oberschenkel, während er mich küsst und beobachtet, wie mein Körper sich unter seiner Berührung biegt. »Ich könnte dich ewig ansehen«, krächzt er heiser. »Herausfinden, was all diese kleinen Tattoos bedeuten, und sie auf deiner Haut kosten.«

Ich stöhne lustvoll. »Jamie, bitte.«

Endlich lässt er sich auf mich sinken, und als sich unsere Körper berühren, Jamie sich auf mir bewegt, wir die erhitzte, feuchte Haut und unsere fiebrigen Berührungen spüren, verschlägt es uns fast den Atem vor Verlangen. Seine Zunge tanzt in einem sinnlichen Rhythmus mit meiner, so, wie wir auch Walzer getanzt haben – schwindelerregend schnell und gerade ungeschickt genug, um noch menschlich und echt zu sein.

»Jamie«, flüstere ich.

»Hmm?« Er küsst meinen Mundwinkel, dann meinen Kiefer, bevor er langsam anfängt, meinen Körper hinabzuwandern. Seine Zunge zieht langsame Kreise auf meiner Haut. Seine Hände liegen auf meiner Taille, während sein Mund mich hungrig erkundet. Dann wandern sie nach oben, über meine Brüste, und seine Daumen streicheln meine Brustwarzen, die sich zu steifen Spitzen zusammenziehen. Er schiebt sich zum Fußende des Bettes und zieht meine Hüften an den Bettenrand. Er ist so groß, dass er sich selbst kniend noch über mich beugen muss, als sein Mund über meinen Hüftknochen zur Innenseite meiner Oberschenkel wandert.

»Ich nehme die Pille und habe mich auf sexuell übertragbare Krankheiten testen lassen«, keuche ich. »Die Ergebnisse sind auf meinem Handy, wenn du sie sehen möchtest …«

»Bea«, sagt er mit den Lippen auf meiner Haut, bevor er mir in die Augen sieht. »Ich glaube dir.«

»Oh … Okay.«

Lächelnd streichelt er weiter meine Brustwarzen. »Ich bin auch getestet.«

»Können wir vielleicht … ich meine, ich würde gern … ohne Kondom. Aber wenn das für dich nicht –«

»Ich auch«, unterbricht er mich und küsst mich weiter unten. »Aber zuerst möchte ich das hier. Wenn das für dich in Ordnung ist.«

Ich strecke meine Hände nach seinem Gesicht aus und halte es fest, meine Fingerspitzen streichen über seine Wangenknochen. »Ist es, aber das dauert bei mir eine Ewigkeit.«

Seine Augen verdunkeln sich. »Eine Ewigkeit zwischen deinen Schenkeln ist für mich der Himmel auf Erden.«

Ich versuche, den Gedanken an peinliche, frühere Erfahrungen und den Frust meiner Partner darüber, dass ich so lange brauche, zu verdrängen, aber es fällt mir schwer.

Jamie scheint meine Gedanken zu erahnen. Seine Hand wandert über meinen Bauch zu meinem Herz und folgt dem Flug der Hummel. »Ich werde dir die Statistiken über die durchschnittliche Zeit, die Frauen brauchen, um zum Höhepunkt zu kommen, ersparen. Zum einen, weil mein Doktormodus die Stimmung verdirbt, zum anderen, weil kein Mann dir etwas über deinen Körper erzählen kann.«

Ein Lächeln huscht über meine Lippen. »Danke.«

»Aber hör mir bitte trotzdem zu.« Da ist er wieder, dieser strenge Tonfall, der mich sofort aufmerksam werden und mein Herz rasen lässt. »Bei uns gibt es kein lang oder kurz. Es gibt nur das, was unsere Körper brauchen, deiner und meiner. Da hat niemand etwas mitzureden.«

Tränen treten in meine Augen. Ich nicke schnell.

Jamies Kiefermuskeln zucken. »Außer uns beiden ist niemand hier. Verstehst du? Nur du und ich.«

»Nur wir beide.« Tränen laufen über meine Wangen.

Er wischt sie weg, krabbelt wieder zu mir aufs Bett und zieht mich eng an sich. Er sieht mir tief in die Augen, seine Hand wandert über meinen Bauch und drückt sanft meine Oberschenkel auseinander. Er küsst mich zärtlich, während seine Fingerspitzen sanft die Dehnungsstreifen auf meiner Haut entlangwandern, jede feine Linie behutsam nachzeichnen. Wir küssen uns, immer wieder, während seine Hand meine Oberschenkel und meinen Bauch erkundet, überall, außer dort, wo ich sie als Nächstes spüren werde.

»Bitte«, flüstere ich.

Er küsst mich lächelnd, seine Finger öffnen mich sanft, liegen behutsam auf mir und liebkosen mich so zärtlich, dass ich noch mehr Tränen herunterschlucken muss. Jamie beobachtet mich, zieht meine Feuchtigkeit in sanften, ruhigen Kreisen auf meine Klitoris, während sein anderer Arm sich unter meinen Nacken schiebt. Ich liege eng an ihn geschmiegt, von seiner Körperwärme umgeben, und sehe ihm tief in die Augen, während er mich berührt. Es fühlt sich so anders an. Als ob es nicht nur um Berührung, Hormone und bevorstehende Erlösung ginge, sondern darum, unser tiefstes Inneres preiszugeben, als bewegten sich unsere Körper in winzigen Schritten aufeinander zu, bis es nicht mehr weitergeht, und wir auf eine Art zusammen sein werden, nach der ich mich immer gesehnt, wie ich es mir immer gewünscht, aber noch nie erlebt habe.

»Zeig es mir, Süße«, sagt er leise und küsst mich leidenschaftlich. »Zeig mir, was du brauchst.«

Ich beobachte meine zitternde Hand, wie ich sie über meinen Körper gleiten lasse, bis sie seine findet, sich auf sie legt und sie führt. Etwas sanfter, ein bisschen schneller. Ich begleite seinen Finger, dann einen zweiten, in mich hinein, damit er meinen G-Punkt stimulieren kann.

Während Jamie mich berührt und aufmerksam meine Lust und was mich erregt, ganz genau beobachtet und registriert, geht mir jegliches Zeitgefühl verloren.

»So wunderschön«, sagt er. Worte strömen aus ihm heraus, auf Französisch gegen meine Haut geflüstert. Tief und leise, sinnlich und dunkel. Ihre Bedeutung entgeht mir, aber das spielt keine Rolle. Sie bringen meinen Körper zum Glühen, lassen mich in seinen Armen schmelzen.

Jamie stöhnt, spürt, wie ich mich um seine Finger schließe, während ich seine Hand führe.

Lust glüht rot hinter meinen Lidern. Seine Berührung ist sanft und warm, perfekt regelmäßig. Ich lasse seine Hand los, mein Arm fällt über meinen Kopf. Jamies freie Hand findet meine, er verschränkt unsere Finger ineinander und drückt meine Hand gegen die Matratze.

Ich stöhne auf, ergebe mich. Meine Brüste streifen die weichen Haare auf seinem Oberkörper. Meine Wangen brennen unter seinen sanften Küssen. Ich atme schneller, als ein weiß glühender Schmerz in mir aufsteigt und ich mich seiner Hand entgegenbiege. Jamies Mund legt sich auf meinen, erst sanft, dann hart und besitzergreifend, fordernd. Das Verlangen wird unerträglich – dringlich, zitternd, heiß. Die Erlösung schwillt in mir an. Meine Zehen krümmen sich, meine Füße gleiten hektisch über das Bettlaken. »O Gott, Jamie. O Gott, bitte.«

»Es ist gut«, sagt er mit rauer Stimme und macht weiter, bewegt sich schneller, härter. Dann küsst er mich, beißt in meine Lippe und zieht sie sanft zwischen seine Zähne. »Lass los.«

»Jamie«, keuche ich und dränge mich ihm verzweifelt entgegen. Und als er meinen Namen an meinem Ohr haucht, zersplittere ich, Welle um Welle pulsiere ich gegen seine Hand, um seine Finger, die meinen Höhepunkt in die Länge ziehen, bis ich es keine weitere Sekunde mehr aushalten kann.

Ich flehe um eine Pause, aber sobald er mich nicht mehr berührt, sieht er mich durchdringend an, während er einen Finger nach dem anderen in seinen Mund gleiten lässt, mich kostet, schwer atmend und ich keine Sekunde länger auf ihn warten kann.

»Ich will dich.« Ich streichle seinen Penis, der hartnäckig gegen meine Hüfte drückt. Er nimmt meine Hand und küsst mich wieder. »Und ich will, dass du mir noch ein kleines bisschen Zeit gibst.«

»Wofür?«, stöhne ich.

Er küsst weiter an meinem Körper herunter. »Für einen weiteren *petite mort*, natürlich.«

Ich lache, völlig außer Atem. »Du schuldest mir noch elf …«

Jamie packt mich an den Hüften und zieht mich an sich. Ich schnappe nach Luft.

Lust durchströmt mich in Wellen, als sein Mund nach unten wandert, wo ich so unglaublich empfindlich und feucht bin. Mein Atem stockt, als seine Zunge sanft meine Klitoris umspielt. Ich greife mit den Händen in seine Haare, ziehe an ihnen. »So ist es gut«, flüstere ich. »Sanft.«

Er murmelt eine Antwort, und seine weichen Küsse werden noch weicher. Seine Zunge zieht vorsichtige Kreise, aber nie genau dort, wo ich es nicht mehr ertragen kann, berührt zu werden, dort, wo ich manchmal so schrecklich empfindlich bin, dass ich es kaum aushalte. Seine Hände gleiten meine Rippen hinauf und umfassen meine Brüste, massieren sie zärtlich.

Ich verschmelze mit der Matratze, dem goldenen Glühen

des Feuerscheins, der sein Haar bronzefarben leuchten lässt, und Jamies leisen, zufriedenen Seufzern. Er lässt mich den Rhythmus vorgeben, während seine Zunge die Bewegungen und Kreise kennenlernt, die meine Oberschenkel gegen seine Schultern pressen und mir den Atem stocken lassen. Ich versuche, nicht in Panik zu geraten, nicht darüber nachzudenken, wie gut sich das anfühlt und wie schnell es mich erregt, damit mir nicht wieder die Tränen kommen. Noch nie bin ich so behutsam berührt worden, noch nie so verstanden, noch nie … so *geliebt*.

Mein Orgasmus raubt mir die Luft, durchzuckt meinen Körper, während Jamie meine Hüften auf die Matratze drückt und mich alles spüren lässt.

»Jamie«, flehe ich und umklammere seine Hand, ziehe ihn zu mir. »Ich brauche dich.«

»Ich brauche dich auch.« Sein Kuss schmeckt nach ihm und mir, und ich lasse meine Hände seufzend über seinen Körper wandern.

Kurz wendet er sich ab, um nach dem Gleitgel in seinem Nachttisch zu greifen, und ich reibe meine Oberschenkel gegen die pochende Sehnsucht zwischen ihnen und betrachte seinen wunderschönen Körper. Die breiten Schultern, die sich zu einer schmalen Taille verengen, die markante Einkerbung, wo seine Hüften auf seinen Hintern treffen, die kraftvollen, langen Oberschenkel.

Er fällt zurück aufs Bett und reibt das Gleitgel zwischen seinen Fingern, um es zu erwärmen. Dann streichelt er mich sanft, zieht federleichte Kreise wie zuvor seine Zunge, und ich muss mir in die Wange beißen, um nicht so laut zu stöhnen, dass die Nachbarn mich hören.

Jamie nimmt meine Hand und streicht mit ihr über seinen eisenharten, heißen Penis und verteilt das Gleitgel über jeden

Zentimeter. Während ich ihn berühre, sieht er mich an und streicht mir die Haare aus dem Gesicht. Ich öffne die Beine, er legt sich auf mich und führt sich selbst zu meiner Öffnung.

Wir sehen uns tief in die Augen, als er vorsichtig in mich hineingleitet, doch dann schließt er die Augen und legt den Kopf in den Nacken. Ich sehe seinen langen Hals und die Bewegung seines Adamsapfels, als er schluckt. »O Gott«, flüstert er.

Ich atme langsam und gleichmäßig, versuche mich zu entspannen, aber das Gefühl, so ausgefüllt zu sein, überwältigt mich. »Du bist so … eng.« Mir stockt der Atem. Ich halte mich an seinen Schultern fest, ein nervöser Schauder läuft mir über den Rücken.

»Ich bin ganz vorsichtig«, sagt er sanft, küsst mich liebevoll, neckt mich mit seiner Zunge. Er legt eine Hand an mein Gesicht und beginnt, sich behutsam zu bewegen. Mit jeder Bewegung seiner Hüften dringt er etwas weiter in mich ein. Vorsichtig. Kontrolliert. Obwohl ich spüren kann, wie sein Atem zittert und sein Herz gegen meine Brust schlägt.

Er ist so geduldig. Wartet auf mich. So, wie er es immer getan hat. »Ich … Ich …« *Liebe dich*, will ich eigentlich sagen. *Ich liebe dich so sehr, dass es keine Worte dafür gibt*. Aber als er mich immer weiter ausfüllt, kann ich nicht mehr atmen. Tränen laufen über meine Wangen, und die Gefühle lähmen meine Zunge.

Jamie küsst mich leidenschaftlich, als er sich ganz in mich schiebt. »Ich weiß«, flüstert er.

Ich ziehe ihn an mich, Herz an Herz, als er beginnt, sich schneller in mir zu bewegen, tiefe, behutsame Stöße, die meine Lust entfachen. Meine Oberschenkel spannen sich um seine Hüften, während unsere Münder sich wieder finden, wir uns küssen, langsam, nass. Unsere Zungen bewegen sich gleitend wie unsere Körper. Jamies Penis wird noch härter, Schweiß steht auf seiner Stirn. Wir sehen uns an, er atmet abgehackt, unregelmäßig. Ich spüre seine Kontrolle, die rohe Kraft seines großen Körpers, der meinen festhält, mich mit seinem Gewicht auf der Erde hält, entgegen der Schwerelosigkeit, die mir die lustvollen Bewegungen seiner Hüften verleihen.

»Es fühlt sich so gut an«, flüstere ich.

Er nickt und beugt sich keuchend zu mir, um mich zu küssen. »So gut.«

Begierde pocht in mir, und Jamie spürt es, drückt meine Beine weiter auseinander, reibt sein Becken gegen meines, während er fester, schneller stößt, genau so, wie ich es brauche.

Das Bett fängt an zu knarzen, und wir lachen. Für einen Moment lichtet sich die Intensität, bevor unsere Gesichter wieder ernst werden, unsere Blicke sich ineinander verlieren. Das Kopfteil schlägt gegen die Wand, während wir uns küssen, ich ihn fester umklammere.

Ein neuer, zarter Schmerz entfaltet sich tief in meinem Inneren, wo Jamie mich berührt, und ich ziehe ihn fest an mich, massiere seinen festen, wunderschönen Hintern, fahre mit meinen Fingern durch seine Haare, rufe seinen Namen, während er schneller und schneller wird …

Der Schmerz erblüht zu einem atemlosen, taumelnden Glückszustand, als ich unter ihm komme. Ich schreie auf, zitternd, halte Jamie fest, keuche seinen Namen.

»Bea«, stöhnt er und legt meine Hände über meinen Kopf, verschränkt unsere Finger. Endlich lässt er los und seine Hüften treiben ihn in mich hinein, unkontrolliert atmend, mit wilden Haaren, wie ich ihn mir immer erträumt hatte.

Mit einem heiseren Schrei vergräbt er sein Gesicht an meinem Hals, seine Arme wie ein Schraubstock um meine Taille, während er sich in mich ergießt, heiß und lang, mit hektisch stoßenden Hüften, als ob er nie genug bekommen könnte.

Der Moment verliert sich in der Zeit – unser keuchender Atem, die leisen, intimen Geräusche unserer sich bewegenden Körper, die sich verlangsamen, zur Ruhe kommen. Wir seufzen und küssen uns, während unsere Hände den anderen in ungekannter Ehrfurcht liebkosen. Wortlos machen wir uns gegenseitig sauber und rücken dann eng aneinander, die Glieder ineinander verflochten, nackt und zufrieden. Ich küsse ihn, bis ich nicht mehr wach bleiben kann, und unter dem sternenbedeckten Nachthimmel, den Jamie mir auf seine Zimmerdecke gezaubert hat, einschlafe.

34

Jamie

Als ich aufwache, scheint gleißendes Sonnenlicht durch die Vorhänge. Ich rolle mich auf den Rücken und entdecke Bea, die im Schneidersitz in ihr Skizzenbuch vertieft auf dem Bett sitzt und den Kohlestift über das Papier fliegen lässt.

Als sie zu mir aufsieht, lächelt sie. »Guten Morgen.«

»Guten Morgen.« Ich neige den Kopf zur Seite und betrachte sie. Bis auf die Decke, die sie sich um die Schultern gelegt hat, ist sie nackt. »Gut geschlafen?«

Sie zieht eine Augenbraue hoch. »Das impliziert, dass ich überhaupt geschlafen habe.«

Ich lächle. »Ein Dutzend kleine Tode, wie versprochen.«

Sie lehnt sich zu mir und drückt mir einen sanften Kuss auf die Lippen. »Du bist ein Mann, der sein Wort hält.« Als sie sich wieder aufrichtet, versucht sie vergebens, einen Schmerzenslaut zu unterdrücken.

Schuldgefühle versetzen mir einen Stich, und ich setze mich auf.

»Verdammt, James.« Sie lässt ihr Skizzenbuch sinken. »Jetzt stimmt die Perspektive nicht mehr.«

»Ich habe dir wehgetan.«

Sie seufzt, schiebt Skizzenbuch und Stift zur Seite und sieht mich geduldig an, als hätte sie mit diesem Satz gerechnet. »Nein. Ich hatte nach einer zweijährigen Dürreperiode endlich wieder Sex.«

»Liegt es an meinem …« Ich zeige auf meinen Schritt. »Meinem – wie hast du dich noch mal ausgedrückt? – meinem Knüppel.«

»Jame.« Bea schüttelt den Kopf und küsst mich noch einmal. »Ich wäre auch wund geworden, wenn du es mir mit einem Radiergummi besorgt hättest, da hätten alle Tuben Gleitgel der Welt nichts daran ändern können. Das hat nichts mit dir zu tun.«

»Trotzdem.« Ich werfe die Decke zurück und will aufstehen, um irgendwie Abhilfe zu schaffen, aber sie schubst mich zurück aufs Bett und setzt sich rittlings auf mich. Mein Schwanz ist sofort hart und steht zwischen uns stramm, bereit zu neuen Taten. Ich drücke ihn mit der Hand flach auf meinen Bauch. »Ignorier das einfach.«

»Das kann ich nicht«, flüstert sie, greift mit einer Hand zum Nachttisch. »W-Was machst du da?« Ihre Brüste streifen mein Gesicht, und ich küsse sie, weil ich nicht anders kann.

»Ich brauche Gleitgel«, sagt sie. Ihre Stimme klingt rauchiger am Morgen, und ich fahre so darauf ab, dass sich meine Eier zusammenziehen. Verlangen pulsiert durch meinen Schwanz.

Sie verreibt etwas Gleitgel in ihrer Hand, streichelt erst mich, dann sich selbst und schiebt sich weich und nass mit langsamen, wellenartigen Bewegungen ihrer Hüfte, die mich fast wahnsinnig machen, über meine ganze Länge. Hilflos greife ich nach ihr, und meine Finger graben sich in die süße Rundung ihres Hinterns.

Bea drückt einen Kuss auf meine nackte Brust und atmet tief ein.

»Du inhalierst mich doch nicht etwa, Beatrice?«

»James.« Sie beißt mich sanft und drückt sofort einen weichen Kuss auf die Bissstelle. »Du riechst so verdammt gut. Was ist das? Ich brauche das in einem Fläschchen. Damit ich es zur Beruhigung in die Luft sprühen kann, wenn ein Kunde etwas zurückgeben will, das ganz offensichtlich benutzt worden ist.«

»Kommt das wirklich vor? Mit Schreibwaren?«

»Allerdings. Aber jetzt mal im Ernst, Jamie, warum riechst du so gut?«

Ich stöhne und werfe meinen Kopf in den Nacken. Sie glaubt ernsthaft, dass ich jetzt zu einem Gespräch in der Lage bin.

»Das ist einfach mein gottgegebenes, natürliches Aroma.«

»Ich werde es eines Tages aus dir herausbekommen. Ist es dein Duschgel? Dein Aftershave? Ich werde es klauen, wenn ich muss.«

»Es ist nur das Duschgel. O Gott …« Sie reibt sich direkt über die Spitze meines Penis, lässt ihn pochen und tropfen und schmerzhaft nach ihr verlangen.

»Hör auf, mich zu quälen.«

Bea lächelt boshaft. »Ich will sehen, wie du komplett die Beherrschung verlierst.«

»Das hast du letzte Nacht definitiv schon geschafft, mehrmals sogar.«

»Ich war kurz davor.« Sie schaut auf mich herab, berührt meine Brustmuskeln, spielt mit meinen Brustwarzen. »Aber du hattest immer die Kontrolle.«

»Ich mag es, so zu sein, wenn ich mit dir zusammen bin.«

»Ich weiß.« Bea lässt eine Hand durch meine Haare gleiten und dreht eine Locke um ihren Finger. »Ich auch. Aber manchmal ist es auch ganz schön, die Kontrolle abzugeben. Das würde ich dir gern zeigen … wenn du willst.«

»Ich bin mir nicht sicher, ob ich das will«, entgegne ich ehrlich.

Sie hält die Hüften still. »Willst du es mal versuchen? Wenn es dir nicht gefällt, hören wir auf.«

Ich sehe sie an, gleite mit den Händen über ihren Brustkorb und umfasse ihre Brüste. »In Ordnung.«

Bea strahlt über das ganze Gesicht, ein leuchtendes Lächeln, das mein Herz Purzelbäume schlagen lässt. Sie rutscht ein Stückchen nach unten und setzt sich auf meine Oberschenkel, bevor sie mich mit einer Hand umfasst.

»Hast du schon mal von Edging gehört, Jamie?« Sie drückt einen Kuss ganz unten auf meinen Schwanz, sodass sich meine Bauchmuskeln unwillkürlich zusammenziehen.

»N-Nein.«

Ich spüre die Wärme ihres Atems, während sie meine Oberschenkel küsst und ihre Zunge näher und näher kreisen lässt. »Ich werde dich bis kurz vor den Orgasmus bringen und dann aufhören. Und das immer und immer wieder, bis du nur noch fluchst und mich anbettelst, dich endlich kommen zu lassen.«

Hitze breitet sich in meiner Brust aus und kriecht den Hals hoch in mein Gesicht. »Das klingt … nach Folter.«

Bea lacht leise. »Oh, es ist Folter. Aber unglaublich. Edging verhilft dir zu einem Mega-Orgasmus, der alles, was du kennst, in den Schatten stellt. Du hast es gestern Nacht mit mir gemacht, als du mich über das Bett gebeugt hast und …«

Ich stöhne noch einmal. Jetzt verstehe ich, was sie meint. Ich war so unersättlich, dass ich ihren Orgasmus immer wieder hinausgezögert habe, mich zurückgezogen habe, wenn sie kurz davor war, um sie zu berühren, ihre Klitoris und ihre Brüste zu streicheln, ihren Rücken hinaufzuküssen, bevor ich wieder in sie eingedrungen bin und sie erneut fast zum Orgasmus gebracht habe. Das habe ich so lange wiederholt, bis sie angefangen hat, mich zu beschimpfen, und ich kein einziges Mal mehr in sie eindringen konnte, ohne zu explodieren.

»Mm-hmm«, haucht sie gegen meinen Bauch, küsst mich sanft und lässt mich ihre Zähne spüren. »Ich schulde dir was, Jamie. Also was meinst du. Ja oder nein?«

»Ja«, hauche ich.

Sie reizt mich mit ihrer Zunge und ihren Händen, eine Art von Folter, von der ich nie gedacht hätte, dass sie mir gefallen könnte. Mit ihrem Mund bringt sie mich immer wieder an den Rand der Erlösung – saugt und reibt, bis ich gespannt bin wie ein Bogen und der Schweiß sich auf meinem Körper perlt. Irgendwann verliere ich den Überblick, wie oft sie es schon getan hat, und weiß kaum noch, wo ich bin oder welchen Tag wir heute haben.

Wenn ich dieses Mal nicht komme, raste ich aus. Bea lässt ihre Zunge immer wieder über meine Schwanzspitze gleiten. Stöhnend greife ich in ihr Haar, als sie mich ganz in den Mund nimmt und wieder dem Orgasmus näher bringt.

Ich starre zu ihr hinunter, während sie meinen Schaft küsst und dann nach oben kriecht, ihr süßer, wunderschöner Körper nackt direkt über mir. »Genau so habe ich dich in meinen Fantasien gesehen – zerzaust, fluchend und verzweifelt –, als ich mich immer und immer wieder zum Höhepunkt gebracht habe.«

»O Fuck«, zische ich, als sie die Spitze meines Penis mit ihrem Körper streift. Ich berühre sie dort, wo sie seidenweich und gerötet ist, wo ich sie gestern Abend stundenlang geküsst, geleckt und erkundet habe. »Du bringst mich noch um.«

Bea summt zufrieden, während sie meinen Penis ganz

unten umfasst und sich ein Stück auf ihm hinabgleiten lässt, dann noch ein Stück, nur um dann innezuhalten und mich schon wieder qualvoll hängen lässt. »Möchtest du etwas sagen, James?« Ihre Finger streichen über meinen Bauch, während ihre Scheidenmuskeln mich umklammern, und das ist der Moment, in dem ich ausraste.

Knurrend packe ich ihre Hüften. »Zur Hölle, Bea. Setz dich jetzt sofort auf meinen Schwanz und reite mich, bis ich komme.«

»Gern.« In einem Rutsch lässt sie sich auf mich gleiten, stützt ihre Hände auf meine Taille und tut, was ich ihr gesagt habe. Sie reitet mich, hart. Und ich stoße in sie hinein, erklimme eine Höhe, die ich noch nie zuvor erreicht habe, jeder Zentimeter von mir ist empfindlich wie nie zuvor. Ihre Hände auf meiner Brust, die Weichheit ihres Hinterns, die ich bei jeder Bewegung auf mir spüre. Ihre Brüste, weich und zart in meinen Händen, die mit jeder ihrer Bewegungen auf- und abhüpfen. Ihre kleine, heiße Klitoris, die für mich anschwillt, als ich sie mit dem Daumen reibe.

Wir sehen uns ununterbrochen in die Augen, während Bea sich auf mir bewegt und mir den intensivsten Orgasmus meines Lebens beschert. Sie wirft den Kopf in den Nacken, ruft meinen Namen und umschließt mich in kleinen, rhythmischen Krämpfen. Das ist der Moment, in dem ich ihre Taille packe, tief in sie hineinstoße und mich in sie ergieße.

Erst als meine Hüften sich schließlich nicht mehr bewegen, lässt sie sich von mir herunterfallen. »Das«, keucht sie, »hat sich als Eigentor erwiesen.«

»Keine Sorge«, sage ich ebenfalls keuchend und ziehe sie für einen leidenschaftlichen Kuss in meine Arme. »Du hast definitiv den oberen Platz belegt.«

Sie prustet los. »Ein echter Dad-Joke.« Stille breitet sich

zwischen uns aus, während sie ihre Finger durch meine Haare gleiten lässt. »Sie wirken ausgesprochen zufrieden, mein Herr.«

»Das habe ich nur Ihnen zu verdanken, Madame.«

Ihre Augen wandern über mein Gesicht. »Du bist schön«, flüstert sie. »Genau so will ich dich irgendwann malen.«

Ich zeichne mit den Fingerspitzen ihre Tätowierungen nach. »Du bist auch schön, weißt du. Die Allerschönste.«

Mit einem zufriedenen Seufzen legt sie ihr Bein über meines und kuschelt sich näher an mich. Ich küsse ihre Stirn und ziehe die Decken um uns. »Lass uns für immer hierbleiben«, flüstert sie.

»Eine ausgezeichnete Idee. Aber es steht ein sehr wichtiger Tag an.«

Sie hebt den Kopf und sieht mich verwirrt an. »Was meinst du?«

»Halloween natürlich. Und ich brauche nicht nur Unterstützung beim Verschlingen unerhörter Mengen von Süßigkeiten, sondern auch die Hilfe meiner Künstlerfreundin mit meinem Kostüm.«

Bea quietscht vor Freude und umarmt mich so fest, dass wir vom Bett stürzen. »Ich dachte schon, du fragst nie.«

»Es sind gar nicht so viele Kinder unterwegs.« Bea nimmt einen Bissen von ihrem Milky Way und rückt ihr Krabbenkostüm zurecht. »Wirklich sehr schade. Dann muss ich die ganzen Süßigkeiten wohl selbst essen.«

Ich sehe sie an, wie sie dort sitzt, und muss lächeln. Ich fühle mich leicht und transparent wie eine Glasblase. Auf eine Weise zerbrechlich wie nie zuvor. Eine Woche voller Sex, gemütlichen Abendessen zu Hause, ruhigen Abenden auf der Couch mit Büchern und ihren Kunstmaterialien auf meinem Tisch verstreut. Es gab so viele Gelegenheiten, ihr zu sagen, dass ich sie liebe, aber jedes Mal ist es mir im Hals stecken geblieben, und mein Magen hat sich vor Angst zusammengezogen. Was, wenn sie doch das Interesse verliert? Wenn der Reiz des Neuen nachlässt? Ich ihr nicht kreativ genug bin? Nicht unterhaltsam genug? *Was wenn? Was wenn? Was wenn?*

Ich kann mich nicht länger von diesen Ängsten beherrschen lassen. Von nun an werde ich mutig sein.

»Alles okay?«, fragt sie.

Ich blinzele. Sie wird immer besser darin, meine Gedanken zu lesen. »Ja, alles okay.« Ich sehe zu den Häusern auf der anderen Straßenseite, wo sich Kinder drängen und *Süßes oder Saures* rufen, und ziehe eine Grimasse. »Abgesehen von der Tatsache, dass unser Haus das meist gemiedene der ganzen Straße ist.«

»Das stimmt doch gar nicht.« Bea versteckt die noch fast volle Süßigkeitenschüssel unter ihrem Krebskostüm.

»Ich hab gleich gesagt, dass wir die Kinder mit unseren Kostümen verjagen werden. Was sich allerdings als großes Glück erweisen könnte, da du anscheinend vorhast, sämtliche Milky Ways allein zu essen.«

»Ich habe meine Tage, James. In dieser einen Woche im Monat darfst du mir wegen meiner Süßigkeitensucht nicht auf die Nerven gehen. Außerdem haben Kinder, die die kunstvolle Gestaltung unserer Kostüme nicht zu schätzen wissen, auch keine Süßigkeiten verdient.«

»Genau. Ich kann mir nicht vorstellen, was an einem menschengroßen Schalentier so abschreckend ist«, werfe ich ein. »Warum sollten Kinder davor Angst haben?«

»Ein Manko unserer modernen Gesellschaft.« Sie hebt eine Schere. »Aber ich verspreche dir, *unsere* Kinder werden keine Angst vor ein bisschen Pappmaschee haben.«

Ihre Augen weiten sich genau wie meine, und sie versucht erfolglos, ihr Gesicht hinter einer Krebsschere zu verbergen.

Mein Herz platzt fast vor Hoffnung und Liebe – so erleichtert bin ich. Jetzt. *Jetzt* ist der richtige Moment.

35

Bea

Ich kann nicht fassen, dass ich das wirklich gesagt habe. Ich sitze hier in einem Kostüm, in dem ich aussehe wie das Logo eines Fischrestaurants, und von allen Dingen, die ich hätte sagen können, musste es ausgerechnet das sein.

Aber Jamie lächelt, und in seinen Augen ist ein Funkeln, das gerade eben noch nicht da war. Er schiebt die Schere beiseite, küsst mich und reibt seine Nase an meiner.

»Du willst Kinder von mir«, flüstert er. Er klingt nervtötend arrogant und gleichzeitig irgendwie unsicher. Ich möchte ihn kitzeln, bis er schreit, und dann küssen.

»Wie viele?«, fragt er.

»Ein paar? Geschwister sind zwar nervig, aber ich könnte ohne meine nicht leben. Und du?«

Er legt seine Wange an meine. »Was immer dich glücklich macht. Alles andere ist mir egal.«

Ich sehe ihn an, und mir wird bewusst, dass ich drei entscheidende Worte bisher nie ausgesprochen habe. Dass mir *Ich liebe dich* einfach nicht über die Lippen kommen will. Es ist dieser letzte Schritt, vor dem ich eine fast lächerliche Panik habe, weil ich fürchte, sobald ich es ausspreche, kann er mir wieder genommen werden.

Aber mit jedem Tag, an dem ich Jamie mit meinem Körper auf jede erdenkliche Weise zeige, was er mir bedeutet, ohne es ihm zu sagen, verabscheue ich mich ein wenig mehr und fühle mich wie ein noch größerer Feigling. Warum fürchte ich mich so sehr davor, die Wahrheit auszusprechen? Nur aus der grundlosen Befürchtung heraus, dass ich sie dadurch zerstöre?

Ich liebe Jamie. Noch nie in meinem Leben habe ich etwas oder jemanden so geliebt. Ich liebe ihn nicht *mehr* als meine Schwestern oder meinen kleinen Igel oder meine Eltern, sondern anders, tiefer, bis auf die Knochen.

Und als die kleinen Hexen, Geister, Krieger, Drachen und Kürbisse sich heute Abend skeptisch von mir ferngehalten haben, während er nur sein Rittervisier hochklappen und lächeln musste, wusste ich plötzlich, dass ich es ihm sagen muss.

Draußen rennen Kinder fröhlich kreischend die Straße hinunter, schleifen ihre Kostüme hinter sich her. Ich sehe Jamie an. Jetzt sage ich es ihm.

»Entschuldigung!«, ruft eine Kinderstimme und ruiniert den Augenblick.

Verdammt noch mal.

»Happy Halloween«, murmele ich und halte ihm die Schüssel hin.

»Sei lieb«, mahnt Jamie.

Das Kind, in einem Power-Ranger-Kostüm, wühlt in der Schüssel und runzelt die Stirn. »Habt ihr keine Milky Ways?«

»Hm.« Ich schüttele die Schüssel. »Eigentlich schon. Aber die sind sehr beliebt. Du bist etwas spät dran, Kleiner. Du kennst doch sicher das Sprichwort: Der frühe Vogel fängt den Wurm.« Er schneidet eine Grimasse, nimmt eine Handvoll Süßigkeiten und stopft sie in seinen Kissenbezug.

»Die Jugend von heute«, murmele ich, als er davonzieht, und ziehe noch ein Milky Way aus meiner Tasche. »Keine Spur von Dankbarkeit.«

Jamie lacht und klappt sein Rittervisier hoch. »Ich fasse es nicht. Wie kannst du den Kindern ihre Halloween-Süßigkeiten vorenthalten!«

»*Du* predigst doch ständig, dass die Jugend Amerikas zu viel Zucker isst!«

Er greift an mir vorbei in die Schüssel und holt sich ein Snickers raus, wickelt es aus und schiebt es sich ganz in den Mund. »Da hast du auch wieder recht, Miss Crabby.«

»Ich bin nicht crabby.« Ich zwicke ihn mit meiner Schere. »Das sind die Hormone. Und ich kann diesen Zwergen einfach besser ihre Grenzen aufzeigen, während du auf jeden ihrer Tricks hereinfällst. Wir ergänzen uns perfekt.« Jamie packt meine Schere und sieht mich an. »Bea?«

Ich will mir gerade noch ein Milky Way in den Mund stecken, lasse die Hand aber wieder sinken. O Gott. Passiert es jetzt? Kommt er mir zuvor?

»Ja?«

Er lehnt sich zu mir, hebt vorsichtig einen Fühler an, der mir in die Stirn gefallen ist. »Erinnerst du dich noch an die Nachrichten, die wir uns geschrieben haben, bevor wir uns richtig kennengelernt haben?«

Ich nicke.

»Und wie wir beide gesagt haben ... wie ›seltsam‹ es wäre, dass wir uns so gut verstehen.«

Mir kommen die Tränen. »Ich erinnere mich genau.«

»Und dann hast du gesagt: ›Seltsam kann eben manchmal auch gut sein‹.«

Ich lächle durch meine Tränen. »Ja.«

»Ich hätte nie gedacht ...« Er zieht eine meiner Scheren ab, nimmt meine Hand und streichelt sanft mit dem Daumen über die Innenfläche. »Ich hätte nie gedacht, dass ich jemanden lieben könnte, der so anders ist als ich. Wir sind so unterschiedlich, aber gerade deswegen fühle ich mich mit dir zusammen so vollkommen richtig statt völlig falsch.« Er sieht mir tief in die Augen. »Ganz am Anfang, als wir nur so getan haben, als ob wir zusammen wären, ist etwas Seltsames passiert … es hat sich immer echter angefühlt. Du warst in so vielen Dingen mein absolutes Gegenteil, und genau deswegen wollte ich dich umso mehr. Jedes Geheimnis, das du mir anvertraut hast, hat mich schmerzlich spüren lassen, dass ich dir genauso vertrauen wollte. Und dann wurde mir klar, dass dieser Gegensatz, von dem ich nicht genug bekommen konnte … diese seltsame, perfekte Intensität zwischen uns … das war Liebe, wie ich sie nie gekannt habe. Ich habe mich so sehr in dich verliebt, Bea. Ich liebe nichts auf der Welt so sehr wie dich. Vielleicht findest du das seltsam, aber … ich hoffe so sehr, dass es eine gute Art von seltsam ist, die du eines Tages auch lieben lernen könntest.«

Tränen laufen mir über das Gesicht. »Jamie.« Ich werfe meine Arme um seinen Hals und küsse ihn leidenschaftlich, atme ihn ein, mein Herz tanzt in einem Strudel aus Farbe, Freude und Liebe. »Jamie, ich –«

»Bea!«

Wir fahren auseinander, aber diesmal ist es kein verkleidetes Kind, das uns unterbricht. Das war die Stimme meiner Schwester. Ich blicke besorgt über meine Schulter.

»Jules?«

Sie bemüht sich sehr zu lächeln, aber ihr Gesicht ist tränenüberströmt, und um ihre Augen ist die Wimperntusche so sehr verlaufen, dass sie aussieht wie ein trauriger Waschbär. »Mir geht's gut«, sagt sie. »Alles in Ordnung.«

Ich nehme sie in den Arm, wickle sie in mein lächerliches Kostüm und nehme die Maske und die andere Schere ab.

»Nein, dir geht es gar nicht gut. Was ist los?«

Sie verzieht ihr Gesicht und lässt ihren Tränen freien Lauf. »Alles.«

Es ist zwar schon eine Weile her, dass ich der fürsorgliche Zwilling von uns beiden war, aber ich weiß noch genau, was Jules jetzt braucht. Ich stelle sie unter die Dusche, koche ihr ihren Lieblingstee, wechsle ihre Bettwäsche und zünde Lavendelkerzen an.

Jamie ist ein Engel, stellt das Teewasser auf und hilft mir, ihr Bett zu machen. Wir sind beide nervös, weil wir ahnen, dass es etwas mit Jean-Claude zu tun haben muss, und obwohl Jules bisher nichts gesagt hat, ist uns seine Abwesenheit natürlich aufgefallen. Sie hat sich den ganzen Heimweg an mich gelehnt und geweint, während Jamie neben mir gegangen und mich gestützt hat, damit ich sie stützen konnte.

Gerade als das Wasser in der Dusche abgestellt wird, geht die Wohnungstür auf, und mir stockt der Atem. Es ist Christopher, mit blauem Auge und aufgeplatzter Lippe zieht er die Tür hinter sich zu, wobei die Bewegung seiner Schulter ihn vor Schmerz zusammenzucken lässt.

Jamie ist im sofort im Arztmodus. Er geht zu ihm und fasst ihn vorsichtig am anderen Ellenbogen. »Was ist passiert?«

Christopher lässt sich stöhnend auf einen Stuhl sinken.

»Jean-Claude.«

»Was?« Ich setze mich zu ihm, während Jamie ein Kühlpack aus dem Gefrierschrank holt und es in ein sauberes Küchentuch wickelt.

»Leg das auf dein Auge.«

Christopher kommt der Aufforderung nach und zuckt erneut zusammen, als das Eis mit seinem geschwollenen blauen Gesicht in Berührung kommt. »Hat Jules dir etwas erzählt?«

Ich schüttele den Kopf. »Sie ist bei Jamie aufgetaucht. Sie hat versucht, mich anzurufen, aber wir haben gerade Süßigkeiten verteilt, und ich hatte mein Handy nicht bei mir. Also ist sie zu Jamie gelaufen – und dort ist sie zusammengebrochen.«

Er schiebt das Kühlpack ein wenig höher. »Ich sollte sie selbst erzählen lassen.«

»Sie wird mir ihre Version schon noch erzählen.« Ich nehme seine Hand und drücke sie sanft. »Erzähl mir deine.«

»Jules ist zu unserem Strategiemeeting am Ende des Monats dazugekommen.« Er wendet sich an Jamie. »Hedgefonds dürfen nicht im herkömmlichen Sinne Werbung machen. Das läuft über Networking und Vitamin B, und dafür brauche ich eine Expertin.«

»Juliet«, sagt Jamie.

»Genau. Ihre PR-Karriere läuft aus gutem Grund so hervorragend. Wir hatten also wie üblich unser Meeting, aber sie hat irgendwie bedrückt gewirkt, nicht so fröhlich wie sonst. Ich habe mir Sorgen gemacht, deshalb habe ich vorgeschlagen, dass wir das Geschäftliche kurz beiseitelassen und über ihr Privatleben sprechen. Dann hat sie mir erzählt, was los ist.«

»Und was?«, frage ich. »Was ist passiert?«

»Na ja, das muss sie selbst erzählen, aber sie war sehr aufgewühlt. Ich habe sie umarmt, und genau in dem Moment kam Jean-Claude hereingestürmt. Er hat uns gesehen, ist komplett ausgerastet und auf mich losgegangen.«

Jamie starrt Christopher entsetzt an. »*Er* hat dir das angetan.«

»Ja. Ein paar blaue Flecken, nichts Ernstes. Und ich möchte

bitte festhalten, dass ich nur so aussehe, weil ich Jean-Claude nicht vor Jules zu Brei schlagen wollte. Ich konnte ihn überwältigen, was schon schlimm genug für sie war. Ich wäre schon früher gekommen, um nach ihr zu sehen, aber ich musste mich zuerst um die Polizei kümmern.«

»Du hast den Vorfall gemeldet«, sagt Jamie.

Christopher nickt nachdrücklich. »O ja.«

»Gut so«, seufzt Jamie düster. »Gott, was für ein Chaos. Das tut mir so leid.«

Christopher winkt ab. »Du musst dich nicht für ihn entschuldigen. Er hat für mich gearbeitet und ganz offensichtlich einige Probleme, die ich hätte bemerken müssen. Und ich spreche nicht nur von Aggressivität und irrationaler Eifersucht. Großer Gott, Jules ist wie eine Schwester für mich. Ich würde niemals …«

Ich tätschle sanft seine Hand. »Ich weiß. Aber so ein Verhalten lässt sich nicht rational erklären.«

»Da hast du recht«, stimmt er mir zu.

»Und … wo ist er jetzt?«, frage ich.

»Weg«, sagt Christopher entschieden. »Ich habe ihn gefeuert. Die Polizei hat ihn mitgenommen.«

Ich atme erleichtert aus. »Gut. Das ist das Mindeste, was er verdient hat.«

»Sein Vater wird ihm einen Klaps auf den Handrücken geben, seine Kaution bezahlen und ihm dann einen neuen Job bei irgendwelchen Topmanagern organisieren, die ihm einen Gefallen schulden«, murmelt Jamie und reibt sich unter der Brille die Augen.

»Wahrscheinlich hast du recht«, stimmt Christopher zu.

»Aber wir sind ihn doch los, oder?«, frage ich.

Jamie lässt seine Hände sinken und sieht mich an. »Absolut.«

Christopher massiert seine Schulter und starrt auf den Tisch. »Hundertprozentig.«

»Arme Jules«, flüstere ich traurig und reibe mir die schmerzende Brust, ein Empathieschmerz, der ein bloßer Schatten dessen sein muss, was sie gerade fühlt.

»Hey«, ist von der anderen Seite des Raumes die zitternde Stimme meiner Schwester zu hören. Wir stehen alle auf. Als sie Christopher sieht, schlägt sie die Hände vors Gesicht und fängt an zu weinen. »O Gott, Christopher. Was hat er dir –?«

»Hey, nicht doch. Mir geht's gut, Jules«, beruhigt er sie und geht auf sie zu.

»Ich kümmere mich darum«, sage ich und lege ihm eine Hand auf den Arm, um ihn zu stoppen. Ich sehe Jamie fragend an.

»Geh nur«, sagt er leise und legt beruhigend die Hand auf meinen Rücken. »Ich werde bei Christopher bleiben und ihn mir vorknöpfen, weil er seine Schulter nicht untersuchen lassen hat.«

Christopher kneift missmutig sein nicht geschwollenes Auge zusammen. »Ich war beschäftigt.«

»Aber jetzt hast du ja Zeit«, höre ich Jamie auf dem Weg zu Juliet sagen. »Ich bringe dich in die Notaufnahme. Eine Kollegin vom Obdachlosenheim arbeitet heute Abend im Krankenhaus gleich hier um die Ecke. Du wirst nicht lange warten müssen. Los komm.«

Ich lege meine Arme um Jules, begleite sie in ihr Schlafzimmer und mache die Tür hinter uns zu.

Zitternd kriecht sie ins Bett. Ich lege mich zu ihr, streife meine Schuhe ab, ziehe uns beiden die Bettdecke über den Kopf und knipse die Taschenlampe an, die ich schon vorher bereitgelegt hatte.

Sie fängt wieder an zu weinen. »Wie in guten alten Zeiten.«

»Jules.« Ich nehme vorsichtig ihre Hand. »Hat er dir weh-getan?«

Sie rollt sich zusammen und versteckt ihr Gesicht. »Nicht körperlich. Aber ich hatte solche Angst, als er auf Christopher losgegangen ist.«

»Natürlich hattest du Angst.« Ich streichle sanft ihren Arm. »Er hat dich aber mit Worten verletzt, stimmt's?«

Jules sieht mich an. Sie hat Tränen in den Augen, genau wie ich. »Ich war so naiv, Bea.«

»Nein, warst du nicht.« Ich nehme ihre Hand und lege sie mir aufs Herz. »Es ist nicht naiv, an das Beste in dem Menschen zu glauben, den man liebt. Einem Menschen, der dein Herz mit seiner besten Seite im Sturm erobert und in den du dich in wenigen Wochen Hals über Kopf verliebt hast.«

Sie schnieft. »Es war alles so perfekt. Was ist nur passiert? Wie konnten wir in diesem Albtraum landen?«

Ich ziehe eine dunkle Haarsträhne von ihrer tränennassen Wange und lege sie hinter ihr Ohr.

»Jean-Claude ist krank. Er kann nicht auf eine gesunde Art lieben. Vielleicht hatte er am Anfang noch die besten Absichten, vielleicht wollte er dich aber auch schon immer einfach nur besitzen. Egal, wie es angefangen hat – am Ende ging es ihm nur noch um Besitz und Kontrolle. Nicht um Liebe.«

Sie runzelt die Stirn und wischt sich die Tränen aus dem Gesicht. »Das klingt fast so, als würdest du aus Erfahrung spre-chen.«

Ich küsse ihre Handknöchel und blinzle meine eigenen Trä-nen weg. »Es gibt da etwas, das ich dir schon längst hätte er-zählen sollen.« Ich muss schlucken. »Und ich hasse mich dafür, dass ich es nicht schon früher getan habe. Vielleicht hättest du dann die Anzeichen erkannt, vielleicht hättest du mir geglaubt, als ich meine Bedenken wegen Jean-Claude geäußert habe.«

»Bea«, sagt Jules und rückt näher, sodass wir Stirn an Stirn liegen. »Erzähl es mir jetzt.«

Ich erzähle ihr alles, was ich auch Jamie erzählt habe. Wie mit Todd alles so super angefangen hat und ich nach und nach mein Urteilsvermögen eingebüßt habe, wie er mich verunsichert hat, mich an mir selbst hat zweifeln lassen und mir dann, als Schluss war, endlich klar wurde, dass ich nie geliebt wurde – sondern immer nur manipuliert.

»Gott, das tut mir so leid«, sagt sie heiser. »Und ich habe dich gedrängt, wieder mit jemandem auszugehen, dich zu öffnen, obwohl du nach alldem verletzt warst und mehr Zeit gebraucht hättest …«

»Das konntest du ja nicht wissen. Ich habe es dir nie erzählt, weil ich mich so geschämt habe und das alles hinter mir lassen wollte.«

Sie lacht unter Tränen. »Ja, das mit dem verletzten Stolz verstehe ich gut. Und wie ich das verstehe. Genau wie das gebrochene Herz und das beschissene Gefühl, nicht mehr zu wissen, was man eigentlich noch glauben kann. Am liebsten würde ich mich unter meiner Decke vergraben und nie wieder rauskommen.«

Ich sehe sie fest an und frage: »Was ist passiert? Seit der Party? Die ganze Woche über warst du kaum da, hast kaum auf meine Nachrichten geantwortet.«

»Wir haben einen Ausflug gemacht, einen Tag nach der Party, und er war extrem launisch. Er war immer noch sauer, dass ich vor dir nicht seine Partei ergriffen habe. Ich habe ihm gesagt, dass ich es längst mit dir ausdiskutiert hätte, aber das hat ihm nicht gereicht.« Sie zögert und reibt sich die Augen. »Am Abend wurde es besser. Ich dachte, alles wäre wieder im Reinen, aber dann hat er mich gebeten, diese Woche mit ihm auf Dienstreise zu gehen. Mein Kalender war total voll, also habe ich gesagt, dass es wahrscheinlich nicht gehen würde, und dann ist er … komplett ausgerastet, verbal explodiert. Er hat gesagt, ich würde mich zurückziehen, mich von ihm distanzieren und ihn nicht wirklich lieben. Also bin ich mitgefahren, um ihn zu beruhigen, aber es ging genauso weiter. Heiß und kalt, unglaublicher Sex und dann stundenlang eisiges Schweigen, keine Antwort auf meine Nachrichten, keine Erklärung, als er nach Stunden ins Hotel zurückgekommen ist. Zu Hause war ich nur noch verletzt, traurig und verwirrt. Dann hatte ich mein Treffen mit Christopher, und er war einfach … wie ein Bruder, verstehst du? Einfach ein guter, liebevoller Kerl. Der Unterschied hätte nicht krasser sein können, und ich bin zusammengebrochen. Plötzlich war mir klar, was Jean-Claude mir angetan hat. Es war so …« Sie schließt die Augen. »So eine üble Scheiße, und ich habe ihm geglaubt und mich auch noch schuldig gefühlt. Ich habe das nicht verdient.«

»Nein«, flüstere ich. »Hast du nicht. Aber jetzt ist es vorbei. Und irgendwann wird es nicht mehr wehtun.«

Tränen laufen über ihr Gesicht. »Und wie soll das gehen?«

»Du schaffst einen Tag nach dem anderen. Machst eine Therapie. Verbringst ruhige Abende mit deiner Familie. Isst Moms selbst gekochte Abendessen.«

Sie schluchzt. »Ich habe das Gefühl, dass es mir nie besser gehen wird. Dass der Schmerz nie nachlassen wird.«

»Es wird besser werden, JuJu. Ich verspreche es.«

»Wann?«, fragt sie mit tränenerstickter Stimme und verbirgt ihren Kopf an meinem Hals. »Wann?«

Ich lege meine Arme um sie und küsse ihr Haar. Furcht kriecht in mein Herz, und wieder füllen sich meine Augen mit Tränen – wegen mir und Jamie und dem, was wir jetzt aufgeben müssen – treten mir in die Augen. »Mit der Zeit.«

36

Jamie

Einige Stunden später schließe ich Beas Haustür auf und ziehe sie vorsichtig hinter mir zu. Ich gehe davon aus, dass Juliet nach einem so furchtbaren und anstrengenden Tag schon schläft.

Als meine Augen sich an die Dunkelheit gewöhnt haben, sehe ich Bea mit dem Rücken zu mir auf dem Sofa sitzen. Sie dreht sich um und sieht mich an. Sofort bekomme ich ein flaues Gefühl im Magen. Sie weint.

»Bea.« Ich laufe zu ihr, sie springt vom Sofa auf und wirft sich in meine Arme. Eine Welle der Erleichterung durchströmt mich. Solange sie meine Nähe sucht, ist alles in Ordnung. Sollte es zumindest sein.

»Juliet ist erst einmal vor ihm sicher«, tröste ich sie. »Christopher auch. Sein Anwalt arbeitet an einer einstweiligen Verfügung, und ich habe Jean-Claude eine Nachricht geschickt, ihm achtundvierzig Stunden gegeben, um aus meiner Wohnung zu verschwinden.«

Bea nickt. »Danke, Jamie.«

Ich küsse sie auf den Scheitel. »Wie geht es Juliet?«

»Furchtbar.«

Ich halte sie fest, wiege sie sanft in meinen Armen, denn ich weiß, dass sie das beruhigt.

»Was kann ich tun?«

»Ihn umbringen«, knurrt sie.

»Leider gehören Duelle im Morgengrauen der Vergangenheit an, und noch dazu habe ich den hippokratischen Eid abgelegt.«

Ihre Stimme klingt plötzlich hart. »Ich hasse ihn. Ich hasse ihn für das, was er ihr angetan hat.« Sie wischt sich wütend über die Wangen. »Ich weiß, dass meine Schwester nicht perfekt ist. Und dass sie viel zu weit gegangen ist, um uns zu verkuppeln. Aber er hat ihr so wehgetan. Er hat sie und Christopher verletzt, meine Familie, Jamie. Und jetzt müssen wir es alle ausbaden. Ich wünschte, sie hätte ihn nie kennengelernt.«

Ich starre sie an und versuche das, was sie gesagt hat, nicht auf mich zu beziehen. Aber wenn Juliet Jean-Claude nie kennengelernt hätte, hätten wir beide uns nie getroffen. Wie hätten wir uns dann jemals gefunden?

»Es tut mir so leid«, sage ich. »Das alles. Was er angerichtet hat. Dass er Juliet und Christopher verletzt hat und mit Sicherheit auch anderen wehtun wird. Aber es tut mir nicht leid, dass sie sich kennengelernt haben, weil ich sonst dich nicht hätte.«

Bea blinzelt durch ihre Tränen, schlingt ihre Arme um meine Taille und legt ihren Kopf an meine Brust, direkt über mein Herz. »Jamie.«

»Ja?« Ich halte sie fest, wiege sie sanft, so wie sie es mag.

»Ich …« Ihre Stimme bricht, und sie vergräbt ihr Gesicht in meiner Brust. »Er hat meiner Schwester wehgetan, Jamie. Und ich kann es nicht ertragen, sie leiden zu sehen.«

Ich streiche sanft über ihren Rücken und küsse ihre Schläfe. »Ich weiß, dass du es nicht ertragen kannst, wenn die Menschen, die du liebst, leiden, Bea. Aber du kannst Juliet ihren

Schmerz nicht abnehmen. Du kannst nur für sie da sein, während sie ihn erträgt.«

»Ich kann ihn lindern.« Bea schluckt schwer, klammert sich fester an mich. Ich runzle die Stirn und trete so weit zurück, dass ich ihr in die Augen sehen kann. »Wie? Wovon redest du?«

Tränen laufen über ihre Wangen. »Jamie, wir können uns nicht mehr sehen, zumindest im Moment nicht. Alles, was zwischen Jules und Jean-Claude passiert ist, hat indirekt auch mit unserer Beziehung zu tun. Jedes Mal, wenn sie uns sieht – dich sieht –, wird sie sich an ihn erinnern. Auch wenn wir uns heimlich treffen, sie wird genau wissen, wohin ich gehe und wen ich treffe. Das wird ihr immer wieder aufs Neue das Herz brechen, sie an alles erinnern, was sie vergessen muss, um wirklich weitermachen zu können. Das kann ich ihr nicht antun.«

Ich starre sie entsetzt an. »Das kann nicht dein Ernst sein.«

»Ich war selbst mal in ihrer Lage, und ich weiß, was sie jetzt braucht – Trost und Sicherheit, keine ständige Erinnerung an die Person, die ihr das angetan hat. Ich muss meine Schwester schützen, sie braucht Zeit, sich von Jean-Claude zu erholen.«

»Ich bin nicht Jean-Claude.«

»Das weiß ich doch, Jamie.« Bea wischt sich die Tränen aus dem Gesicht. »Verdammt, natürlich weiß ich das. Hör auf, mir das Wort im Mund zu verdrehen.«

»Ich verdrehe nichts. Ich versuche nur, dich zu verstehen. Du meinst, du kannst nicht mehr mit mir zusammen sein wegen etwas, das ein anderer verbrochen hat?«

Sie verzieht ihr Gesicht und weint wieder. »Ich versuch doch nur …« Sie stöhnt und hält sich die Hände vors Gesicht. »Bitte versteh doch, ich kann dich Juliet nicht vorziehen.«

»Ich will nicht vorgezogen werden. Ich will nur nicht das Bauernopfer sein, das dir nicht länger nutzt.«

»Darum geht es doch gar nicht!«, verteidigt sie sich und lässt die Hände sinken. »Als ob das hier ein verfluchtes Schachspiel wäre. Es geht um Menschen und Gefühle …«

»Das ist mir bewusst. Meine sind zufällig auch involviert.«

»Das weiß ich, Jamie!« Sie wirft einen Blick auf Juliets Schlafzimmertür und spricht leise weiter. »Denkst du, das weiß ich nicht?«

»Ich habe nicht den Eindruck. Du setzt mich auf unbestimmte Zeit auf die Wartebank und meinst, wir könnten kein Paar sein, wegen meines *Mitbewohners* – dem Mann, den sich *deine* Schwester immerhin selbst ausgesucht hat. Weißt du, wie schrecklich sich das anfühlt, Bea? Einfach so abserviert zu werden?«

Tränen laufen über ihre Wangen. »Es tut mir leid. Ich wollte nicht …«

Sie stöhnt frustriert. »Ich versuche doch nur, ehrlich zu sein und zu verstehen, was meine Schwester jetzt braucht. Und ja, dafür müssen Opfer gebracht werden. Aber ich habe das Gefühl, du willst mich gar nicht verstehen Jamie. Ich mach doch nicht mit dir Schluss. Ich brauche einfach etwas Zeit, eine Pause.«

»Zeit«, wiederhole ich und atme durch den Schmerz in meiner Brust. Sie wirft mir vor, *ich* wäre hier der Irrationale, aber so ist es nicht. Ich kenne das schon von meiner Ex. Ich werde als ungenügend befunden und abserviert. »Wie viel Zeit brauchst du denn, Beatrice? Für diese *Pause*?«

Sie wirft die Hände in die Luft. »Woher soll ich das denn wissen? Leider habe keinen genauen Zeitplan für den Heilungsprozess meiner Schwester, also würde ich vorschlagen, du wartest einfach, bis du von mir hörst, Jamie.«

»Eine *Pause* ohne absehbares Ende. Klingt für mich verdammt nach Schluss machen.«

Feuer brennt in Beas Augen, die sich sofort wieder mit Tränen füllen. »Wenn du es so siehst, Jamie, dann ist es wohl auch so.«

»Entschuldige bitte, aber wie soll ich es denn sonst sehen?«

»Ich …« Sie macht ein leises, gequältes Geräusch, greift sich an den Kopf und ballt die Hände in ihren Haaren zu Fäusten. »Ich weiß es nicht. Es ist kompliziert. Und du machst es nicht gerade einfacher.«

»Oh, tut mir aufrichtig leid, dir Umstände zu machen, weil ich Klarheit und eine definitive Antwort will.« Sie sagt nichts, lässt ihren Kopf hängen und zieht fester an ihren Haaren. »Aber dein Stillschweigen ist eigentlich Antwort genug.« Ich zupfe an meinen Manschetten und rücke die Knöpfe in die Mitte meiner Handgelenke. Meine Brust ist so eng, dass ich kaum Luft bekomme.

Ich drehe mich auf dem Absatz um und lasse sie in der Tür stehen. Sobald meine Füße auf Asphalt stehen, laufe ich los.

Die Wochen fühlen sich an wie Jahre. Ich gehe zur Arbeit. Ich jogge bis zum Umfallen. Ich fühle mich leer.

Ich meide alle Orte, an denen sich Beas und meine Wege kreuzen könnten. Das bedeutet, ich gehe ins Büro und von dort wieder nach Hause. In meiner Wohnung herrscht Stille, das Lachen ist daraus verschwunden. Die einzigen Anrufe sind von meinem Vater und enden meist in einer wütenden Sprachnachricht, *ich solle mich daran erinnern, wem ich zu Loyalität verpflichtet wäre* inklusive zahlreicher Beschimpfungen und versteckter Drohungen, weil ich nicht zu Jean-Claude und seinem abscheulichen Verhalten gestanden habe. Jean-Claude ist meiner Forderung nachgekommen und ausgezogen. Ich war nicht da, als er die Wohnung verlassen hat, und als ich zurückgekommen bin, war er bereits weg. Auf Nimmerwiedersehen!

Jetzt lebe ich allein, in Gesellschaft meiner Katzen, aber selbst denen scheint es elend zu gehen. Die Leckerlis, die Bea ihnen zu Halloween mitgebracht und aus der Hand gefüttert hat, da sie fand, auch Katzen hätten etwas zum Naschen verdient, habe ich weggeworfen und füttere sie wieder mit dem zahnschonenden, getreidefreien Zeug, das sie hassen und ich hasse.

Ich bin frustriert, dass es mir wieder passiert ist. Dass ich mich wieder in jemand verliebt habe, der mich nicht auf lange Sicht will.

Ich habe sie geliebt. Trotzdem war ich ihr nicht genug. Aber von der Grübelei wird es auch nicht besser, die Vergangenheit kann man nicht ändern. Ich muss mich jetzt einfach von einem zum nächsten Tag schleppen und es abends ins Bett schaffen.

Ich stehe lustlos in meiner leeren Küche vor meinem Frühstücks-Smoothie und starre aus dem Fenster, als mein Handy mit einer Nachricht von Christopher aufleuchtet.

> Lust auf einen Kaffee?

Sofort bekomme ich Schuldgefühle. Gott, was bin ich für ein Arsch. Es ist Wochen her, seit ich ihn zu meiner Freundin in die Notaufnahme gebracht habe. Ich habe mich nur einmal nach ihm erkundigt und dann nichts mehr von mir hören lassen. Er war immer so nett zu mir, ein Mensch, von dem ich gehofft hatte, dass er ein guter Freund werden würde, bevor mir von heute auf morgen alles um die Ohren geflogen ist.

Mit zitternder Hand schreibe ich zurück.

> Sehr gern. Wann? Wo?

Er antwortet sofort.

> Jetzt gleich? Komm einfach her, wenn es dir nichts ausmacht. Espressomaschine läuft.

Mein Magen krampft sich zusammen. Er wohnt direkt neben den Wilmots, und ich verfalle der absurden Idee, ich könnte Beatrice begegnen, wenn ich dort bin. Unsere Blicke treffen sich, die Welt um uns verschwindet, alles bewegt sich in Zeitlupe, bis wir uns in den Armen liegen, uns um Verzeihung bitten, uns küssen und versprechen, dass wir nie wieder … *Miau.*

Ich starre hinunter zu den Katzen, die mich sorgenvoll anschauen. Morgan wandert zur Eingangstür und tapst mit der Tatze dagegen. Gally stupst mein Bein an.

»Soll ich?«

Beide miauen laut. Ich schlucke, schnappe mir meine Schlüssel und schreibe Christopher.

> Bin unterwegs.

Christophers Haus ähnelt dem der Wilmots, nur ist es ein bisschen in die Jahre gekommen. Es sieht sauber aus, der Vorgarten ist gepflegt, und doch entdecke ich hier und da Farbe, die abbröckelt, ältere Fenster, Ziegelsteine, die dringend verfugt werden müssten. So erfolgreich, wie er ist, könnte er sich die Reparaturen definitiv leisten, und ich frage mich, was ihn davon abhält.

Ich klopfe und muss nur einen Augenblick warten, bevor eine Person die Tür öffnet, mit der ich überhaupt nicht gerechnet habe.

»Jamie!« Maureen Wilmot schließt mich in die Arme.

Sie schaut zu mir auf, und ich weiß nicht, was ich sagen soll. Sie strahlt mich an, und ich sehe in Beas Augen, blau leuchtend wie ein Sturm auf hoher See. Ihr freundliches Gesicht ist so warm und vertraut, dass es fast wehtut.

»Jamie?«, fragt sie. »Ist alles in Ordnung?«

»Geht schon«, antworte ich. »Und bei Ihnen?«

»Viel zu tun«, antwortet sie knapp. »Du hast mich gerade noch erwischt, ich muss los. Ich habe Christopher etwas zu essen vorbeigebracht. Er arbeitet bis zum Umfallen, seit er die Arbeit dieses Dreckskerls auch noch erledigen muss.«

Ich beiße mir auf die Lippe, ihre Wortwahl amüsiert mich.

»Ich habe einen Kochmarathon gestartet, um Juliet mit etwas Leckerem zum Essen zu bewegen. Sie isst kaum noch. Und jetzt kommt meine andere Tochter auch nach Hause, und die isst wie ein Scheunendrescher. Ich habe alle kulinarischen Register gezogen. Bedien dich, wenn du magst.«

»Das ist furchtbar nett von Ihnen, aber nein, vielen Dank.«

»Sicher?«

Ich nicke.

»Dann nicht.« Sie zuckt mit den Schultern und macht die Eingangstür hinter mir zu. »Komm rein, suchen wir Christopher. Weißt du«, sagt sie und lächelt mich an, »ich denke immer noch an den Brief, den du uns geschrieben hast, um dich dafür zu bedanken, dass wir dich die eine Nacht bei uns haben schlafen lassen. Kein Mensch schreibt heute noch so etwas, aber du schon. Du hast Anstand. Zu Beatrice habe ich gleich gesagt: ›Auf den kannst du dich verlassen. Ein Mann, der eine makellose Schrift hat und weiß, wie man einen ordentlichen Dankesbrief schreibt, den lass dir nicht entgehen.‹ Und sie meinte: ›Denkst du, ich weiß nicht, wie wunderbar er ist? Wie könnte ich ihn jemals gehen lassen?‹«

Ich muss mich am Türrahmen festhalten, damit ich nicht umfalle.

»Wie bitte? Wann hat sie das gesagt?«

»Ach, vor ein paar Tagen«, bemerkt sie beiläufig und führt uns in Christophers Küche. Er ist nirgendwo zu sehen. Nur eine Schranktür steht offen, und ein leerer Abfalleimer steht herum.

Maureen runzelt die Stirn. »Er wird den Müll rausbringen. Setz dich doch. Ich bringe dir einen Blaubeermuffin mit frischer Sahne.«

Ich will keinen Muffin. Ich will Informationen, nachdem sie mich mit ihren kleinen Häppchen neugierig gemacht und irgendwie hoffnungsvoll gestimmt hat. Aber bevor ich protestieren kann, hat sie den Muffin schon vor mich hingestellt.

»Wie geht's dir denn?«, fragt sie. »Diese Beziehungspause muss ziemlich schwierig sein.«

»Mrs Wilmot –«

»Maureen«, korrigiert sie mich.

»Maureen. Es ist keine … Pause.«

Sie legt irritiert den Kopf schief. »Bea hat gesagt, ihr macht eine Pause, bis es Juliet wieder besser geht.«

Ich massiere mir den Nasenrücken. Angst hämmert in meinem Schädel. »Bea sagt zwar, dass wir eine Pause brauchen, aber sie hat keine Ahnung, wie lange die dauern soll. Für mich kommt das einer Trennung gleich, und das habe ich ihr auch gesagt. Aber anstatt es zu verneinen oder mir den Sinn einer Pause zu erklären, hatte sie keine Antwort. Daraufhin bin ich gegangen, und seitdem haben wir kein Wort mehr miteinander gesprochen. Was bedeutet … also, ich will damit sagen, dass ich nicht glaube …« Ich seufze und streiche mir übers Gesicht.

»Wir haben uns getrennt. Hat sie Ihnen das nicht gesagt?«

»Ich glaube, sie hat mir gesagt, was ich hören wollte … und worauf sie selbst vielleicht auch immer noch hofft.« Ihre Hand legt sich weich auf meinen Arm, und ihre Wärme dringt durch mein Sweatshirt. Sie ist so anders als meine Mutter. So warmherzig und mütterlich. Sie legt wieder den Kopf schief, als versuchte sie, meine Gedanken zu lesen.

»Was auch immer zwischen euch war, ich glaube, ihr solltet reden. Ich bin keine Expertin, aber seit ich mit Bill verheiratet bin, sind mir einige Dinge klar geworden. Er und ich sind sehr unterschiedlich, wir kommunizieren nicht auf dieselbe Art, und das stand uns oft im Weg. Aber inzwischen haben wir begriffen, dass uns die Dinge, die zwischen uns unausgesprochen geblieben sind, in all den Jahren am meisten geschadet haben. Immer wenn wir uns ausgesprochen haben, auch wenn es eine Zeit gebraucht hat, wurde es besser.«

Ich nicke ernst. »Das merke ich mir.«

»Und du weißt hoffentlich, dass du dich Christopher auch jederzeit anvertrauen kannst.«

»Sicher.« Ich betrachte stirnrunzelnd meinen Muffin. »Es ist nur so, dass ich … nicht sehr viel Erfahrung in diesen Dingen habe.«

Sie nickt. »Er auch nicht. Aber ihr würdet beide von einer guten Freundschaft profitieren. Er ist ein Einzelkind. Seine Eltern sind gestorben, als er noch jung war, deshalb sind wir – Menschen, die er liebt, seine Freunde – jetzt seine Familie. Aus diesem Grund setzt ihm die Sache mit Juliet auch so zu. Er könnte einen Freund wie dich gebrauchen. Er spricht in den höchsten Tönen von dir. Und ich weiß, dass er in dir einen Freund sieht. Wir alle brauchen Freunde, insbesondere wenn wir Kummer haben.«

Bevor ich antworten kann, betritt Christopher die Küche. »Hey, West.« Er wäscht sich kurz die Hände, trocknet sie ab und streckt mir eine Hand entgegen, die ich schüttle. »Wie geht es dir?«

»Geht schon. Und dir?«

»Auch. Und was ist mit *dir*?«, sagt er zu Maureen, legt einen Arm um ihre Schultern und lächelt verschmitzt. »Mischst du dich wieder überall ein oder machst sonst irgendwelchen Ärger?«

Sie winkt ab. »Ich habe euch Muffins mit Sahne gebracht. Mehr nicht.«

»Aha.« Er wirft ihr einen argwöhnischen Blick zu.

»Und nun, da ich meine Lieferung losgeworden bin, gehe ich wieder.«

»Trink doch noch einen Kaffee mit uns.« Christopher zeigt auf die schicke Maschine. »Ich kann dir praktisch jeden Kaffee machen, den du dir wünschst.«

»Sehr verführerisch, aber nein danke«, lehnt sie ab. Ihr Handy brummt, sie liest mit zusammengekniffenen Augen eine Nachricht und lächelt.

»Was ist?«, fragt Christopher.

»Katerina hat geschrieben.« Maureen steckt das Handy weg. »Sie ist hier!«

Christopher starrt sie fassungslos an. »Und wann hattest du vor, mir das zu sagen?«

Maureen zwinkert mir zu und wendet sich dann wieder an Christopher. »Ganz ehrlich, Christopher, ich weiß es nicht. Ich will meine Gesundheit nicht aufs Spiel setzen. Ich habe so viel um die Ohren, und das Letzte, was ich gerade gebrauchen kann, junger Mann, ist eine eurer Streitereien.«

Er starrt sie mit offenem Mund an.

»Okay, ich gehe jetzt rüber zu den Vögelchen. Und ihr bleibt schön hier, Kater haben keinen Zutritt, also kommt ja nicht auf die Idee, mir zu folgen. Bye-bye!«

Nachdem die Tür ins Schloss gefallen ist, frage ich Christopher: »Ist sie immer so?«

»Was meinst du?«, fragt er und schaut ihr hinterher. »Eine Bedrohung?«

Zum ersten Mal seit Wochen muss ich fast lachen.

»Ich dachte eigentlich an Charmeurin.« Ein bittersüßer Schmerz fährt durch meine Brust. »Kein Geheimnis, woher Bea das hat.«

»Warte ab, bis du Kate kennenlernst«, murmelt er finster. »Dann weißt du, wer ihre nervige Seite geerbt hat.«

Ich beobachte Maureen durchs Fenster, wie sie den Rasen zu ihrem Haus überquert und dann darin verschwindet. Ihre Worte hallen in meinem Kopf wider: *Es sind die unausgesprochenen Dinge, die am meisten wehtun, nicht die, die wir uns gesagt haben.*

»Christopher, du hast nicht zufällig ein Bogen Papier und einen Stift für mich?«

37

Bea

Ein lautes Klopfen an der Wohnungstür reißt mich aus dem Schlaf. Ich werfe einen Blick auf den Wecker. Es ist unmenschlich früh.

Das Klopfen an der Tür lässt nicht nach. Ich weiß, dass Jules einen leichten Schlaf hat und wie unruhig ihre Nächte in letzter Zeit waren. Also springe ich schnell aus dem Bett, renne den Flur hinunter, um den Lärm zu stoppen, bevor sie davon aufwacht. Ich versuche, den Couchtisch zu umrunden, stoße aber natürlich trotzdem mit dem Zeh dagegen und muss mir auf die Lippe beißen, um einen Schmerzensschrei zu unterdrücken.

Humpelnd schaffe ich es zur Tür, reiße sie auf und will gerade ein paar passende Worte an denjenigen richten, der sich den Scherz erlaubt, um halb acht Uhr morgens an meine Tür zu donnern. Stattdessen fällt mir die Kinnlade runter. »Kate?«

»Na endlich. Hier, das hat in der Tür gesteckt.« Meine jüngere Schwester klatscht mir einen Umschlag an die Brust, rauscht dann mit einem riesigen, laut ratternden Koffer im

Schlepptau an mir vorbei in den Flur. Er schwankt bedenklich, weil ein Rad fehlt und sie ihn nur mit einer Hand zieht.

Erst jetzt bemerke ich, dass sie ihren rechten Arm, der in einer Schlinge steckt, fest an den Körper gedrückt.

»Was ist denn passiert? Was machst du hier?«

Kate lässt ihren Koffer mit einem lauten Rumms fallen und steuert geradewegs auf die Küche zu.

»Oh, okay. Kein Problem, du brauchst nicht zu antworten. Du verschwindest einfach für achtzehn Monate, schickst fünf E-Mails und zwei Päckchen als Beweis unserer Verbundenheit und platzt dann ohne Erklärung in meine Wohnung. Fühl dich ganz wie zu Hause.«

»Danke«, antwortet sie, holt sich ein Glas aus dem Schrank und dreht den Wasserhahn auf. »Das werde ich.«

Ich starre sie wütend an, als sie das Glas mit einem Zug leert und es auf die Küchenanrichte knallt.

»Katerina Wilmot. Antworte mir.«

»Jules sollte dir doch alles erzählen.«

Ich rümpfe die Nase. »Was?«

»Jules. Hat sie dir nichts gesagt?« Sie öffnet den Kühlschrank und schnüffelt darin herum. »O mein Gott, Mom hat gekocht.« Sie schließt die Kühlschranktür mit einem Hüftschwung, stellt Moms Auflauf auf den Tisch, nimmt eine Gabel und schaufelt ihn kalt in sich hinein.

Mir wird fast schlecht. Ich stürme an ihr vorbei und schalte die Kaffeemaschine ein, die eigentlich für eine Stunde später programmiert war. Ich brauche sofort Koffein.

»Hör bitte auf, in Rätseln zu sprechen und meine Fragen mit Gegenfragen zu beantworten.«

»Verdammt noch mal«, sie lässt die Gabel fallen und sieht echt genervt aus. »Wie könnt ihr beide bitte so gut und gleichzeitig so überhaupt nicht zusammen funktionieren?«

»Äh, wie bitte?«

»Vergiss es«, sagt sie mit vollem Mund. »Jules wird dir alles erklären, wenn sie sich aus ihrem Zimmer traut, die Angsthäsin. Und was mich angeht, ich bin hier, weil ich echt auf die Schnauze gefallen bin.«

»Was ist mit deinem Arm passiert?«

Mit einem halben Bissen im Mund schaut sie zu mir auf. »Hab ich doch gerade gesagt. Ich bin auf die Schnauze gefallen. Ich war für einen Auftrag in einer wirklich rauen Landschaft in Schottland und hab mir übelst die Schulter gebrochen.«

»Scheiße! Geht's dir wieder gut?«

»Großartig. Bin richtig froh, wieder zu Hause zu sein.«

Ich verdrehe die Augen. »Wie lange willst du hierbleiben?«

Sie zuckt mit der heilen Schulter. »So lange, bis ich meine kaputte Schulter ausgeheilt habe und wieder Geld verdienen kann – Fotojournalismus ist kein Job für Einarmige. Aber ohne Job verdiene ich kein Geld. Und ohne Geld kann ich nirgendwo wohnen. Und bevor du auf die Idee kommst, zu fragen, nein, bei Mom und Dad zu wohnen, ist keine Option. Ich liebe sie wirklich, aber nein danke.«

»Aha, jetzt kommen wir der Sache schon näher.«

»Kann ich bei euch pennen?«, bettelt sie. »Im Moment kann ich mich noch nicht an der Miete beteiligen, aber ich schlafe auch auf dem Sofa und räume hinter mir auf. Ich kenne hier ein paar Fotografen, die mir Aufträge für Bildbearbeitung beschaffen, sodass ich mich an den Lebensmitteln und so weiter beteiligen kann, bis ich weiß, wie's weitergeht.«

»Natürlich, Kate. Du bist hier jederzeit willkommen. Das weißt du.«

»Cool.« Sie hat die eine Hälfte des Auflaufs schon weggespachtelt und macht sich an die nächste. »So, und was ist bei dir los? Mom hat gesagt, du hast dich von deinem Freund getrennt?«

Meine Augen füllen sich mit Tränen. Allein an Jamie zu denken, tut weh.

»Scheiße«, stöhnt sie. »Du weinst ja. Nicht weinen.«

Ich wische mir die Tränen ab und versuche zu lächeln. Zu tun, was ich die letzten Wochen getan habe, nämlich mich auf das Positive zu konzentrieren, auch wenn mein Herz mir sagt, dass ohne Jamie nichts je wieder gut werden kann.

Aber immerhin sitzt jetzt meine kleine Schwester in meiner Küche, mit ihren Sommersprossen auf der Nase, goldbraunen, von der Sonne ausgebleichten Strähnen im Haar, abgewetzten Klamotten und einer kaputten Schulter. Sie hat mir gefehlt. Genau wie mir Jamie fehlt. Ich bestehe nur noch aus heißer, brennender Sehnsucht. »Habe ich dir eigentlich schon gesagt, wie sehr ich mich freue, dass du hier bist, KitKat.«

Sie kneift die Augen zusammen und schnieft verdächtig. »Hör auf damit, BeeBee. Ich werd noch ganz rührselig.«

Ich umarme sie fest, achte dabei aber auf ihre Schulter. »Gut so, dann bin ich wenigstens nicht die einzige Heulsuse hier.«

Sie weicht zurück und schaut mich stirnrunzelnd an. »Warum? Was ist los?«

Tränen trüben meinen Blick, aber ich versuche, sie zu unterdrücken.

»Wie viel weißt du denn schon?«

»Nichts. Mom hat mir nur gesagt, dass dein Freund mit dem Mistkerl zusammenwohnt, der Jules wehgetan hat, und die Situation gerade ziemlich vertrackt ist.«

»*Vertrackt* ist eine nette Untertreibung. Dieses Arschloch hat eine Menge Schaden angerichtet. Er hat Jules verletzt. Er hat Christopher verletzt. Es war furchtbar.«

»Hm«, sagt sie und stochert im Auflauf. »Christopher wird

schon wieder auf die Beine kommen, da mach ich mir keine Sorgen.«

»Es wäre schön, wenn ihr euch eines Tages in derselben Hemisphäre aufhalten könntet, ohne euch sofort anzufeinden.«

»Vielleicht in einem anderen Leben«, murmelt sie mit vollem Mund. »Aber ich möchte mir den Appetit nicht mit Christopher verderben. Erzähl weiter. Wie ist die Lage, was deinen Typen angeht?«

Unterbrochen von vielen Schlucken Kaffee und gelegentlichen Schnäuzern erzähle ich ihr alles. Als ich fertig bin, beuge ich mich über die Tischplatte und schlage die Stirn dagegen.

»Ich stecke fest. Ich weiß nicht, was ich machen soll, und bin total durch den Wind. Keine Ahnung, wann Jules die Sache verdaut haben wird, aber bis dahin können Jamie und ich nicht zusammen sein. Trotzdem … fehlt er mir so sehr.«

Kate runzelt nachdenklich die Stirn. »Das ist echt eine beschissene Lage, in der du bist. Aber wenn du mich fragst, ist es nicht okay, dass er dich sitzen lassen hat. Er hätte die Pause nicht gleich zum Ende eurer Beziehung erklären müssen.«

Ich schüttele den Kopf. »Er hatte ja nicht ganz unrecht. Ich habe ihm nicht richtig zugehört und bin sofort in die Defensive gegangen und …«

»Bist ausgerastet«, beendet sie den Satz. »Schon klar.«

Ich schaue sie an. »Da kannst du dich ja wohl an die eigene Nase fassen, Fräulein Hitzkopf.«

Kate schnaubt verächtlich.

»Ich habe es ihm nicht gerade *sanft* beigebracht. Er hat eine schlimme Trennung hinter sich, KitKat, von einer, die ihm das Gefühl gegeben hat … austauschbar zu sein. Und von mir hat er dann zu hören bekommen, er solle bitte eine Nummer ziehen und warten, bis ich von mir hören lasse. Ich habe ihm dasselbe Gefühl gegeben wie seine Ex.«

Sie verzieht das Gesicht. »Autsch.«

»Ja, ich hab's verbockt«, flüstere ich unter Tränen. »Ich wollte ihn schon hundertmal anrufen, aber was soll ich denn sagen? *Hey, tut mir leid, dass ich dich so behandelt habe, trotzdem muss ich dich bitten, weiter zu warten?*«

»Das ist echt blöd, BeeBee. Tut mir leid.«

»Ja, mir auch.« Ich starre auf meine Hände, und mir fällt auf, dass ich immer noch den Briefumschlag festhalte, den Kate mir in die Hand gedrückt hat, als sie vorhin hier hereingestürmt ist. Mein Herz fängt an zu rasen, als ich das eine Wort lese, das auf ihm geschrieben steht.

Beatrice.

»Was ist los?«, fragt Kate.

»Der Umschlag … Das ist Jamies Handschrift.«

Sie lehnt sich zu mir. »Na, dann starr ihn nicht an, mach ihn auf.«

»Kann ich ein kleines bisschen mehr Privatsphäre haben, bitte?«

»Klar.« Sie tritt einen Schritt zurück. »Tut mir leid. Mein Koffer und ich werden jetzt zur Couch rüberwandern und uns um unseren eigenen Kram kümmern.«

»Danke.«

Ich starre auf meinen Namen auf dem Umschlag. Dann reiße ich ihn auf und finde noch mehr in seiner Handschrift, die Buchstaben ordentlich wie immer, ein bisschen zackig an den Enden. Eine Träne gleitet meine Wange hinunter, und ich fange an zu lesen.

Bea,
ich habe viel zu lange gebraucht, um zu begreifen, wie
schwer es für dich war, mich um eine Beziehungspause zu
bitten. Eine Pause, die für dich notwendig ist, aus Fürsorge

für jemanden, den du liebst. Es hat mir wehgetan, aber nur, weil etwas schmerzt, ist es noch lange nicht falsch – sondern einfach nur hart. Ich hätte dir sagen müssen, dass ich dich verstehe, auch wenn es mich schmerzt, auf dich zu warten.

Das sind schon viel zu viele Worte für das, was ich dir eigentlich sagen wollte, als ich diesen Brief begonnen habe, deshalb sage ich es jetzt: Ich liebe dich, und werde auf dich warten. Egal, wie lange.

Immer dein
Jamie

»Alles klar bei dir?«, ruft Kate.

Ich drücke den Brief an meine Brust und weine bitterlich. »Nein.«

Sie stöhnt, kommt zu mir und setzt sich neben mich. Dann klopft sie mir fest auf den Rücken, wahrscheinlich ein etwas unbeholfener Versuch, mich zu trösten, und reißt mir den Brief aus der Hand.

»Sei vorsichtig damit!«

»Reg dich ab. Ich will nur sehen, was er zu seiner Entschuldigung zu sagen hat.« Sie überfliegt den Brief. »Verdammt, der Kerl kann echt schreiben. Knapp, trotzdem zärtlich und gefühlvoll.«

Ich nehme ihr den Brief weg und wische mir die Tränenflut aus dem Gesicht.

»Ja, und ich weiß nicht, was ich machen soll.«

Kate drückt mir sanft die Schulter. »Es wird sich alles einrenken, BeeBee.«

»Wie denn?«

»Hey«, macht Jules sich bemerkbar. Sie schließt die Schlafzimmertür hinter sich und zieht ihren Rollkoffer den Flur entlang.

Ich starre meine Schwester an. Sie sieht aus wie seit Wochen nicht mehr – ganz die Alte. Ihr dunkles Haar wellt sich sanft, und die Ringe unter den Augen sind mit Concealer verdeckt. Ihr königsblaues Kleid unterstreicht das Blau ihrer Augen, und sie trägt ihre schwarzen Lieblingspumps. Sie sieht aus, als wäre sie auf dem Weg, die Welt zu erobern – was mich ein wenig befremdet, denn letzte Nacht hat sie noch in Embryostellung in meinen Armen gelegen und jämmerlich geschluchzt.

»Wo willst du denn hin?«, frage ich.

Sie lächelt, das erste Mal seit Wochen. »Auf eine Reise.«

Kate scheint weniger erstaunt als ich.

»Wusstest du davon?«, frage ich sie.

Meine jüngere Schwester meidet meinen Blick und scheint plötzlich fasziniert von der Zeitung, die auf dem Tisch liegt.

»BeeBee«, Jules nimmt meine Hand und verschränkt unsere Finger ineinander. »Du wirst mir fehlen. Was soll nur aus dir werden, wenn ich meine Nase nicht mehr in deine Angelegenheiten stecke?«

»Hör auf damit, JuJu. Du hast dich entschuldigt, und ich habe dir verziehen.«

»Ich weiß«, sagt sie und schluckt ihre Tränen hinunter. »Aber ich fühle mich deswegen immer noch beschissen. Ich hätte dich nicht drängen dürfen. Ich werde immer an deiner Seite sein und mich wahrscheinlich mehr um dich sorgen als nötig, aber du weißt selbst, was du zu deinem Glück brauchst. Ich hätte nie versuchen dürfen, das für dich in die Hand zu nehmen.«

Noch immer Jamies Brief haltend, wische ich mir mit dem Handrücken die Tränen aus dem Gesicht.

»Aber warum musst du denn gehen?«, flüstere ich. »Warum gerade jetzt? Und wohin?«

Sie lächelt. »Weil ich es möchte. Weil es höchste Zeit ist. Schicksal. Kate hat eine Unterkunft irgendwo in der schottischen Pampa gebucht, die sie nach ihrem Unfall nicht mehr braucht. Und genau dort fange ich neu an.«

Vor meinen Augen verschwimmt alles. »Ich kann nicht glauben, dass du gehst. Wir waren doch noch nie voneinander getrennt.«

»Es fühlt sich seltsam an, ich weiß. Du wirst mir fehlen. Aber du wirst nicht allein sein. Du hast Kate. Und du hast West. Er ist der perfekte Mann für dich, Bea. Ich weiß, ich habe es falsch angepackt, aber ich bin trotzdem froh, dass du dank mir den Richtigen gefunden hast.«

»Jules …«

»Sei glücklich«, flüstert sie, küsst mich auf die Wange und schließt ihre Arme um mich. »Wenn ich zurückkomme, werde ich auch wieder glücklich sein. Also halte dich bereit.«

Ich umklammere meine Zwillingsschwester und fühle, wie unsere Herzen im Gleichtakt schlagen. Wir sind genau gleich groß, halten uns mit demselben festen Griff. »Ich liebe dich«, flüstere ich. »Es tut mir leid, dass für dich alles so …«

»Schrecklich enden musste?«, lacht sie unter Tränen. »Mir auch. Aber gutes Futter für den Roman, den ich immer schon schreiben wollte. Oder wie Grandma immer gesagt hat: ›Du hast nichts zu erzählen, Juliet, weil dir noch nichts passiert ist.‹«

»Grandma konnte echt hart sein«, bemerkt Kate.

Jules nickt. »Aber sie hatte recht. Und jetzt komm her und umarme mich zum Abschied.«

Zögernd legt Kate ihren heilen Arm um uns und zieht uns an sich. »Es geht doch nichts über ein fünfminütiges Wiedersehen der Wilmot-Schwestern.«

Das tränenreiche Lachen meiner Zwillingsschwester hallt in unserem Schwesternkokon wider. »Ich liebe euch«, flüstert sie.

Als würde sie sich ein Pflaster abreißen, wirft sie schnell ihren Mantel über und stürmt aus der Tür, die laut hinter ihr ins Schloss fällt. Ich höre sie mit ihrem Koffer die Treppe hinunterpoltern, springe auf mein Bett und ziehe die Vorhänge auf. »Jules!«, schreie ich und reiße das Fenster auf.

Sie blinzelt zu mir herauf, die Taxitür ist schon offen.

»Tschüss!«, ruft sie laut und bemüht sich zu lächeln. »So süß ist Trennungsweh!«

Ich lache durch meine Tränen, als die Tür zuschlägt und das Taxi die Straße hinunter verschwindet.

Kate, die gegen Tränen allergisch ist, kommt zögernd in mein Zimmer.

»Na, alles rausgeheult?«

»Ich denke ja«, krächze ich, bevor ich mir die Nase putze.

Sie lässt sich so schwer auf meine Matratze fallen, dass ich fast abhebe. »Dann werde ich jetzt mal auspacken. Stört es dich, wenn ich ihr Zimmer nehme, bis du einen neuen Mitbewohner oder eine neue Mitbewohnerin gefunden hast?«

»Du spinnst wohl, ich suche niemanden. Klar nimmst du ihr Zimmer. Zahl einfach, was du kannst. Wir schaffen das schon.«

Kate tätschelt meinen Oberschenkel. »Danke, BeeBee.«

Ich muss schon wieder Tränen hinunterschlucken. »Ach, das ist alles so schräg. Sie muss doch nicht weggehen.«

»Sie muss tun, was sie glücklich macht und sie erfüllt. Und das gilt auch für dich. Bring dich auf andere Gedanken, setz dich irgendwohin und zeichne. Arbeite ein paar Stunden. Zeichne versteckte Klitoris und verkauf anzügliche Karten.«

»Das geht nicht«, antworte ich ihr. »Der Laden ist wegen

des Feiertags geschlossen. Heute Abend ist die Friendsgiving-Party.«

»Friendsgiving-Party?« Kate wird munter. »Da gibt's sicher leckeres Essen. Wann gehen wir los?«

»Ich …« Meine Stimme versagt, als die Realität langsam zu mir durchsickert.

Ich kann Jamie sehen. Ich kann alles in Ordnung bringen. Jules ist nicht mehr da, sicher vor der Trauer und dem Schmerz, die es ihr bereiten würde, uns zusammen zu sehen. Was mache ich noch hier, heulend und im Schlafanzug?

Ich stoße mich vom Bett ab und bin auf halbem Weg zur Ankleide, als eine Textnachricht auf meinem Handy aufleuchtet. Ich klettere zurück und hole es aus dem Bett. Vielleicht ist die Nachricht ja von Jamie.

Ist sie aber nicht.

Ist Kate wirklich zurück oder verarscht eure Mutter mich? Ist eine Weile her, seit sie das zum letzten Mal getan hat.

»Wer ist es?«, fragt Kate.

»Christopher«, murmele ich, werfe mein Handy beiseite und stürme in meine Ankleide. Er wird auf seine Antwort warten müssen. Ich habe jetzt für nichts anderes mehr Zeit, als mich so schnell wie menschenmöglich in Jamies Arme zu werfen.

Kate rümpft die Nase. »Kommt er auch? Auf die Friends-giving-Party?«

»Ja!«, rufe ich aus der Ankleide.

»Iiihh. Aber egal. Dann esse ich eben den restlichen Auf-lauf.«

»Wie du willst.« Ich bin abgelenkt, mein Herz rast. In meiner Ankleide reiße ich mir den Schlafanzug runter, ziehe das Sweatshirt an, das ich Jamie geklaut habe, und ein Paar dicke, warme Leggings.

»Das Sweatshirt kenne ich gar nicht«, bemerkt Kate, als ich ins Badezimmer stürme und hektisch meine Zähne putze.

»Mm-hmm«, antworte ich zerstreut, spritze mir kaltes Wasser ins Gesicht, bürste mir schnell die Haare und glätte meinen Pony.

»Also, ich geh jetzt nach draußen«, sagt Kate, »zieh mir meine Unterhose über den Kopf und sing *Hänschen klein*.«

»Tu das, tu das.« Ich renne zurück in mein Zimmer, schlüpfe in ein Paar Socken und stapfe in meine offenen Doc Martens.

Kate beobachtet mit einem amüsierten Lächeln, wie ich meine Jacke anziehe und mein Handy einstecke. »Ich nehme mal an, diese wilde Hektik hat mit dem netten kleinen Brief zu tun und mit der Person, deren Sweatshirt du anhast.«

»Jamie«, sage ich atemlos. Ich entsperre mein Handy und schicke ihm eine Nachricht, so wie immer, ohne Einleitung, ohne Begrüßung. Einen Schachwitz. Den kitschigsten bislang. Ich hoffe, er muss darüber lächeln. Ich hoffe, er sagt ihm alles, was er wissen muss. Dass ich seinen Brief bekommen habe, dass es mir auch leidtut, dass wir jetzt frei sind und zusammenbleiben können.

Dass ich keine Minute länger warten kann und geradewegs zu ihm laufen muss.

»Wünsch mir Glück!«, rufe ich Kate zu und sprinte aus dem Zimmer.

Ich kann sie gerade noch hören, bevor ich die Tür zuziehe. »Viel Glück!«

Generell sollte ich lieber nicht rennen. Insbesondere nicht mit offenen Schnürsenkeln. Aber das ist mir jetzt egal. Ich sprinte den Gehsteig entlang, die kalte Luft brennt in meiner Lunge, goldene, bronzene und bernsteinfarbene Blätter wirbeln wie Naturkonfetti im Herbstwind.

Ich bin nur noch eine Straßenecke entfernt, meine Stiefel donnern auf dem Asphalt, als plötzlich die Tür zu seinem Haus aufgerissen wird.

Jamie.

Er läuft auf mich zu, total zerzaust. Groß, mit geradem Rücken und kräftigem Armschwung. In perfekter Läuferhaltung. Aber sein Hemd ist falsch geknöpft, die Brille etwas von der Nase gerutscht. Seine nassen Haare wehen wild im Wind.

Ohne anzuhalten, springe ich ihn an, genau wie an dem Abend im Alley. Unsere Körper prallen aufeinander, und als wir uns küssen, explodiert mein Herz wie Bowlingpins bei einem Strike.

Es ist ein Kuss, den ich nie vergessen werde. Der beste Kuss meines Lebens. Ein *Ich-möchte-nie-wieder-jemand-anderen-küssen*-Kuss.

»Bea«, flüstert er an meinen Lippen, die Arme um meinen Körper geschlungen.

»Jamie.« Mit den Händen fahre ich durch sein Haar, halte sein Gesicht. Ich betrachte ihn ehrfürchtig, die markanten, schönen Linien seines Gesichts. Die Konturen seines Kiefers, seiner Wangenknochen, seiner Nase. Den weichen Mund. Die Hitze, die in seinen haselnussbraunen Augen glüht.

»Es tut mir leid«, entschuldige ich mich unter Tränen. Ich küsse ihn auf die Stirn, das Lippenherz, die Mundwinkel. Ich möchte ihn überall küssen und niemals aufhören. »Ich wollte dich nicht verletzen. Was ich gesagt habe, wie ich es gesagt habe, als ich dich um eine Pause gebeten habe, tut mir leid.«

»Das muss es nicht«, sagt er leise. »In meinem Brief habe ich dir schon geschrieben, dass ich es verstehe.«

Wir sehen uns tief in die Augen. Noch nie habe ich etwas Schöneres gesehen, bis alles verschwimmt und meine Tränen dafür sorgen, dass ich ihn nicht mehr sehen kann.

»Ich habe dich so vermisst«, flüstere ich und wische mir über die Augen.

Er lächelt dieses weiche Lächeln, das nur für mich bestimmt ist. »Ich habe dich auch vermisst«, sagt er leise. Mein geduldiger, sanfter Jamie. Er küsst meine Stirn und atmet tief ein. »So sehr. Was ist denn geschehen? Ist Juliet …«

»Es geht ihr besser«, flüstere ich. »Sie ist weggefahren. Nichts kann uns mehr trennen. Nicht jetzt, nicht mehr. Nie wieder.«

Er atmet erleichtert aus. »Gott, Bea.« Er küsst mich so fest, dass es fast schmerzt. Ich halte ihn, möchte am liebsten unter seine Haut kriechen. Damit er mich immer bei sich trägt. Für immer mein ist.

»Ich liebe dich.« Plötzlich kann ich es keinen Moment länger für mich behalten. »Ich liebe dich so sehr.«

»Das weiß ich.« Er küsst mich sanft. »Ich wusste es schon, bevor du es ausgesprochen hast. Tut mir leid, dass ich an dir gezweifelt habe.«

»Ich konnte es dir nicht sagen«, flüstere ich unter Tränen, »weil ich noch nie jemanden so geliebt habe wie dich, Jamie, und das macht mir solche Angst. Aber du sollst es wissen. Du verdienst zu hören, was ich dir an Halloween sagen wollte, bevor alles den Bach runtergegangen ist. Ich liebe dich. Ich will dich küssen, wenn niemand zuschaut, und dich malen, nur für mich. Ich will mit dir, unter meine Decke gekuschelt, den Schnee fallen sehen und über die seltsamsten Dinge lachen. Du bedeutest die Welt für mich. Du bist alles, was ich will, so wie du bist, keine Bedingungen, keine Klauseln, kein Verfallsdatum, keine Rache, nur dich.«

Jamie zieht mich fest an seine Brust und drückt kleine, sanfte Küsse auf meine Schläfe, meine Wange, meine Nase und schließlich auf meine Lippen. Er schiebt eine Haarsträhne hinter mein Ohr und sieht mir tief in die Augen. »Ich habe eine Antwort auf deine Frage.«

Ich beiße mir auf die Lippe und erinnere mich an die Schachscherzfrage, die ich ihm geschickt habe. »Und?«, frage ich schüchtern.

»Oh, nicht so schnell.« Er streicht mit dem Daumen über meine Unterlippe und befreit sie aus meinen Zähnen. »Erst musst du sie wiederholen.«

»Das war doch so kitschig! Na gut. Okay.« Ich räuspere mich und wiederhole dann: »Was kann daraus werden, wenn man sich beim Schachspielen verliebt?«

Sein Daumen gleitet tiefer entlang meines Kiefers, während er mich küsst. »Eine unsterbliche Partie.«

»Mich wundert, dass du mir nach dem Witz entgegengelaufen bist und nicht endgültig das Weite gesucht hast.«

»Ein weiterer Beweis dafür, wie sehr ich dich liebe.« Er dreht mich und hält mich wie eine Braut in seinen Armen. Ich quietsche vor Freude.

»Wohin gehen wir?«

»In mein Bett«, sagt er. »Dann aufs Sofa. Dann unter die Dusche. Ich bin abenteuerlustig. Vielleicht sogar in eine Besenkammer. Das scheint ein geeigneter Ort für uns zu sein.«

»Ooh, ich liebe Besenkammern.«

Als wir in seiner Wohnung sind, tritt Jamie die Tür zu, trägt mich in sein Schlafzimmer und schließt auch dort die Tür. Die Welt wird weich und ruhig. Langsam lässt er mich an seinem Körper hinabgleiten, und ich trete nah an ihn heran, um ihn sehen und fühlen zu können, um zu wissen, dass er echt ist. Er ist wirklich hier. Und er gehört mir.

Langsam zieht er meine Jacke aus und wirft sie beiseite. Er küsst mich sanft, dann leidenschaftlich, mit einem Kuss, der mehr verspricht. Heute. Morgen. Für immer.

»Bea.« Er stupst mit der Nase gegen meine, dann küsst er mich wieder. »Du bist so wunderschön.«

»Du auch«, flüstere ich. »Auch wenn ich dich fast nicht erkannt habe. Deine Klamotten sind ganz zerknittert.«

»Mein Handy hat geklingelt, als ich unter der Dusche stand.« Ein weiterer Kuss. »Und als ich gesehen habe, dass du es bist, hat das zu einem rekordverdächtigen Garderobenwechsel geführt.«

»Mein wunderbarer Steinbock.« Ich richte seinen Kragen. »Aber deine Unterwäsche hast du trotzdem noch schnell gebügelt, oder?«

»Ich habe noch nie meine Unterwäsche gebügelt, du Witzbold.«

»Wusstest du«, frage ich, während Jamie mich zu seinem Bett und dann auf seinen Schoß zieht, »dass Krebse und Steinböcke wie füreinander gemacht sind?«

»Ja«, sagt er, nimmt meine Hand, küsst die Innenfläche und gleitet mit seinen Fingerspitzen unter meinen Pullover, berührt meinen Bauch, meine Taille. »Weil es entgegengesetzte Zeichen sind, ziehen sie sich an.«

»Wow. Zuerst die Falten, und jetzt kennst du dich auch noch mit den Tierkreiszeichen aus. Wer bist du?«

»Der Mann, der dich liebt, seit er dich das letzte Mal gesehen hat, und so verdammt froh ist, dich jetzt in seinen Armen zu halten. Ich kann es immer noch nicht glauben«, sagt er, küsst meinen Hals, umfasst meine Brüste. Ich ziehe scharf Luft ein und rutsche tiefer auf seinen Schoß, wo ich seine Härte spüre.

»Es ist aber wahr«, sage ich leise. »Und ich liebe dich. Hatte ich das schon erwähnt?«

Sein schiefes Grinsen taucht die Welt in ein liebliches, sinnliches lavendelfarbenes Lila. »Hast du.« Er zieht mir das Sweatshirt über den Kopf und schiebt mich von seinem Schoß auf das Bett. »Aber ich könnte dir den ganzen Tag zuhören, wie du es sagst.«

»Ich liebe dich.« Ich sehe zu, wie er seine Brille abnimmt, sein Hemd aufknöpft und sich das enge weiße Unterhemd über den Kopf zieht und beiseitewirft. Dann befreit er mich von Stiefeln und Socken und streift mir die Leggings ab, bevor er sich seiner Schuhe, Hose und Boxershorts entledigt, zu mir krabbelt und seinen Körper gegen meinen presst.

»Noch mal«, sagt er mit rauer Stimme, sein Atem heiß an meinem Hals. Er küsst mich. Die Wärme seiner Haut lässt mich wohlig zittern. »Sag es noch mal.«

»Ich liebe dich.«

»Wie sehr?« Seine Hände liegen schwer auf meinen Brüsten, seine Daumen spielen mit meinen Brustwarzen. Sein Kuss ist leidenschaftlich, besitzergreifend. Er ist wieder der Mann, der er nur für mich, nur mit mir zusammen ist.

»Hmm …« Ich beiße mir auf die Lippe, während er überall auf meinem Körper Küsse verteilt. »Ich liebe dich … der Situation angemessenen.«

Sein Kopf schnellt hoch. Er runzelt die Stirn. »Der Situation angemessen?«

»Mm-hm.« Ich ziehe ihn auf, und er weiß es. Er weiß, wie sehr ich ihn liebe. Ich habe es ihm gesagt und bewiesen. Ich bin hier, in seinen Armen, die ich nie wieder verlassen werde.

Seine Augen verengen sich zu Schlitzen, aber seine Mundwinkel zucken. »Beatrice.«

»James?«

»Reiz mich nicht.« Seine Hand gleitet an meiner Hüfte entlang.

»Oder was?«, flüstere ich kokett. »Versohlst du mir den Hintern?«

Ein Stöhnen entweicht seiner Kehle. Dann dreht er mich in einer fließenden Bewegung auf den Bauch, hebt meine Hüften an, und seine Handfläche landet auf meinem Hintern, ein schneller, heißer Klaps, der mich stöhnen lässt, als würde ich sterben. Vor Lust.

»Ist es das, was du brauchst, hm?«, fragt er, während er meinen Rücken hinaufküsst und seine warme Hand meinen Hintern streichelt.

Ich nicke fiebrig. »Noch mal.«

»Mal sehen.« Es klingt grob, aber sein Mund ist zärtlich, seine Berührung noch zärtlicher, was mir einen herrlichen Orgasmus beschert. Ich bin noch ganz benommen vor Glück, als ich ihn hinter mir höre, wie er sich mit Gleitgel einreibt, bevor er sich mit einer langsamen Bewegung seiner Hüften sanft in mich hineinbewegt. Wir stöhnen beide, als ich bis zum Äußersten von ihm ausgefüllt bin.

»Ich liebe dich«, flüstere ich mit Tränen in den Augen und einem Glücksgefühl, das in meiner Seele aufgeht wie die Sonne.

Er dreht mich um, legt sich auf mich und schlingt die Arme um meinen Körper. »Bea.« Seine Stimme ist heiser, seine Hände finden meine und ziehen sie über meinem Kopf. »*Mon cœur.*«

Das Bett knarzt, als er mich nimmt, und ich ziehe scharf Luft ein. Mit jedem tiefen Stoß rast heiß und zitternd Lust durch meinen Körper, sehnsüchtig ziehend zwischen meinen Schenkeln, schmerzend in meinen Brüsten. Überall dort, wo wir uns schwer atmend berühren, kosten, unter Flehen und Versprechen.

Das quälende Verlangen in mir zieht sich zusammen, steigert sich zu neuen Höhen, die mich erschrecken und zugleich euphorisch machen, weil ich weiß, dass ich bald fallen werde.

Ich schlinge meine Beine um seine Taille, spüre, wie sein Rhythmus stockt, spüre, wie er in mir anschwillt.

»Komm für mich, Bea.« Seine Zähne streifen meinen Hals, gefolgt von einem langen, heißen Kuss. »Ja, Süße. Komm für mich.«

Mein Rücken löst sich von der Matratze, ich hebe ab, zerberste, stürze im freien Fall, und Jamie folgt mir.

»Ihr Tee mit Citrusreiniger-Geschmack, mein Herr.« Ich stelle Jamies Katzentasse auf den Nachttisch, eine zweite, dazu passende mit Kaffee daneben.

Er lächelt zu mir hoch, immer noch ohne Hemd, die Haare zerzaust, verschwitzt und rot im Gesicht. Ein Porträt, dem ich den Titel *Befriedigt* geben werde, wenn ich es male.

Was mich daran erinnert …

»Wo willst du hin?«, fragt er mit einer tiefen, leisen, ein wenig kratzigen Stimme, an der ich gelernt habe zu erkennen, dass er mich begehrt.

Ich werfe einen Blick über die Schulter, während ich mich bücke und in meiner Jacke nach meinem Handy krame. »Ich möchte dir etwas zeigen.«

»Was auch immer es ist, es wird meinen derzeitigen Ausblick nicht übertreffen können.«

Lächelnd richte ich mich wieder auf und zupfe an seinem Unterhemd, das ich trage und das meinen Hintern kaum bedeckt. »Da wäre ich mir nicht so sicher.«

Mit einem Satz lande ich auf der Matratze, setze mich auf

seinen Schoß und gebe ihm einen langsamen, leidenschaftlichen Kuss.

»Hier. Für dich.«

Mit zusammengekniffenen Augen betrachtet er das Foto auf meinem Handydisplay. Eine Nahaufnahme des Bildes, das zu Hause auf meiner Staffelei steht. Behutsam greift er an mir vorbei nach seiner Brille auf dem Nachttisch und setzt sie auf, um besser sehen zu können. Er betrachtet das Bild, und sein Gesicht spiegelt die Gefühle, die ihn überwältigen. »Bea.«

Ich rutsche von seinem Schoß, kuschle mich an ihn, und er legt den Arm um mich. »Ich arbeite schon seit Wochen daran. Es basiert auf dem Foto, das Grace bei *Malen nach Herzenslust* von uns geschossen hat. Ich habe mir allerdings ein paar künstlerische Freiheiten herausgenommen. Anstatt zu stehen, sitzen wir über einem Schachbrett, das …«

»Für unser erstes Date steht«, beendet er den Satz.

»Und im Hintergrund sind neben der Fassade von *Malen nach Herzenslust* die der Karaoke-Bar, des Tattoo-Studios und des *Alley*, dem Schauplatz des peinlichsten Abends meines Lebens.«

Jamie lacht. »Mir ist von diesem Abend nur in Erinnerung geblieben, wie ich mich vor dich gekniet habe, um dir die Stiefel zuzuschnüren.« Er sieht mich an. »Ich wollte nie wieder aufstehen.«

Ich werde knallrot und presse meine Oberschenkel zusammen. Sofort muss ich daran denken, wie talentiert Jamie mit seiner Zunge, seinen Händen, mit einfach allem ist. »Hör auf, mich zu verführen. Ich versuche gerade, romantisch zu sein.«

»Ich liebe es«, sagt er und gibt mir einen Kuss, bevor er das Bild erneut betrachtet und lächelt. »Endlich bin ich stolzer Besitzer eines Beatrice-Wilmot-Originals.«

»Es ist nur das Erste von vielen.«

Sein breites Grinsen bringt mein Herz zum Singen. »Wie heißt es?«, fragt er.

»Two Wrongs Make a Right.«

Jamie lässt mein Handy sinken, blinzelt und reibt sich die Augen. Erst da begreife ich es, und mein Herz sackt in die Magengrube.

»Jamie? Ich habe dich zum Weinen gebracht. Es tut mir so leid –«

»Komm her, du«, sagt er, zieht mich fest an sich und legt mein Handy auf den Nachttisch. »Das muss dir nicht leidtun«, murmelt er, während er sich an mich kuschelt. »Ist nur dieser lästige Heuschnupfen.«

»Dann bin ich also nicht die Einzige mit einer außergewöhnlich hohen Pollenbelastung in der Wohnung.«

Er lacht leise, räuspert sich und wischt sich über die Nase. Ich suche nach Taschentüchern, sehe aber keine auf dem Nachttisch oder sonst wo im Zimmer.

»Bin gleich zurück«, sage ich und laufe zu der kleinen Abstellkammer in seinem Flur. Auf Zehenspitzen suche ich im Regal nach Taschentuchboxen, die ich – nach Farben sortiert – natürlich auch sofort finde. Plötzlich spüre ich ihn hinter mir, seinen warmen, großen Körper, den herrlichen Duft kühler, nebliger Morgenstunden. Es ist wie an jenem ersten Abend in der Besenkammer, eng und dunkel, der kleine Raum erfüllt von unseren Atemgeräuschen.

»Du hast doch nicht ernsthaft geglaubt, ich könnte ruhig im Bett liegen bleiben, wenn du einfach davonläufst, mit nichts weiter am Leib als meinem Hemd, das kaum deinen«, er sagt es in vollem, weichem Französisch, »*beau cul* bedeckt.«

Lächelnd drehe ich mich um. Die Tür fällt hinter ihm zu, er drängt sich an mich und hebt mich auf ein Regal. »Ich wollte dir nur Taschentücher holen.«

440

»Ich brauche keine Taschentücher. Ich brauche dich«, brummt er an meinem Hals, küsst sanft mein Schlüsselbein, drückt meine Schenkel auseinander und zieht mich an sich, bis ich spüre, wie heiß, hart und bereit er ist.

»Schon wieder?«, flüstere ich.

»Schon wieder. Und wieder. Und wieder. Ich werde dich immer brauchen.« Er legt meine Beine um seine Taille, und ich halte mich an seinen Schultern fest.

Er küsst meinen Hals, meine Brüste, ich lege den Kopf in den Nacken und stoße ihn mir am Regal. »Scheiße.«

Jamie reibt meinen Kopf, nimmt ihn in seine Hand und küsst mich auf die Schläfe. »Na gut, dann eben kein Besenkammersex.«

»Es ist nur eine kleine Beule, keine Gehirnerschütterung«, jammere ich und umklammere seine Taille fester.

»Ich bin hier der Arzt und stelle die Diagnosen, Beatrice«, erwidert er, hebt mich in seine Arme und küsst mich, bevor ich weiter argumentieren kann. »Jetzt mach die Tür auf.«

Schmollend greife ich um ihn herum nach der Türklinke, tue dann aber so, als könnte ich sie nicht drehen, und rüttle sie gespielt dramatisch. »Verdammt. Sie klemmt. Sieht so aus, als müssten wir doch hierbleiben und Sex haben.«

Er lächelt amüsiert. »Eine romantische Vorstellung«, sagt er, »wenn man bedenkt, dass alles in einer Besenkammer eingeschlossen begann, fernab aller lästigen Kuppler und sicher vor der neugierigen, lärmenden Welt. Aber«, er greift hinter mich und öffnet mühelos die Tür, »ich denke, wir haben bewiesen, dass wir uns auch draußen behaupten können, findest du nicht?«

»Doch, das finde ich auch«, antworte ich. Er trägt mich den Flur entlang zu seinem Schlafzimmer, während ich sein schönes, heiß geliebtes Gesicht mit zärtlichen Küssen bedecke.

Jamie lächelt und hält mich eng umschlungen, Herz an Herz. Seine Küsse flüstern Liebe. Seine Arme sind mein Zuhause.

Wenn daran irgendetwas falsch ist, dann werde ich lange und glücklich leben, ohne dass jemals wieder etwas richtig sein muss.

Danksagung

Ich dachte, wenn die Zeit käme, die Danksagung für dieses Buch zu schreiben, würde sich dieser wahr gewordene Traum nicht mehr wie ein meiner Vorstellungskraft entsprungenes Fantasiegebilde anfühlen, da dieser Roman, der meine literarische Liebe zu Shakespeare mit meiner Überzeugung vereint, dass wir mehr Geschichten brauchen, die das Recht *aller* auf ein Happy End unterstreichen, tatsächlich den Weg in die Herzen einer Agentin, einer Lektorin und eines Verlages gefunden hat und, wie ich inständig hoffe, auch bald die seiner Leserinnen und Leser erobern wird.

Aber es fühlt sich immer noch an wie ein Traum.

Während ich mich also noch kneife und versuche, aufzuwachen, möchte ich meiner hervorragenden literarischen Agentin, Samantha Fabien, meinen tief empfundenen Dank aussprechen. Du hast Jamie und Bea von der ersten Seite an geliebt, und dein Gespür für Inklusivität in Liebesromanen hat wiederum *mein* Herz erobert. Danke, dass du mich so viel mehr als nur unterstützt, anhörst und vertrittst.

Danke an meine außergewöhnliche Lektorin, Kristine Swarzt, für deine Begeisterung für *Two Wrongs*, und dafür, dass du an Jamies und Beas Geschichte geglaubt und meine literarische Vision von Romantik, dass jeder Mensch es wert ist, geliebt zu werden, unterstützt hast. Danke für deine Klugheit und Hilfe, durch die diese Geschichte ihre beste Form gefunden hat. Danke auch an alle Mitarbeiterinnen und Mitarbeiter bei

Berkley, die an diesem Buch beteiligt waren – Design, Lektorat, Vertrieb, Marketing und darüber hinaus.

Danke an all die lieben Freunde, die ich durch das Lesen und Schreiben von Liebesromanen gefunden habe. Helen Hoang, ich finde keine adäquaten Worte, um auszudrücken, wie viel mir deine Bücher, deine Freundschaft und deine Unterstützung bedeuten – du bist ein Juwel, und ich schätze dich unendlich. Mazey Eddings und Megan Stillwell, meine neurodivergenten Königinnen. Danke, dass ihr mich auf dieser Reise begleitet habt, mit Humor, uniformer, bequemer Kleidung, Airbnb-Abenteuern und so viel Liebe. Elizabeth Everett, Rachel Lynn Solomon, Sarah Hogle, Sarah Grunder Ruiz und Sarah Adams: Jede von euch hat mich auf ihre eigene Art unterstützt und mit mir ihre Erfahrungen geteilt, als ich meine Zehen in die Gewässer der traditionellen Verlage tauchte und schließlich den Sprung ins kalte Wasser wagte. Ich danke euch sehr für eure Freundschaft. Danke an so viele wunderbare Autorenfreundinnen und -freunde, ich hoffe, ihr wisst, was ihr mir bedeutet. Eure Zugewandtheit und Unterstützung sind Geschenke, die nicht selbstverständlich sind und es auch nie sein werden.

Danke an meine Familie und die Freunde und Freundinnen, die meinen Alltag begleiten, der nichts mit Büchern zu tun hat. Ihr liebt mich so, wie ich bin – ein Mensch, der immer mit einem Bein in dem Buch steht, das ich gerade schreibe oder lese, und mit dem anderen in dem Leben, das wir teilen. Ihr haltet mich bei Laune, wenn ich mir den Kopf über Stilmittel, erste Küsse und Ideen für meinen nächsten Roman zerbreche. Ihr leidet mit mir bei Enttäuschungen und feiert meine Erfolge. Ich bin so dankbar, euch in meinem Leben zu haben.

Meine beiden Raketenkinder, ihr seid das Beste, was ich dieser Welt je geben werde. Danke, dass ihr mein Herz und meine

Neugier größer und mir Feuer unterm Hintern macht, dass ich meinen Beitrag zu einer besseren Welt leiste. Ich hoffe, dass ihr, wenn ihr einst meine Bücher lest (irgendwann einmal, in ferner Zukunft, okay?), stolz auf mich sein werdet und in meinem Schreiben erkennt, was ich mir für euch erhoffe und erträume: ein Leben, das auf ein gesundes Selbstverständnis und einen gesunden Selbstwert baut, auf die Liebe von Freunden, Familie und Ersatzfamilie und eines Tages auch auf die eines Partners oder einer Partnerin, wenn euer Herz sich danach sehnt, auf die Liebe eines Menschen, der euch liebt für alles, was ihr seid, der euch ergründen will und in seinen Armen halten, bei dem ihr sicher seid und geborgen.

Und schließlich danke all den Menschen dort draußen, deren Gehirn und/oder Körper ihnen das Leben in dieser wilden Welt wie mir so viel schwieriger macht, die sich oft an den Rand gedrängt fühlen, die verletzt, missverstanden oder übersehen wurden, die sich fragen, ob oder wie sie dazugehören können. Wir gehören dazu, und wir werden gebraucht. Ich weiß, dass wir noch einen weiten Weg vor uns haben, um die integrative, offene und emphatische Gesellschaft zu werden, die wir sein müssen. Aber ich bin zutiefst davon überzeugt, dass wir es schaffen werden. Für mich ist empathische Literatur, die den menschlichen Überlebenskampf nicht scheut und gleichzeitig an der Hoffnung festhält, ein tröstlicher Ort, an den wir uns flüchten können, während wir warten und der Wandel in winzigen Schritten voranschreitet. Ich hoffe, dass diese Geschichte in Zeiten des Wartens ein sicherer Raum für euch war, in dem Menschen mit Schwierigkeiten und Verletzlichkeiten, die vielleicht den euren ein bisschen gleichen, liebevolle Anerkennung erfahren, die ihnen das Gefühl vermittelt dazuzugehören – um ihrer selbst willen. Ich hoffe, dass Geschichten wie meine und die vieler anderer, die sich darum bemühen, die

Herzen der Menschen zu öffnen, etwas bewirken – dass sie uns mehr Empathie, Zuwendung und einen Platz am Tisch verschaffen. Eines Tages wird wahre Inklusivität nicht die Ausnahme, sondern die Regel sein, sodass auch wir uns in der Mitte des Lebens zu Hause und willkommen fühlen.